Les Saints vont en enfer

Gilbert Cesbron

GILBERT CESBRON

Les Saints vont en enfer

Edited with an introduction and notes by

Anthony M. C. Wilcox, MA

Head of the Modern Languages Department,
St Joseph's College, Ipswich

The English Universities Press Ltd

ISBN 0 340 16750 5

The English Universities Press Ltd
St Paul's House, Warwick Lane, London EC4P 4AH

Printed in Great Britain by
Fletcher & Son Ltd, Norwich

CONTENTS

Introduction

1 **Gilbert Cesbron**   i

2 **The historical background of the worker-priest
  movement**   iv
  Church and State   vi
  The emergence of Social Catholicism   xiii

3 **The French worker-priests**   xix
  1941–1952   xix
  1952 and afterwards   vxx

4 **The realism of *Les Saints vont en enfer***   xxxi
  The social gospel   xxxvi
  The miraculous element   xxxix
  The milieu   xl
  Conditions of work   xli
  The political background   xliii

LES SAINTS VONT EN ENFER   7

Topics for detailed study   413
More general topics for essays and discussions   415
Selected bibliography   417
Glossary   419
Notes to the text   424

ACKNOWLEDGEMENTS

I am most grateful to Gilbert Cesbron for his kindness and patience in answering many questions, some of which must have seemed trivial; to the Right Reverend E. R. Wickham, Bishop of Middleton, for permission to quote his description of his meeting with Abbé Depierre in Montreuil; to Father Anthony Philpot, S.T.L., for reading and discussing the introduction with me (any errors remaining are entirely my own); and to my wife Clare for her peace-keeping operations and for not sharing the view taken by La Fontaine that 'La pire espèce, c'est l'auteur'.

A.M.C.W.

The frontispiece photograph is reproduced by kind permission of Robert Laffont, Paris. The photographs on pages xxiii and xlv are reproduced by permission of Keystone Press Agency Ltd.

INTRODUCTION

1. Gilbert Cesbron

Gilbert Cesbron, the son of a doctor, was born in Paris in 1913.
He was educated at the Lycée Condorcet (which provided a set-
ting for *Notre prison est un royaume* 1948), studied law at the
Sorbonne, and went on to the École des Sciences Politiques.
Before the 1939–45 war he went into broadcasting, and worked
for the Poste Parisien,

> un peu par amitié, un peu pour m'amuser, un peu pour
> m'exercer à parler, (et aussi un peu pour gagner de l'argent)...
> (Correspondence with the editor)

In 1939 he married Mlle Dominique Talamon, and they have
four children. At the beginning of the war, as an artillery officer,
he was engaged on liaison work with the British army until the
defeat at Dunkirk. During the German occupation of France
from 1940 he was director of propaganda and documentation
with the Secours National, an organisation grouping together
various social and charitable activities and responsible, among
other things, for the welfare of the families of those who had
been deported or imprisoned, for the homeless, for under-
nourished children, and in general for those who were suffering
hardship and deprivation. He describes this as

> une période efficace et passionnante
>
> (*ibid.*)

Since the war he has worked for Radio Luxembourg (now
R.T.L.), being at first involved in programme planning and production and more recently as an administrator,

i

mais surtout je peux y parler quand je veux et de ce que je veux, en toute liberté.

(ibid.)

Literature, therefore, does not occupy his entire life. Much of his preparation for writing he does, literally, on his way to work:

Voici vingt ans que j'écris en marchant, allant vers le bureau, où j'exerce mon second métier, et m'en revenant toujours à pied — dix heures de marche par semaine, le carnet à la main. Tous mes livres ont été écrits de la sorte. Je marche, observant, laissant songer, et notant.

(Journal sans date 1963)

Apart from a volume of verse (*Torrent* 1934), his first published work was the novel *Les innocents de Paris*, of which he lost the first manuscript at Dunkirk and had a second version smuggled out of occupied France into Switzerland, where it was published in 1944. Since that date he has written another thirteen novels, as well as a number of plays, essays and other works. His total output is approaching thirty-five books. His career has been marked by the award of a succession of literary prizes, and has been applauded by such distinguished writers as François Mauriac, André Maurois and Colette. The latter summoned him to tell him that she wished she had herself written the chapter in *Les innocents de Paris* describing an adventure in a tunnel. Mauriac saluted a fellow Christian writer who

est accordé au monde tel qu'il est. Il ne survole pas, comme j'ai toujours fait, le problème du mal, m'en remettant à une promesse, me fiant d'une parole. Il ne se voile pas la face, il ne la détourne pas non plus.

(Figaro Littéraire 6 January 1965)

Cesbron's wartime experiences in particular helped to make him conscious of human suffering, and his entire output attests an urge to sympathise with the victims of a hundred horrors of modern society.

> Tout ce que j'ai écrit, tout ce que j'ai fait . . . c'était uniquement pour lutter contre le désespoir, mon ennemi, mon démon, contre le désespoir né du spectacle de la douleur du monde.

(*Journal sans date* 1963)

Particularly significant is the title of a work by Michel Barlow: *Gilbert Cesbron, témoin de la tendresse de Dieu* (1965). Barlow stresses in particular the word *témoin*, which he sees as evoking the idea of presence in the world as an all-seeing, all-hearing and, above all, receptive witness of humanity. For him, Cesbron is a

> témoin passionné de son époque, désireux de lui être totalement présent, de l'accueillir et d'y planter ses certitudes, au nom d'une *tendresse* plus profonde. . . . Gilbert Cesbron n'est ni un reporter ni un romancier à thèse, mais un témoin vivant.

(pp. 172, 174)

The range of what Cesbron observes is wide. In his novels he has dealt with such themes as 'l'enfance à l'état pur' (*Les innocents de Paris*); school life (*Notre prison est un royaume* 1948); Communism and Christianity, worker-priests in the Paris suburbs (*Les Saints vont en enfer* 1952); delinquent boys in a re-education centre (*Chiens perdus sans collier* 1954); cancer and mercy-killing (*Il est plus tard que tu ne penses* 1958); ungrateful youth and defenceless old age (*Avoir été* 1960); violence in war (*Entre chiens et loups* 1962); the 'moral murder' of the child of a broken marriage (*C'est Mozart qu'on assassine* 1966); and the colour question in emergent Africa (*Je suis mal dans ta peau* 1969).

He writes, above all, 'pour changer quelque chose'; his particular pride is in being militant rather than partisan, in being able to see every man's point of view, rather than seeing every issue as having only two possible solutions, the true and the false:

> Il ya longtemps que je connais le drame de la terre et sa merveille, aussi, qui est que *chacun a raison*; que rien ni personne n'est entièrement bon ou mauvais, juste ou injuste. Oui, dans les débats essentiels, les questions de vie ou de mort, seuls les partisans peuvent trancher, se payer de mots, se jeter d'un seul bord. Mais aussi, malheur aux partisans.

(*Ce siècle appelle au secours* 1955)

He is essentially but not aggressively a Christian, while refusing to be dubbed a 'Catholic writer'; he is rather

> un chrétien qui écrit des livres, comme d'autres chrétiens fabriquent du pain ou façonnent des sabots.

(*Journal sans date* 1963)

For him the main point about Christianity is that it takes its name from Christ, whom he sees in every man he meets and whose teaching he applies rigorously to everyday life:

> Que chacun d'entre nous, avant chaque décision, se demande: Que ferait le Christ à ma place?

(*Libérez Barabbas* 1957)

The same motivations are to be found in Père Pierre, the worker-priest in the Paris suburbs who is the central figure in *Les Saints vont en enfer*.

2. The historical background of the worker-priest movement

In order to understand all the factors, religious, political and social, which together gave birth to the need for the French worker-priest movement in the 1940s and 1950s and which provided Cesbron with his theme, one would ideally pass in detailed review over the century and a half of the history of the Catholic Church in France since the Revolution. Only in so

iv

doing could one hope to understand fully the precise inter-relation of Church and State, bourgeoisie and working class, clergy and anti-clericals, liberals and conservatives, which event-ually made the worker-priests a necessity.

Such a review is clearly beyond the scope of the present intro-duction, and the reader is recommended to digest in particular the two substantial volumes of Adrien Dansette's *Religious History of Modern France*. But certain characteristics and tendencies of the period may profitably be isolated.

Thus any consideration of the religious history of nineteenth-century France will be dominated by the official relationship of Church and State; that is to say, the mutual attitudes of the government of the day and the bishops and higher clergy as leaders of the Catholic community. But the use of the word 'community' is here dangerous if it suggests that the Catholics of France were united and of one mind throughout this period. Dansette stresses (I 356) that since the Revolution there has been a split right down their middle, dividing liberals from authori-tarians. While the former tried to persuade the Church to recon-cile itself with the progress of society, the latter distrusted anything new, and sought to keep Catholics under the strictest control. The most significant manifestation in the history of the second half of the nineteenth century, in France as in other parts of Europe, was the rise in importance and influence of the work-ing class, in conflict with the middle class who had been the heirs of the Revolution. While more liberally minded Catholics allied themselves with the cause of what came to be called Social Catholicism, the dominant authoritarians of the 'official' Church remained stolidly middle-class in outlook and failed to come to terms with the social effects of the industrial revolution, failing, as Dansette puts it, 'to appreciate any conflict with Christian principles in nineteenth century poverty'. (I 362).

Church and State

The Revolution destroyed the Church in France, took away its property and persecuted its priests. But Napoleon I took the realist view that 'une société sans religion est comme un vaisseau sans boussole', and agreement between Church and State was achieved by the Concordat of 1802, a document which was effectively the basis of their relationship until they were separated, by unilateral action on the part of the State, in 1905. By this treaty the government would nominate bishops acceptable to Rome, and the clergy would be salaried, much like civil servants. Worship would come under a Minister for Religious Affairs, and Catholicism would be recognised as the religion of 'la majorité des Français'.

The Church enjoyed a temporary return to power and influence when the royal house of Bourbon was restored in the person of Louis XVIII (1814–24) and Charles X (1824–30), but under the régime of Louis Philippe (1830–48) it returned to the position it had occupied under the terms of the Concordat. In Dansette's words:

> The Restoration was in effect the régime of an aristocracy brought back to the Church by memories of a Revolution that had deprived it of power. The July Monarchy was that of a middle class, confirmed in its scepticism by the success of the revolution that had brought it to office.

(I 208)

From 1848 we need to pick our way more slowly. Early in the year, the provisional government had determined that the constituent assembly should be elected, for the first time, by universal suffrage. The number of electors was increased from 240 000 to 9 million, and since the Church could now depend on the votes of the vast mass of the peasantry, Catholicism became a strong political force and was to remain so until the elections of

1876 brought the Republicans to power.

In the unsettled climate of the early 1850s, the middle class saw the Church as a strong influence for social order, especially after the bloodbath of the June Days in 1848, when rebellious workers, faced with unemployment and compulsory drafting into the army, clashed with government troops, and Archbishop Affre of Paris died on the barricades while trying to mediate. The common distrust and fear of left-wing ideas (and 1848 was also the year of Karl Marx's *Communist Manifesto*) led to an important reform in the sphere of education. Before the revolution of 1792, the Church had enjoyed a monopoly in this field in France, and the whole history of Church and State since then is marked by battles for control of primary and secondary education, and of the university, in which the provision or withholding of money by the State has gone together with greater or lesser liberty to open private schools or to have religious knowledge taught in State institutions. In 1850 the *Loi Falloux* permitted the Church to open secondary schools outside the State system. The long-term effect of this legislation would be to bring back to Catholicism a significant proportion of the middle class. The Republican element in that class, however, saw the new law as one more aspect of repression by the clergy, since the sacred principles of the Revolution would now have a serious rival in the classrooms.

The new dictatorship under Louis Napoleon as emperor after 1851 was supported by the Catholics and offered a degree of protection to them. The budget for religious worship was increased, and greater security led to a rise in the numbers of the clergy. But events on the international scene were to end the happy relationship of Church and State. Napoleon supported the cause of the reunification of Italy, which the first Emperor had tried to make a united nation, but which disintegrated after his fall, Lombardy and Venezia falling to Austria. A strong, united Italy would be a useful ally, but any such scheme would involve the absorption of the Papal States, the extensive territories across the middle of the peninsula which had long belonged to the popes as temporal rulers. To assist Piedmont, spearhead of the drive for unity, Napoleon declared war on Austria. In 1859, Romagna, one of the papal provinces, revolted, and Napoleon allowed it to be annexed by Piedmont. In 1860 after papal forces had been defeated by the Piedmontese at Castelfidardo, plebiscites in the Marches and Umbria led to their annexation as well, leaving the Pope with only the city of Rome, which Napoleon agreed to defend, but which in the long run would fall to the Italian Republic after the French defeat in 1870. The symbolism of this loss of papal power did little to improve Napoleon's relations with his Catholic subjects.

At this time there was a significant increase among French intellectuals of anti-religious feeling, which the Church found itself incapable of opposing effectively. Under the influence of the social philosopher Auguste Comte, the chief opponents of the Church were Hippolyte Taine and Ernest Renan. Republicans became increasingly convinced that their true enemy was clericalism. A hotbed of anti-clerical feeling was the masonic lodge, the only place where meetings for discussion were permitted under the Second Empire. New Republican members gave freemasonry a new lease of life and made the lodges centres of opposition to the Church.

The Second Empire collapsed after the military defeats by Germany in 1870. Elections in 1871 returned a national assembly two thirds of which was monarchist and Catholic, opposed to the Republicans under Gambetta, who had wanted to continue the war. Unemployed lower-middle-class workers in Paris revolted and established a Commune, whereupon the army was ordered to disperse them. Violent fighting ensued, and Archbishop Darboy and twenty-four other priests were shot, together with other hostages, by the Communards, before the revolt was finally put down during a week of butchery by the army. (Cesbron describes the Commune, as seen by a veteran of the fighting, in a chapter of *Les innocents de Paris*.) Anti-clerical feeling eventually led to the defeat of the Catholic party by the Republicans in the elections of 1876, by 360 seats to 130, a complete reversal of the previous situation. The policies of the new government included repressive measures against religious orders and the secular clergy, over the following fifteen years.

The progressive dechristianisation of France was given a new impetus by this hostile legislation, but the last quarter of the century also saw the papacy of Leo XIII. He came to the papal throne in 1878, less than ten years after the First Vatican Council, a gathering in Rome of the bishops of the world, had proclaimed the important doctrine of papal infallibility, which means that the Pope cannot be in error when he speaks to the whole Church, with his maximum authority, on matters of faith or morals. This declaration, while strengthening the Pope's position within the Church, led to an increase of anti-Catholic feeling all over Europe. The reign of his predecessor Pius IX having done little to bring the Church nearer to a better relationship with modern society, Leo, cautiously at first, sought to improve matters, especially in so far as France was concerned. In an important pronouncement in 1884 he stressed that it was preferable to keep such links as still existed between Church and State, rather than dividing one from the other, and he enjoined the bishops and clergy not to take up attitudes hostile to the government. This the bishops did not accept. In 1885 he reminded France that it was the law of the Church that one should obey properly constituted civil authorities. In two or three encyclicals (letters to the

Church on important matters) he began to spell out a basis for reconciliation of Church and State within modern society. His policy of Catholic support for the Third Republic became known as the *ralliement*. A majority of the bishops opposed it. Politically, what he hoped for was a conservative party of Catholics and moderate Republicans to oppose the irreligious policies of the more radical members of the left wing. This would inevitably mean that Catholics should no longer espouse the monarchist cause and should tend to liberalism instead. The *ralliement* suffered in particular for lack of a leader in France and lack of a clear, practical policy, and in the long run Church–State relationships were worsened rather than improved. The elections of 1893 saw a very small minority of *ralliés* elected, and their hopes for political influence vanished.

Towards the end of the century, one further incident was to lead straight into the final separation of Church and State. In 1894 Alfred Dreyfus, an army officer and a Jew, was found guilty of espionage and imprisoned, on forged evidence. Heated and complex public controversy lasted for many years afterwards. Dreyfus was seen either as a notorious Jewish traitor, or as a victim of injustice. To their discredit, French Catholics allowed anti-semitism to colour their view of his guilt or innocence. Their journal *La Croix*, run by the Assumptionist Order, attacked both the Jews and the Republican régime. Dreyfus was eventually pardoned, and when matters had cooled down, prime minister Waldeck-Rousseau took action against those who had sought to gain advantage from the affair. In 1900 the Assumptionists were dissolved under the Penal Code for failing to obtain government permission to form an association of over twenty members. Other repressive measures were taken against similarly unauthorised orders. In 1902 Emile Combes, a bitter ex-candidate for the Catholic priesthood, became prime minister. He simply wanted to destroy the Church, and immediately began a complex process of legislation which successively closed non-authorised schools, refused authorisation for others who had applied for it, and ordered them to close down their houses. Many members of religious orders sought asylum abroad; some communities remain in England, for example, to this day. Other measures reduced or removed Church influence in a variety of spheres. A law of 1904 forbade all members of religious orders to teach, and the orders were dissolved and their property confiscated.

In July 1904 diplomatic relations between Paris and the Vatican were broken off. The Concordat of Napoleon I was a dead letter. Church and State were effectively separated, though the legislation which finally gave effect to this did not follow immediately. It is clear that the Church did not want to be separated. It stood to lose a budget of 35 million francs. But in any case it had always been official Catholic policy that Church and State should be one. Combes resigned at the beginning of 1905, and in December of the same year parliament passed an act of separation. The State would henceforth recognise no religion, and would pay no money to priest, minister or rabbi. But freedom to assemble and freedom of internal government were guaranteed, and of course all Church appointments would now be in the hands of the Church itself.

The attitude of the Church to this legislation was hostile. There was in particular opposition to the taking of inventories of church property to be confiscated under the provisions of the separation law. The Pope himself condemned acceptance of the law, but the French bishops sought unsuccessfully a formula by which a *modus vivendi* with the government would not conflict with the authority of Rome. Thus, in Dansette's words, it was 'hard on Catholicism in France that having already been sacrificed by the State to anti-Catholicism, it should be sacrificed in turn by the Holy See, in the interests of the Universal Church'. (II 246)

From the separation to the 1914–18 war the difficulties experienced by the French Church in its new legal setting in fact gave stimulus to the beginnings of a renewal of its vigour. Persecution had always had this effect in the long run. But at the same time French Catholics found themselves increasingly obviously under the control of the Vatican. In the long run, the loss of financial aid from the government was compensated for by various internal means of raising money. Religious orders began to re-establish themselves.

In the war, France was belligerent but the Vatican was neutral, which put the French Church in a difficult position. French priests were compelled by law to fight in the trenches like any other Frenchman; 45 000 were mobilised, 10 000 fought or were chaplains, 5000 died. In this war as in the next this comradeship in arms did much to combat anti-clericalism. After the war, the religious question took second place to international politics and national economic recovery. Diplomatic relations with the Vatican were resumed in 1920–21, a move which in effect represented acceptance by the Church of the separation laws and which therefore did not please certain French bishops. In 1924 the Pope approved the setting-up of diocesan associations to administer church property under the terms of the separation legislation. The legal position of the Church in France has not changed substantially since this period, though there has been some progress on the education front since the 1939–45 war, including a decision in 1951 to grant State aid to Catholic schools.

This sketch of the relations of Church and State since the Revolution illuminates several points which are of immediate importance when we come to review the social policies in the

Church, and the worker-priest movement itself. It is clear that throughout the nineteenth century the 'official' Church, the conservative higher clergy and their monarchist supporters, were preoccupied with the survival of their organisation in the face of increasing hostility both to Catholicism and to clericalism. They were on the defensive, anxious to attempt to regain something of the pre-eminence which they enjoyed under the Ancien Régime, and in particular their monopoly in education. They were drawn into international affairs in that their spiritual head was also the temporal ruler of a diminishing enclave within an emergent republican nation. In short, the Church was predominantly a political force, whereas it should have been primarily a spiritual one. From the middle of the century, it reacted against the rising tide of proletarian influence, taking a fundamentally bourgeois position. In its relations with the mass of peasants and urban workers it had not progressed beyond its position before the Revolution. It therefore took no official action to ensure that the special spiritual needs of the working class were filled by priests suitably trained both to combat the attractions of Marxist socialism and to present to their flock the truths of the Christian faith in a manner acceptable to their level of culture and social condition.

The emergence of Social Catholicism

Part of the problem of the Church in France was that it was itself divided. On the one hand one had the cardinals, archbishops, bishops and other higher clergy, the 'official' Church which under the Ancien Régime had been staffed by the sons of the aristocracy, often without a true vocation, who had sought and obtained what for them was frequently a well-remunerated sinecure permitting them to live in Paris or at Versailles, away from the cares of their dioceses. Some became high officers of state. On the other hand the parish clergy often came from and went back to serve the needs of a peasant community, where they were severely taxed by their ecclesiastical superiors, themselves free of taxation, in order that a *don gratuit* might be presented by the Church to the royal treasury. The lower clergy had no hope of rising through the ranks to become bishops. They were of limited intellectual capacity and in general were despised by their affluent religious superiors.

The destruction of privilege and the development of the principle of equality which characterised the Revolution therefore found plenty of support among those lower clergy, who thereby helped to bring about the downfall both of Church and Château. The loss of the vast revenues of the Church did not unduly disturb poor men. Two separate clergies emerged during the Revolution: those who subscribed to the oaths of loyalty to the constitution imposed in 1791, and those who did not. Few bishops took the oaths but many parish priests did. Dansette estimates that between fifty-two and fifty-five per cent of parish priests and curates refused to do so (I 60) and he sees the nonjurors as the spiritual ancestors of the die-hard Catholics who throughout the century were to represent authoritarianism in the French Church, while the constitutional priests fathered liberalism:

> The authoritarian current was in the ascendant in the nineteenth century and the efforts of Catholic liberalism to reconcile the church with society and turn it from its alliance with monarchical or dictatorial governments were ineffectual.

(I 356)

One of the earliest attempts to bring the Church round to an appreciation of the needs of modern society was that of the Abbé Félicité de La Mennais, a visionary who became a priest in 1816. He founded in 1828 a Congregation of St Peter to carry out his revolutionary ideas for the rechristianisation of Europe. His scheme hinged on king and pope. The king should apply the law of God to man, under the direction of the pope. The French monarchy had failed to do this and the Church should therefore revolt and unite itself with the people instead of with the king. In 1830 he began to publish a newspaper, *L'Avenir*, with the assistance of Lacordaire and Montalambert. Freedom of worship and the separation of Church and State were the keystones of their doctrine. Not unnaturally, they fell foul of the bishops, and appealed to Pope Gregory XVI. All their doctrines were condemned in 1832 in the encyclical *Mirari vos*. La Mennais in particular reacted badly, and began to see the Church as the implacable enemy of freedom. He refused to submit to its authority.

From 1830 onwards the condition of the working classes was becoming desperate. They had no rights, since the Revolution, to form corporations or trade unions for their protection against exploitation; they lived in the poorest of conditions, existing on the lowest salaries. The Church, once a great dispenser of charity in such circumstances, was preoccupied with its own needs. One or two private organisations, such as the St Vincent de Paul Society, founded in 1833 by Frédéric Ozanam, strove to alleviate their miseries. Together with Père Lacordaire and Abbé Maret, Ozanam also founded in April 1848 a newspaper, *Ère Nouvelle*, to promote 'an alliance between Jesus Christ and the people' in which Catholics would accept Republican ideas since these were the ideas of the people. Their political programme would include legislation for sickness-benefit, old-age pensions, co-operation of the workers in management and arbitration in industrial disputes. But in the course of the middle-class reaction against the revolution of the June Days in 1848 the movement lost what support it had gained, the Catholic middle class now taking more strongly than ever the view that poverty was a necessary part of God's plan for society. Social Catholicism was not yet acceptable, and it progressed little under the Second Republic and Second Empire.

After 1870, two aristocrats, the comtes de Mun and de la Tour du Pin, founded *Œuvre des Cercles* or workers' study groups, in a right-wing attempt to make the aristocracy and middle class appreciate the problems of the workers, who in their turn were unfortunately unenthusiastic and not a little suspicious, reluctant to take a hand in organising the activities. A rather different line was taken by Léon Harmel, who had developed, in the mill he owned near Reims, a complete system of what one might call social security combined with trade-union activities, organised leisure and a flourishing spiritual life. Harmel associated himself with *Œuvre des Cercles* but found the organisation too paternalistic, and too much inclined to prefer discussion to action, though discussion was useful in helping working-class leaders to evolve out of their own ranks.

In 1891 and in the atmosphere of the *ralliement* Leo XIII issued the encyclical *Rerum Novarum*, which was to prove to be the most significant step taken by the 'official' Church towards the working class in the last half of the nineteenth century, and the first effective counter-blast to the *Communist Manifesto* of 1848. In it, the Church defined its position in the social conditions since the industrial revolution, a position hostile to the excesses of capitalism. The main principles were that State ownership is not the answer to capitalism, since man has a right to private property and the individual should come before the State. What is needed is combined action by Church, State, employers and employed. The Church should preach honesty to the workers, and to their employers due respect for the rights of their employees, such as a just system of wages. The State should provide for the welfare and comfort of the working classes and protect them from exploitation. Trade unions and other associations should be encouraged to foster these doctrines and to help the individual to better himself. Two years later, Leo wrote to a French bishop:

> Advise your priests to give up cloistering themselves within the walls of their churches and presbyteries and to go out to the people, doing all they possibly can for the workers, the poor, and members of the lower classes.

(Quoted by Dansette, II 126)

Some younger priests got the message. The study-circle movement expanded along Harmel's lines, and in 1896 plans were made for the creation of a Christian Democratic party to take an active political role, but this idea failed for lack of energetic support and a degree of opposition from Leo, who favoured action on a non-political level. Once again, several factors including a lack of leadership and the impact of the Dreyfus Affair, together with the processes leading to the Separation, interrupted a promising movement in the direction of Christian socialism.

In 1884, trade unions were once again permitted by law, and plans began to evolve in the 1890s to found Catholic unions in the spirit of *Rerum Novarum*. These expanded in the first ten years of this century in spite of opposition from those Catholics who thought support should be given instead to the C.G.T. (Confédération Générale du Travail) founded in 1895. The encyclical also stimulated the formation of groups of Catholic youth to be trained as leaders for the social movement. Among the more successful of such movements was the study-group known as the *Sillon*, founded in 1898 by Marc Sangnier, which within a few years spread throughout France. It was intended to be classless, and devoted to living a Catholic life and the formation of a Catholic élite. Among the early members was the novelist François Mauriac (1885–1970), who described Sangnier in *L'enfant chargé de chaînes* (1913). But Sangnier turned to politics, and the Church authorities in Rome became alarmed at the prospect of Catholicism being exploited in the political field. Bishops forbade their priests to join, and in 1910 Pius X ordered the *Sillon* to reorganise under the bishops' control, which effectively brought it to an end.

In 1926 the Belgian Canon (later Cardinal) Cardijn founded the *Jeunesse Ouvrière Chrétienne* to promote 'Catholic Action'; its special mission was to the youth of the working class. Five years later, Pope Pius XI issued the encyclical *Quadragesimo Anno*, restating and updating the social principles of *Rerum Novarum*. Among the points which he stressed most strongly were the desirability of profit-sharing and worker-participation in management, the fundamental opposition between Christianity and Communism, the dangers of the concentration of economic power in the hands of a few trustees, and the need for justice and charity in all business dealings.

The publication in 1927 of Père Lhande's book *Le Christ dans la banlieue* first drew the attention of many people to the extent of the dechristianisation of the industrial suburbs of Paris. There as elsewhere all the signs of a healthy spiritual life, such as regular attendance at Mass on Sunday and the main feast-days, baptisms, church weddings and religious funerals, were conspicuous by their absence. In some places, even the churches had closed; where they had not, some priests preached to less than a dozen people out of the thousands who might have come; and some of the priests themselves were undoubtedly complacent about this and content to hold on to the adherents that they had, instead of moving out into what had now become missionary territory no less barren than a village in the depths of Africa or South America.

In 1937, Pius XI in *Divini Redemptoris*, citing his predecessors Pius IX and Leo XIII, condemned atheistic Communism, analysing its false doctrines in contrast to the teaching of the Church, and showing the effect of a Communist régime in various countries. He urged priests to go out among the poor workers to put them on their guard against Communism. But he was thinking of parish clergy, and in an interesting paragraph that anticipates the attitudes of the curé of Sagny in the novel he said that the priest in the parish must first see to the needs of the cure of souls and parochial administration and then devote such energy as he could to winning back to the Church the mass of the workers. Catholic Action by laymen should be in the lead in this apostolate.

The coming of the war, and the appointment of Cardinal Suhard as archbishop of Paris in 1940, together brought into being, in the worker-priest movement, the first real attempt by the clergy to move out of the parish milieu, to penetrate into, understand, and take positive action to alleviate the miseries of the proletariat. Our survey has tried to show that until that point they had failed, because of their preoccupation with survival and their feeling that poverty was not in itself evil, and because of the politically inevitable association of the Church with the middle class, to prevent a progressive dechristianisation. The Church had also placed difficulties in the way of a number of attempts to introduce Catholic social doctrines because the proponents of those doctrines involved themselves too energetically in purely political activities which compromised the religious aspects of their efforts.

3. The French worker-priests

1941–1952
At the date of the novel we are studying, the worker-priest movement in France was barely ten years old. The earliest significant steps in its development came in 1941, the year after the

German occupation of France. Père Augros, a priest of Saint-Sulpice in Paris, made a systematic investigation of the training methods used in the French seminaries, the training colleges for future priests. A Dominican friar, Père Loew, became a labourer in the Marseille docks. The most accessible account of his activities is his book translated as *Mission to the poorest* (1950). The French cardinals and bishops decided that the time was ripe for the foundation of a special seminary to train suitably qualified, selected priests to serve in areas of special difficulty. The training was to be mainly but not exclusively aimed at the needs of the priest in a working-class community. Père Augros became rector of this Mission de France seminary, which was based in Lisieux (Orne). Two priests who were trained in Lisieux, Yvan Daniel and Yves Godin, presented to Cardinal Suhard a report with the provocative title *La France, pays de mission?* (1943), translated by Maisie Ward in her book *France Pagan?* (1949). They proposed a scheme by which selected priests from Lisieux might be permitted to work outside the framework of the parishes. The Cardinal was immediately and deeply moved by this document, and in July 1943 he founded the Mission de Paris, to be guided and directed by Godin and Daniel. In the same year, training courses for this new mission began to take place in Lisieux. Godin died accidentally at the beginning of 1944. Meanwhile the French bishops had decided to send a number of priests secretly as workers in the munitions factories in Germany to which large numbers of Frenchmen had been deported. In 1943 and 1944 twenty-five such priests were sent. Two hundred had volunteered. Among those who went was Henri Perrin, whose account is translated as *Priest-worker in Germany* (1947); he later also served in the Paris *banlieue*, and his autobiography, *Priest and Worker* (1964), assembled by his friends, is a moving account of his work. The main significance of the German venture seems to have been that it was the earliest example of complete participation by priests in the life of the workers.

Early in 1944 the first priests of the Mission de Paris took up their work. There were, to begin with, seven of them, under Abbé Hollande as superior. After the liberation of Paris in August other groups of worker-priests began to form in Paris and other French cities. By July 1945 those working in Paris numbered twenty.

In 1946 appeared *Paroisse, communauté missionnaire* (translated as *Revolution in a city parish* 1949) by Abbé Michonneau and Père Chéry, with a foreword by Cardinal Suhard. Michonneau was parish priest of the Sacré Cœur at Colombes, an industrial suburb in the *boucle* of the Seine, north-west of Paris, and an outstanding example of a pastor of a working-class community who was in tune with its spiritual requirements. The book was a penetrating and wide-ranging analysis of the faults of traditional parish life, such as boring services, poor and self-righteous sermons, mawkish hymns, and in particular 'the chink of money round the altar'. Sometimes the Mass was a 'mumbled twenty-minute scandal'. The authors deplored certain attitudes in running parish activities closed to outsiders: 'If they go off for winter sports, does that mean that we must find a Catholic mountain?' The training of priests was too bookish and highbrow, alien to both the people and the Gospel. A priest should be all things to all men. The people could be moved by the teachings of Christ, but found the Church unattractive. What was needed was a new vitality, a spirit of teamwork to bind the parish together into a living community. Michonneau and Chéry pointed out the way in which an ideal working-class parish might be run, while other worker-priests concentrated at first on establishing their own communities away from the parish church, to which they hoped eventually to be able to send their flocks if only the parish machine could be adapted to their needs.

In 1946 Abbé Depierre founded his Communauté de Montreuil, which was to provide Cesbron with a certain amount of material for his novel. By this time, some anxiety was being felt in official and conservative circles in Rome about the activities of these priests, and the archbishop of Paris was requested to send in annual reports about their work. 1947 was a crucial year, being marked by an increase in tension between Russia and the West (the start of the 'Cold War') and on the home front an outbreak of strikes and industrial unrest. The priests found that they were being drawn closer and closer into the anti-government and pacifist activities which were preoccupying the working classes, backed by the militants of the Communist party. Had they drawn back from this apparent collusion with the forces of the Left they would have lost all their credibility in the eyes of the workers whose cause they had, until then, professed to support, and whose living and working conditions they shared. From the point of view of the Church, the priests were beginning to live a dangerous double life in which they were trying to serve two masters; they were operating under two separate authorities, that of their bishops and that of their factory employers, whereas the bishops had until then had the fullest control over the clergy under them. To further complicate the issue, some priests were taking up official posts in the trade unions, a natural enough action for a worker and especially an educated one. Others, like Père Pierre in the novel, were making pacifist speeches, joining strike committees and taking part in demonstrations. All this, certain bishops felt, could only harm Church–State relations.

Cardinal Suhard, like most of the French bishops always a strong supporter of his worker-priests in the face of the hostility of episcopal colleagues in Rome, died on 30 May 1949. Apart from his actions behind the scenes, he had made a number

Cardinal Suhard

of public pronouncements on the decline of the Church in France, and on the problems of priests ministering to the populations of the big cities. Among the most important of these are the pastoral letters, read to the congregations from the pulpit, printed in *The Pastoral Letters of Cardinal Suhard* (1955). The removal from the scene of so powerful a patron marked an increase in the activity of the opponents at the Vatican. Within a month or so of his death, the Holy Office, that part of the Roman administration at that time concerned with the defence of faith and morals against unorthodox teachings, issued a Decree against Communism, which laid down that Communists and their supporters were automatically excommunicated. A year later, after further unrest involving priests clashing with the police at pacifist demonstrations, Pope Pius XII issued a specific warning to the clergy that on no account were they to associate themselves with Communist activity. By 1951 it was already well known that priests were members of the Confédération Générale du Travail, which they had joined rather than the Catholic Confédération Française des Travailleurs Chrétiens, founded in 1920, because in that way they demonstrated fully their solidarity with the workers in the particular *milieu* which they were serving.

By now there was a new archbishop of Paris, Cardinal Feltin, who showed himself willing to continue in the spirit of his predecessor by defending French worker-priests from unjust criticism. At a meeting of the French bishops in April 1951 an attempt was made to formulate a body of rules and regulations to cover the activities of the priests, and relations between them and their bishops were not improved when they rejected such an attempt to reduce their activities into an acceptable and legal framework. In June of that year Rome forbade any further increase in the number of French worker-priests, who now totalled about one hundred. An annual report on the activities of each priest was also demanded. This was the unsettled position at the time when *Les Saints vont en enfer* was published.

1952 and afterwards

The idea of the novel was conceived about eight years before its publication. Cesbron read *La France, pays de mission?* and was much impressed by it. After the war, he mulled over the idea and eventually was allowed, through the good offices of the priest upon whom he modelled Père Pigalle, to visit the still some-what clandestine Communauté de Montreuil founded by Abbé Depierre. Every Thursday evening for a year or so he attended the open sessions, the Mass and discussions held by the commu-nity, very much as do the visitors, 'deux journalistes du Figaro . . . un Irlandais, un type qui sortait de prison, un gars qui s'était enfui de l'hôpital, un benedictin, deux filles scoutes . . .' who come to Père Pierre's *réunion* in Sagny (p. 67).

Abbé Depierre (who is still alive, not yet sixty, and still an important figure in the worker-priest movement) at one time shared the flat of the Abbé Godin in the rue Ganneron which was to become the headquarters of the Mission de Paris. Maisie Ward says that Depierre was the closest to Godin in his almost prophetical outlook on the Christian future of the working class. He was in 1949 the only worker-priest in Paris who lived and worked alone; the others operated in teams. He was for some time a shoemaker, but the community decided that they would support him, just as Père Pierre's community would have liked to stop him working and to provide for him. Abbé Depierre created two teams of workers to provide employment when times were hard. One bred rats and mice for laboratories, and the other cut and sold wood.

Bishop E. R. Wickham, an Anglican who visited Depierre in Montreuil, recalls him in 1949 saying Mass each evening in as grim a tenement as I ever entered outside East Harlem, for the 'new Christians' — every evening that is to say except Sunday, on which day he pointed to the parish church. And of course, I put the question. And do they go? *Toujours la même question! Mais non! Jamais!* It was a parish of 33 000 people with a congregation of 170 women, 3 or 4 hundred children and a couple of dozen men of whom 3 would be workmen.

(In *Priests and Workers* edit. David Edwards: 1961)

The novel itself took two years to write and was published in March 1952. Its impact appears not to have been immediate, but within three months outside events were bringing it into a limelight which at the time brought Cesbron little except embarrassment and discomfort. On 28 May, at an officially banned pacifist demonstration in Paris against the appointment of the American General Ridgway as Supreme Allied Commander, Atlantic, two worker-priests were arrested and roughly handled by the police. The resultant publicity led a public which until then had remained in almost complete ignorance of the worker-priest movement to seek information about such men, who seemed so different from the parish clergy to whom they had all their lives been accustomed. It happened that Cesbron's novel bore a band reading 'Ce drame et ce mystère: un prêtre ouvrier', and not unnaturally a very great number of copies were bought by the curious public in search of enlightenment. The reaction of the worker-priests themselves, including Abbé Depierre, was hostile. It may be summed up in their own words from *The Worker Priests*, translated from the original French by John Petrie (this was a collection of documents put together by the Paris workerpriests themselves and published in 1954; it was condemned by the bishops):

Giving no place to the factory, it distorted the reality — both

of working and of religious life — that it was meant to depict, and encouraged the illusions of Catholic circles. It attracted severe criticism from workers' leaders. (pp. 22–3)
The workers' reaction is described by André Collonge (*nom de guerre* of a former worker-priest) who quotes French Communist Jeannette Vermeersch:

a recent book has cynically revealed the whole odiousness of their defiling, disintegrating, demoralizing, submission-teaching activity [of the worker-priests who] under cover of demagogic working-class formulas help to keep the worker in a narrow economic system.

(*Priests and Workers* edit. Edwards: p. 33)
In a third, similar book, *A Chronicle of the Worker Priests* translated and edited by Stanley Windass, we read that

The worker priests were not pleased with the book. Father Depierre saw in it, quite rightly, a romantic version of his own life in Montreuil, in which truth and fantasy were dangerously mixed. Others found that the book did echo their state of mind as it had been in 1949, but not as it was in 1952.

(pp. 58–9)
Cesbron was accused of a purely commercial motive in writing the novel, but the long history of its gestation, and the fact that the date of publication was earlier than the Ridgway demonstration, give the lie to this. Cesbron was distressed by the hostile reaction of Abbé Depierre, which he attributes to the success of the book leading to unwelcome publicity, and the somewhat prophetic ending of the story. But he promised the abbé that he would not allow a film to be made of it. That he kept this promise in the face of over twenty undoubtedly lucrative offers from film-makers is an indication of his sincerity and lack of cynicism or a commercial motive. The work made him well known as a novelist, for which he is not unnaturally very grateful, but also

caused him no little distress for a considerable time after it appeared. But he says that he has had plenty of proof that it went some way towards enlightening even some of the Church leaders. Cardinal Feltin, who had wrongly seen the second archbishop as a portrait of himself and had strongly opposed publication, later changed his opinion, offered uninvited to preside over the première of the film of Cesbron's *Il est minuit, Dr Schweitzer*, and to Cesbron's question as to whether 'le bilan de mon livre vous paraît-il négatif ou positif?' replied 'Positif'.

Within two years, at the end of a series of events (described in Gregor Siefer *The church and industrial society* 1960) which need not be detailed here, but which reflected an increasing anxiety on the part of the authorities in Rome that the priests were spending too long in the factory, were lacking clerical company, were poorly trained for the job and were becoming too friendly with the Communists, the experiment, which for those most intimately involved had ceased to be an experiment, was officially stopped. New regulations were made in 1954 whereby priests engaged on the mission to the workers were to do no more than three hours of work daily, were to hold no offices in unions, were to live in clerical communities and to participate actively in the lives of the established parishes. These regulations were apparently interpreted tolerantly and generously by most of the French bishops including Cardinal Feltin, but nevertheless a number of the priests defied all such restrictions, and some were lost to the Church.

The training of future worker-priests was, however, permitted to continue, notably at the seminary of the Mission de France, now at Pontigny, and an improvement in the climate of opinion within the Church has led to a gradual resumption of their activities and a continuing reappraisal of pastoral methods.

Pope John XXIII, who as Cardinal Roncalli had been the

Vatican representative accredited to the government in Paris from 1945 to 1953, in an encyclical letter *Mater et Magistra* (1961) reiterated the teachings of Leo XIII in *Rerum Novarum* and of Pius XI in *Quadragesimo Anno*, and restated Catholic social doctrine for the modern age. He stressed that, for example, governments must encourage and safeguard the interests of trade unions; that justice demands wages sufficient for the worker to live in a decent fashion and to provide adequately for his family; that workers should share in profits and take part in the running of firms; and that depressed areas should receive special assistance. The basis of Catholic social doctrine should be that the human individual is of supreme value over and above all other national or supra-national considerations.

The same Pope summoned in 1962 the Second Vatican Council, attended by all the bishops of the world and a number of experts and observers. Its main characteristics were an updating of the Church, the renewal of its methods and a change of its attitudes on several fronts. One cardinal described it as the end of the Counter-Reformation. After Pope John's death in 1963, it was continued by his successor Paul VI, and closed in 1965. During the Council, two months before he died, Pope John published a further encyclical, *Pacem in Terris*. Its main theme, as the title suggests, was peace, which can only be possible if men mutually recognise one another's human rights in every field. States must strive to live in harmony together, on the same principle. The ideal would be a world community, a sort of super-United-Nations for advancing the universal common good. A particularly significant aspect of this document is that the Pope laid down guidelines for a more tolerant and outgoing attitude on the part of Catholics towards others whose views are totally at variance with their own. The error, and the man who falls into error, are not one and the same. The man still has the dignity of a human personality. Men can change, and so can the ideas and attitudes of political movements. Practical measures for social improvement, even when they are inspired by unacceptable philosophical theories, might well be acceptable provided that they are reasonable and lawful. The application of this to the case of Pierre and Henri in *Les Saints vont en enfer* is obvious. But this is not to say that Christianity and Marxism are in themselves in any way compatible, and in such co-operation and co-existence the greatest prudence would still need to be practised.

The Vatican Council itself, in a decree on the ministry and life of priests promulgated in December 1965, approved the labours of worker-priests provided that they fulfilled a need and were approved by competent authority. This was a cautious statement, but during the debate on this document, in October 1965, the French bishops in Rome had announced that the Pope had agreed that the worker-priest movement might be revived in France, initially for an experimental three-year period. They might work full-time in industry or commerce, but were not to join unions or hold positions of responsibility. Nor were they to live alone, but in community. They were to be known as *prêtres au travail* rather than *prêtres-ouvriers*, a distinction emphasising that they were not essentially workers, but rather apostles to the working class. By 1967 there were about fifty specially trained priests working in France, and the movement has expanded healthily.

Pope Paul VI has himself issued two major statements on the social question. The first, in 1967, was entitled *Populorum progressio*, and stressed the urgent need for help for underdeveloped peoples and for social justice between the nations. Development does not mean simply economic growth, but rather the growth of the whole man, given opportunities to grow in humanity. Dehumanising influences include lack of the material necessities of life and the oppression of workers by those employers whose only motive is profit. Action on the international plane should promote the fullest development of the human race, for development is the new name for peace.

Finally, in a letter *Octogesima Adveniens*, addressed to Cardinal Roy to commemorate the eightieth anniversary of *Rerum Novarum* (1971), Pope Paul dealt with the new problems created by modern economic methods. Urbanisation, which has led to overcrowding on the edges of big cities, has created new proletariats living in belts of misery, suffering loss of human dignity, the result of which is an increase in criminality and delinquency. Trade unions are important, and the right to strike must be maintained, but the Pope condemned those who use strikes as a means of political oppression. Care must be taken in approaching socialist ideas, since they exist at several different levels: movements to get a better society; historical political movements; and ideologies with their own complete picture of mankind. Marxism in any of its interpretations is dangerous; it can only too easily lead to totalitarianism. To approach the working man an active brotherhood is needed. The encyclical specifically mentions worker-priests, who share the workers' conditions and bear witness to the teaching and solicitude of the Church at that level.

The climate of opinion is therefore becoming more favourable towards the worker-priests and their special efforts for the re-christianisation of the masses. Church authorities will continue to take special care in their selection and training, and it is hoped that individual priests will be able to carry on quietly with their chosen apostolate, free from the glare of publicity which would quickly undo all the good they have achieved.

4. The realism of *Les Saints vont en enfer*

The novel is far from being a work of pure imagination. It is, on the contrary, a fictional social document with strong roots in identifiable reality, written by a man who on the evidence of his other work was very strongly predisposed to sympathise with the human misery and hardship which he found in suburban Paris. But it would be a mistake to treat this as an historical novel or as a *roman à clef*. It is, rather, a *chronique*, in much the same way as Camus so describes *La Peste*. We must not seek precise historical sources for every event in the story, and we can ignore the occasional deviation from chronological accuracy. It does not purport to be a journalistic account of the life of a typical worker-priest in industrial Paris in 1948–49 but is an evocation of certain attitudes to one's fellow men and their predicament, based on its author's real-life observations of a certain *milieu* at a certain moment in time. If we find a scarcely disguised portrait of Cardinal Suhard, and if Père Pierre and Père Pigalle have more or less recognisable real-life counterparts, it is because the particular virtues of these men, and their weaknesses, made a strong impression on Cesbron and serve to highlight certain aspects of the attitude to humanity that he is evoking.

Michel Barlow says of the novel:

Les Saints vont en enfer n'est pas un reportage. L'important n'en est pas tant le décor, que les témoins, bien décidés à planter leur présence en pleine pâte humaine ... (p. 55)

L'histoire du Père Pierre est donc avant tout l'aventure d'un témoin engagé en pleine vie ouvrière; faisant siens tous les drames et toutes les luttes du monde ouvrier: la grève, la crise du logement; tout l'inhumain, en un mot, de la vie ouvrière. (p. 58)

The extraordinary thing, from the point of view either of a bourgeois Catholic or a proletarian Communist in France in the late 1940s, is that Pierre is a priest. He has the advantage of being *un ouvrier qui s'est fait curé* rather than *un curé qui s'est fait ouvrier*.

The opening pages of the novel describe the horrors of the long wait at the pit-head for his miner father to emerge from the hell of an accident underground, and by the time we next meet Pierre, in search of a factory job, he has passed through the seminary and served in a parish:

Il a dit la messe, des mois durant, devant des paroissiens — non! pas devant eux: il leur tournait le dos. Des marches, des enfants de chœur, une grille basse le séparaient d'eux.   (p. 69)

These parishioners would have been predominantly bourgeois, since the church building, the hours of the services, the words of the prayers and the content of the sermons from the pulpit were all utterly unsuited to the level of culture and the spiritual needs of the working class. Their parish priest might well have been like the curé-doyen of Sagny-Haut, who makes a precise distinction, which Pierre cannot accept, between the 15 000 people of the *quartier* and the 1200 of the *paroisse*: 'il faut d'abord sauver et conserver ce qui existe'.   (p. 153)

Pierre, however, has avoided the process of *embourgeoisement* through which many a boy of humble origin would pass during his years of training for the priesthood. He has not become imbued with the particular 'clerical culture' which Michonneau and Chéry identified: the air of gentility, the 'priestly' terminology, the assumption that one needs to preach only to the converted, and that 'good parish' means 'rich parish'. He has volunteered for the Mission de Paris, and undergone some form of special training for the task. His mission, his vocation, is simply to be present among the workers of Sagny to whom he has been sent, and by any means acceptable in that *milieu* to show that God exists, and to preach by example the Gospel of Christ:

Tout Sagny a faim et soif de justice . . . c'est le besoin, c'est l'absence de Dieu qui nous appelle . . .   (pp. 83, 84)

The tragedy of Pierre — and the reason for the anger and

embarrassment of Cesbron's worker-priest friends when the book appeared — is that he reaches a point at which he is openly being described as a Communist:

Vous n'êtes pas honteux, vous, un prêtre, d'être communiste ?
(p. 198)

From the point of view of his archbishop he is therefore giving public scandal and must be removed from his post. That his own motives are pure must remain, for the official Church, irrelevant. If Communism means that the community is all-important and that each must contribute to it, and may expect from it what he needs, then it cannot be incompatible with Christianity. But when it signifies Marxist dialectical materialism, it is totally at variance with what the Christian believes, since it excludes God from its system, and its practice denies human liberty.

For Pierre, therefore, the problem is that he shares with Henri, the local Party secretary, a compassion and an urge to help his fellow men, but their prime motivations are totally different. For a priest in a parish an open friendship with a Party man would be, to say the least, imprudent. In the rue Zola, the friendship of Pierre and Henri, workers in the same factory, seems normal and practical. Henri becomes 'son meilleur copain'. Together they go to a peace campaign meeting, they aid and abet homeless squatters, they take part in a strike and an anti-government demonstration, and give evidence for the defence in the politically-complexioned trial of a drunken child-beater. To Pierre these are all natural and inevitable things to do, since he identifies himself totally with his community: 'Pierre est devenu ouvrier'. Had he not done so, he would have lost credibility, become an object of suspicion, and so could have done none of the spiritual good which he achieved:

Si je ne m'étais pas durci, si je n'avais pas combattu pour leur juste libération, où serait mon influence ?   (p. 380)

His influence has not been what the traditionalist Church required: baptisms, First Communions, regular attendance at Mass in the parish church. This he admits; his success has been of a different order:

une fraternité, un désintéressement, un amour grandissant. C'est l'Évangile vécu . . . le reste viendra plus tard.   (p. 380)

But in the last analysis he is not removed from his post for failure on the plane of statistics, but rather because of his non-priestly activities:

votre présence à des réunions politiques où vous prenez la parole; une descente de police dans votre communauté, au soir d'une manifestation; le suicide d'un de vos catéchumènes; votre témoignage favorable à l'accusé, au procès d'un bourreau d'enfants; et l'utilisation que la presse en a faite. (p. 378)

The last phrase is the crucial one: Pierre is bad publicity for the Church:

aux yeux de la presse et du public, un prêtre engage l'Église entière.   (p. 379)

The public is too receptive to the kind of tortuous vilification used by the public prosecutor:

le témoin qui vient de faire le procès des gardiens de l'ordre et l'apologie des manifestations, de la grève et du suicide est un prêtre!   (p. 367)

The Church authorities responsible for sending Pierre and others like him into this mission field were in no small measure to blame for their difficulties. Open-hearted and generous young men were sent into a society for which they were ill prepared and badly trained. They had not realised beforehand the totality of poverty and injustice which were the everyday lot of the workers of outer Paris. They therefore took up attitudes and positions which at that time seemed incompatible with their priesthood.

Aside from the question of unfavourable publicity, the Church authorities were extremely distressed about the dangers to the individual priesthood of such men as Pierre. They did not want the risk of their going off the rails, in any sense of that term: loss of clerical 'caste', loss of celibacy, loss of faith. The Catholic priest is a man set apart to share in the priesthood of Christ and to perform in Christ's name the ritual of the Mass and the administration of the Sacraments. He is also a teacher, charged with spreading the word of God. His rôle is, essentially, a spiritual one: he is concerned with the soul rather than with the body. In simple human terms he is judged by a full church of regular communicants.

The social gospel

For Pierre and for many modern priests, however, the empha-, sis is different, in that they find that two different life-styles can be combined. Christ taught that one should feed the hungry, give drink to the thirsty and clothe the naked, find homes for the homeless, visit the sick and imprisoned and bury the dead. He preached the virtues of mercy, humility, justice and brotherly love. Pierre finds that the practice of all these virtues brings him closer to his flock, and therefore his flock closer to God. Christ's social teaching is attractive, and particularly well understood by the poor, the hungry and the oppressed. Theology is not attractive to those who recite what Michonneau and Chéry call the working man's creed: 'It's all a matter of opinion'. A course of religious instruction such as was at that time given (and perhaps, sometimes, still is given) to a prospective member of the Church would be digested only with great difficulty by an uncultured worker. This explains in part the extraordinary reaction of Odette and Georges:

Odette, qui au moment de communier pour la première fois,

m'a crié: 'Arrêtez! je n'y crois pas!' et s'est sauvée . . . Georges qui ne voulait pas que je le baptise: 'Après, je ne t'intéresserais plus' disait-il. (p. 218)

They are unable, even after what Pierre has taught them, to grasp the significance of anything even one step removed from the immediate and the concrete, such as Communion and Baptism. But Jean, for example, is receptive to the simple teaching of the Gospel:

Les phrases de Pierre le touchaient, bien sûr! Mais quand il citait l'Autre, ah! quel choc! Même quand il ne comprenait pas bien les paroles, il les encaissait; à force de tourner autour, tel un chien mendiant, la porte s'ouvrirait. (p. 93)

For Jean, Christ is

ce copain, cet ouvrier au grand cœur, ce militant (p. 87)

and these are more significant words of praise than the often obscure terminology of traditional prayers and hymns. Jean cannot grasp the theological proposition that Christ and God the Father are two persons but one God, but he can understand Christ's teaching about caring for one's neighbour:

il guérissait les gars, il leur trouvait à manger, il les défendait contre les plus malins . . . (p. 92)

and about living at peace with him:

Je ne pouvais pas signer avant; j'avais un ennemi. Un type que je ne pouvais pas encaisser . . . J'ai mis trois jours à faire ma paix avec lui. Maintenant je peux signer. (p. 140)

The theme of peace is central to the novel, just as it is constantly reiterated in Christian teaching (The peace of God which passeth all understanding . . . Peace on earth, good will to all men . . . Peace be with you . . . Blessed are the peacemakers). Pierre's speech at the pacifist meeting — in the right church it would be a sermon — is a notable example of the use of a good opportunity. The invitation comes from the Communist Henri;

it is essentially a Party meeting. Henri himself induces him to speak, and introduces him as a worker-priest. One might well interpret his action as a trap. But in the event the speech is non-partisan:

> quand on veut la paix dans le monde, il faut commencer par l'avoir en soi . . . quand tous les hommes du monde ne feront qu'un, seront vraiment comme un seul homme: c'est ça qui s'appelle la paix . . . Moi, je ne suis pas d'avis d'accrocher la paix à une politique: ce n'est pas un wagon, la paix, c'est une locomotive . . . la paix est contagieuse. C'est une bonne maladie . . . La paix, c'est aimer les autres, pour les obliger à aimer les autres — et ainsi de suite. (pp. 107, 108–9, 110)

Here is no mention of specific international affairs, and on the other hand no mention of God or Church. Yet it is a simple exposition of Christ's teaching. The result is rather more than Henri bargained for: Pierre's apartment, rather than Henri's, becomes a centre for signing the peace petition, and numbers of people are attracted to the community of the rue Zola, healthily curious about Christians:

> Vous êtes marrants, vous rigolez toujours . . . Ce sont des nuageux, ces mecs-là, mais ils sont heureux. (pp. 119, 120)

The presence at the same meeting of abbé Gérard Levasseur eventually brings about a confrontation between Père Pierre and the curé of Sagny, which serves to underline the essential differences between the static parish organisation and the dynamic ideal of the worker-priest in his community. Pierre insists that he is not trying to take people away from the parish. On the contrary, his wish is to recruit new Christians, to fill the parish church. But that building and its congregation form a *milieu paroissial* unacceptable to the workers:

> — C'est la faute des bons paroissiens et de leur clergé, n'est-ce pas?

— Quand un enfant blesse un de ses camarades, c'est le père qu'on en tient responsable. Est-ce injuste?

— Voilà, dit la sœur comme pour elle seule: pas coupable, mais responsable . . .   (p. 155)

The curé wants to hand the parish on to the next man unchanged after twenty-seven years; but the population has doubled, the number of factories tripled, and he has taken no account of this expansion:

le quartier a changé . . . et pas la paroisse.   (p. 156)

For Pierre, these would be one and the same. The cardinal archbishop has visited the rue Zola, but not the parish church. But if the confrontation between curé and worker-priest achieves little else, it at least helps the old nun to progress from the point where she is bemoaning the loss of Madeleine, 'notre Enfant de Marie la plus zélée', to conquering her aversion and taking the hardened prostitute Suzanne into her community. Her reward for this act of charity is the extraordinary conversion of this other Magdalen into a future missionary nun.

The miraculous element

Suzanne's conversion, the cure of Étienne, and the extraordinary business of the thousand-franc note being blown into Madeleine's face are episodes which at first sight seem too good to be true. The last of these was certainly taken from real life. Miracles or apparent miracles do happen, whether or not one wishes to attribute them to God; plenty of incidents of everyday life are not explicable in human terms, and therefore an author is entitled if not obliged to present such incidents as part of the fabric of existence. As Michel Barlow puts it:

N'importe quel témoin reconnaît volontiers qu'il est des moments de son existence, où la trame de l'univers lui semble plus transparente.   (p. 62)

Père Pierre is not a miracle-worker; no human can work miracles. At the bedside of Étienne he does nothing but pray, offer his life for that of the injured child, and wait. The result is a cure not so very different from the inexplicable but medically attested healings which take place in real life, for example at the pilgrimage place of Lourdes, described by Cesbron in the early pages of *Vous verrez le ciel ouvert* (1956), where Michel, the young militant Catholic worker from Montreuil, reflects

> Voici le face-à-face de chaque malade avec l'Éternel. Un miracle est possible à chaque battement de cœur . . . Le temps d'un regard, mais d'un regard où chacun a mis toute sa douleur et son espoir.

Vous verrez le ciel ouvert is, in passing, complementary to our present novel in more ways than one. From Lourdes, Michel goes up into the mountains to help build a dam, under conditions which dehumanise 'le travailleur manuel, l'homme-bras'. Life at Les Ramèges is very similar to that which the worker-priest Henri Perrin found at the dam-site at Arc-Isère in 1952–53, described in *Priest and Worker*. Here, too, is a parish priest who wants to look after his flock and leave God to chase the strays. The theme of the book is a modern version of the apparition of the Virgin Mary, not this time at Lourdes but at the dam-site. The message is that man, especially when he is in a state of oppression and abasement in a hostile, rationalist world, has an enormous thirst for the supernatural.

The milieu

It is for this same reason that Pierre is in Sagny. Cesbron gives us a faithful picture of a *milieu* which he came to know well, although on his own admission

> je n'ai jamais été pauvre, ni prêtre, ni ouvrier.   (p. 8)

Sagny could be, he tells us, anywhere in the Paris *banlieue*, mainly

xl

the belt of *communes* just outside the fortifications which encircled the city from the 1840s until after the 1939–45 war, their line now marked by the outermost ring of *boulevards* encircling the twenty *arrondissements* of inner Paris. Like many another city, it grew in a series of concentric rings as its population increased. But in the fifty years before the date of Cesbron's novel there had been an increase of only five per cent in the number of inhabitants of the city of Paris, whereas in the *communes* just outside, if we take a sample of sixteen of the largest whose populations are quoted in Siefer (p. 271 n. 170) the increase over the same period was of the order of 115 per cent. It was in these *communes*, such as Asnières, Aubervilliers, Boulogne-Billancourt, Colombes, Montreuil and others, that many of the Paris worker-priests were to operate. Workers' housing conditions were grossly overcrowded, the buildings themselves were old and dilapidated. Landlords were making a fortune at the expense of those who had come from the provinces to the capital to live in the miserable *hôtels meublés*, of which 38 rue Zola is a good example; nearly half a million were quartered in such places, all over Paris.

Conditions of work

The Paris region is one of the major concentrations of industry in France. In the *communes* on the periphery one may find the manufacture of cars and aircraft, electrical equipment, machine tools, chemicals, and at the more luxurious end of the scale — perfume, cosmetics and hosiery. Also found are glass, rubber, paint, leather, plastics, soap and fertilisers. The port of Paris is similarly a major employer of labour. The *communes* are largely self-sufficient urban 'villages', but it is by no means the case that each employs its own inhabitants. Many *banlieusards* find themselves crossing the city in order to reach their chosen place of work; the stresses of commuting by an overstrained transport system add to the physical burden of the day, as well as making it longer. In winter many workers leave home before daylight and return after dark. The effect of this alone on a worker's social life, let alone his spiritual life in the unlikely event of there being much inclination in that direction, may well be imagined. A minimum of one day off a week was instituted in 1906; in recent years the movement for a five-day week has gathered momentum. But where Sunday has been a day of rest, and in particular when Saturday was a work-day, the workers have tended to remain at home and most probably in bed throughout Sunday morning. This, of course, ran contrary to the traditional pattern of Mass-going for as long as the law of the Church insisted on Mass in the morning. But Cardinal Suhard and other bishops obtained permission from Rome for evening Masses to be said in their dioceses. This was of particular value to the worker-priests since not only their flock but also they themselves would otherwise have had great difficulty in fulfilling even their Sunday obligations. The Catholic ideal for priests and people would be daily Mass; attendance on Sunday represents the minimum.

In 1936 the government decreed a forty-hour working week but there were some modifications to this in certain branches of industry. In order to employ his men for more than forty hours an employer has to have the permission of the Inspecteur du Travail. But in fact at least five hours over the limit, on average, were worked in the 1950s. Sixty was the absolute limit. Overtime is of course paid at higher rates. Only since 1952 has a guaranteed minimum salary, based on the cost of living index, been imposed on all employers. Before this period there had been strict government control over salaries, with little scope for discussions between employers and employed. From 1936, two weeks of paid holiday were guaranteed as a minimum; from 1956, three weeks.

The political background
At the period in which the novel is set, France was not a particularly stable country. The war had been over only three or four years. The divisions between collaborators and resistance workers had not been forgotten. Even Cardinal Suhard had been under house-arrest for a short time after the liberation of Paris in 1944, suspected of collaboration. At the end of the occupation, the country was led by General de Gaulle at the head of a provisional government. The General's first priority was to ensure that the Communist Party, led by Maurice Thorez, did not insinuate itself into power. He signed a treaty of alliance with Russia, in an attempt to shore up his insecure régime. A referendum in October 1945 showed that the French people had no wish to see a continuation of the Third Republic. A new, mainly left-wing constituent assembly set about making a new constitution. The only party other than the Communists and Socialists which looked like making any progress was the new, Catholic and progressive Mouvement Républicain Populaire (M.R.P.) led by Georges Bidault, which obtained a quarter of the votes in the 1945 election. De Gaulle formed a three-party government but kept the Communists, the majority party, out of the key positions in it. Struggles over policy-making led to de Gaulle's resignation in 1946 when his views on the need for a powerful presidency were rejected. Communist plans for a new constitution with one legislative chamber were rejected by the country as a whole, and in the elections for a new constituent assembly the M.R.P. became the largest party with twenty-eight per cent of the votes. The new constitution gave a two-chamber system. There was provision for compulsory dissolution of parliament after any vote of no-confidence in the government. Between 1946 and 1951 the Fourth Republic had eight separate ministries, largely involving the same set of politicians. Under left-wing

influence the post-war years saw the nationalisation of banks, gas, electricity, coal-mining, insurance and the major car-producing firm of Renault, as well as Air France. The needs of post-war reconstruction led to rationing and control of prices and wages. Within two years the value of the franc was divided by three.

Demands for wage increases, in the midst of rapid inflation, led to Communist-supported strikes in May 1947. The prime minister, Ramadier, a Socialist, dismissed the Communist members of his government. Further strikes followed at the end of the year, from the failure of which the Communist Party emerged somewhat discredited. When in June 1947 George Marshall, American Secretary of State, announced a programme of financial aid for Europe, the Communists attacked the idea of French acceptance which, they said, would lead to domination by the United States; they proposed an increase in economic relations with Russia instead. In January 1948 the parties realigned. On the one hand were the Communists, and on the other the Gaullists, members of de Gaulle's Rassemblement du Peuple Français (R.P.F.). In the centre was a new alliance, a Third Force, of Socialists, Radicals and the M.R.P. Further strikes in October and November 1948 were defeated by Radical premier Queuille, aided by Jules Moch, his Socialist Minister of the Interior.

An important factor in the peace-keeping activities of M. Moch and the French police were the Compagnies Républicaines de Sécurité, riot-squads generally recruited in provincial areas and held in reserve, formidably armed and tensed for action, often waiting in a side street as a demonstration developed. It was they who were used to deal with the more violent activities of the Communist strikers, and their brutality has become notorious. When Cesbron described police methods in *Les Saints vont en enfer* he received a letter from 'un flic chrétien' who protested at his presentation of the violence of the police. In an

Strikers and C. R. S., 1948

xlv

essay, *Chasseur maudit* (1953) Cesbron replied:

> Je n'ai rien inventé, ce que dit mon livre, je l'ai vu . . . Je crois
> qu'il y a des métiers dangereux pour l'âme; celui d'agent de la
> force publique en est un.

Hence the emotion in the novel when Michel, in order to feed
his wife and children, joins the C.R.S.

> Nous sommes des ouvriers; et Michel, qui était un copain,
> passe de l'autre côté. On comprend. On ne lui en veut pas.
> Mais il n'y a rien à dire de plus.   (p. 233)

In Cesbron's account of the working classes of the Paris *banlieue*, as he claims, nothing is invented. His wartime years with
the Secours National, and his visits to working communities in
Montreuil and elsewhere, helped him to present an accurate,
well-observed and documented picture. He himself summarises
the novel in *Chasseur maudit*:

> Ne vous scandalisez donc pas de voir côte à côte des chrétiens
> et des communistes! Eux que l'avenir sépare, le présent les
> assemble quand ce présent s'appelle Loger, Nourrir, Trouver
> du travail, Vouloir la paix. Il n'y a pas un pain communiste et
> un pain chrétien, des taudis communistes et des taudis chré-
> tiens, un chômage communiste et un chômage chrétien; il est
> possible qu'il y ait une paix communiste et une paix chrétienne,
> mais l'absence de guerre est notre affaire à tous.

Note

An asterisk against a line in the text indicates that a word or
phrase in that line is dealt with in the Notes to the Text, beginning on page 424.

Voici un livre qui risque de déplaire un peu partout. Mais la prudence est-elle encore une vertu?

Dans un monde où des hommes de même langage ne peuvent plus se comprendre sans interprète, dans un temps où l'on assassine les médiateurs, et où l'honneur commande d'être écartelé: dans ce siècle où règne la croix sans le Christ, je veux n'être d'aucun parti. J'ai trop vu de partisans pour rester capable d'un autre choix. Ainsi, je ne quitterai pas la main des hommes au milieu desquels j'ai grandi, parce que je tends la main à mes amis de Sagny.

Ceux-ci ne reconnaîtront peut-être pas leur visage dans ce livre; et les autres ne reconnaîtront plus le mien. Chacun me traitera d'agent double. Mais l'honneur, aujourd'hui, commande encore de perdre sur les deux tableaux.

On chercherait en vain Sagny sur une carte; mais ce que j'en raconte, on le trouvera dans presque toute

7

la banlieue de Paris à la condition d'y porter un
œil pur et un cœur exempt de parti pris.

Je serais bien honteux de blesser quiconque avec
ce livre; et je n'espère y convaincre personne: chacun
ne convainc que soi-même. Mais si j'ébranle quelques esprits libres, c'est assez.

A mes amis de Sagny, j'offre cette histoire que
je n'avais pas le droit d'écrire, car je n'ai jamais été
pauvre, ni prêtre, ni ouvrier.

A vous J., B., A., G., qui refusez que je vous cite,
je donne ce livre où tout ce qui est pur vient de vous
et, de moi, ce qui est besogneux.

J., B., A., G... Vous ai-je jamais appelés par vos
noms de famille?

Des saints aussi, on ne connaît que le prénom.

Quand le vieux Clément entra, avec son odeur d'homme qui n'a pas dormi, le petit Pierre était en train de rêver. André, son frère aîné, s'assit sur le lit avec la brusquerie d'un condamné à mort et entendit son cœur battre jusque dans ses dents:

— Alors?

Mais Pierre continua de rêver. Il voyait de la neige; ou plutôt, il l'imaginait (car celle des corons était toujours grise): la neige, dans son rêve, était blanche... Pierre en souriait dans son sommeil.

— Alors?

— Rien, dit Clément.

Sa lampe de mineur l'éclairait par-dessous, comme au théâtre: éclairait ses rides profondes, tout incrustées de poussier.

— Dépêchez-vous, les petits! reprit-il de sa voix sourde et qui semblait, elle aussi, remonter du fond de la terre, votre mère vous réclame.

— Mais papa? demanda encore André.

— Venez!

Pierre s'étirait en souriant; son frère lui allongea une gifle pour le réveiller. Depuis des heures, André veillait, les yeux froids, l'oreille tendue, en comptant le temps sur ses doigts: « Il doit être minuit... » Mais l'aube déjà suspendait sa lessive sale à la fenêtre.

— Pierre, si tu ne te dépêches pas, je te... Il ne comprend donc rien?

— C'est de son âge, dit Clément qui n'avait pas d'enfants, et il se baissa pour aider le petit à lacer ses chaussures.

Il avait posé sa lampe sur le sol; la lumière et les ombres y dessinaient une étoile. Pierre trouva ses chaussures lourdes, ses vêtements froids; il s'attardait à regarder le lit ouvert.

— Allons!

Ils sortirent. La terre charbonneuse crissait sous leurs pieds. Ils passaient devant des portes entrebâîllées, des rideaux qu'écartait une main invisible: le coron, cette nuit, gardait ses yeux ouverts.

André (douze ans) marchait devant, fermé comme un navire, les poings serrés dans ses poches, le col relevé, les épaules hautes: prêt à recevoir l'averse ou la pire nouvelle. Le vieux Clément suivait, d'une main tenant sa lampe inutile, de l'autre la main de Pierre; et le petit garçon serrait cette chair aussi grise, aussi morte et rugueuse que la patte d'un chien. Seule place tendre: ce doigt coupé (le second de la

10

main droite), auquel manquait une phalange, la plus habile. Une machine jalouse l'avait tranchée d'un coup de dent. Pierre pensait souvent à ce bout de doigt perdu: qu'en avait-on fait? Un jour, il demanderait à Clément s'il l'avait conservé. « Moi, je l'aurais gardé. Moi, quand je serai grand... »

Autour d'eux, l'horizon clos; au-dessus d'eux, la forge du soleil levant traitait en silence le métal noir du ciel. Le petit Pierre y suivait du regard des actes passionnants: on envoyait des troupes de feu dans toutes les directions, on levait à la hâte des campements de nuages, les armées roses escaladaient des remparts ténébreux, retraitaient en désordre! Pierre observait aussi, par les trouées du ciel, ces greniers pleins de neige...

Le cri d'une sirène déchira l'étoffe grise.

— Ecoute, Clément! dit André d'une drôle de voix (une voix de grande personne), *ils* en sont peut-être sortis!

« Peut-être » lut-il sur les lèvres du vieux, car une autre sirène couvrait sa voix; et, quand le silence fut revenu:

— ... je suis descendu deux fois au fond, achevait Clément.

« Qu'est-ce qu'il raconte? pensa Pierre. Moi aussi, deux fois, je suis descendu au fond de la mine avec papa. C'était amusant: la benne... ho-op! Un petit train tiré par un cheval... Quand je serai grand... »

Il reconnut sa mère, de dos, plus noire et plus triste que les autres dans le groupe triste et noir qui se tenait sans mouvement devant les grilles closes, sous les hauts projecteurs. Ses mains blanches, toujours actives, il les vit immobiles agrippées aux barreaux.

André vint se placer près d'elle, en silence. Elle dit seulement: « André! » puis, sans détourner son regard, chercha d'un bras aveugle le petit Pierre, le serra contre elle, lui caressa le visage. Et, de sentir cette chair fraîche et ferme, ces cheveux emmêlés, cela la fit pleurer, elle qui, depuis six heures, se gardait impassible, séparée de la mort par cette grille froide.

On s'agitait, de l'autre côté: des hommes à barbe, à blouse, à lorgnons couraient et discouraient. Pierre les visa, l'œil fermé, le doigt tendu, et en abattit quatre ou cinq: « Pan!... Pan!... Pan!... » Puis il bâilla. Puis il trouva une craie dans sa poche et marqua des chiffres mystérieux sur le pied du pylône; et, quand il l'eut couvert de blanc, il ramassa un caillou noir et charbonna ses inscriptions. Puis il se mit à chantonner d'ennui, comme l'eau sur le feu.

— Pierre!

La main blanche lui ferma doucement la bouche: une main froide et qui sentait le métal de la grille.

— Mais, maman...

Il leva les yeux vers ce visage, vers tous ces visages de statues dont les yeux ne cillaient même pas, où

12

seules vivaient les narines. Tous ces regards l'hypno-
tisaient, et il tomba en somnolence, calé entre sa
mère noire et ce lampadaire gris qui, d'un œil froid,
le surveillait de si haut. La neige, la neige blanche...
Il rêvait déjà.

Un frémissement autour de Pierre; une cloche au
rythme hâtif, réveillée en sursaut comme lui-même;
puis une sonnerie grelottante que personne ne semblait parvenir à faire taire malgré l'agitation des blou-
ses, de l'autre côté de la grille. Puis le silence aux
souffles retenus, et une voix rauque cria vers la foule:

— Treize! il en remonte treize!

Et, sur un autre ton:

— Sept sont encore au fond...

« Treize! » répétèrent certaines femmes; et « sept! »
certaines autres.

Toutes se plaquèrent contre cette grille; puis elles
s'entre-regardèrent, les plus fortes avec pitié, les
autres avec une sorte de haine.

— Ils remontent!

Les hommes à blouse s'écartèrent, perdirent toute
leur importance, se fondirent dans le gris: il n'y eut
plus que cette bouche noire, et la foule noire et ces
barreaux entre elles. Silence. Interminable moment
entre la Parole et l'instant où Lazare sort du tom-   *
beau... On y croit déjà — on ne peut y croire! Et
les treize sortirent du tombeau.

13

On les vit paraître au jour, statues de charbon aux yeux cernés de blanc: le contraire même d'un cadavre! si proches pourtant de la mort. Titubant, aveuglés, ils s'arrêtèrent au seuil de l'aube et tout demeura immobile, un instant encore; mais, de l'autre côté de la grille, tous les regards déchiffraient douloureusement ces visages méconnaissables.

L'un des rescapés fit un geste: passa le dos de sa main sur son front puis sur sa joue comme pour en ôter la crasse épaisse dont son visage entier...

— Papa! cria Pierre, et il se mit à trembler de tous ses membres.

Comme à ce frêle signal, la foule se rua, força les grilles, se jeta contre les hommes noirs qui n'avaient pas bougé. On criait des prénoms, on riait, on pleurait surtout. Bientôt, il n'y eut plus que des petits groupes serrés qui s'éloignaient, et un autre, plus nombreux, où l'on ne disait rien et qui se laissa docilement reconduire derrière les grilles.

Pierre, toujours frissonnant, se suspendait à la main de son père — main sans vie qui, par instants, serrait faiblement la sienne: « Je suis là... Je suis là... » Mais l'homme n'avait prononcé aucune parole; quand, brusquement, il s'arrêta et, d'une voix si rouillée que personne ne la reconnut d'abord:

— Il faut que je reste, dit-il, Benoît est dans le fond.

On se récria: « Tu ne tiens pas debout!... Allons,

rentre chez toi... » et la voix douce: « Rentrons chez nous... » Mais, les yeux fixes, il répétait:

— Benoît est dans le fond. Je ne peux pas rentrer.

Pierre claquait des dents. Il pensait à son lit entrouvert. Tout le reste se passait au-dessus de sa tête, comme ces combats dans le ciel, tout à l'heure.

Enfin, le vieux Clément, qui tenait toujours à la main sa lampe allumée, frappa très fort sur l'épaule de son ami, comme pour le réveiller:

— Je vais redescendre, moi. Retourne chez toi.

A présent, ils marchaient sur la route, tous les quatre d'un même pas qui n'était celui d'aucun d'eux. Pas un mot; sauf le mineur, par instants, comme pour retrouver sa voix ou s'assurer de son existence: « Allons! disait-il, allons! » et il respirait très fort. Respirer librement, pouvoir respirer librement...

Pierre continuait de trembler, et si violemment qu'il ne parvenait plus à marcher droit. Il pensait que c'était de froid; mais ayant, du même geste que son père, porté la main à son front, il le sentit ruisselant. « La pluie, bien sûr! » Il offrit donc son visage, la bouche grande ouverte, à cette averse qu'il n'avait pas senti tomber. Rien! Il ne pleuvait pas. Il comprit alors que c'était la sueur, que c'était la fièvre comme au temps de sa maladie, et il commença de pleurer doucement. La pensée que les autres ne s'en aperce-

vaient même pas le révoltait! Ces autres, qu'il voyait
sourire en silence, pour rien au monde il ne leur
aurait demandé secours: il n'avait plus confiance en
eux, en personne, en rien! Il comprenait seulement,
mais tout d'un coup, les événements de cette nuit:
l'accident de la mine, l'angoisse de sa mère, l'insomnie d'André; à sa terreur inutile se mêlait un peu de
honte. Pourtant, il ne s'apitoyait que sur lui-même, à
la manière des enfants. Maintenant, il ne jouerait plus,
il ne rirait plus. Et même dormirait-il jamais? Ne
guetterait-il pas, chaque soir, le retour de son père?
sursautant à la moindre explosion, l'oreille tendue, le
cœur tendu? Chaque jour, son père descendait creu-
ser sa propre tombe! Une nuit, bien sûr, il n'en
remonterait pas... Et les autres non plus! les autres,
tous les autres! Et Clément, en ce moment même...
Et lorsqu'ils seraient grands, André et lui... Un soir,
ils seraient cet homme sans âge, noir, tout noir, qu'il
avait vu le mois dernier: *mort*. C'était donc cela le
secret des grandes personnes?

Une sirène toute proche le fit tressaillir. Plusieurs
répondirent, impérieuses. Le petit Pierre leva vers le
ciel ses yeux brouillés de larmes: les troupes grises
en avaient chassé les armées roses; un jour tout nu s'y
levait. Autour de lui, les réverbères dormaient
debout. Il ne voyait que palissades, montagnes de
charbon, wagons aveugles, câbles, signaux borgnes,
incompréhensibles machines toujours sur le point

d'éclater et sifflant une vapeur assourdissante... Une gare! ce qui l'effrayait le plus... Oui, ce monde n'était qu'une immense gare poussiéreuse dont nul ne s'échappait!

Pierre, brusquement, lâche la main de son père et court vers son refuge, vers le seul royaume qui lui reste: son lit. Déshabillé à la volée, il y enfouit son désespoir sous les couvertures encore tièdes. Oh! la neige... Oh! les fleurs... Il voudrait prier, mais ne trouve que des mots; dormir, mais le carrousel, dans sa tête, est trop pressant. Il entend s'approcher les autres et chaque maison saluer le retour de son père. « Les prisonniers collent leur visage aux barreaux et regardent qui passe... » (Il a vu, dans l'almanach, les images d'une prison: elle ressemblait au coron, en moins noir.)

Bientôt, André le taciturne va se glisser en reptile dans leur lit, prenant garde de ne pas réveiller son frère. « Il me croit endormi! Comment peut-il me croire endormi? » pense Pierre furieux. Le grand se tourne, se retourne, trouve enfin son creux. Tenez! il dort déjà, l'imbécile!

— André! (Pas de réponse.) André!

— Hon!

— Tu descendras dans la mine, toi?... Moi, jamais!

— Qu'est-ce que tu racontes?

— Jamais je ne descendrai dans la mine, je le

jure! reprend lentement l'enfant, assis dans son lit, les coudes aux genoux, les poings au menton.

André laisse filtrer un regard vers le petit profil buté, hirsute; mais il a trop sommeil et se sent trop heureux, ce matin, pour discuter.

« Le gosse ne comprend rien. Hier soir, il riait; à présent, il pleure presque... Mais non, il pleure tout à fait! »

— Pierre!... Pierre!... Mon bonhomme!...

A son tour, l'enfant regarde ce visage inquiet, ce simple et sûr visage qui ressemble tant à celui de leur père. Comme il l'aime! Que c'est bon de n'être pas seul!... Il essuie ses larmes.

— Et toi, André, tu n'y descendras pas, dans la mine, hein? Toi non plus? Jure-le!

— Mais si, répond l'aîné. (« Ce n'était que cela? ») Bien sûr que si, j'y descendrai: je n'ai pas peur, moi!

Et il se retourne vers le mur, vers le sommeil du juste.

I

ALLEZ, VOTRE MISSION COMMENCE! *

En deux coups d'œil (de bas en haut, de gauche à droite) le directeur du personnel toisa l'homme: la taille, bien!... Les épaules, bon!... Ensuite seulement, il s'attarda à ce visage qui, depuis tout à l'heure, ne cessait de sourire. Les yeux, couleur de noisette, ou plutôt d'écureuil, le fixaient avec sympathie.

Le directeur regardait, non sans malaise, ce front où si peu d'années avaient pourtant laissé, comme l'océan sur une plage, trois longues rides parallèles; ces lèvres enfantines, faites pour la moue, mais que contraignait un perpétuel sourire; dans le menton, ce trou où le rasoir pénétrait mal et qui paraissait un sourire de plus; et ces cheveux tout gris sur un si jeune visage, pareils à la neige de mai.

Le directeur n'aurait pas su dire ce qui le touchait dans cette figure d'inconnu et qui était ceci: qu'on y discernait à la fois l'enfant qu'il avait été et le vieil homme qu'il serait.

— Votre nom?

19

— Pierre.

— Mais le nom de famille?

Pierre le lui dit.

— C'est un nom du Nord?

— Oui.

— Tiens, reprit le directeur en riant un peu trop fort parce que l'autre lui en imposait, je croyais que, dans le Nord, vous étiez tous mineurs ou curés!

* — Vous voyez! dit seulement Pierre.

Il sentit très bien l'instant où son sourire énerva le directeur; il choisit alors de l'accentuer, mais avec un clin d'œil qui mit l'autre à l'aise, sans raison.

Le téléphone sonna:

— Allo! Oui... Quoi?... Qui ça?... Non, je suis occupé... C'est possible, mais je suis occupé. D'ail-
* leurs, *ils* ont les délégués du personnel qui sont là pour ça!

Le directeur raccrocha sans douceur, mécontent de lui ou de l'autre. Pierre recula d'un pas: il faisait partie des *ils*.

— On avait besoin de vous? dit-il sur un ton presque affirmatif.

— Non. C'est-à-dire...

Il se fit un silence. Dans la cour de l'usine, un camion démarrait.

— Instruction? demanda le directeur avec un apparent détachement, mais il guettait la réponse.

— Comment?

— Vous avez votre... votre brevet?

— Oui.

— Davantage! (C'était son tour d'affirmer.)

— Si on veut.

— Ecoutez, fit l'autre en repoussant ses papiers et en ôtant ses lunettes, pourquoi voulez-vous être manœuvre? Vous pourriez sûrement...

Pierre, gêné, détourna son regard vers la cour. Il y vit un homme qui déposait son fardeau, se redressait, soufflait très fort en regardant ses mains.

— Manœuvre, dit Pierre lentement, j'y tiens. D'ailleurs...

Mais il n'acheva pas.

— D'ailleurs, cela ne me regarde pas, n'est-ce pas? (Le directeur reprit ses papiers, mit ses lunettes, puis les ôta encore avec brusquerie. Son visage s'ouvrit de nouveau.) Vous ne jouez pas le jeu, reprit-il à voix basse, pourquoi?

Pierre posa ses deux mains sur la table; elles étaient encore blanches. Le directeur les regarda.

— Qu'est-ce que c'est, « le jeu »?

— Essayer d'en sortir, fit l'autre après un moment.

— S'il faut en sortir, il faut en sortir *tous*, dit Pierre, et il s'obligea à sourire de nouveau.

C'était un brave homme en face de lui: presque bonne conscience! sûr de faire son devoir! Son devoir était de gérer cette entreprise de façon à faire le plus de bénéfices possible; le reste venait après. Son premier devoir, sa mission, son rôle étaient là. Pour le reste, il y avait les délégués du personnel, l'inspecteur du travail, le Gouvernement, je ne sais pas, moi!

Pierre passa le dos de sa main sur son front. Le directeur crut l'avoir ébranlé.

— En tout cas, vous prendrez de l'ascendant sur les autres. Vous pouvez donc certainement...

— Je n'y tiens pas, répondit Pierre assez sèchement.

— Comme vous voudrez! Je ne peux pas vous obliger à... à...

— Non, dit Pierre, vous ne le pouvez pas.

Il eut pitié de cet homme important qui reprenait son bon droit avec ses lunettes et ses papiers; de cet homme qui était seul et qui croyait avoir Dieu de son côté. Les gars, dans la cour, dans l'entrepôt mal ventilé, respiraient la mort, ne gagnaient pas de quoi manger, *mais ils étaient tous ensemble.* Entre deux embauches, Pierre avait choisi cette entreprise-ci pour sa mauvaise réputation. Il eut pitié de cet homme.

— Vous commencez demain matin.

Demain, il serait avec les autres; l'homme, en face de lui, resterait définitivement seul et n'en saurait rien. Sans réfléchir, Pierre lui tendit la main. Le directeur n'hésita pas et la serra avec une sorte de regard reconnaissant. L'instant d'après, tous les deux regrettaient ce geste; ils se quittèrent sans une autre parole.

En descendant l'escalier, en traversant la cour, en

franchissant la grille, Pierre s'efforçait de regarder déjà toute chose avec les yeux de l'habitude.

« Maintenant, se dit-il, je vais attendre Bernard à la sortie du métro, car je ne sais pas où se trouve la rue Zola! »

Bernard — le Père Bernard — prêtre ouvrier à Sagny, était son ancien compagnon (et de quelques années son aîné) au Séminaire de la Mission. Bernard avait demandé que lui fût adjoint un autre prêtre, et c'était le Père Pierre qu'on lui envoyait, Pierre qui traversait Sagny à sa rencontre.

La façade du cinéma s'alluma d'un coup: *Tarzan et les Sirènes.* Le peintre d'enseignes avait représenté les sirènes avec des seins énormes et fermes, irréels. « Quels désirs et quelles déceptions! quels ravages, cette semaine, dans tout le quartier! pensa Pierre. Suffit de deux coups de pinceau... » Il regarda l'affiche froidement; il avait à peu près maté la bête en lui.

Le clocher de Sagny-le-Haut sonna la demie de six heures d'un timbre indifférent et dépaysé. Il sonnait autrefois pour une population de maraîchers: on s'agenouillait dans les champs, à l'Angélus. A présent, le métro, Tarzan — vous pensez! Matin, midi et soir, les sirènes des usines couvraient sa voix, et leurs cheminées montaient dans le ciel plus haut que lui.

Pierre écoutait ces cloches frêles mais obstinées,

sans quitter des yeux la sortie du métro *Eglise de Sagny*. « Station bien nommée! se dit-il encore. C'est elle la véritable église: car tous ces gens, là-dessous, ont davantage besoin de Dieu et sont vraiment des frères. Et le Christ est parmi eux: le plus seul, le plus démuni de tous. A moi de le trouver... Il est là, le Christ! parmi les types crevés de fatigue et les affiches menteuses, plutôt que dans la chapelle obscure entre le bedeau, la chaisière et deux vieilles! Enfin quoi, c'est vrai? » Il passa le dos de sa main sur son front, geste de son enfance et qu'il retrouvait chaque fois qu'il se sentait indécis, partagé. Après un long moment:

— Allons, Il est partout! se dit-il à mi-voix.

Les portes s'ouvrirent brusquement. Un groupe de jeunes ouvrières sortit le premier. Elles montaient ces dernières marches avec une grâce épuisée, celle des danseuses qui reviennent saluer. Elles étaient un peu trop légères, un peu trop pâles. A chaque marche gravie, Pierre distinguait mieux les jeunes visages. Il les vit fanés, fruits verts qui ne mûriraient jamais. Pourtant, chacun d'eux offrait quelque chose d'exquis, d'unique. « Mon Dieu, pria Pierre, donnez-moi chaque jour d'aimer ainsi les visages! »

On alluma les signaux du carrefour, verts puis rouges; un agent siffla, des voitures freinèrent. Un phonographe, dans un bistro, chantait *Ramuntcho*, très loin, et soudain le gueulait quand un client pous-

24

sait la porte. Ah! c'était bien la ville, c'était bien septembre... Au ciel, les nuages aussi avaient fini leur journée et rentraient chez eux, sales, pressés, taciturnes.

Chaque métro livrait au soir frissonnant sa cargaison charmante et fanée.

— Tarzan! Oh! dis donc, ils donnent Tarzan...

Elles bavardaient trop vivement, comme des filles qui viennent seulement de se rencontrer, ou qui ont amassé mille choses à se raconter ce soir. Au passage, elles regardaient Pierre droit dans les yeux; certaines avec effronterie, et il remarqua que c'étaient les plus laides. Il devait faire un effort pour ne pas, le premier, baisser son regard. « Ce sont mes cheveux gris qu'elles regardent! »

Afin de se donner une contenance, il tira de la poche de son blouson un paquet de cigarettes et en alluma une. Un homme en espadrilles, près de lui, arrêta son geste de ranger le paquet, leva le sourcil gauche pour toute demande, prit une cigarette, et frotta son briquet d'une main aussi dure que la pierre. La flamme illumina un béret, un visage au front bas, des lunettes de fer dont l'arc entrait profondément dans la chair du nez, des joues creuses, un poil gris. Le briquet aveuglé, l'homme aspira une bouffée qui lui monta jusqu'aux yeux, fit noblement tomber la cendre d'un doigt auquel manquait une phalange, rejeta par le nez deux jets de fumée, tel un cheval d'hiver; enfin, il leva le sourcil droit en guise de remerciement et tourna le dos à Pierre. « C'est le premier, pensa celui-ci: il m'appartient... Mais non c'est moi qui lui appartiens! » Et il se mit à regarder avec d'autres yeux cet homme, tous ces hommes, autour de lui, aux visages clos. Il savait qu'un jour il les connaîtrait tous; il éprouva un moment de joie parfaite.

Mais les portes du métro battirent de nouveau et, cette fois, des ouvriers en sortirent. Ils montaient pesamment chaque marche, comme si elle fût la dernière; ils ne se parlaient pas, se touchaient seulement la main avant de se séparer. Dans le sac suspendu à leur épaule, ils semblaient transporter quelque chose de très lourd et de mort: leur journée. Le signal du carrefour projetait sa lumière sur cet escalier; et Pierre y voyait monter des vagues d'ouvriers rouges, des vagues d'ouvriers verts... rouges... verts...: des lépreux, des cadavres.

L'un des groupes s'arrêta au bas de l'escalier, un groupe noir, un instant immobile devant la bouche ténébreuse. Pierre passa le dos de sa main sur son front et ferma les yeux. *L'explosion, la grille, la main froide de sa mère... Et les treize, immobiles et noirs, et le retour...* Une fois de plus, il revit cette nuit, cette aube où son enfance était morte et, cette fois encore, il eut honte. Il savait maintenant pourquoi sa joie venait de tomber d'un coup.

En ouvrant les yeux, il vit le Père Bernard qui

montait parmi les autres, épuisé comme eux, mais le seul qui parût heureux de l'être. Il tenait ses paupières baissées et, parce qu'elles restaient très blanches dans un visage usé, cela lui donnait l'apparence d'un aveugle. Il en avait aussi le sourire. « Jamais, pensa Pierre, jamais je ne saurai remplacer cet homme-là! Est-ce qu'il suffit d'aimer? — Oui, il suffit d'aimer! » Dans sa solitude, il avait pris l'habitude de formuler toutes ses pensées et de se donner réponse à lui-même.

— Ho, Bernard!

Mais l'homme en espadrilles et béret le précéda à la rencontre de Bernard.

— Luis! dit le Père, qu'est-ce qui ne va pas?... Tiens, salut, Pierre! Voici Luis, un bon copain...

Luis marmonna qu'ils se connaissaient déjà et poursuivit avec un accent espagnol où traînait du parisien.

— Je suis venu te prévenir pour Gabriel.

— Le petit de Fernande?

— On l'a conduit à l'hôpital ce matin. La tête...

— Méningite? demanda Bernard d'une voix trop forte, comme pour repousser une réponse qu'il redoutait.

— Non, dit Luis, les rats. Ce matin, on s'est aperçu qu'un rat lui avait entamé la tête.

— Il n'a donc pas crié? dit Pierre.

— Trop faible pour crier, ou trop fatigués pour l'entendre... Je suis venu te prévenir, curé.

27

— Tu as bien fait, Luis. Jacquot a un copain toubib à l'hôpital: je vais tout de suite...

— Inutile! dit Luis en jetant sa cigarette par terre et en l'écrasant sous son espadrille comme un insecte malfaisant.

— Mais...

*   — *Esta perdido!* cria l'autre.

Bernard baissa un instant ses paupières, aveugle sans sourire. Puis, d'une voix tremblante et prête à se briser:

— Bien! dit-il en se tournant vers Pierre, qu'est-ce que je peux faire devant ça, moi? Parler à la taulière une fois de plus? La menacer d'une dénonciation à * l'Union des Locataires? La dénoncer vraiment?

— Elle est la plus forte, dit Luis: les flics sont * pour elle. Elle est même plus forte que le Parti, ajouta-t-il en ricanant (car il avait été exclu du Parti pour « indiscipline », lui, le vétéran de la guerre d'Es- * pagne!) Elle a le fric. — Et il frotta ses doigts gris sous le nez de Pierre: *LE FRIC,* tu comprends?

— Alors? reprit Bernard en criant presque, qu'est-ce que tu veux que je fasse?

— Rien, curé! répondit Luis avec un sourire singulier: celui du partisan qu'on va fusiller, rien du tout! Tu n'as pas le droit de tuer la taulière, n'est-ce pas? Et tu ne peux même pas engueuler ton Dieu...

— Dire ta messe, c'est tout! murmura Pierre. On verra après.

28

Luis lui jeta un regard vif.

— On verra après, oui, dit Bernard. Mais, moi, c'est *avant* que je voudrais tout de même voir, de temps en temps!

Et il ajouta à voix basse:

— Toujours arriver les mains vides...

— Où allons-nous? demanda Pierre après un instant.

— A l'Impasse, chez Fernande.

Luis partit devant les deux autres. Pierre observa de dos ce maigre épouvantail, ses vêtements délavés, son pantalon flasque. Comme s'il se fût senti observé, Luis se retourna et, le sourcil haut, examina Pierre à son tour.

— Dis donc, Bernard, ton copain, c'est aussi un curé?

— Oui, mon vieux.

— Misère! fit Luis en ôtant son béret pour gratter son pelage de mouton sale.

Ils repartirent. Luis parlait devant lui, sans détourner la tête; il donnait à Bernard les nouvelles de la journée: que le meeting pour la paix était fixé au 16; que Serge n'avait pas encore été relâché par les flics; que Marcel avait de nouveau battu son gosse à midi; que douze types de plus s'étaient inscrits aux *castors* pour construire eux-mêmes leur logement. *
« Douze! tu te rends compte? »

Pierre regardait défiler ces nouvelles, bonnes et mauvaises, sur le visage de son ami, comme on voit

29

alterner sur un champ le soleil puis l'ombre des nuages. Un visage usé, érodé: les vagues quotidiennes auraient-elles raison de cette falaise? « C'est bien pour éviter cela qu'on me place à côté de lui », pensa Pierre. Il eut envie de passer son bras sur l'épaule de Bernard, mais ne le fit pas à cause de leur compagnon.

— Merde, la pluie! cria Luis. Ça va encore pisser dans ma piaule!

Et il injuria le ciel, le taulier, la vie entière, en espagnol.

La pluie oblique venait à leur rencontre. Pierre voyait, devant lui, le dos encore sec de Luis: voûté, patient, un peu servile comme celui d'un vieil animal. Pierre fourra les deux mains dans ses poches, leva le nez, affronta la pluie avec bonheur. Bien décidé à ne pas se laisser user par les vagues, lui!

— Tu souris? dit Bernard qui souriait lui-même et, citant l'Evangile: « Pourtant, si tu savais où je te conduis... »

— Il sourit, ton copain? demanda Luis. (Il tourna vers eux un visage ruisselant, un regard qui se noyait derrière des lunettes inondées.) Il aime la pluie, peut-être!

— Oui, mon vieux, répondit Pierre. J'aime la pluie et j'aime les emmerdements.

— Alors, tu seras heureux ici!

— Ce qui est compliqué, dit doucement Bernard, c'est d'aimer ceux des autres...

30

Un gosse les dépassa en courant, ivre de pluie, les bras en croix, la face tournée vers le ciel. Puis ils croisèrent un petit homme qui s'abritait sous une sorte de paillasson et ressemblait ainsi à un dieu chinois. Luis le suivit des yeux sans rire — mais riait-il jamais?

Et soudain, Pierre vit ses compagnons s'engouffrer dans une porte basse, écrasée entre un bistro et la boutique d'un marchand de vélos. Il les suivit en aveugle dans un couloir étroit et obscur. « Si jamais il y a une marche, je vais me... » Mais ils débouchaient déjà dans une sorte de ruelle grossièrement pavée, flanquée de deux bâtiments très bas et symétriques: une porte et une fenêtre pour chaque logement; huit en tout, de chaque côté; avec, au fond de l'impasse, une palissade grise. Cela ressemblait, en plus sordide, au *coron* de son enfance. Un gosse penché vers les pavés luisants jouait aux billes, seul sous l'averse.

Luis et Bernard entrèrent dans le premier logement à gauche; Pierre s'arrêta sur le seuil. La porte était entrouverte, la chambre vide mais encore vivante; la pluie avait transpercé le toit, traversé le plafond et coulait goutte à goutte, comptant le temps. Bernard s'agenouilla devant une minuscule paillasse, posée à même le sol, au fond de la pièce. En ce moment, le petit enfant qui avait dormi là se mourait dans une grande salle grise, parmi des infirmières qui regardaient l'heure. Ici, il ne restait de lui qu'une tache noire à la tête de la paillasse: les enfants ont le même sang que les grandes personnes. Bernard posa sa main sur cette tache, mais pas pour la cacher: chien de Dieu, chien fidèle, cet indice le lançait sur la piste. Il pria.

— Tu espères faire un miracle, curé? dit Luis avec un rire qu'il détesta lui-même.

Bernard se retourna: Luis tenait contre ses lèvres un hochet du gosse, et ses yeux brillaient.

— Et toi? demanda-t-il doucement.

Luis jeta le jouet sur la paillasse.

— Allons-nous en, fit Bernard.

En sortant, il se heurta contre Pierre qu'il avait oublié.

— Tu vois, lui expliqua-t-il, ici, c'est le logement de Fernande; là-bas, la chambre de Luis; de l'autre côté de l'impasse, Jacquot et Paulette...

— Et ici, à côté?

— Henri.

— Un copain?

— A moi, peut-être, fit Luis en riant. (Il lui manquait des dents un peu partout.) A vous autres, sûrement pas!

— Tais-toi donc, dit Bernard, les copains communistes se méfient moins d'un chrétien que d'un anarchiste comme toi!

Luis commença de l'injurier en espagnol, sans élever la voix, puis s'arrêta net.

— Tu as raison! Moi, je suis seul, seul... C'est *trivial,* ajouta-t-il tout bas.

Pierre, surpris, le regarda: ce visage défait, à la bouche entrouverte, au regard perdu, ce visage d'homme mort... Vite il parla d'autre chose:

— En somme, c'est un hôtel meublé, ici?   *

— Tu trouveras ça dans tout Sagny, dit Bernard: des impasses qui communiquent avec la rue par un couloir ou par une grille. Des maisons basses, pas d'étages ou un seul, divisées en chambres.

— Tous des hôtels?

— Pas forcément. Mais quand ce n'est pas le taulier c'est la concierge qui règne!

— A propos, dit Luis d'un ton désinvolte, il est arrivé un petit ennui à la concierge du 122: une brique sur la tête. Vous parlez d'une malchance...

— Luis!

— Quoi? fit l'autre en se retournant furieux (une goutte de pluie au bout de son nez), une salope qui a refusé de rendre la lumière, la nuit où Flora est morte! et qui a dénoncé Michel au bureau de chômage! et qui a appelé police-secours parce que Serge *
logeait chez lui des copains! Sans blague?... Merde! j'espère bien qu'elle crèvera, ajouta-t-il en crachant blanc sur le pavé.

— Et qu'est-ce que ça changera qu'elle meure? demanda Pierre doucement.

— Tu trouves qu'il n'y a pas assez de salauds

comme ça dans le monde?... De la place, bon Dieu!
de la place! de l'air!

— Pour qui?

— Pour les gosses, tiens! J'en ai marre de voir
des petits qui n'ont pas la place de grandir! J'en ai
marre de ce quartier où ils meurent avant leurs
parents! Naturellement, vous autres, les curés, vous
vous en foutez! Vous...

— Ta gueule, dit posément Bernard; et il appela
le petit qui jouait sous la pluie: Etienne! Etienne!

Le gosse leva son visage et Pierre ne vit, de loin,
que son regard bleu, seule tache de couleur dans ce
décor livide.

— Salut, Bernard!

— Tu vas prendre froid sous la pluie!

— J'aime mieux pas rentrer avant l'heure de manger.

Pierre reçut cette voix comme un coup en pleine
poitrine: si simple, si nue, une voix de source.

— Pas le droit de rentrer? gronda Luis. Je vais
aller dire deux mots à ton père, moi!

Etienne battit des paupières: ses longs cils devant
son regard, on aurait dit la pluie dans un ciel de mai.

— Non, Luis, laisse papa tranquille.

— En tout cas, mets-toi à l'abri chez moi!

Il sortit une clef, ouvrit sa porte, poussa le gosse
dans sa chambre. Un chat grelottant, attaché par le
cou à une longue ficelle, allait et venait sur l'appui

de la fenêtre. La pluie lessivait joyeusement les toits, rinçait tous les recoins, fleurissait les pavés. Toute la ruelle sentait l'égout.

— Filons! dit Bernard; et il se dirigea vers la palissade qui fermait l'impasse.

Au premier pas que fit Pierre, quelque chose qu'il écrasait crissa sous sa chaussure. Au même instant, le petit Etienne sortit de chez Luis, la main tendue.

— Ma bille!

— Quoi?

— Vous avez écrasé ma bille!

— Mon pauvre vieux, je...

— Ma bille de *cristal,* murmura Etienne; et il baissa la tête.

Pierre la vit de haut, petit champ de seigle ravagé par la pluie; il se sentit navré.

— Ecoute..., commença-t-il.

Mais le gosse avait déjà disparu. Pierre se pencha pour ramasser les débris de verre: le ruisseau musculeux, à ses pieds, les entraînait.

— Tu viens? cria Bernard.

Flac!... Flac!... Flac!... En trois enjambées, Pierre le rejoignit devant la palissade grise. La pluie y avait effacé les dessins et les inscriptions des gosses pour tracer ses propres figures naufragées, ses luisantes énigmes. D'un coup de pied dans la palissade, Bernard y ouvrit une porte invisible, et ils se trouvèrent dans un terrain vague, plus bossué qu'un âne maigre et couvert d'une herbe pelée. Un arbre, un seul arbre, piteux sous l'averse, semblait s'être réfugié dans un coin.

— Il ressemble à Etienne, murmura Pierre en caressant son tronc maigre. Qu'est-ce que c'est! Un orme ou un...?

— C'est *l'Arbre*, répondit Bernard; et ici, c'est *le Parc*.

Ils eurent vite fait de traverser « le Parc ». Bernard poussa trois planches qu'une traverse transformait en porte et pénétra dans une cour où la pluie se donnait bien du mal et bien du plaisir.

Pierre vit à sa gauche un hangar neuf, à sa droite une maison qui crevait de partout.

— Le hangar...

— ... n'est pas à nous, tu penses! Il appartient à la maison d'en face: ils sont de la même famille!

(Une demeure de briques rouges dont les fenêtres, garnies de voilages, avaient vue sur le « Parc »; certaines donnaient sur la cour, mais celles-ci gardaient leurs volets fermés.)

— Allons! c'est par ici chez nous, dit doucement Bernard en poussant Pierre par l'épaule vers la maison grise.

Une dizaine de personnes attendaient dans la cuisine, immobiles et muettes comme une famille pauvre à la porte d'une salle d'hôpital.

— Bonjour, Père! firent quelques filles en se

levant; mais les autres gens tournèrent la tête avec une lenteur d'animal malade, et Pierre vit dans ces regards toutes les nuances, de l'espérance au désespoir.

— Bonjour, dit Bernard. Où est Madeleine?

— Elle téléphone, répondit une voix enrouée.

— Tiens, Michel! Salut, vieux! Qu'est-ce qu'il y a de cassé?   *

Un grand type au nez écrasé, aux oreilles molletonnées se détacha du mur. Il clignait sans cesse ses yeux en parlant: des yeux de gosse oubliés dans un visage de boxeur.

— C'est à cause de mon allocation: j'ai laissé passer le délai...

— Encore!

— Tu comprends, je...

— Oui, je comprends. Je comprends que, tous les quinze jours, il faut qu'on te dépanne!

— Mais, mon vieux... commença le boxeur avec un geste d'écolier.

— Et les autres, Michel? dit Bernard très doucement. (Il allait montrer du doigt les visiteurs immobiles; il s'arrêta pour ne pas les humilier.) Il n'y a que vingt-quatre heures par jour, tu comprends? voilà l'ennui! Tu viens, Pierre?

Ils passèrent dans la pièce voisine, très petite avec deux lits, dont l'un était défait, et une table encombrée de papiers et de journaux.

— Ma piaule...

Sur le mur, la photo d'une vieille dame qui ressemblait à Bernard et dont il suffisait de voir l'image
pour deviner qu'elle était morte, une reproduction de
* la Sainte Face (ses paupières baissées comme celles
de Bernard), et une inscription: « Qui veut sauver
* sa vie la perdra. »

Pierre vit cela très vite; Bernard avait déjà poussé
la porte de la dernière pièce.

— Et c'est là que je dis la messe.

Une grande table, une armoire, des piles de vêtements et d'objets posés à même le sol. Dans le fond,
entre les deux fenêtres, une jeune fille, de dos, qui
téléphonait:

— ...Ecoute, Georges, c'est un copain, quoi!... Je
sais bien, mais puisque tu es encore au bureau!...
Bon, tu es chic! On arrive tout de suite... Quoi?...
Ah! ça, mon vieux, que ce soit la dernière fois, je
ne te le promets pas!... Hein?... Oui, figure-toi, les
chiens perdus, c'est notre spécialité. Allez, à tout de
suite!

Elle se retourna, rayonnante:

— Georges veut bien arranger les papiers, Père!
Antidater et tout! Mais il faut filer tout de suite à
la mairie...

— Voici Pierre, Madeleine.

— Bonjour, Père.

Il ne vit que son sourire; son sourire et son regard:
les deux voies que l'âme s'était frayée jusqu'à la sur-

face de ce visage pathétique qui semblait présenter,
à chaque instant, la victoire fragile de la vie sur la
mort. Le masque d'os affleurait cette chair si jeune,
si tendre; la lumière et ses ombres jouaient durement
sur ces joues creuses comme sur l'étrave d'un navire.
La même flamme colorait le regard de Madeleine et
la torche de sa chevelure.

— Est-ce que je dois aller à la mairie avec toi,
Madeleine? demanda Bernard.

— Bien sûr, Père! C'est pour vous que Georges
dépannera Michel, pas pour moi!

— Il n'espère pas que je vais m'inscrire au Parti,
non?... Filons!

— Et les autres dans la cuisine, demanda Pierre,
qui sont-ils?

— Toujours la même chose, fit Madeleine sans
cesser de sourire mais ses yeux s'éteignirent: des gars
à loger, trois types sans boulot, deux vieux qui nous
tombent de province, un à cacher, ajouta-t-elle en baissant la voix. Ils attendront!

— Mais la messe? dit encore Pierre.

— C'est ça, la messe!

Quand ils entrèrent dans la cuisine:

— Vous allez m'attendre un moment, annonça Bernard. Pierre vous tiendra compagnie... Le Père Pierre,
reprit-il.

Les vieux ne levèrent même pas la tête: trop fatigués... Attendre? Ils préféraient encore cela: ils crai-

gnaient tant le dénouement! Les autres regardèrent
Pierre en face, en égaux.

— Amène-toi, Michel!

Le grand s'approcha en roulant les épaules, comme
un écolier que le directeur fait entrer dans son bureau.
Ils ouvrirent la porte et disparurent dans la pluie.

Pierre sentit qu'il continuait à sourire malgré ce
silence, ces silences où chacun restait enfermé. Il
n'osait pas poser de questions; malgré lui, il assignait
les disgrâces: celui-ci est sans travail... ces deux-là
sans logement... et c'est celui-ci que la police
recherche...

La vieille posa sa main sur celle du vieux qui sursauta:

— Là-bas... commença-t-elle, mais elle ne dit rien
de plus; et tous les deux retombèrent au fond de leur
puits.

Pierre entendit le vantail du «Parc» claquer avec
son bruit faux de porte de théâtre, puis on marcha
dans la cour et la porte s'ouvrit brusquement. Une
fille très belle, très noire, trop jeune pour son visage,
s'arrêta sur le seuil, promena un regard de velours
et de feu:

— Le Père Bernard?

— Parti à la mairie pour dépanner Michel, dit
Pierre. Qu'est-ce que je peux faire pour vous?

— Qui êtes-vous?

— Bonsoir, Paulette, fit une des filles. C'est le

Père Pierre qui va rester ici avec le Père Bernard.

Elle le regarda longtemps; ses paupières battaient au rythme de son souffle; sa tempe battait aussi. Pierre observa que ses mains tremblaient.

— Venez! dit-il impérieusement en l'entraînant par le bras.

Il venait de voir, d'entendre crier cette âme, de sentir le poids de l'instant: cette femme avait à parler, sur-le-champ... Il la conduisit jusqu'à la chambre où l'on disait la messe. Ce fut elle qui tourna le commutateur, car il n'en connaissait pas l'emplacement.

— Asseyez-vous là.

— Non, dit-elle.

Elle gardait la main sur le bouton de la porte, comme prête à fuir.

Il se plaça derrière la table d'autel et resta debout, lui aussi; avec la rudesse d'un médecin, il demanda:

— Alors?

Elle attendit encore un instant.

— Je venais dire au Père que j'attendais un second gosse et que j'allais me faire avorter.

Elle avait parlé brutalement et sur le ton du défi; mais c'était elle seule qu'elle défiait: phrase trop longtemps préparée, trop longtemps contenue...

— Et alors? dit Pierre plus brutalement encore, vous vouliez sa bénédiction?

Elle ne s'y trompa pas.

— Je voulais seulement voir s'il comprendrait,

reprit-elle d'un ton radouci, si vous comprendriez!

— Que vous allez tuer votre gosse? demanda Pierre d'une voix tremblante. Ça, oui, je le comprends.

— Des mots!

— Et comment s'appelle le premier?

— Alain. Mais qu'est-ce que...

— Il a deux ans, Alain? trois ans?

— Dix-huit mois. (Elle répondait brièvement, comme on parle aux policiers.)

— Le petit Alain, répéta Pierre avec douceur. Et si ç'avait été une fille?

— Chantal.

— Les filles ressemblent à leur père, c'est connu... Eh bien, allez tuer Chantal! cria-t-il soudain, allez!

— Je ferai tout pour garder mon mari, dit-elle aussi fort, tout!

— Vous y croyez? demanda Pierre en désignant une grande image de la Vierge sur le mur.

Elle ne répondit pas, mais se signa très lentement.

— Si elle avait tout fait pour garder son mari, dit Pierre comme à lui-même, où serions-nous?

Paulette resta un moment décontenancée, puis:

— C'était pas un gosse comme les autres!

* — Et Bernadette? Et Thérèse? C'étaient pourtant des gosses comme les autres!... Donner la vie à une âme, à la plus belle âme, au plus grand saint de tous les temps. Pourquoi pas vous?

— Je connais la vie que je donne, moi! reprit-elle

42

avec un rire qui tremblait. C'est vivre à quatre dans une pièce où la pluie coule et où les rats viennent mordre les gosses dans le noir parce qu'on ferme la lumière à onze heures. C'est la mort que je donne, moi!

— Alain est malheureux?

— Alain joue dans les ordures de l'impasse, devant la chambre d'un Arabe qui ne ferme même pas sa porte quand il fait l'amour!

— J'ai joué dans le charbon, dit Pierre. J'avais déjà les cheveux gris à dix-sept ans. Et puis après?

— Nous nous en sommes tirés! Qu'est-ce que ça prouve?

— A chaque jour suffit sa peine! Ce n'est pas * moi qui l'ai dit, ajouta-t-il vivement en montrant le crucifix qui se trouvait sur la table, c'est Lui.

— Pour l'instant...

— Pour l'instant, Paulette, elle est au chaud dans votre ventre. Et votre ventre vaut celui d'une princesse!

Il se pencha sur elle jusqu'à sentir son souffle haletant. Lui-même respirait très fort: l'impression de ranimer une noyée...

— Est-ce qu'elle remue? demanda-t-il très doucement.

— Non! cria-t-elle, bien sûr que non!

— Si elle remuait, vous n'oseriez même pas penser à...

— Taisez-vous, Père!

Elle serra ses tempes entre ses deux poings.

— Mon mari... commença-t-elle.

— S'appelle?

— Jacquot... Jacques.

— Si Jacquot était mon copain...

— Il n'est pas votre copain...

— Il le sera.

— Il n'aime pas les curés!

— Moi non plus.

Il reprit, un peu confus:

— Je n'aime pas les *ceci* ou les *cela*: j'aime ce gars-ci, et puis ce gars-là — et puis tous les gars, surtout ceux qui ne m'aiment pas! Car c'est ma faute, pas la leur.

Il parlait comme pour lui seul. Soudain, il se tourna vers elle, impérieusement:

— Vous croyez que Jacquot vous en voudra? Mais c'est le contraire! Il ne vous pardonnera jamais...

— Il ne saura jamais rien, de toutes façons!

— Jamais, dit-il avec force, parce qu'il n'y aura jamais rien à savoir!

Elle voulut résister encore, mais ne trouva rien, rien au fond d'elle que son épuisement et son secret. Alors, elle posa doucement sa joue à plat sur la table d'autel et ferma les yeux. Pierre la vit dormant, dolente, abandonnée. Sa tempe battait seule. Pierre aurait voulu baiser cette tempe où tout se décidait en ce moment même. Il étendit son pouce et la bénit.

— Qu'est-ce qu'il y a? demanda-t-elle en tressaillant.

— Rien, Paulette. Vous allez rentrer. Et, quand elle remuera, vous le direz à Jacquot. Et à moi aussi, vous le direz...

— Au revoir, Père, fit-elle dans un souffle.

Elle poussa la porte et disparut. Pierre passa le dos de sa main sur son front et le sentit ruisselant.

— Conserve-les, dit-il tout haut, les uns et les autres! les uns pour les autres! Moi, j'ai les mains vides...

Il se composa un visage avant de retourner dans la cuisine; les deux vieux ne relevèrent même pas la tête. Pierre sentit qu'il manquait quelqu'un depuis tout à l'heure et que c'était le gars que cherchait la police.

— Le grand type en chandail bleu?

— Sorti depuis un moment.

Pierre ouvrit la porte: la nuit était tout à fait tombée. Il fonça vers la droite, sans hésiter, trouva un grand vantail de bois qui donnait sur une rue inconnue, prit à gauche, fit vingt pas en courant et aperçut le grand gars qui marchait très vite, le long du mur, en bête errante.

— Eh bien, vieux, cria-t-il, où vas-tu?

L'autre s'immobilisa, comme atteint par une arme, puis se retourna lentement.

— J'aime pas qu'on cavale après moi!

— C'est justement pourquoi tu ferais mieux de rester dans notre coin! répondit Pierre tranquillement.

Et il reprit le chemin de la maison sans même s'assurer que l'autre le suivait. Ils rentrèrent ensemble dans la cuisine où Bernard et Madeleine venaient d'arriver.

— Alors, Michel?

— Dépanné.

— Rendez-vous au mois prochain! ajouta Madeleine avec un sourire très las.

Bernard ferma les paupières comme pour rechercher au fond de lui-même la force de ne rien dire, ou peut-être celle de parler.

— Bon! fit-il enfin presque gaiement. Alors, dans l'ordre!... Albert, en rentrant, nous avons rencontré Dédé: il aurait peut-être du boulot pour toi. Va le prendre demain à la sortie de sa... Oh! et puis non, va le voir tout de suite!

— Ça va, dit Albert, avec une couleur dans ses yeux qui valait tous les remerciements. Bonsoir, tout le monde! — Et il sortit.

— Et pour Charles, qu'est-ce qu'on peut faire? demanda Madeleine. Mais, j'y pense, l'Espagnol, le copain de Luis, nous a dit...

— C'était il y a huit jours!

— Ecoute, passe ici demain soir: il doit venir...

— Demain soir, répéta le gars d'une voix blanche.

— Passe aussi à midi, dit Pierre qui l'observait. Il y aura sûrement quelque chose à manger, hein, Madeleine?

— Quelque chose? Oui. Quoi? Ça, je n'en sais rien!

Tout le monde se mit à rire, sauf les deux vieux; d'ailleurs, la vieille somnolait: son visage était détendu, presque heureux.

Bernard s'assit devant eux avec une lenteur de médecin. Il essaya de résumer clairement leur affaire que Madeleine lui avait racontée en chemin. Rien à faire! Le vieux fit non de la tête et de la main, et recommença toute l'histoire depuis le début: « les papiers à signer à Paris, l'expertise médicale, la sous-commission d'arbitrage... » A présent, on les renvoyait de ministère en ministère. Hier, ils avaient compté les étages: dix-huit! « Dix-huit étages, oui », répéta la vieille avec une sorte de fierté. Mais pourquoi échouaient-ils à Sagny? C'est qu'il fallait une attestation de la mairie de la commune où « l'ayant droit... » Il récita tout au long.

— Faites-moi voir ce papier, demanda soudain Bernard.

D'une vieille enveloppe, on tira une liasse de documents qui se découpaient à force d'avoir été dépliés, montrés, repliés.

— Enfin, là, vous voyez? C'est marqué!

— Mais c'est Lagny!   *

47

— Eh bien?

— Lagny, avec un « L ».

— Allons bon!

Comment se rendre à Lagny? Ils n'avaient plus rien, que leur billet de retour.

— En stop! fit un des gars qui n'avait pas encore
* parlé. J'ai un copain routier qui fait Verdun tous les jours...

— Tu les conduiras demain matin avant de prendre ton boulot. Bon! Mais où vont-ils coucher?

— Je les emmène chez moi, dit Madeleine.

— Ta mère?

— Elle commence à comprendre!

— Et lui? demanda Pierre en désignant le grand type en chandail bleu, où va-t-on le...?

— Ici, mais pas plus d'une nuit. Demain, on télé-
* phonera à Choisy...

— Qu'est-ce que c'est que Choisy? questionna le gars.

— Un château abandonné dont on a fait une maison de repos communautaire.

— Ah! fit le type, me voilà le chouchou des curés, à présent, c'est chouette!

— Maintenant, il faut cavaler pour loger ces deux copains-là. Tu viens, Pierre?

— Et la messe? demandèrent les filles.

— Très bien! répondit Bernard avec une sorte de colère dont il fit un sourire, on va dire la messe et

puis après, il sera trop tard pour loger les gars... Ah!
elle sera chic, la messe!

— Bien sûr, dit une fille en se levant, vous avez
raison, Père. Simplement, comme je ne peux pas rentrer tard à cause de ma grand-mère, j'aurais aimé...
enfin, j'aurais eu besoin de la messe.

— Eux, ils ont besoin de pieuter quelque part, et
il pleut. (Il abaissa ses paupières.) Qu'est-ce qui passe
avant? Voilà tout le problème! Oui, répéta-t-il d'une
voix angoissée — et sa question ne s'adressait à personne ici — qu'est-ce qui passe avant?

— Les gars, dit tranquillement Madeleine, pas de
question!

— La messe, reprit tout bas Bernard. Car, si nous
avions vraiment la foi, nous serions *sûrs* de leur trouver une piaule ensuite! La messe, pour que les vieux
s'y retrouvent demain, pour que les flics te laissent
en paix, toi! ajouta-t-il en se tournant vers le type
en chandail bleu.

— Pour que le gosse à l'hôpital...

— Tais-toi, Pierre! cria Bernard en ouvrant les
yeux. Regarde quel salaud je fais: je l'avais oublié!

Il y eut un silence. L'un des types bâilla: il avait
dormi trois heures dans un terrain vague, la nuit
d'avant. Bernard le regarda:

— Allons-y! décida-t-il brusquement. Bonsoir,
Madeleine. Toi, attends-nous ici! Vous autres, à tout
à l'heure, peut-être...

Ils tournèrent, deux heures durant, dans Sagny-le-Haut. Pierre suivait le Père, ombre maladroite. A chaque arrêt, les gars silencieux se dandinaient d'une jambe sur l'autre. Parfaitement résignés à ne pas dormir dans une maison cette fois encore, ils auraient préféré tirer trois heures dans le métro puis finir une nuit hasardeuse et frissonnante dans un terrain vague; mais ils ne voulaient pas contrarier le Père Bernard. Pierre, qui le voyait de dos, crut cinq ou six fois qu'il allait tomber; il lui paraissait de plus en plus maigre. Vu de haut, il devait, aveugle et affairé, ressembler à une fourmi. Il choisissait ses rues, ses maisons, sans hésitation; il frappait à un volet: « Paulo! Hé, Paulo!... » Une lumière, une tête:

— Ton canapé n'est pas libre pour un copain?

— J'ai deux mômes couchés tête-bêche: les neveux à Suzanne...

— Tu n'as pas une idée pour ces gars-là?

— Ecoute voir, Riri a toujours la banquette de sa bagnole: vous pourriez la mettre sur le palier du second...

— Devant chez Fred?

— Oui: il y a de la place et c'est un copain.

— Merci. Bonne nuit, vieux!

On alla chez Riri qui dormait déjà. « Hein? Quoi? Ah! c'est toi, Bernard? » On monta chez Fred à tâtons. L'escalier sentait le moisi; c'était la saison où les murs pleurent; un gosse toussait quelque part dans la maison. Merde! La banquette était trop large pour le palier. Mais Fred, d'une voix rouillée, donna une bonne idée: la remise au fond de la cour du 27... On y alla; la remise était fermée à clef.

On se trouva pris, la banquette dans les bras, à contre courant dans le fleuve des types qui sortaient du cinéma, les yeux bouffis, la bouche amère. Ils venaient d'être Tarzan pendant deux heures; maintenant, ils se retrouvaient pauvres types avec, à leur bras, une femme décevante et déçue. « Chez nous, on n'a pas de poitrine: on est trop miteux! » On passa devant la salle aux portes ouvertes: cette grande pièce chaude avec des tapis par terre fit envie aux deux gars...

— Ecoutez, commença l'un.

— Tu ne crois pas qu'on va te laisser tomber, non? dit Pierre.

Les bistros s'éteignaient; la place de la mairie était déserte. En face de l'église, le métro dégorgea trois, quatre bonshommes vacillants qui revenaient de leur travail en dormant debout. L'église sonna, indifférente. Elle aussi était déserte; elle aussi dormait debout. Pierre apprenait Sagny nocturne. Tel un souverain, retour d'exil, c'était donc la nuit qu'il prenait possession de son royaume...

« Ils dorment tous, pensa Pierre. Ils rêvent: ils sont seuls en pays inconnu, comme moi. »

Il pensa aussi aux gosses qui dormaient à même le

51

plancher, et aux rats qui, eux, ne dormaient pas...
Demain, le jour se lèverait à Sagny, mais pas pour les
âmes.

Il regardait Bernard se conduire en aveugle: reconnaissant son chemin, d'ami en ami, à des signes invi-
sibles. Lui-même aussi, dès demain, devrait se conduire ici comme un aveugle — mais un aveugle qui
ne connaîtrait pas les murs. Il leva la tête vers les
étoiles froides, vers les archipels lunaires: « Mon
Dieu, vous ne me laisserez pas tomber! » pria-t-il.

A l'Intersyndicat, l'électricité brillait encore. Ils y
montèrent; cela sentait l'homme. Des gars confection-
naient des paquets de tracts et complétaient des affiches, d'une main où l'encre du soir se mêlait au cambouis de la journée. Ils travaillaient avec un sérieux
d'écolier, gardant au coin des lèvres un mégot vieux
de plusieurs heures. Celui auquel parla Bernard
était Jacquot, le mari de Paulette. Pierre pensa à la
petite fille promue femme et qui dormait, qui ne
parvenait pas à dormir, avec ce secret qui battait
en elle.

— On vient chercher des lits pliants pour deux
copains.

— Tu sais où ils sont, fit Jacquot sans lever les
yeux.

On chargea les lits; on descendit l'escalier aux marches toutes mordues par tant de chaussures; on en
remonta bien d'autres... Après des conciliabules noc-

turnes, on trouva enfin de la place chez des copains qui partiraient avant le jour, sans avoir vu le visage de leurs compagnons d'une nuit. On ramassa toutes les hardes possibles: elles serviraient de couvertures. Il était minuit.

— C'est chouette, dit un des gars. Et il tomba endormi, la bouche ouverte comme pour boire, manger, dévorer du sommeil... L'autre prit le temps de remercier Bernard et son hôte et se fit engueuler par les deux.

— Allez, bonne nuit!

Pierre et Bernard se retrouvèrent dans la rue, les mains légères de ne plus rien porter. Pierre hésitait à poser une question tant il craignait la réponse; mais, avant même qu'il ouvrît la bouche:

— Oui, dit Bernard, c'est ainsi presque chaque soir... J'en ai casé onze, la nuit dernière!

— Mais ces deux-là, est-ce qu'il ne faudra pas les reloger demain soir?

— Presque jamais les mêmes!... Et puis, reprit Bernard après un instant, que ce soient les mêmes ou d'autres, quelle différence?

« Une très grande différence! » pensa Pierre, mais il n'aurait pas su dire pourquoi.

— D'ailleurs, continua Bernard, il vaudrait mieux que ce soient toujours les mêmes: on verrait le bout du tunnel! Tandis que c'est sans fond. Au-dessus de mes forces, ajouta-t-il presque à voix basse — et

Pierre devina qu'il baissait ses paupières: qu'il se retirait en lui-même.

— On en verra le bout, mon vieux! fit-il joyeusement en passant son bras sur l'épaule de Bernard.

— C'est ce que disent les militants du Parti! Mais
* toi, Pierre, tu sais bien que non. Le royaume de Dieu... commença-t-il, mais sa voix se brisa.

— Sagny aussi sera le royaume de Dieu, dit Pierre; pourtant, il sentait son corps très lourd, très inutile.

Quand ils arrivèrent rue Zola, ils n'y trouvèrent plus personne que le gars en chandail bleu qui dormait, assis devant la table de la cuisine, sous l'ampoule allumée, et la tête posée sur ses bras croisés. Il avait retrouvé un visage d'enfant, d'enfant battu.

— Qu'est-ce que c'est? cria-t-il en se levant si brutalement qu'il renversa le banc.

— N'aie pas peur, fit Pierre.

* — Ce n'est que moi! ajouta doucement Bernard (et c'était la parole même de l'Evangile).

— Pourquoi ne t'es-tu pas couché?

— Je ne savais pas où.

— Tire le matelas de mon lit, dit Pierre, celui de gauche, et couche dessus!

— Ça va! fit seulement l'autre en passant dans la chambre.

Pourtant, arrivé à la porte, il se retourna et leur fit un petit signe de la main.

— Au début, dit Bernard à mi-voix, je ne pouvais pas m'habituer à...

Il s'arrêta.

— A quoi, vieux?

— A cette absence de remerciement.

— Ton père, qu'est-ce qu'il faisait?

— Professeur.

— Tu n'as pas été assez mal élevé, dit Pierre en riant. Le mien était mineur. Je n'ai jamais entendu appeler « monsieur »; ni dire merci; mais les copains descendaient sauver les autres dans la mine.

— Il y a longtemps que j'ai compris: un type mal-poli bouscule les autres; un type poli bouscule les autres en faisant « pardon! » C'est la seule différence!

— Viens dire la messe, suggéra Pierre. Tu fais signe au gars?

— Sûrement pas! La messe forcée, la messe pour me remercier, voilà qui serait « mal élevé »! Non, s'il veut y assister, il poussera la porte.

Ils enjambèrent le type sur son matelas et préparèrent l'autel. Bernard revêtit lentement l'aube sur son chandail kaki, puis la chasuble blanche qui portait le mot *PAX*; il avait croisé l'étole sur sa poitrine maigre. Il se plaça derrière l'autel, face à Pierre, puis enfouit son visage dans ses deux mains, long-

55

temps; si longtemps que Pierre le regarda avec inquié-
tude et pitié. Mais il écarta ses mains et il souriait
au contraire, paupières baissées.

Il dit sa messe; et parvenu au *memento des
vivants*, il s'arrêta de nouveau et prononça à voix
haute les noms de tous ceux qui étaient ses soucis,
chacun suivi d'un long silence.

— ... La concierge du 122, dit-il enfin avec effort.
Et Luis aussi...

— Paulette et la petite Chantal, ajouta Pierre.

— Le gars qui couche ici cette nuit.

Pierre entendit un souffle derrière lui et se retourna: le gars avait entrouvert la porte et les regardait;
il montrait de nouveau son visage d'enfant.

L'ite missa est, Bernard, cette nuit, le traduisit
ainsi: « Allez, votre mission commence! » Et Pierre
se mit à trembler si fort qu'il dut, à son tour, cacher
son visage dans ses mains.

— Que le Dieu tout-puissant, Père, Fils et Saint-
Esprit...

Il tomba à genoux et reçut cette bénédiction aussi
humblement qu'au jour de son Ordination.

Bernard se dévêtit en silence et rangea les vêtements sacrés dans l'armoire, à côté des bleus de travail et de la grande capote kaki qui servait à tout le
monde ici. Il gardait un singulier sourire qui tenait
de la grimace et venait de la rencontre, sur un
visage, de la joie et du malheur: de la plus haute

joie et de la certitude que le malheur était le plus fort.

— Tu te couches, Pierre?

— Non, je vais faire un tour encore.

— Il faut se coucher tôt ici, vieux. Sans ça, on ne tient pas le coup! Tout Sagny dort.

— Non: ce bâtiment-là...

— C'est l'hôpital, répondit Bernard à voix basse. Bonsoir, vieux.

Pierre fit quelques pas dans la cour obscure et s'arrêta, suffoqué par l'odeur ignoble qui montait des pavés — mais non! qui se dégageait de tout: sol, pierres et planches. En s'abandonnant au sommeil, les choses *se laissaient aller*, comme les malades et les vieilles gens; et la mort, qui déjà dormait en elles, sentait.

Partout ailleurs, la pluie signifiait seulement que les plantes allaient boire, les arbres respirer. Tandis qu'ici, goutte à goutte, elle faisait son chemin, des greniers pourris aux caves suintantes. « Des lieux humains, pensa Pierre, tant de lieux humains... Mais, puisque celui-ci existe, c'est là ma place: ma place est au pire. »

Il sentit que le sourire revenait se poser sur son visage comme un oiseau, avec quelques battements d'ailes. La Joie ne le quitterait pas; la Joie n'a pas d'odeur.

Il poussa la porte et traversa « le Parc ». Une vive

lumière, venant de la maison neuve, éclairait théâtralement le tronc luisant de l'arbre et les flaques de pluie. Pierre pataugea dans un paysage lunaire, poussa la porte de la palissade et s'arrêta au seuil de l'Impasse. Ce lieu l'attirait et l'arrêtait: c'était l'image, le cœur de son nouveau domaine. Ce hameau d'enfant, ce jouet tragique, qu'il mesurait d'un seul regard, l'effrayait déjà.

« Voici la chambre de Luis... celle d'Henri qui n'aime pas les curés... celle des parents du petit qui agonise... celle de Paulette (la seule allumée: Jacquot compte encore ses tracts, là-bas)... celle d'Etienne que son père brutalise... »

Des militants du Parti, des filles qui veulent se faire avorter, des gosses maltraités, des rats, et des piaules dont la pluie perce le toit, il y en a partout dans Sagny! Mais ceux-là sont déjà à lui: il en souffre déjà. Sa mission commence *là*.

La lumière cligne deux fois chez Paulette: c'est le signal de la taulière avant de fermer l'électricité. La lumière s'éteint; Paulette plonge dans la nuit; l'Impasse est morte.

— Que le Dieu tout-puissant...

Dans les ténèbres, Pierre ose la bénir:

* — ... et vous conduise à la vie éter...

Un tumulte vient de déchirer le silence, à gauche, là (les parents d'Etienne): le bruit sourd puis mat des coups de moins en moins bien parés.

— Non, papa! Non!

Pierre fait deux pas vers la porte et s'arrête lâchement. Un second cri d'Etienne le fait trembler. « S'il crie encore, j'interviens! » Mais il sait bien qu'il ne peut pas intervenir. De toute sa force, il frappe de son poing serré sa main ouverte. Etienne, le petit Etienne sans défense...

Les épaules basses, le dos rond, Pierre retourne vers la palissade. Il ne voit plus que le visage d'Etienne, et aussi celui de l'homme traqué qui dort chez eux, le visage même de Sagny...

Il marche, navré. Soudain, un crissement sous son pas le fait frissonner tout entier: le reste de la bille de cristal, il vient de l'écraser.

II

D'ABORD UNE HERBE, ET PUIS L'ÉPI...   *

Pierre sort de l'usine, les bras rompus, la nuque épaisse, les poumons impurs. Une brise tiède se laisse flotter comme un oiseau heureux. Elle surprend Pierre; il lève des yeux fardés de poussière blanche vers le ciel: il y voit sourire un soleil timide, le dernier de l'automne, couleur de feuilles mortes. Derrière lui, les neiges s'accumulent; mais le soleil sourit, poussé en avant par ces froids policiers.

Pierre regarde devant lui, fixement: son regard s'est arrêté sur un des arbres de l'avenue. Il y a des jours qu'il n'a pas regardé un arbre, et il l'observe qui frissonne au petit vent comme une biche vivante. « Si chaque homme possédait un arbre, pense Pierre, seulement un arbre... »

Depuis tant de jours vécus à Sagny, il a appris à mieux voir ses compagnons; il sait qu'un soleil timide se cache aussi en chacun d'eux. Il n'avait retenu, d'abord, que le décor sordide de leur vie, il n'avait pas compris que toute joie leur venait d'eux-mêmes.

Il le sait à présent: il est entré dans leur joie triste.

Il a appris bien d'autres choses... Ce bistro devant lequel il passe, c'est celui du Parti; en face, celui du parti opposé: le vin est le même, les hommes aussi, et l'on se hait à travers la rue. Voici le 122. La concierge est guérie; elle a porté plainte, et Luis regrette qu'elle ne soit pas morte.

Pierre est heureux de rentrer rue Zola, dans la maison aux portes toujours ouvertes: chez lui. Heureux de retrouver son frère Bernard et Madeleine (quand il pense à elle, il ne voit qu'un sourire...) Bernard, Madeleine, et ces inconnus de chaque soir qu'il aime d'avance. Pour rentrer, Pierre traverse toujours l'Impasse, son village. C'est l'heure où les gosses jouent bruyamment sur les pavés inégaux. Il y en a un qui fait le bombardier et deux qui sont les chasseurs; le reste (les filles) forme la population civile. « Bzzz... Vououou... Baoum... »

— Silence, les gosses!

— Allez donc jouer dans le Parc!

On crie, de l'un ou l'autre seuil, mais sans conviction. Les gosses jettent un regard anxieux vers les mauvaises portes: celle de l'Arabe, qui les menace toujours d'appeler les flics, et celle de Marcel, le père d'Etienne. Tiens! où donc est Etienne? C'est Pierre qui se pose la question. Les gosses, eux, savent qu'il joue seul dans le Parc.

La tête de Luis surgit à sa fenêtre d'où le chat

maigre saute effrayé, se pend à sa ficelle, se rattrape, toutes griffes dehors.

— Vous aurez bien le temps de jouer à la guerre quand vous serez grands, crie Luis et il injurie tendrement son chat en espagnol.

— Tiens, salut Pierre!

— Salud, umbre!   *

— Tu parles espagnol? Tu as raison: c'est le langage de la révolution!

— Tu retardes, mon vieux.

Luis devient rouge, crache de côté, commence à crier puis s'arrête net, à son habitude:

— Tu as raison, je retarde. Je retarde autant que les morts, tu as raison!

Et il ferme sa fenêtre sans violence.

Pierre, navré, rentre par la porte, décidé à parler d'autre chose; il trouve Luis debout, appuyé sur son balai, au milieu d'un naufrage.

— Dis donc, c'est le grand nettoyage! (Pas de réponse.) Mais... hé là! hé là! où fais-tu disparaître ton eau sale? Réponds-moi, salaud, ou j'appelle le taulier!

Luis cligne de l'œil derrière ses lunettes et montre un énorme trou dans le plancher.

— Par là. Il ne veut pas le faire réparer, alors tant pis pour lui! Remarque, ça noie les rats.

— Heureusement, ils auraient vite fait de bouffer ton chat!

— Mon chat est comme moi: il est moche, mais il n'a pas envie de crever. Et puis, dis donc, mon plancher flottant, c'est une assurance contre l'incendie: le taulier devrait me remercier!

— Ta piaule va pourrir doucement...

— Et moi avec. Adios!

Et il se remet à écluser l'eau sale par le terrier puant. Pierre passe devant la chambre d'Ahmed, l'Arabe: ce cochon-là est allongé sur son lit avec une fille et n'a même pas fermé sa porte! Pierre la **claque** violemment: un gosse, planté devant, les regardait.

Pierre et Bernard vomissent cet Ahmed parce qu'on ne trouverait qu'un franc salaud dans le coin: feignant, chien en chaleur et donneur de police, un seul! et, par malheur, il est Nord-Africain. Comment, après cela, expliquer aux copains de l'usine que les Arabes sont des frères, des *sous-prolos* plus exploités, plus solitaires, plus misérables qu'eux-mêmes? Et aux copains de la rue Zola que, si le Christ rôdait à Sagny, il serait ce chômeur nord-africain qui titubait d'inanition et, de ses longues mains nobles, faisait *non! non!* à ceux qui l'approchaient?... Oh! le silence, oh! la fierté de ces exilés, attirés par mensonge dans les villes noires, puis abandonnés de tous sauf des flics... Et jugés sur des faits divers: tous maquereaux, sadiques, voleurs et joueurs de couteaux, n'est-ce pas?... Oh! cette solitude, quand leurs compagnons de joug eux-mêmes les humilient! Car on peut vivre dans la pauvreté, mais pas dans le mépris.

Voilà pourquoi Pierre qui, chaque soir, « dépanne » des Nord-Africains, voudrait chasser cet Ahmed de l'Impasse, le chasser de Sagny. Dehors! avec ses chemises roses, ses souliers pointus, son feutre amadou, * sa bague-serpent et son chewing-gum, dehors!

Il tourne le dos à cette piaule maudite, celle qui rapporte le plus à l'hôtelier-bistro; il aperçoit Jacquot et sa femme sur le pas de leur porte et retrouve son sourire.

— Salut, Paulette! Salut, Jacquot!

— ... jour.

— Et ton vélo, il avance?

— Tu rigoles? C'est pour le mois prochain, maintenant!

— Et Paulette, qu'est-ce qu'elle dit de ne plus boire de vin pour économiser de quoi acheter un vélo?

— Moi, dit Paulette, je ne dis jamais rien.

— Tu vois, Pierre: tu as tort de ne pas te marier! C'est pour ça que les curés ne comprennent rien à rien: ils n'ont pas de femme, pas de gosses; ils ne foutent rien...

— Vingt tonnes! j'ai coltiné vingt tonnes, aujourd'hui. Ça ne te dit rien? Et ma journée n'est pas finie, ajoute-t-il à voix basse.

Il s'aperçoit que Paulette le regarde fixement. Il

lui sourit — Allez, adieu! — et s'éloigne vers le Parc.

Il n'y voit, sur l'herbe morte, qu'Etienne et l'arbre, frères malingres. Assis sur ses talons, Etienne observe une merveille; et si attentif qu'il ne détourne pas la tête quand claque la porte de la palissade. Pierre regarde en souriant cette nuque penchée où frémissent des cordes fragiles; puis il fait *le signal*: un sifflement d'oiseau. A un imperceptible tremblement de la tignasse blonde, il devine qu'Etienne sourit. Le petit répond d'un sifflet plus aigu, puis tourne vers lui son visage noyé de joie.

— Pierre, qu'est-ce que c'est? Ne le cueille pas, surtout!

— Un épi de seigle, un vieux.

— Pourquoi « vieux »?

— Parce que le temps de la moisson est passé.

— Mais quand est-ce?

Pierre le lui explique. Pour Etienne, le Parc est à
* la fois sa Beauce, sa forêt d'Amboise et sa lande
* d'Arcachon: il n'a jamais quitté Sagny.

— Au printemps, dit Pierre, s'il repousse un épi, tu le mettras sur ton bras, entre la chemise et la peau, et il remontera jusqu'à ton épaule.

— Pourquoi? demande le gosse.

Mais soudain, les cils battent en pluie sur le regard bleu, signe de désespoir!

— Et s'il ne repousse pas d'épi? Oh! Pierre, s'il n'en repousse pas?

— Il en repousse toujours un, ne t'en fais pas!
Adieu, bonhomme.

Une main ferme des volets de fer à la maison
neuve. Etienne lève les yeux et voit la cheminée dis-
perser au ciel gris ses fantômes. Il a froid, tout d'un
coup. Il se penche vers l'épi fané:

— Tu repousseras, vieux, hein? tu repousseras?

En pénétrant dans la cour, Pierre voit des groupes
qui débordent de la cuisine. « Jeudi, pense-t-il, c'est
vrai: *la réunion...* » Chaque jeudi, le Père Bernard
dit la messe devant qui veut l'entendre, passagers,
inconnus venus d'autres quartiers, d'autres villes parfois. Après la messe, on dîne tous ensemble avec les
provisions que la plupart ont apportées. On met le
tabac, le papier à cigarettes et des briquets sur la
table; on discute, chacun raconte son histoire, on s'en-
gueule; Bernard abaisse ses paupières et parle.

Jeudi dernier, il y avait deux journalistes du *Figaro*, *
et Jacquot (venu chercher Paulette parce que le gosse
criait) leur a sorti sa feuille de paye: 3400 francs *
pour la semaine. « Pourtant, le minimum légal?... »
Ils n'en revenaient pas. Il y avait aussi un Irlandais,
un type qui sortait de prison, un gars qui s'était enfui
de l'hôpital, un bénédictin, deux filles scoutes et les *
copains: Michel, Luis (avec un litre de rouge et son
chat qui dévorait les restes), la mère de Madeleine —
et puis aussi des vieux qui ne comprenaient pas grand-

chose à ce qu'on racontait mais souriaient de bonheur.
A la fin de la soirée, Henri était passé chercher un
copain militant dont il avait besoin. Henri habite aussi
dans l'Impasse (la seconde chambre à gauche); il est
secrétaire de la cellule communiste du quartier et
travaille à la S.A.C.M.A., la même boîte que Pierre.
C'est le premier à qui le Père a confié, il y a deux
mois, qu'il était prêtre; depuis, Henri l'évite.

A la fin de la soirée, Madeleine a décidé Roger, le
gars qui s'était sauvé de l'hôpital, à y retourner. Elle
n'a pas beaucoup d'espoir pour lui: c'est la septième
fois qu'il s'enfuit ainsi.

Pierre se rappelle tout cela, pêle-mêle, en traversant la cour. Il serre des mains: « Salut!... Tu vas
mieux, toi?... Tiens, te voilà? Tu laisses drôlement
tomber les copains... Salut!... »

Madeleine l'appelle:

— Le Père Bernard ne sera pas là, ce soir.

— Un jeudi!

 *   — On l'a convoqué à la Mission. Il a demandé
que vous disiez la messe et que vous teniez la réunion
comme d'habitude.

— Mais je... Bon!

Son cœur commence à battre trop fort, sans raison. Il cogne encore, tandis que Pierre revêt les ornements; chacun d'eux l'enserre comme les bras d'un
ami.

Les gars se sont massés dans le fond de la pièce;

ils sont entrés lentement tandis que Pierre s'habillait.
Il lève les yeux et voit tous ces regards attachés à ses
mains, et aussi cet espace entre eux et la table d'autel,
cet espace qu'il ne peut supporter: lieu où l'on respire
mal, où l'air est différent.

— Approchez, leur dit-il en ouvrant les bras et en
souriant, approchez donc!

Il a dit la messe, des mois durant, devant des
paroissiens — non! pas devant eux: il leur tournait
le dos. Des marches, des enfants de chœur, une grille
basse le séparaient d'eux. Mais le voici face à face
avec ceux-ci, ses copains d'usine, de fatigue, de
revendication. Ils ont les mêmes mains. Le Christ
aussi était vêtu de la même robe que les autres, il
marchait au milieu d'eux et on ne le reconnaissait qu'à
son regard. Pierre ferme les yeux.

De l'autre côté de la rue Zola, la radio braille ses
âneries. C'est la retransmission d'une séance publique:
on fournit à la fois les plaisanteries et les rires, aucun
effort à faire! Pierre essaie de couvrir la voix bouf-
fonne, les paroles graveleuses. Mais une discussion
s'élève à présent dans le bistro voisin; tout s'entend
à travers les murs, comme si l'on se trouvait dans la
salle enfumée.

— ... *pour que vous me pardonniez tout ce que
j'ai fait de mal ainsi que tout le bien que j'aurais dû
faire et que je n'ai pas fait...*

Les paroles éternelles se mêlent aux plaisanteries

69

d'un chansonnier sur le percepteur et sur les belles-mères et aux engueulades du bistro.

Pierre s'arrête et dit avec une sorte d'embarras:

— Vous voyez, nous sommes là au milieu du bruit; au milieu des autres, et c'est très bien ainsi... Les Chrétiens ne sont pas séparés, pas préservés, au contraire! Il faut accepter ça, aimer ça... Quand Bernard ou moi, nous voulons penser ou prier, il arrive toujours quelqu'un qui a besoin de nous. C'est donc que c'était mieux ainsi... Eh bien! c'est la même chose, maintenant.

— Non, dit Michel le boxeur, c'est pas la même chose. Parce que venir vous emmerder, toi ou Bernard, c'est pas grave; mais, pendant la Messe, c'est Dieu qu'ils emmerdent. Alors ça, ça ne va plus!

Personne n'a envie de rire. Michel sort. On entend son pas lourd sous la voûte, puis sa voix comme celle d'un énorme chien: « Ouah, ouah, ouah, ouah, faire chier, non? » et la radio baisse le ton. Puis c'est le tour du bistro: « Ouah ouah ouah ouah ouah, on s'entend plus, sans blagues! » Les types l'injurient prudemment et se calment.

— ... *afin que tout en moi soit pour la gloire de Dieu et le service de mes frères...*

Michel rentre en reniflant et en frottant son poing droit au creux de l'autre main, comme s'il sortait du ring. Par l'autre porte, voici Madeleine, précédant un grand garçon très maigre:

— C'est là.

— Ah! bon...

Il a gardé son béret sur sa tête. Tout à l'heure, quand l'un des autres lui fera signe de l'enlever, il dira encore: « Ah! bon... » De ses yeux verts, embusqués de chaque côté d'un long nez, sous des cheveux en brosse, il suit avec une curiosité un peu méfiante mais amusée chacun des gestes de Pierre. Il reste debout, tandis que les autres s'agenouillent, puis (Ah! bon...) se met à genoux au moment où ils se relèvent. Madeleine lui dédie un grand sourire et c'est elle, à présent, qu'il fixe d'un regard effaré et frondeur, regard de conscrit. Mais Madeleine retourne dans la cuisine préparer le repas et tenir compagnie à ceux qui n'assistent pas à la messe. Elle ne reviendra que pour la communion:

— Que Jésus garde ton âme!... Que Jésus garde   *
votre âme!... Que Jésus...

Ceux qui communient se mettent à genoux. A l'exemple de Madeleine, le grand gars s'agenouille, lui aussi. Elle lui fait signe: non. Il se relève en souriant avec gêne; on sent qu'il pense: « Ah! bon... »

La messe dite, il s'approche de Pierre qui range le calice, le missel.   *

— Dis donc, vieux?

— Quoi donc?

— Qu'est-ce que ça voulait dire tout ça?

— Tout ça?

71

— Tes paroles, tes gestes, ce truc blanc?

Pierre le regarde en souriant; mais il lit, au contraire, une sorte d'angoisse dans les yeux de l'autre: il en voit le fond.

— As-tu une cigarette, vieux? Merci.

Il l'allume posément, sans quitter du regard son compagnon.

— Tu t'appelles?

— Jean.

— Pourquoi es-tu venu, Jean?

— Venez manger! crie Madeleine par la porte entrouverte. Ses joues ont pris le feu du fourneau, et ses cheveux sont des flammes que tisonne sa main blanche. Venez vite et apportez tous les sièges que vous trouverez!

Jean attend que les autres soient tous sortis.

— Je suis entré dans une église, dimanche. Je m'emmerdais, j'étais seul, tu comprends? Il y avait là toutes sortes de types... Ils avaient l'air heureux, ajoute-t-il à voix basse.

— Et toi, tu n'es pas heureux?

— Moi, rien ne m'intéresse. Un copain à l'usine m'a dit que, tous les jeudis, ici...

— Ecoute, je ne peux pas t'expliquer ça maintenant.

— Pourquoi?

Une vague de désespoir est passée dans les yeux verts.

— Parce que c'est long, très long...

— Ah?

— Tu reviendras me voir, Jean.

— Peux pas: je travaille, moi!

— Et moi! Tu crois que je roupille? Je travaille à la S.A.C.M.A.

— Dis donc, je suis à la Métallique de Sagny: c'est tout à côté.

— On reviendra ensemble. Demain?

— A demain!

— Hé! tu restes manger avec nous.

— Il n'y a pas de raison!

— Si tu es le gars qui cherche des raisons à tout, je comprends que tu ne sois pas heureux. Allez, amène-toi!

Au milieu du repas, Pierre sentit soudain une joie immense lui monter au cœur et aux yeux. Il essaya de se persuader que c'était seulement le vin blanc, (l'un des inconnus du jeudi avait apporté deux bouteilles de vin bouché). Allons, c'était bien autre chose: le bonheur d'être tous ensemble, et Dieu au milieu d'eux. *Là où deux d'entre vous...* Le bonheur de rompre le   *
même pain. « Je ne suis pas fait pour vivre seul, pensa Pierre. Est-ce par lâcheté que je suis ici et non dans un presbytère? Par lâcheté que je préfère le jeudi aux autres jours? aux visites tardives des gars à loger, des types sans boulot? Lâcheté... Mais alors pourquoi cette joie, cette plénitude de joie? »

73

Comme il restait indécis et heureux, il aperçut, il crut apercevoir derrière la vitre le visage de Roger, le gars aux onze hôpitaux (douze, à présent?)... La vitre était tout embuée, car on se trouvait bien au chaud à l'intérieur; le visage vague de Roger regarda l'assemblée, parut hésiter, puis disparut. Pierre se leva brusquement; on se tut.

— Qu'est-ce qui se passe?

— Roger est dehors, je crois.

— Ah! fit seulement Madeleine.

Quand elle ne souriait plus, qu'elle paraissait fragile!

— Je vais le chercher, dit Pierre.

Le temps d'enjamber le banc étroit serré contre la table, de dégager la porte — « Attends, vieux, pousse-toi! » — de l'ouvrir, il ne trouva personne ni dans la cour ni dans la rue.

— J'ai dû me tromper!

C'est seulement une fois rentré qu'il pensa que Roger était peut-être passé par le Parc. Roger pelotonné sous l'Arbre et aussi maigre que lui... Cette image ne quitta plus l'esprit de Pierre de toute la soirée. Il n'osa pas déranger les autres, de nouveau; ils le virent seulement passer plusieurs fois le dos de sa main sur son front, et ils ne l'entendirent plus. C'était le tournant, « la fin du Repas », la trêve achevée: *Levez-vous, partons d'ici!* Toute sa joie était tombée. La nuit lui paraissait peuplée d'ombres errantes, sans logement, sans travail, sans amis. La

nuit où dorment les médecins et les prêtres, où les
hôpitaux et les églises sont fermés... Il n'y a que
les Conquérants qui se passent de sommeil, que les
bordels qui restent ouverts la nuit!

Vers dix heures, Bernard téléphona:

— Tu couches à Zola, ce soir, Pierre? (Il savait
que Pierre restait dormir ici ou là: Saint-Ouen, Montreuil, Bagnolet, au hasard de visites ou de réunions.) *
J'ai à te parler...

— D'accord, mais je t'entends mal, Bernard!

— Ce n'est pas toi qui entends mal, c'est moi qui
parle très bas.

— Qu'est-ce qui...

L'autre avait déjà raccroché.

Quand les copains s'en allèrent, le cœur chaud,
Pierre arrêta Madeleine qui partait aussi.

— C'était bien Roger, Madeleine.

— Je l'attendais, répondit-elle à voix basse; depuis
jeudi dernier, je l'attendais.

Il essaya de plaisanter:

— Combien y a-t-il d'hôpitaux à Paris?

Mais elle haussa les épaules.

— De toutes façons, un soir, ce sera la dernière
fois qu'il viendra.

— C'était peut-être ce soir...

— Peut-être.

— Pourquoi souriez-vous, Madeleine? demanda-
t-il au bout d'un instant.

75

— C'est le seul moyen que je connaisse de ne pas pleurer, répondit-elle en se détournant.

— Madeleine, reprit-il, quand j'étais gosse, je préférais le jeudi au dimanche. Je ne suis pourtant plus un écolier!

— Le jeudi, c'est la récréation. Mais ceux qui ne sont pas invités attendent dehors!

— Tout le monde est invité chez nous, Madeleine: la porte est toujours ouverte!

— Seulement notre travail, c'est d'aller chercher les gars, pas de les attendre.

— Il est à recommencer tous les jours!

— Oui, Père.

* — Vincent de Paul, dit Pierre après un moment, quand il mettait quelque chose en route, ça tournait derrière lui, comprenez-vous? Il pouvait s'occuper d'autre chose!

— S'occuper d'autre chose? répéta-t-elle en riant.

— Oh! bien sûr, ce sont toujours les mêmes hommes, les mêmes âmes, mais...

— Toujours les mêmes cartes, mais les joueurs changent de jeu et multiplient les parties. Les femmes, elles, ne jouent pas aux cartes!

— Recommencer chaque jour la même chose...

— Les femmes sont résignées à recommencer chaque jour la même chose.

— Les femmes sont peut-être plus aptes au service de Dieu, dit Pierre. Mais, Madeleine, vous

vous y donnez toute la journée, vous! Bernard aussi.

— Ne m'enviez pas, Père, fit-elle d'une voix un peu sourde. Il n'y a pas un an, je travaillais encore toute la journée aux Biscuiteries et je m'évanouissais au moins une fois par semaine à cause de la chaleur des fours... Père, je regrette ce temps-là!

— C'était donc moins dur?

— Moins difficile.

— Tellement moins utile, Madeleine. A quoi est-ce que je sers, moi, toute la journée?

— A *être là*. Il ne s'agit pas, je crois, d'être là où on est le plus utile, mais là où on doit être. Et c'est Dieu qui comble la différence.

— Je voudrais toujours être au pire! C'est peut-être de l'orgueil... (Elle ne répondit pas.) Croyez-vous que ce soit de l'orgueil, Madeleine? demanda-t-il avec angoisse.

Il se sentait très seul.

— Je le crois, Père.

— Pourtant, reprit-il (mais c'est lui-même qu'il cherchait à convaincre), je ne suis vraiment heureux que lorsque...

— Non! Vous l'étiez tout à l'heure.

— C'est vrai, mais Roger est venu me rappeler à l'ordre! Quand on est saoul aussi, on est heureux. J'étais heureux, mais je n'étais pas en paix. Je veux être en paix, Madeleine, voyez-vous!

— Vouloir? Moi, c'est depuis que je ne veux plus

rien me concernant que je suis en paix... Bonsoir, je ferai la vaisselle demain; Paulette viendra m'aider. Si je veux avoir une chance de retrouver Roger, il faut que je parte tout de suite.

— Je sors avec vous.

— Mais le Père Bernard...?

— C'est vrai. Qu'est-ce qui peut bien se passer?

— Ah! fit Madeleine en souriant, vous êtes un inquiet, Père!

— Nous sommes tous des inquiets!

— Non, dit-elle en secouant la tête comme un cheval impatient, pas les oiseaux, pas les enfants!

Il pensa à Etienne, à son regard bleu: deux hublots qui donnaient sur la mer! Madeleine était déjà sortie; une grande bouffée d'air froid... Pierre rouvrit la porte:

— Madeleine, cria-t-il vers le vantail obscur, quel est le contraire d'inquiet?

Un instant, par l'huis entrebâillé, la lumière morne de la rue éclaira un sourire et des cheveux de flamme.

— Joyeux! cria-t-elle dans le noir.

Il flottait, dans la cuisine déserte, une odeur chaude et pauvre: celle des salles d'attente de IIIe. Au-dessus de l'évier, se trouvait suspendue une glace cassée devant laquelle les deux hommes se rasaient le matin. Pierre s'arrêta devant elle, de telle sorte qu'il n'y voyait que ses yeux, son front creusé et ses cheveux gris. « Madeleine a raison, se dit-il: sourions! »

Il sourit, mais ses yeux ne changèrent pas d'expression... Il crut se trouver en face d'un inconnu. Ce regard angoissé le jugeait: c'était le vrai Pierre, le reste n'était qu'une grimace.

— Joyeux... murmura-t-il.

Rien ne comptait que cet étranger au visage mutilé, au regard inquiet. C'était lui qu'il fallait rassurer, ramener le premier.

— Joyeux! répéta Pierre sur le ton dont on commande à un animal.

Mais le regard ne changea pas. Que fixait-il, derrière Pierre, cet inconnu? Quel désastre? quelle ruine? — L'impasse, l'usine, Sagny tout entier comme une plaie mal soignée? Pierre vit, dans le miroir brisé, son front se couvrir de sueur. « Quoi! voilà donc les yeux que Jean, le nouveau venu, trouverait demain devant lui pour y voir apparaître le Christ? Ces yeux qui désarmeraient un jour les parents d'Etienne, qui domineraient Henri? Quelle imposture!... Mais Luis, mais Paulette, mais Etienne avaient les yeux clairs malgré leur misère: du fond de leur puits, ils reflétaient le ciel. Et toi, toi qui tenais entre tes mains le corps du Seigneur, toi qui lui parlais tout à l'heure... salaud! Tu prétends leur apporter la Joie, mais regarde-toi: tu n'es capable que de pitié, de la répugnante pitié! Entre la Pitié et l'Amour, il y a une vitre froide. La Joie, apprends-la d'eux! Ils sont tes maîtres: ils ont le regard clair... »

Deux larmes, issues de la grotte du Temps, lui montèrent aux yeux: celles de l'enfant Pierre, la nuit de l'accident, sur la route de l'aube. Il ferma les yeux pour chasser de sa vue cet homme qui ne souriait pas. Il n'osait pas les rouvrir. Il entendit distinctement son cœur battre et souhaita qu'il s'arrête. Pour la seconde fois de sa vie, il touchait le fond; il y trouvait une joie amère et la paix des profondeurs.

Un pas dans la cour, plus lent que son cœur, le rendit à la vie. Il fallut bien ouvrir les yeux. Pourtant, avant de le faire, il appela le Christ de toutes ses forces. C'était un homme nu, désespéré, ne s'aimant plus, qui l'appelait au secours. L'Autre accourut, le prit dans ses bras de Pâques... Pierre ouvrit ses yeux: il les vit au miroir, clairs comme ceux d'Etienne,
* clairs comme l'eau du Lac de Tibériade. Cette fois, il était tout sourire.

Il se retourna, prêt à accueillir l'inconnu au pas lent, prêt à lui donner sa vie s'il la lui demandait; il se retourna et vit Bernard sur le seuil.

— Bernard? Je n'avais pas reconnu ton pas!

— C'est que ce n'était pas mon pas...

— Fatigué?

— Je suis revenu à pied de là-bas.

Il restait sur le seuil, tel un étranger. Dans la capote kaki et qui sentait l'hiver, avec son visage mal rasé, ses yeux clos, il avait l'air d'un déserteur.

— Bernard!

L'autre rouvrit ses yeux; Pierre y vit son propre regard de tout à l'heure. Le silence de Bernard était un appel au secours.

— Rentre donc!

Plus un mot! Il était décidé à ne plus prononcer un seul mot: c'était à l'autre de parler. Un homme blessé, on ne le touche pas avant qu'il dise lui-même où il a mal.

— Ça s'est bien passé? demanda Bernard. Tous les types sont logés, ce soir?

— Tous, sauf Roger qui s'est sauvé.

— Voilà, il y a toujours un Roger!

— Il n'y a pas « un Roger », dit Pierre doucement, il y a Roger. Nos soucis à nous ne sont pas des symboles!... As-tu mangé, Bernard?

— Pas faim. Viens!

Il passa dans leur chambre, s'assit au bord de son lit, respira très fort. Le silence, autour d'eux, était vivant: tout Sagny dormait à cette heure, même Roger peut-être, même Madeleine. Chaque mot pesait très lourd.

— Je vais partir, dit Bernard.

Il y a une heure, Pierre aurait d'abord pensé à lui, qui restait seul; il pensa d'abord à Bernard, qui paraissait si désolé.

— Où t'envoie-t-on, Bernard?

— Nulle part, répondit-il à voix basse, on ne m'envoie nulle part. (Sa main caressait la couverture en désordre, craintivement, comme on caresse une bête.) Je quitte la Mission.

— Bernard!

— Ils m'ont déjà tout dit, fit l'autre précipitamment, en baissant ses paupières.

— Moi, je ne dis rien, tu vois! reprit Pierre d'une voix altérée.

Puis, après un silence:

— Mais c'est toi qui vas me dire quelque chose, Bernard!

— Je quitte... la Mission... (il parlait au rythme de son souffle) parce que... ce n'est pas ma vocation.

— Prends garde à ce mot: qu'il ne nous serve pas d'alibi!

— Alibi? dit Bernard en s'efforçant de sourire, je ne suis pas un criminel! Je suis seulement un homme fatigué. (Le sourire ne voulait pas quitter son visage: il n'en restait que la carcasse, les rides.) Fatigué de perdre son âme.

— De perdre son âme à en sauver d'autres?

— Non, Pierre! A trouver du boulot, un logement pour les gens: à les dépanner, pas à leur annoncer la Bonne Nouvelle.

— Pas encore!

— Que restera-t-il de moi quand le temps sera venu? Je m'use.

— Tout ce qui sert s'use!

— Je rends des services, je ne sers pas.

— Et Paulette? Et Michel? Et...

Il cherchait des noms, des âmes que Bernard avait tirées d'affaire.

— Tu peux chercher, dit l'autre amèrement.

— Mille! il y en a mille, tu le sais bien, qui rôdent autour de nous, qui viendront un soir comme des voleurs, qui rêvent du Christ en ce moment, ajouta-t-il à voix basse car il n'aimait plus l'éloquence. Tout Sagny a faim et soif de justice, et tu dis que tu ∗ ne sers à rien?

— Les gars du Parti aussi ont soif et faim de justice.

— Qu'est-ce que ça veut dire?

— Ils sont vingt mille, eux! Et nous...

— Vingt mille qui tiennent compte de nous, maintenant! Tu sais très bien qu'Henri et les autres viennent te demander conseil. Et, lorsque tu es contre une de leurs décisions...

— Ils ont mauvaise conscience, je le sais. Mais je n'ai pas choisi le service de Dieu pour servir de conscience à un parti politique!

— Attention, Bernard, la vérité est terre à terre: élever le débat, c'est s'éloigner de la vérité. Jeu dangereux!

— C'est avec les communistes que nous jouons un jeu dangereux!

— Un jeu n'est dangereux que quand on quitte la

partie. Tu sais bien que nous sommes les plus forts, Bernard, parce que Dieu est avec nous.

— Il est avec nous, reprit l'autre à voix basse, mais moi, je ne suis plus avec Lui. J'ai envie d'être avec Lui, Pierre!

— Mais...

— Pas toujours par personne interposée. J'ai envie de prier. Prier, prier, répéta-t-il en joignant les mains et en fermant les yeux.

— Et tu crois que tu prieras mieux dans une paroisse? Tu crois que le Curé de Sagny est davantage avec Dieu que toi?

— Je n'irai pas dans une paroisse, fit Bernard sans ouvrir les yeux. Je retournerai dans mon couvent près de Lille.

— Bernard!

— C'était ma vocation. J'ai cru que je pourrais... (Il eut un grand geste qui balayait l'air devant lui.) Je me suis trompé, voilà tout. Notre vocation, c'est d'aller là où nous serons le plus utile. Je dois...

— Non! dit Pierre fermement, d'aller là où on nous appelle. Ce sont les âmes qui nous appellent et pas Dieu: c'est le besoin, c'est l'absence de Dieu qui nous appelle!

— Allons, fit Bernard, est-ce que je ne suis pas le seul à pouvoir juger cela, en ce qui me concerne?

— Si, dit Pierre dans un souffle.

Depuis son arrivée à Sagny, c'était la première fois qu'ils se trouvaient en désaccord. Il sentit ce partage si douloureusement qu'il vint s'asseoir près de Bernard, afin que l'amitié, du moins, comblât ce vide.

— Nous parlons trop, dit-il.

Ils gardèrent longtemps le silence. Maintenant, il lui semblait que Bernard était l'un de ces hommes de Sagny auquel il devait du secours: plus misérable que Roger, plus partagé que Luis, plus démuni que Michel... Lui se trouvait seul désormais pour faire face, seul mais fort, souriant.

— Bernard, demanda-t-il enfin, il y a longtemps que tu y pensais?

— Dès avant ta venue: c'est pour cela que je t'ai demandé.

— Et tu ne m'en as jamais parlé!

— Non. Tu n'étais pas assez solide.

— C'est vrai, dit Pierre et il pensa: « Il y a seulement une heure... » Et quand vas-tu partir?

— Dès que tu me diras: Tu peux partir...

— Ah! non, Bernard, ne me demande pas de te renvoyer!

— J'avais pensé, fit timidement Bernard après un silence, que je pourrais être là-bas pour Noël...

— Bien sûr! Pourtant, Noël, c'est ici, Bernard, pas là-bas.

— Noël, c'est partout!

— Si le Christ revenait, il naîtrait dans l'Impasse.

— Laisse-moi, vieux: je sais que je plais où je dois plaire...

— C'est l'essentiel, dit Pierre et il lui passa la main sur l'épaule. Nous parlons trop, répéta-t-il en se levant soudain. Il est temps de dormir.

Pourtant, longtemps après qu'ils furent couchés, Pierre éleva encore la voix dans le noir. Il savait bien que Bernard ne dormait pas, qu'il se tenait assis, les mains croisées derrière la nuque, les yeux grands ouverts.

— Bernard, tu n'as pas l'air heureux. Pourquoi?

— A cause de toi. Je te laisse seul: j'ai l'air de foutre le camp!

— Ne t'en fais pas! Et puis il y a Madeleine. Est-ce que Madeleine sait que...?

— Il y a longtemps qu'elle a dû le deviner!

— Alors, tu vois bien! Ne t'en fais pas pour nous, et roupille!

Ce dialogue dans la nuit, ne l'avait-il pas déjà tenu dans son enfance avec son frère, après l'accident de la mine? Mais la vie avait renversé les rôles: Pierre était devenu l'aîné.

Jean pénétra dans l'édifice comme un voleur et fut heureux d'y trouver les ténèbres et la solitude. Il s'en voulait de ce coup d'œil peureux jeté à gauche, à droite, vite, avant de s'engouffrer sous le porche; il s'en voulait, il en voulait à Pierre, et aussi à ce type Jésus-Christ pour l'amitié duquel il était là.

Il faisait froid, et Jean marchait sur la pointe des pieds parmi ce sommeil de pierre. Tout paraissait dormir ici, mais rien n'était mort: une lente respiration, un cœur battait quelque part.

C'était la seconde fois que Jean pénétrait dans une église. Durant toute son enfance, il passait devant elle comme devant la mairie: deux bâtiments gris qui donnaient l'heure et lui faisaient peur. Jean vit là des pancartes, des statues enfantines, des troncs sous chacune d'elles. Il mit une pièce et leva les yeux. Rien ne s'éclaira, ne bougea, ne dit merci: le système devait être détraqué. Plus loin, il trouva une caisse *Pour les Pauvres*. Ça, c'était franc! Il y glissa tout son argent et se sentit en règle. Il vit encore des espèces d'isoloirs * dont il osa soulever le rideau vert: personne! Tout cela semblait aussi triste qu'une foire le lundi matin. Qu'est-ce que le Christ, ce copain, cet ouvrier au grand cœur, ce militant, pouvait avoir à faire avec tout cela? Et soudain, il le vit sur le mur, en relief, entouré des salauds dont Pierre lui avait parlé. Oui, là, sa pauvre gueule! Depuis des jours, Jean l'imaginait, lui parlait... Ah! c'était bien lui.

Jean leva la main pour le toucher, il avait trop attendu ce moment. Il savait que le bronze serait tiède et vivant sous ses doigts et que cela ne l'étonnerait pas. Mais il ne put atteindre le haut relief:

* « *Jésus est condamné à mort.* » Et la suite de l'histoire? — Jean la trouva sur le pilier suivant: *Jésus est chargé de sa croix.* « Et les autres, tout autour, avec leurs sales trognes de flics!... »

Maintenant, Jean marchait très vite d'un pilier à l'autre: *Jésus rencontre sa mère.* « Mince! Pierre ne
* m'avait pas dit ça... » Il envia Simon de Cyrène et, quand Jésus tomba pour la troisième fois, il serra les poings. Et quand ils enfoncèrent les clous carrés dans ses mains et dans ses pieds, il regarda ses paumes intactes et il en eut honte.

Maintenant, Jésus était mort: vidé, tout blanc, avec une écharpe de sang noir autour de la tête comme ce copain de l'usine, l'année dernière. Tiens, et on le mettait sous un drap, lui aussi! et sa mère, à lui aussi, plus blanche que le drap... Fini, le gars Jésus! Ils l'avaient eu, les flics! Mais où était donc la suite: quand il sort du tombeau, vivant, guéri? Et les yeux brillants des pauvres à travers le monde, à travers le temps, attachés à lui? Pourquoi n'avait-on pas aussi représenté cela?

Jean restait désemparé. L'église entière lui paraissait être un tombeau; l'église, et l'hiver, et toute la terre: un immense tombeau. « Je n'aime pas le monde, pensa-t-il, je n'ai jamais aimé la vie; mais maintenant je sais pourquoi: c'est que j'attends autre chose... »

Cette pensée désolante le comblait. Il avait achevé

le tour de l'église sans rencontrer personne; c'était l'heure vacante entre la dernière messe et les vêpres. *
« Je vais sortir, se dit-il avec regret. Il ne se passe rien ici. Pourquoi rester? » Mais, comme il tournait la tête, une dernière fois, vers les fonds obscurs, il aperçut une lumière rouge et marcha vers elle, le cœur *
battant. Ses pas résonnaient; il se sentait mal à l'aise comme dans un musée de cires: la vie sans la vie... En approchant, il distingua enfin l'autel, prisonnier de ses grilles, de ses stalles. Qu'est-ce que ça pouvait bien être? La nappe blanche lui rappela la table derrière laquelle il avait vu Pierre pour la première fois, un jeudi du mois dernier. Il trouva le décor assez joli: ça ressemblait au Rex, ce grand cinéma de Paris. Mais au Rex, du moins, son cœur ne battait pas. Ici, par exemple, il n'aurait jamais osé enjamber cette grille, monter ces marches, ouvrir cette petite armoire. Il lui *
semblait que quelqu'un le regardait, que tous les Jésus de bronze, autour de lui, avaient détourné la tête et le fixaient, et que le vrai se trouvait là, à moitié enseveli, à moitié ressuscité, et respirant... Cette flamme fragile, vivante, obstinée, couleur de sang, il la suivait d'un regard angoissé: celui de l'homme au chevet d'un malade. Il était devenu, lui aussi, un personnage de cire, mais tout à fait heureux. Il pensait à ses copains du Ciel: au Christ et à ses militants que Pierre lui avait nommés. Il essaya même de leur parler:

— Jésus (il l'appelait déjà par son prénom), je

suis moche, mais ça peut changer... ça peut drôlement changer, tu sais!

C'est tout ce qu'il trouvait à dire aujourd'hui; mais il savait que demain il lui parlerait encore. Et il lui venait à l'esprit toutes sortes de questions à poser à Pierre; tant de questions qu'il craignait de les oublier d'ici jeudi. « Je passerai là-bas tout à l'heure... Madeleine y sera peut-être », pensa-t-il aussi, mais il était content de n'avoir eu cette pensée-là qu'ensuite. Rue Zola, on trouvait Pierre, Madeleine et ce troisième personnage, toujours absent, toujours présent qui se cachait quand on arrivait: le Christ. Ici aussi, bien sûr, mais... comment dire? Oui, voilà: l'église, c'était le dimanche et Zola la semaine! Et il y a six autres jours dans la semaine...

Une cloche sonna dans les hauteurs. Jean ne savait absolument plus l'heure. Entre son réveille-matin, les sirènes des usines et les horloges des gares, voilà qui ne lui était presque jamais arrivé. Il pensa que c'était la définition même du bonheur. Ah! le temps passait bien ici...

— Il faut retirer votre béret, mon petit!

Le vieux prêtre continua son chemin silencieux. Il portait lui-même un singulier chapeau carré que, sans quitter son livre des yeux, il souleva en passant devant l'autel. Jean, qui ne l'avait pas entendu approcher, retira très vite ce béret qu'il ne quittait guère que pour la nuit. Mais le mystère de cet homme qui, dans son désert obscur, lisait à mi-voix des mots incompréhensibles et lui avait donné au passage une parole sans un regard, avait assombri Jean.

Il se leva et sortit, son béret à la main; il se retrouva dans la rue blanche, un peu aveuglé, un peu assourdi, assez malheureux.

— Jean!

Il ne se rappelait pas avoir jamais été appelé aussi doucement, si doucement qu'il hésita à se retourner.

— Madeleine!... Salut.

Un vent flâneur attisait la flamme de ses cheveux; elle souriait; quand Jean pensait à elle, il la voyait telle.

— Vous sortez de l'église?

— Oui. (Ses yeux verts la fixaient, puis se détachaient d'elle comme d'une lumière trop vive.) J'étais bien, là, je... je pensais à mes copains du ciel!

— Mais vous n'oubliez pas les copains de Sagny?

— Si, un peu.

— C'est le danger, dit-elle très bas. A Zola, on ne peut jamais les oublier...

Ils marchèrent en silence, un moment. Jean fut heureux, jusqu'à ce qu'il s'en aperçût.

— Vous... vous rentrez chez vous?

— Non, je vais à Zola.

— C'est bien ce que je dis!

— Ce n'est pas chez moi, dit-elle et son visage parut s'effacer. Chez moi, c'est là où habite ma mère,

91

et où s'accumulent les raccommodages, et où la lessive n'est jamais faite à temps. Chez moi? je ne sais plus comment c'est fait, le jour: quand je pars, il fait encore noir et, quand je rentre, déjà noir!

Jean faillit demander pourquoi mais il sentit que sa question n'eût pas été convenable; pourtant, il n'en connaissait pas la réponse. Alors, il parla d'autre chose:

— Ce grand Bernard, on ne le voit plus. Qu'est-ce qu'il devient?

Le visage de Madeleine s'assombrit de nouveau. Pas de chance!

— Il est parti, répondit-elle, parti ailleurs.

— Pour quoi faire?

— Pour mieux prier, Jean.

— C'est moche de nous avoir quittés!

— Il ne nous a pas quittés: il pense à nous, comme vous pensiez à vos copains du ciel, tout à l'heure.

— Ça ne nous sert à rien!

— Oh! si, Jean.

— Si vous vous contentiez, vous, de *penser* aux pauvres types, ils coucheraient dehors!

— Cela ne suffit pas non plus de loger les gars, de leur chercher du travail et de...

— Le type dont Pierre me parle... le Christ, reprit-il timidement, il guérissait les gars, il leur trouvait à manger, il les défendait contre les plus malins: il ne se contentait pas de leur parler!

— Oui, mais lui, c'était Dieu; nous ne sommes que...

— Raison de plus! Bernard a tort.

— Le... type dont Pierre vous parle a dit aussi: « Ne jugez pas, et vous ne serez pas jugés! »   *

— Ah!

Sa parole, une fois de plus, Jean la reçut en pleine poitrine, comme un coup. Les phrases de Pierre le touchaient, bien sûr! Mais quand il citait l'Autre, ah! quel choc! Même quand il ne comprenait pas bien les paroles, il les encaissait; à force de tourner autour, tel un chien mendiant, la porte s'ouvrirait. « Ne jugez pas, et vous ne serez pas jugés... »

— Bernard est un type bien, reprit Jean. S'il a décidé ça, c'est qu'il a raison, raison pour lui... Mais Pierre, répartit-il après un moment, est-ce que c'est un curé qui s'est fait ouvrier, ou le contraire?

— Qu'est-ce que vous pensez?

— Je... (Il hésita, son front se plissait sous la brosse des cheveux; ses yeux verts semblaient plus rapprochés encore.) Un ouvrier qui s'est fait curé, dit-il enfin.

— Il faudra le lui dire, fit Madeleine en souriant. Ne manquez pas de le lui dire!

Ils passaient devant un bistro rempli de types bien au chaud derrière la vitre, prisonniers de leur compagnie, ignobles mais heureux. Leur joie fit soudain chanceler celle de Jean. Ce gros, par exemple, qui

rigolait avec la fille de salle, ce gros-là lui parut posséder la vérité. Il n'était pas seul, lui! et il riait: le
contraire même de Jean... Une sorte de colère monta
en lui; il fit ses yeux étroits, s'arrêta, cria presque:

— Dieu, après tout, qu'est-ce qui prouve Dieu?

— Absolument rien, dit Madeleine. Heureusement!

— Pourquoi heureusement?

— Où serait la confiance? où serait la fidélité?

— Oui, c'est chic, la confiance... Mais tout de
même! reprit-il en regardant droit devant lui.

— Vous voudriez bien qu'il se montre?

— Oh! oui.

— Si vous ne savez pas l'attendre, c'est que vous
ne l'aimez pas, répondit-elle très doucement.

Jean lui jeta un regard si profond qu'elle baissa le
sien — oui, son regard d'automne devant les petits
yeux verts.

Ils allèrent en silence et, pour s'empêcher de penser,
Jean répéta:

— Tout de même...

— D'ailleurs, à ceux qui en ont besoin, Dieu
donne signe de vie!

— Comment ça?

— Des signes, oui: des petits faits inexplicables,
des hasards, des coïncidences, un tas de choses qui
n'ont rien à voir avec lui.

— Suffit de le lui demander?

— Non, d'en avoir besoin, je pense.

« S'il pouvait m'envoyer un... un signe! pensa Jean. Mais pourquoi à moi plutôt qu'aux autres?... Et puis cela me rendrait-il aussi heureux que je l'étais tout à l'heure, devant la lampe rouge? »

— Non! dit-il très haut, c'est bien plus chouette, la confiance!

Ils marchaient du même pas. Il faisait froid et net: un temps de grandes personnes, sans un sourire; un ciel blanc.

— Vous rentrez chez vous? demanda Madeleine à son tour.

— Ah non! chez moi, je ne suis pas pressé d'y rentrer.

— C'est moche?

— C'est... c'est zéro! répondit-il en enfonçant ses deux mains dans ses poches. Il n'y a qu'une chose de bien dans ma piaule: pas de glace! Comme ça, je ne vois le paysage qu'une seule fois, et surtout je ne me vois pas!

— Tout le monde est seul, Jean. Ce qu'il faut, c'est arriver à être seuls... ensemble!

Leurs pas sonnaient sec. Jean aimait bien ce bruit: un seul pas, et pourtant ils étaient deux. Voilà, sans doute, ce que Madeleine avait voulu dire...

Ils atteignirent la rue Zola, entrèrent au 28: personne.

— Pierre! Ho! Pierre...

Il apparut, en gros chandail, la cigarette aux lèvres.

— Madeleine, je t'attendais. Tiens! salut, Jean.

— Je voudrais parler avec toi.

— Tout à l'heure, vieux. Michel est là.

— Encore en panne? demanda Madeleine.

— Non... oui... enfin, pas comme d'habitude! Il m'est tombé dessus, avec une envie de pleurer ou de casser la gueule à n'importe qui. Il m'a dit: « Assieds-toi là! » et il m'a fourré une cigarette dans la bouche pour être bien sûr que je ne dirais rien. Quand elle est fumée, il m'en fourre une autre, sans cesser de parler.

— C'est donc la seconde cigarette? fit Madeleine qui fouillait dans le placard.

— La quatrième!... Reste manger avec nous, Jean, on pourra parler.

— On parlera, mais on ne mangera pas, dit Madeleine; il n'y a absolument plus de provisions et j'ai... (elle compta) douze francs.

— Je n'aurais pas dû payer le téléphone! As-tu de l'argent, toi?

* — Mince, non! J'ai tout do... Enfin, je n'ai plus rien.

— On va toujours chercher le lait, décida Madeleine.

— Mais le lait, c'est comme le reste: il faut le payer!

— Bah! ça s'arrangera en chemin. Tout s'arrange toujours en chemin...

On entendit Michel grogner, deux pièces plus loin:

— Qu'est-ce que tu fous, Pierre? Amène-toi!

— J'arrive! — Il haussa les épaules en signe d'impuissance et sortit en souriant. — J'arrive!

— Je vais avec vous, Madeleine? proposa Jean.

— C'est ça, vous nous porterez chance!

Le vent de la rue donnait à présent de grands coups d'épaule dans le vantail qui s'ouvrit avec violence; un tourbillon de papiers sales s'engouffrèrent sous la voûte avec les dernières feuilles puis ne bougèrent plus, tremblant sur place comme des rescapés. Madeleine et Jean affrontèrent, tête baissée, cette brusque tempête. Le vent, débondé, se ruait, toutes vannes ouvertes dans les rues vides, hésitait aux carrefours. Chaque angle de mur devenait une étrave, les volets claquaient comme des voiles; le vent, d'une rue à l'autre, s'appelait, pardessus les têtes, par-dessus les toits figés d'attente et de froid. Les deux naufragés avançaient avec peine.

Au croisement de l'avenue Jaurès, d'un coup de balai, le vent leur jeta au visage une vague de feuilles et d'ordures qui se collèrent à eux, comme aimantées — impossible de s'en défaire! Ils tournèrent sur eux-mêmes, danseurs dérisoires et transis. Ah! enfin... Non! un papier bleu, plus obstiné que les autres, restait plaqué contre le visage de Madeleine. Jean voulut l'en débarrasser, mais s'arrêta, la main haute.

— Madeleine, regardez! Un billet de mille francs.

— Ah! fit-elle calmement, je vous le disais bien, tout s'arrange toujours en chemin...

III

LÀ OÙ DEUX D'ENTRE VOUS...

L'hiver tardif prit possession de Sagny par surprise, vers la mi-janvier. Tout se passa à l'aube, comme un coup d'Etat. Un hiver sale: pas le squelette, le cadavre. Le vent, lâchement, avait choisi ce coin de Sagny avec ses maisons basses, ses toits croûteux, ses portes mal jointes: tellement plus facile à tourmenter que les quartiers riches! Des nues, tombaient sans cesse une pluie transie, du grésil, une neige vaincue d'avance; comme si tout ce qu'il trouvait de plus froid et de plus triste, le ciel le déversât sur cette ville résignée, sur ce faux village. Pour les gens de Sagny, l'hiver, c'étaient de nouveau le matin semblable au soir et les chambres aussi froides que la rue, car le système d'écluse des portes maculées et des escaliers gémissants ne fonctionnait plus. Pour l'instituteur, l'hiver, c'étaient les boules de neige, les cache-nez cachant les yeux et les gosses qui toussent jusqu'à fond de cale. *
Pour l'un d'eux (Etienne), l'hiver, c'était, certains matins, un Parc inconnu, molletonné de neige et de

silence où l'explorateur en fourrures, après quatre-vingt-dix-sept jours d'une marche épuisante parmi les crevasses, les troupeaux d'igloos sauvages et les hameaux de pemmican, plante enfin son drapeau à deux pas de l'Arbre: Hourrah, gentlemen! le Pôle nord est découvert...

De l'autre côté du mur de planches, les gosses de l'Impasse — tch! tch! tch! leur haleine dans l'air froid — jouent au train et dégringolent dans la gadoue: catastrophe de chemin de fer!

— Vos gueules, les mômes! crie Jacquot sur le pas de la porte. Vous allez réveiller la petite... Ça y est: elle crie, naturellement!

Les gosses rouges et noirs s'envolent à tire de pèlerines vers le Parc: en un instant, le Pôle nord devient tout gris. Et Jacquot rentre bercer Chantal qui n'est plus qu'une bouche et deux larmes. Car la petite fille dont Paulette ne voulait pas est née, la nuit de Noël, et repose dans une crèche de chiffons. Jacquot en est fier et joyeux; il trouve qu'elle ressemble à Paulette; et Paulette trouve qu'elle ressemble à son père: ils s'aiment de nouveau. C'est Pierre qui l'a baptisée. Chantal, un chouette prénom! mais qui ne permet aucun diminutif. Parmi les Dedette, les Mimi, les Mémène, elle sera Chantal aux yeux ténébreux, encore aveuglés, encore égarés dans la nuit d'où elle vient. Chantal ne distingue pas encore les visages qui se penchent sur elle: celui d'Alain son frère, émerveillé,

un peu jaloux; celui de Luis qui a pris sa face d'hiver:
nez rouge et lunettes embuées; celui d'Henri le militant, qui trouve que Jacquot laisse un peu trop
tomber les copains du Syndicat depuis que la gosse
est née; celui de Pierre, un sourire aux cheveux
gris.

A quelques pas du petit lit, autre merveille, le vélo
neuf, rouge sang: de la couleur du vin qu'on n'a pas
bu pour pouvoir l'acheter.

Chantal ne sait pas ce qu'est l'hiver, mais tout Sagny
le sait jusqu'aux os. Le double rempart de la misère et
du froid fait d'elle une ville assiégée — remparts qui
ne protègent pas, mais séparent. Certains soirs, à
l'heure où les façades des cinémas s'éteignent d'un
seul coup, Sagny est un mort sur lequel on vient de
jeter une couverture.

Mais, cet hiver-là, tous ceux qui, dans Sagny,
n'étaient pas *sous-prolos*, commerçants, vieillards, ou
bistros: tous ceux qui n'étaient ni des résignés ni des
satisfaits, se passionnaient pour la Paix. Les pétitions
circulaient, les affiches fleurissaient la nuit sur les
murs gris, entre les lettres de *Défense d'afficher*; des
meetings réunissaient les gars qui s'étaient déjà vus
toute la journée derrière leurs machines, mais loin du
vacarme, cette fois, et les mains libres! Cet appel
pour la Paix, que journalistes et chefs de partis prenaient pour une manœuvre politique (et sans doute

101

en était-ce une), pour les militants de Sagny, partisans ou chrétiens, c'était, dans leur hiver, l'espoir du printemps du monde. Ils pensaient que, dans tous les Sagny de la terre, d'autres hommes répétaient les mêmes paroles avec le même sourire et signaient — quand ils savaient signer — d'une main aussi épaisse et grise que la leur. Quand on parlait de la Paix, Sagny devenait une ville de cinq cents millions d'habitants: des noirs, des jaunes, des blancs. C'est une pensée qui tient chaud, en janvier! Après sept ans de communale, ce qu'on retenait de l'histoire de France, ce n'était qu'une suite de guerres, dates de combats, dates de traités: c'était donc un champ de bataille, l'histoire de la France? et un tapis vert? Et celle de tous les autres pays, un cimetière? Et l'Honneur et la Gloire se soldaient donc toujours par des bonshommes morts avant l'âge et des gosses en noir? Si fiers, les orphelins! et ne rêvant que d'en faire autant! «Nous entrerons dans la carrière... » Allons, ça suffisait peut-être, à présent? — Mais vous n'y pouvez rien, les gars!

— Si, parce qu'on est nombreux et qu'on n'a rien à perdre! «Moi, j'étale le contre-plaqué... Moi, j'étire l'acier... Moi, j'empaquette les biscottes... Moi, je charge les fours... Moi, j'ai mal aux reins... Moi aux yeux... Moi, au ventre... Moi, je m'emmerde... Moi, je m'emmerde... Moi, je m'emmerde... » C'est bon, après une journée d'atelier, de vacarme, de poussière, de gestes répétés vingt mille fois, c'est bon de se trouver ensemble, si pareils, si différents, si nombreux, à la réunion pour la Paix dans le Gymnase ou l'arrière-salle de Jojo!

Le Père Pierre est l'un de ces hommes. Quand il rentre de l'usine après que des tonnes de camelote lui ont passé par les bras (ces bras qu'il regarde parfois avec la sympathie un peu méfiante qu'on témoigne aux étrangers), quand Pierre sort de l'usine, l'air vif déplie ses poumons, et les premiers regards qu'il croise raniment son cœur. Il recommence à aimer les visages. Tout le jour, il n'a vu que des faces penchées vers le fer, des yeux fuyants qui le regardaient à la sauvette. A présent, il les croise lentement, humainement. En approchant de la rue Zola, il se frotte les mains comme un artisan qui va se mettre au travail: tous ces gars à dépanner! toute cette besogne utile, enfin! Tout à l'heure, bien sûr, il sera désespéré, lisant pour la sep-tième fois, sans les comprendre, la liasse de papiers crasseux où tient tout le malheur d'un type; ou traî-nant, dans la rue aux volets aveugles, son troupeau de pas-logés. La lassitude et, par grâce, au seuil du déses-poir, le sommeil: une vraie soirée d'être humain... « Mais pour les autres gars, pense Pierre, pour ceux que rien n'attend au sortir de l'usine, quelle solitude! quelle impuissance! quelle amertume! »

— Dis donc vieux... (C'est Henri, le secrétaire de la Cellule du quartier, qui travaille dans la même boîte que Pierre.) Dis donc, tu viens à la réunion des Combattants de la Paix, ce soir?

— Si je peux, oui.

— Ça passe avant le reste!

— Ça dépend quel « reste ».

— Je sais que tu fais du bon boulot. Tu dépannes les types; et mêmes les copains du Parti viennent te demander conseil. (Dix pas en silence.) Je ne t'aimais pas, au début...

— Je sais.

— Remarque, jamais je n'ai...

— Je sais.

— Je ne vois pas pourquoi on ne travaillerait pas ensemble! dit très fort Henri après un moment.

Il regarde droit devant lui; une vague de cheveux très noirs, toujours offerts au vent; un sourire impitoyable, avec deux dents pointues sur les côtés; mais un front chargé d'autres soucis que les siens: le même front que Pierre.

— Je ne vois pas pourquoi on ne travaillerait pas ensemble!

— Ça dépend à quoi.

— Tu es bien méfiant!

— Non, mais j'aime les trucs clairs.

— Ça tombe bien, moi aussi.

* — Bon! Alors, pas d'*anschluss*, dit Pierre en cessant un instant de sourire.

Mais c'est l'autre qui montre ses dents pointues:

104

— Et toi, pas trop de conversions!

— Tu m'as déjà entendu baratiner les copains? Et ma « Cellule Zola », tu peux toujours y entrer: les portes sont ouvertes, même la nuit! Ne t'en fais pas, ce n'est pas moi qui convertis, c'est le Christ.

— Je m'en fous. Alors, tu viens à cette réunion, ce soir?

— Je tâcherai.

— Ça n'est pas une réponse. Si tu ne veux pas te mouiller...   *

— La Paix n'est pas un monopole.

— Alors, à ce soir!

Pierre le regarde s'éloigner: son blouson bleu, ses sandales de cuir, les poings fermés dans les poches, les épaules hautes de l'homme qui se durcit contre le froid ou marche à la bagarre. Pierre sent monter en lui une immense sympathie pour ce gars-là, une sympathie de gosse: l'envie de se battre avec lui pour devenir copains ensuite.

— Hé! attends-moi! lui crie-t-il, et il le rejoint.

Ils repartent ensemble, en silence, du même pas.

Tandis qu'Henri leur parlait, les types du meeting le quittaient du regard. Ils hochaient la tête, du geste dont on salue des passants familiers: c'étaient ses phrases qu'ils reconnaissaient au passage. Parfois, une telle conviction et une telle ardeur à convaincre l'animaient que sa voix s'altérait. Ses mains, dans l'air, semblaient

prendre un interlocuteur par les revers de son vêtement et le secouer, le secouer: « C'est vrai, ce que je
te dis! c'est vrai!... » Mais, le plus souvent, il
employait les mots avec une habileté inquiétante
d'homme ivre: ivre de ses propres paroles, envoûté
par ses raisonnements; et les gars recevaient, une fois
de plus, leur ration de théories et de grands mots.
L'évolution du monde, la sociologie, la fatalité éco-
nomique, tout y passait. Les gars se sentaient tantôt
des dieux et tantôt des fourmis. Quelquefois, ils
décrochaient durant des minutes entières: « ce coup-
là », Henri le leur avait déjà raconté! Alors, ils l'attendaient plus loin en soufflant un peu. Quand Henri
se rassit, on l'applaudit — « Il a bien parlé, ce soir! »
— comme un musicien dont l'exécution intéresse
davantage que le morceau joué.

Il y eut un remous dans le fond: Pierre s'apprêtait
à quitter la salle. Mais Henri tendit un doigt vers
lui:

— Le Père Pierre est des nôtres, ce soir. Vous le
connaissez: c'est un prêtre-ouvrier. Il a sûrement quelque chose à dire!

Pierre, de loin, fit signe: « Non, rien! » mais Henri
demeura, le bras tendu. Le temps parut long. Pierre
passa le dos de sa main sur son front. Luis, qui se
trouvait dans une encoignure, cria d'une voix enrouée:
« Vas-y, curé! » et les autres se mirent à rire sans
méchanceté. Pierre hésitait encore, et pourtant il mar-

chait déjà vers la table, le cœur aussi calme que son pas. Les assistants l'applaudirent et plusieurs rallumèrent leurs mégots; Luis se glissa au premier rang. Pierre les regarda en souriant, puis son visage devint grave et il le cacha dans ses deux mains un long moment, comme il faisait avant de commencer la messe. Ses mains rouges et ses cheveux gris: on aurait cru voir un vieillard qui pleurait; on était un peu gêné. Mais ses mains s'écartèrent comme les nuages: on ne vit plus que son sourire, et beaucoup se mirent à sourire aussi.

— Non, commença Pierre, je n'ai rien à dire: rien d'autre que ce que vous pensez tous. Mais c'est bon, quand on ne sait plus très bien où on en est, d'entendre un type dire tout haut juste ce qu'on pense!... Généralement, quand les gars se réunissent, c'est *contre*; mais ici, nous sommes tous *pour*, tous réunis pour une même chose... Si on vous disait de quitter cette salle tout de suite, vous auriez froid, dites? et vous deviendriez tristes, d'un seul coup. Si vous êtes si bien ici, si vous êtes heureux, c'est parce que vous sentez bien que nous prononçons des paroles qui sont valables pour tout le monde: des paroles que personne ne peut refuser d'entendre, que tout homme droit doit accepter. Alors, vous vous sentez en paix. Or, quand on veut la paix dans le monde, il faut commencer par l'avoir en soi, par être en règle sur ce point-là, comprenez-vous? La paix, il faut la faire

avec tous: pas seulement les copains, c'est trop facile!
mais les autres. Leur dire carrément ce qu'on a contre
eux, carrément et calmement; et puis être en paix
avec eux. C'est comme ça qu'on arrive à l'unité: ne
former qu'un avec les types! Quand tous les hommes
au monde ne feront qu'un, seront vraiment comme
un seul homme: c'est ça qui s'appelle la paix et...
et ce sera drôlement chouette!

Il regardait un peu au-dessus des têtes, en parlant.
Il abaissa son regard et vit les leurs attachés à lui,
immobiles et brillants. Les mégots s'étaient éteints;
les gars paraissaient ne plus respirer; lui-même perdit
le souffle un instant. Mais il vit Luis, devant lui, qui,
de son menton au poil gris faisait signe: Continue!
Il continua.

— La guerre et le mal, c'est la même chose! La
guerre, c'est le mal, le pire mal. Elle est toujours quelque part. Mais, sans blagues, nous n'allons pas faire
comme les gosses qui crient: « C'est lui qui a commencé! c'est pas moi!... » Le mal commence toujours
quelque part; mais le bien, la paix qui est le bien,
il faut aussi qu'elle commence quelque part! Dites,
pourquoi ce ne serait pas ici? ce soir? Si nous étions
tous d'accord, tous copains, sans arrière-pensée, sans
différences, ce serait fait!... Moi, je ne suis pas d'avis
d'accrocher la paix à une politique: ce n'est pas un
wagon, la paix, c'est une locomotive! (Il se tourna
vers Henri.) La paix, ce n'est le monopole de per-

sonne, tu vois!... Mais alors, ce qui est chic, c'est
que la paix est contagieuse. C'est une bonne maladie!
Le type qui est en paix, au fond de son cœur, le
type aux mains ouvertes, ah! je vous jure que tous
ceux à qui il parle... — même pas! tous ceux qui le
rencontrent, sont obligés de devenir comme lui. Ça
vous est arrivé, dites? de vous sentir heureux, un
matin, même sans raison! Et, quand vous rencontriez
un inconnu, vous aviez envie de lui dire: « Bonjour,
vieux, ça gaze? » Eh! bien, vous n'avez pas remarqué
que, ce jour-là, vous étiez plus forts que les autres?
Que, s'ils avaient des emmerdements, vous les en
tiriez?... Et aussi, quand vous voulez faire rigoler
tout l'atelier, il n'y a qu'à rigoler vous-mêmes!
Voyez-vous, la paix, c'est la même chose, ce sera la
même chose. Si vous aimez le copain, il vous aimera;
si vous aimez le pauvre type, il sera moins pauvre
type; et le salaud, il sera moins salaud. Tenez, les
flics, les C.R.S., ce ne sont pas des salauds; ce sont *
des pauvres types. Ils ont l'ordre d'être vaches avec
des braves types. Eh bien! nous autres, il s'agit de
faire juste le contraire: d'être chics, de nous-mêmes,
avec les salauds. Ça commence ainsi, la paix! Il faut
bien qu'il y en ait qui fassent le premier pas. Ceux
qui le feront, ce seront ceux-là les Combattants de
la Paix. Ça ne s'appelle pas céder: ça s'appelle être
les plus forts. Un Combattant de la Paix qui fait une
vacherie à un copain ou qui se dégonfle devant une

injustice, il peut aller se rhabiller! La paix, ça n'exige pas seulement de signer des listes ou d'engueuler un type qui lit *l'Aurore* — alors çà, zéro! La paix, ce n'est pas seulement un truc de meeting: ça ne commence pas après le dîner, la paix! Ça commence le matin, ça commence dans sa piaule, même si on y est tout seul! Et ça se continue toute la journée. Ça consiste à regarder les autres en face, le copain comme le patron, et à leur dire la vérité. A ne jamais penser: « Celui-là est foutu, laissons tomber! » ou: « Celui-là est un salaud, laissons tomber! » Casse-leur la gueule s'ils le méritent, bon! mais explique-leur le coup. Si les prolos laissaient tomber les sous-prolos, et ainsi de suite, vous parlez d'une paix!

— Tout de même... dit Henri à mi-voix.

— Non, mon vieux! L'innocent qui va être fusillé, tu crois qu'il déteste les gars du peloton? ou même l'officier? ou même les juges? — Mais non! il sait bien qu'ils ne sont que des instruments, les instruments d'une mauvaise cause et d'un mauvais système. Pour nous, c'est la même chose: la Société est mauvaise; même ceux qui en profitent en sont les victimes. Ça n'avance à rien de les détester: c'est le système qui est détestable. Lui, il faut l'attaquer, par tous les bouts! Mais eux, il faut essayer de leur expliquer. Si vous croyez que ça donne de la force de détester, essayez seulement le contraire: d'aimer les autres, tous les autres, et vous verrez la force que ça vous donnera!

et la paix que ça créera en vous et autour de vous!...
Créer la paix, c'est chic, dites? La paix, c'est d'aimer
les autres, pour les obliger à aimer les autres — et
ainsi de suite, sur toute la terre! Et ça n'est pas
facile... ajouta-t-il à mi-voix.

Puis il cacha de nouveau son visage dans ses mains.
Un silence absolu régnait; personne ne toussa. Pierre
dégagea son visage, laissa tomber lentement ses mains
ouvertes, sourit et dit à voix basse: « C'est tout...
Oui, c'est tout. » Puis il regagna la salle sans prêter
attention aux applaudissements des gars qui tombaient,
serrés, continus comme une pluie d'avril. En passant près de Luis, il le vit qui demeurait, la bouche
ouverte, tel un enfant étonné, avec un regard décon-
certé derrière ses lunettes de fer. Le vieux l'arrêta
au passage, posa sur son bras, avec une exigence de
chien, sa main dure au doigt mutilé.

— C'est la vérité, Pierre, la vérité! lui dit-il d'une
voix rauque.

C'était la première fois qu'il ne l'appelait pas « curé ».

Quand ils sortirent de la salle, ils trouvèrent la
rue tout enneigée. Patiemment, tandis qu'ils parlaient,
la neige, avec un silence d'enfants préparant une surprise, avait tout garni, tout doublé d'ouate. A présent,
elle tombait sans hâte: la partie était gagnée. Les ren-
forts arrivaient et, dans la clarté lunaire, prenaient
leurs positions pour l'attaque à l'aube. Ce silence

invitait au silence; ils marchaient sans parler, tous les cinq, Pierre, Madeleine, Luis, Jean et Michel le boxeur. Ils respiraient cet air implacable; chacun avançait dans sa solitude. Où était la vérité? Dans la chaude communion avec les hommes, ou dans ce désert glacé? Dans les paroles qui font battre le cœur, ou bien dans ce silence?

— Mince! dit Michel, on était mieux tout à l'heure!

— Ça n'est pas si sûr, murmura Jean.

Ils entendirent courir derrière eux et se retournèrent: c'était Henri. Avec ses cheveux gris de neige, ce soir, il ressemblait à Pierre.

— Les gars demandent qu'on établisse une permanence des Combattants de la Paix chez toi, rue Zola. (La buée soulignait dans l'air froid ses paroles.) Qu'est-ce que tu en penses?

— Ils trouvent que ce n'est pas assez encombré comme ça? fit Madeleine en riant.

Henri la regarda sans amitié:

— Allons, la plupart n'y sont jamais venus!

« ... et n'y viendront peut-être jamais sans cela », pensa Pierre aussitôt; mais il demanda seulement:

— Où comptiez-vous l'établir?

— Chez moi, répondit l'autre un peu sèchement.

« Garder à tout prix l'alliance avec Henri, voilà qui est encore plus utile! » se dit Pierre. Il repartit, et les autres le suivirent. Leurs pas crissaient dans la neige. Les sandales d'Henri étaient transpercées; il éternua.

— Alors?

— Alors, tu sais bien que j'ai un autre boulot à faire rue Zola! Je n'ai ni la place, ni le temps de...

— Tu te dégonfles! dit Henri sans méchanceté, car il se sentait plutôt soulagé.

— C'est tout ce que tu sais dire? «Je me dégonfle», « Je ne veux pas me mouiller »... J'ai l'impression de m'être mouillé, ce soir, non?

— Tu as bien parlé.

Pierre s'arrêta:

— Il ne s'agit pas de paroles! Est-ce que, oui ou non...

— Non, dit Henri brutalement. Non! Tu endors les types.

— Je n'ai pas l'impression qu'ils roupillaient, fit Luis innocemment. Et toi, Michel?

— Pierre les a plutôt réveillés, dit le grand et il se mit à rire trop fort.

— Je sais ce que je dis! Et tu le sais aussi bien que moi. Il n'y a qu'une chose qui compte: la libération ouvrière. Tout ce qui en distrait les types, que ce soit le cinéma, les journaux marrants, la radio ou ton genre de laïus sur l'amour...

— C'est chouette d'être comparé au *ploum-ploum tra la la*! Tu parles si je suis fier!

— Ecoute, vieux, dit Henri avec une sorte de chaleur, tu sais bien que la fille qui achète *Confidences,* *
ou qui reste debout une heure devant leurs tréteaux

113

* à conneries, est perdue pour la lutte, tu sais ça?

* — Si tu confonds le Christ avec Saint-Granier, il y
* a gourance, je te le jure! dit Michel.

* — Qu'est-ce que ça a à voir?

— Beaucoup à voir, reprit Pierre. Tiens, je vais te faire un cours, moi aussi. Tu trouves tout naturel que deux et deux fassent quatre ou que les roues tournent; seulement, il a fallu un type pour trouver ça. Et maintenant, tu trouves tout naturel que les hommes soient frères ou qu'ils se sacrifient les uns pour les autres; seulement, il a fallu un gars pour le dire, ça et beaucoup d'autres choses. Et justement c'est le Christ, tu vois! Et c'est sa ligne à lui que je suis, et c'est sa paix à lui qui m'intéresse.

— La paix est tout d'une pièce: il n'y a pas une paix de ceci et une paix de cela!

— Je n'en suis pas sûr. Mais les gars sont tout d'une pièce, eux, quand ils suivent le Christ; et ils savent très bien ce qu'est la paix et elle est ce que je leur ai dit.

— Du baratin!

Pierre s'approcha d'Henri; leurs haleines se confondirent. Il souriait toujours, mais ses yeux étaient très brillants:

— Tu es moche, Henri, fit-il lentement. Est-ce que je prétends, moi, que Marx, Lénine, Staline, c'est du baratin? Si ce que j'ai dit aux gars ne les avait pas touchés, crois-tu qu'ils penseraient à installer leur permanence chez moi? Mais tu te dis: « Ces gars-là sont à moi. Qu'est-ce que ce curé vient foutre ici? » Et tu es moche parce que, depuis quatre mois que tu m'observes sans amitié, tu sais très bien que je ne suis pas « un curé » et que, la libération ouvrière, j'en veux au moins autant que toi. Et tu sais très bien que, chaque fois qu'il y a eu une histoire injuste, je me suis mouillé pour les copains. Seulement, ça te déplaît de ne plus avoir le monopole de dépanner les types. Tu peux parler des trusts: tu as la même mentalité! *

— Ta gueule!

— Non, mon vieux: tout ce que tu voudras, mais me taire quand j'ai quelque chose à sortir à un gars, c'est zéro pour la question! Tu vois, Henri, tu es ravi que j'aie refusé pour la Permanence, mais tu en profites pour m'engueuler: tu es moche.

— Moche et con, ajouta Michel, parce que le Christ, tu ne peux rien contre lui.

— Tu vas la fermer, ta grande gueule, non?

— Non, c'est plutôt celle des autres que j'ai l'habitude de fermer!

— Ecoutez, ça suffit, dit Madeleine. On est en train de devenir des bonshommes de neige! — Et elle s'ébroua.

Mais Henri regarda Michel en face (ce qui l'obligeait à lever la tête), et on vit briller ses deux dents pointues.

— Dis donc, Michel, c'est peut-être ton Christ qui

t'ordonne de traiter des petites affaires plutôt moches,
non?

— Je n'ai pas de comptes à te rendre! Je ne suis
pas inscrit au Parti, moi!

— Fais ce que tu veux, mais pour ce qui est de la
Paix, tu aurais mieux fait de rester chez toi, ce soir!

* — Quels casse-pieds! fit soudain Jean qu'on
n'avait pas encore entendu. Madeleine est en train de
prendre froid...

— Tu n'aimes pas le sport? demanda Luis en rallu-
mant à grand peine un mégot détrempé. Communiste
contre curé, c'est passionnant!

— Tu en connais un bout, Luis, dit Henri douce-
* ment. Ça te va bien de faire le sacristain: tu en as
assez étripé en Espagne, des curés!

— Oui, et tes chefs m'en ont été bien reconnais-
sants: *Me echaron a fuera como un perro sucio!* [1]

— Je vais réfléchir, répondit l'autre gravement,
je t'en reparlerai demain. Tu viens, Luis?

Madeleine lui tendit la main en bâillant:

— J'ai sommeil, bonsoir!

— Henri, fit Pierre (il secoua la neige de sa capote
kaki), apporte-moi demain des listes à faire signer
pour la Paix. Je n'aurais peut-être pas dû t'engueuler,
ajouta-t-il après un instant, mais, vois-tu, je crois que
tu avais tort...

---

* [1] Ils m'ont fichu dehors comme un chien sale.

— Non, je fais le détour avec Michel. *Salud!*
Henri, qui marchait déjà dans une ruelle blanche,
se retourna en riant:

— Comment dit-on « rancunier » en espagnol?

— Ça se dit *conio*, comme le reste! Allez, grouille ∗
un peu, grand!

Pierre regarda s'éloigner le géant et ce vieil homme,
à son côté, qui devait faire deux pas pour chaque
enjambée de Michel. Ce vieil homme déçu, qui s'était
cru fidèle, et qui se croyait trahi; qui tenait des discours sur l'avenir du monde à un maigre chat au collier de ficelle; qui prétendait ne pas croire en Dieu
et crevait — oui, crevait de n'avoir personne à aimer!
Vieil homme dont les seules joies étaient de prédire
le pire et de mettre de l'ail dans tout ce qu'il mangeait.
Une vie perdue...

— Bonsoir, Père.

— Je vous raccompagne, Madeleine.

— Pas la peine, fit Jean trop vivement: j'y vais,
moi. Allez, bonsoir!

Pierre resta seul au carrefour, très seul même, tout
d'un coup. Henri avait presque disparu; Pierre le vit
se retourner, sans raison, et il lui fit un grand signe
d'amitié. Puis il regarda Michel et Luis: leurs ombres
dissemblables viraient à chaque lumière; celle de Luis
gesticulait. « Il lui raconte sa vie, pensa Pierre, et
Michel s'en fout... » A droite, Jean et Madeleine tra-
çaient leurs pistes parallèles. Pierre vit le grand ôter

son manteau pour le poser sur les épaules de Madeleine qui refusa, qui l'obligea à s'en revêtir.

Pierre repartit vers la rue Zola en frissonnant. « Henri aussi est seul, se dit-il, et bien plus que moi: il n'a personne à qui parler, personne d'autre que lui-même... »

Soudain, il songea à Bernard. Chaque fois qu'il rentrait, à la nuit, son cœur se serrait en franchissant le seuil de la maison vide. Il pensait à Bernard comme à un homme mort, et il s'en voulait.

— Bernard, dit-il tout haut. Qu'est-ce que tu fous, mon vieux? Qu'est-ce que tu fous?... Et quel boulot tu m'as laissé!...

A ses côtés, un paquet de neige se laissa tomber d'un toit, mollement; puis tout se rendormit. « Au fond, Bernard a perdu les pédales », se dit-il; et cette expression tragique lui revenait sans cesse à l'esprit: « Ça allait trop vite, tu vois!... Mon Dieu, pria-t-il, faites, oh! faites que je ne perde pas les pédales!... »

Le lendemain, un inconnu, puis un autre, puis bien d'autres poussèrent la porte de la rue Zola, farauds et craintifs, comme les bêtes de la forêt quand elles s'aventurent dans une clairière.

— Il est là... euh! c'est Pierre qu'il s'appelle?
— Non, répondait Madeleine, il est à l'usine.
— Je croyais qu'il était curé!
— Prêtre-ouvrier.

— C'est la même chose?

— Oui et non. Il sera là vers six heures.

— On reviendra.

Tous revinrent. Pierre trouva sa maison pleine et jeta vers Madeleine un regard angoissé: « Tout ce monde à loger et à dépanner? » Mais non! ils venaient signer pour la Paix, et puis...

— Et puis causer avec toi, mais il y a trop de types. Viens manger un soir chez nous! Pas demain: je suis de nuit; mais jeudi?

— Non, jeudi, c'est toi qui viendras manger ici, tu veux? On sera quelques-uns!

— Ça n'est pas bien commode si vous êtes déjà...

— Au contraire! Apporte un peu à bouffer, voilà tout.

— Mais non, mais non! fit Madeleine, on se débrouillera.

— Tout s'arrange toujours en chemin, ajouta Jean, et il regarda Madeleine en riant.

— Vous êtes marrants: vous rigolez toujours, vous autres! dit un gars qui venait de signer.

— Qui ça, nous autres?

— Les... chrétiens.

— Je ne le suis pas, dit Jean, pas encore.

— Alors, c'est contagieux... comme la Paix!

— Tu les reconnais à leur sourire, reprit Jean, mais moi, je reconnais tout de suite que tu es du Parti.

— A quoi?

— A ton regard! Tu as le regard communiste: dur et droit.

— Et mes fesses, elles sont progressistes? demanda Luis qui les écoutait. Tu les entends, curé? Ils se flairent comme des clebs! « Ton sourire... Ton regard... » Ça n'est pas une discussion, c'est une chan-
* son de Tino Rossi!

— Quel couillon! fit le gars écœuré.

— Viens tout de même jeudi, toi aussi! dit Pierre en souriant.

— Et ma femme?

— Amène-la.

— Et les gosses?

— La voisine les surveillera. Il y a toujours une voisine...

— Tu es un drôle de type... A jeudi!

Deux gars restaient plantés devant le crucifix avec une curiosité grave.

— C'est marrant, dit enfin l'un des deux.

— Il y en avait un comme ça chez un grand-père que j'avais, je ne sais plus où, quand j'étais tout gosse. Oui, c'est marrant...

— Ce sont des nuageux, ces mecs-là, mais ils sont heureux! — Et ils sortirent.

— Je ne comprends pas, fit Madeleine qui consultait les listes: vous n'avez pas signé, Jean?

— Plus tard!

— Mais pourquoi?

— Plus tard, répéta-t-il en détournant la tête.

— Michel non plus n'a pas signé!

On frappa à la porte; le fait était si rare que personne ne songea à répondre. On frappa de nouveau, après un long moment; Luis cria « Entre donc! » et remonta ses lunettes sur son front. Un jeune abbé poussa la porte.

— *Caramba!* Il vient faire la quête! dit Luis, et il se tourna vers le mur.

Pierre se leva, tendit la main:

— Vous êtes le seul qui frappez ici!

— Je ne vous dérange pas? Je suis vicaire à Sagny-le-Haut, j'aimerais vous parler.

— C'est que, chaque mardi, nous nous réunissons entre prêtres-ouvriers; j'y partais. A moins que...

Il allait lui proposer de l'accompagner au métro. Il pensa aux autres, aux nouveaux copains, qui le verraient dans la rue avec un curé; il hésita.

— J'aurais bien fait un bout de chemin avec vous, mais je comprends que cela vous gêne de marcher avec moi.

— Moi? Pas du tout, dit Pierre en rougissant. Allons-y!

Jusqu'à la place Jaurès, ils demeurèrent silencieux: ils ne savaient par quel bout saisir leur rencontre. Pierre souriait avec embarras, les mains dans les poches; l'abbé parla le premier.

— J'étais au meeting, hier soir.

— En soutane?

— Bien sûr! répondit l'autre un peu rudement. Un prêtre ne vous paraît pas à sa place dans une réunion pour la Paix?

— Est-ce que votre curé le savait?

Trois pas en silence.

— Non.

— Qu'est-ce que je peux faire pour vous? demanda Pierre doucement.

— Je ne sais pas. J'ai repris pied, l'autre soir; alors... alors je m'accroche à vous!

Un type roux et qui marchait très vite les croisa.

— Salut, Paulo! lui cria Pierre. Tu en as une belle canadienne!

— Très belle, mais il n'y a rien dessous! répondit l'autre en riant (et il écarta le vêtement neuf sur une chemise en loques). Allez, salut!

— Viens donc jeudi, Paulo!... D'accord?

— Je n'ai jamais dit à l'un de mes paroissiens qu'il avait une belle canadienne, dit l'abbé à mi-voix.

— C'est pourtant le seul moyen d'apprendre qu'il n'y a rien dessous.

La station de métro était en vue; l'abbé se décida:

— J'étouffe dans la paroisse!... J'étais fiancé. Je ne me suis pas fait prêtre pour jouer au football avec des gosses et assister aux enterrements de première * classe! Enfin, Père!...

122

— Depuis combien de temps êtes-vous dans la paroisse?

— Six mois. Mais dans six ans ce sera la même chose! Toujours la même chose!

— *Tu ne crois donc pas au Saint-Esprit?*

L'autre demeura interdit, la bouche ouverte, le bras immobile.

— Si, dit-il enfin, je crois que si! mais... mais il est avec vous, pas avec notre petit troupeau fidèle qui représente à peine le vingtième de la paroisse. Quand je vais dans Sagny, j'ai l'impression d'être à l'étranger; et on m'y regarde, en effet, comme un étranger.

— Et le petit troupeau, alors, tu le laisses tomber? Tous les petits troupeaux fidèles, ça te paraît astucieux de les laisser tomber? ça te paraît honnête?

— Et les trente millions d'autres? Moi, je crève... Oui, répéta-t-il lentement et sans complaisance, je crève de posséder la Bonne Nouvelle et de ne pas la partager.

— Je comprends très bien. Mais c'est à ton curé qu'il faut confier cela, pas à moi.

— Vous êtes le seul dans Sagny auquel...

— Absolument pas! Et puis, les gars que je... que je pêche, il faudra bien qu'ils finissent par s'accrocher à la paroisse; et s'ils n'y trouvent personne pour les comprendre, ils seront perdus. Ça aussi, c'est un boulot important!... Pourquoi souris-tu?

— Vous me souhaitez de rester dans la paroisse, et pourtant vous dites en prière: « Mon Dieu, faites que je sois de moins en moins curé »... Est-ce vrai?

— Oui. Qui te l'a dit?

— Notre curé.

« Comment le sait-il? se demanda Pierre. Quelle boutade idiote — non! ignoble... » Et il aima d'avance ce curé dans la mesure où il l'avait blessé, où il se détestait.

— J'ai eu tort. Ça voulait simplement dire...

— Inutile de m'expliquer! Je comprends cela... mieux que vous: je le vis.

Deux soldats sortirent du métro en s'injuriant et, parvenus sur le terre-plein, s'empoignèrent. On s'attroupait déjà. Pierre fendit les rangs et sépara violemment les deux hommes.

— Faites pas les cons! Vous ne savez pas qu'il y a un flic sous l'horloge, non?

— Il s'amène! annonça quelqu'un, et les assistants se dispersèrent.

— Filez en vitesse! ordonna Pierre. Non! toi par la rue et toi par le métro, caltez!

Il s'y engouffra lui-même, mais s'arrêta au milieu de l'escalier et releva la tête:

— Ton nom, vieux?

— L'abbé Levas...

— Non! le vrai: ton prénom?

— Gérard.

— Adieu, Gérard, et bon courage!

— Dites donc, cria l'agent en se penchant sur la balustrade du métro, vous étiez de la bagarre, vous!

— Pensez-vous! fit vivement Gérard.

— Je l'ai vu!

— Mais c'est un prêtre, voyons!

— Vous rigolez?

— Oui, dit Pierre, il rigole. Mais j'ai seulement cherché à séparer les deux types — ça, c'est vrai!

— C'est vrai, monsieur l'abbé?

— Puisqu'il vous le dit!

— Allez, adieu Gérard!

— Adieu, *père!* dit Gérard très fort.

Pierre regardait ces hommes autour de la table et se sentait heureux d'être l'un d'eux. La table ovale avait la forme de Paris, et les prêtres-ouvriers, là aussi, se trouvaient calmement installés tout autour: ceinturaient Paris d'amour et de sourire. Plusieurs avaient posé leurs mains à plat sur la table et Pierre regardait ces mains dont il reconnaissait le métier: le Père André, blanchisseur à Boulogne; le Père François, *
soudeur chez Simca à Nanterre; le Père Michel, tour- *
neur à Ivry; le Père Robert, chiffonnier à Clichy; le *
Père Jacques dont un accident de machine, six mois plus tôt, avait entamé le dos des mains et qui portait ainsi dans sa chair les stigmates du Christ... Un seul *
montrait des mains blanches: le plus âgé d'entre eux,

* qui s'était voué à sauver les filles entre Clichy et
* Barbès, et qu'on appelait « le Père Pigalle ».

Tous ces ambassadeurs aux mains vides, ces messagers en blouson, bleu de travail ou capote kaki, parlaient à tour de rôle, sans impatience. Chacun disait ses espoirs, ses coups durs, ses erreurs; et Pierre reconnaissait au passage ses propres problèmes, et il reprenait courage. Les autres ne jugeaient pas: citaient seulement leur expérience quand elle pouvait servir à quelque chose, en ajoutant le plus souvent que, sans doute, elle ne pourrait servir à personne.

Pierre parla d'Henri et du meeting pour la Paix. Personne ne fit de remarques; seul le Père Pigalle se pencha et murmura à son oreille:

— « Voici que je vous envoie comme des agneaux au milieu des loups... Soyez doux comme des colombes
* *et prudents comme des serpents!* » ajouta-t-il en posant sa main parsemée de roux, sa main d'homme vieux sur la manche de Pierre.

— Mais...

— Chut! moi-même je ne le suis pas. Mais l'Archevêché est très prudent... Je n'ai pas dit « l'Archevêque », mais « l'Archevêché ».

Pierre passa le dos de sa main sur son front. « J'ai bien fait, pensa-t-il après un instant très pénible, et je fais bien d'accepter l'alliance d'Henri. Je n'ai peut-être pas raison, mais je fais bien: parce qu'il n'y a rien d'autre à faire. Sinon, rompre le contact? — Alors

autant se retirer tout à fait, comme Bernard!... Non!
si je commence à penser à demain au lieu de vivre
aujourd'hui, je suis perdu. Ou plutôt, ils sont perdus
pour moi, car eux vivent au jour le jour: c'est la définition du prolétaire. Le Christ vivait au jour le jour;
il est avec moi, il ne me laissera pas tomber... »

Et soudain, en regardant l'assemblée, il s'aperçut
qu'il restait un siège vide autour de la table. Une
grande chaleur lui monta jusqu'au front et qui était
de la joie: « C'est Sa place! pensa Pierre. Il est parmi
nous, bien sûr! Les mardis de la Mission, c'est le
Jeudi Saint... » Il se sentait heureux de cette halte *
sans lâcheté, de cette alliance taciturne avec quelques
hommes aux yeux clairs, au front aussi soucieux que
le sien, aux mains aussi dures. Ils allaient repartir;
pourtant, ils ne se quitteraient pas.

Pierre songea de nouveau à Bernard et demanda
si quelqu'un avait reçu une lettre de lui.

— *Dom Bernard* m'a écrit, répondit le Père André. *
Il va bien. Il m'a demandé de vos nouvelles...

« Et pourquoi ne m'a-t-il pas écrit, à moi? se
demanda Pierre. A moi ou à Madeleine? » Il s'en
sentit à la fois blessé et soulagé; et il se l'avoua, mais
sans en chercher la raison. « C'est au Père André que
Bernard écrit, pensa-t-il encore, mais c'est pour nous
qu'il prie. Il ne nous donne pas de ses nouvelles, mais
il en demande des nôtres... »

La réunion était terminée: on se leva pour prier

ensemble; on alluma une cigarette et l'on partit chacun de son côté. Quelques-uns s'en allaient à pied par des rues mal pavées qui, commune après commune, portaient les mêmes noms: Jean-Jaurès, Gambetta ou Gabriel-Péri. C'était une immense banlieue, plantée d'arbres morts, bordée de bistros aux vitres embuées, et traversée de rails et de canaux; une ville d'usines, de maisons basses et de gazomètres, et qui faisait le tour de Paris.

Les autres prirent le métro pour regagner leur royaume misérable et, comme on franchit par le train de nuit des pays qu'on ne connaîtra jamais, ils traversèrent cette grande ville étrangère, ses jardins, ses quartiers riches, son opéra, sa cathédrale. Ils n'étaient qu'un tremblement sous Paris, un frisson dans ses avenues, vite oublié.

IV

« UN PRÊTRE EST UN HOMME MANGÉ »   *

En croisant un écolier à pèlerine, Pierre s'aperçut qu'il s'ennuyait d'Etienne, et il décida d'aller le chercher à la sortie de l'école. Il s'arrêta sur l'autre trottoir, s'accota au tronc noir d'un arbre et regarda les gosses sortir en piaillant. L'école les dégorgeait par grappes; ils poursuivaient dehors leurs luttes confuses, leurs « hou! hou! », leurs accusations au doigt pointu. Ils traversaient en courant, après un regard fou en amont et en aval. Mais Pierre vit l'un d'eux s'arrêter sur le seuil, au milieu du fleuve des autres et flairer le vent, oiseau indécis. Pierre siffla *le signal*, les trois notes qui étaient leur secret; il vit Etienne tourner la tête et la joie monter dans ses yeux comme le soleil se lève.

— Justement, je pensais à toi, Pierre!

— Ah?

— Je me demandais pourquoi on nous apprenait le calcul, l'histoire... enfin tout, quoi! Ça ne te sert jamais à toi, Pierre! ni à papa! ni à personne!

— Cela te servira peut-être à toi. Mais... regarde-moi! Ce bleu sur ta joue, là...?

— Je me suis cogné.

— On t'a cogné! Ton père?... Cette fois, j'en ai marre: je vais...

— Quoi faire? demanda Etienne en le regardant bien droit.

Pierre soutint ces yeux d'océan pluvieux, ces lèvres serrées, ce petit menton d'homme, mais pas la tache bleue sur la joue.

— Parler à ton père et lui casser la gueule un bon coup, s'il le faut.

— Reviens lui parler chaque nuit, alors! dit Etienne en détournant la tête.

Puis il se mit à marcher plus vite que Pierre et à murmurer entre ses dents:

— Laisse-moi faire, va!... Il n'y a qu'à me laisser faire!... Moi, je sais bien!...

— Tu sais quoi, mon vieux? demanda l'autre en lui parlant comme à un homme.

— C'est mon affaire.

— Tu n'es pas chouette avec moi!

Etienne lui jeta un regard suppliant:

— Tu ferais tout rater, Pierre! Ne me demande pas! Ne me demande rien!

Il suffisait d'un mot: suffisait de l'appeler encore « mon vieux », et il aurait tout dit; Pierre ne demanda rien.

Quand ils arrivèrent à l'Impasse, les chats venaient de déchaîner la guerre entre eux, et les enfants contre les chats, et les grandes personnes contre les enfants. Henri ouvrit brusquement sa fenêtre.

— Tu parles d'une corrida! Entre donc une minute, Pierre.

— A tout à l'heure, Etienne. Et surtout, ne décide rien sans moi!

Sur les murs de la chambre d'Henri, un portrait de Staline, une carte de la Corée et une de l'Indochine, * un appel du Parti, et la Colombe de Picasso. Pierre * s'assit sur le lit effondré. Devant lui, une cuisinière où s'entassaient des ustensiles; de l'autre côté de la fenêtre, une armoire inclinée et dont la porte s'entre-bâillait: pareille à une vieille qui marche penchée vers la terre et la bouche ouverte. La table était encombrée de tracts, au milieu desquels un éléphant de porcelaine.

— Il est marrant, ton éléphant!

— Ne t'occupe pas de lui! répondit Henri en rougissant. (Pas de vie d'homme sans un secret, un secret absurde...) Je t'ai fait porter des listes, avant hier, parce que j'ai réfléchi: tu avais raison. On peut travailler ensemble, à condition...

— On peut travailler ensemble, mais sans conditions.

— Oui, dit Henri avec effort; puis après un moment: Tu es un dur, Pierre! D'ailleurs, j'aime mieux ça.

— Non, un doux. Mais vous confondez toujours les doux avec les faibles!

— Tu es très fort, au contraire: tu les as eus au sourire, l'autre soir.

— Non, je les ai « eus » à la vérité, tu vois!

— Laisse tomber! Tu es plus malin que moi, c'est tout.

— Non, vieux, pas plus malin: aussi sincère et aussi... engagé, ça oui!

— Fous-nous la paix! Tu es d'abord engagé avec les curés, et les curés le sont avec les patrons et les * riches, et puis c'est marre!

— En somme, dit Pierre amèrement, je suis un faux curé et un faux ouvrier?

— Oui.

— Tu parles exactement comme mon patron ce matin, fit Pierre en se levant pour partir. Vous êtes les deux seuls!

Il se retourna sur le seuil:

— Seulement toi, tu en reviendras!

Il allait sortir.

— Je te préviens, Pierre, tous ceux qui ne sont pas avec nous sont contre nous!

— Ah? Tu vois, nous autres, c'est juste le * contraire: tous ceux qui ne sont pas contre nous sont avec nous. Salut!

Il sortit très triste; son seul espoir était qu'Henri fût aussi malheureux que lui.

132

Il vit Luis qui parlait avec Paulette et faisait de grands gestes.

— Salut, Paulette! Qu'est-ce qui se passe?

— Il se passe, dit Luis, que cette ordure de taulier a fauché la lessiveuse de Paulette sous prétexte qu'elle traînait devant la porte. Sans blagues! Où veux-tu qu'elle la mette, sa lessiveuse? Dans le berceau de Chantal? *Pobrecita de la casa!* [1]

— Il dit que ça gêne pour le passage.

— Tu parles! Ça doit gêner les chats, la nuit!

— Où est Jacquot?

— Il parle au taulier.

— J'y vais.

Il les trouva dans l'arrière-salle du bistro; l'un des deux allait casser la gueule de l'autre, mais on ne savait pas encore lequel. Le taulier était beaucoup mieux nourri, un peu trop vêtu: c'était le combat de l'ours et du loup. Pierre les engueula, renvoya Jacquot à son vélo et à sa fille, essaya ensuite de persuader l'hôtelier qu'il devait rendre cette lessiveuse. L'autre . répondit que Jacquot commençait à le... « C'est bien simple: chaque fois qu'on me dit *Jacquot*, je tire la chaîne! » Pierre lui répondit que ce n'était pas un argument. « J'en ai marre de tous ces types! » dit le taulier, et il passa en revue, hargneusement, les gens de l'Impasse: ce sale communiste d'Henri, cette souillon

[1] La petite pauvre de la maison.

de Paulette, ce voyou de Jacquot, ce vieil anarchiste de Luis « qui avait déterré des bonnes sœurs et zigouillé des curés »... Il surveillait l'autre de l'œil en parlant.

— Ça ne m'impressionne pas, vous savez! lui dit Pierre. Ce qui est moche, c'est qu'un type soit tué par un autre, pas que ce type soit un curé.

L'autre, déçu, poursuivit sa litanie haineuse.

— Vous oubliez l'Arabe, fit Pierre calmement.

— Vous ne l'aimez pas? Pourtant, c'est toujours plein de Nord-Africains, chez vous...

— Ce sont tous des copains; mais celui-là est une belle ordure.

— Faut pas exagérer!

— Justement, je trouve qu'il exagère. Seulement, voilà, il est bien avec les flics, lui!

* Le bistro était devenu rouge Beaujolais; il souf-flait dans la figure de Pierre.

— Qu'est-ce que vous voulez dire?

— Mais la vérité, simplement. Dites, c'est si simple de dire seulement la vérité!

— Dans un sens, oui.

— Alors... (Il fit l'effort de poser sa main sur le gros bras de laine.) Alors, dites-moi la vérité sur Jacquot et les autres: pourquoi les détestez-vous?

— Ce sont des salauds!

— Ça ne veut rien dire.

— Quoi! Marcel qui bat son gosse toutes les nuits parce qu'il est saoul... — Denise! (Il venait de s'aper-

cevoir que sa fille les écoutait en silence.) Veux-tu
aller jouer, bon sang!

Pierre regarda sans sympathie sortir la gosse pâle
que ses parents gavaient et fagottaient, cette enfant
unique, ce dessus de cheminée... L'hôtelier aussi la *
regardait sortir et, se retournant vers lui, Pierre vit
dans ces yeux ignobles une lueur d'amour.

— D'ailleurs, reprit le gros homme, ils me détestent.

— Et vous les détestez. Mais c'est comme les disputes de gosses: qui a commencé?... Et puis, il faut
aussi qu'il y en ait un qui, le premier, retourne la situation; sans quoi, c'est foutu!

— Foutu? Qu'est-ce que ça peut me fiche à moi? *

— Ce que ça peut vous faire? Mais regardez votre
gosse: elle n'ose pas jouer avec les autres!

— Tant mieux, je n'y tiens pas.

— Elle est heureuse, Denise, hein?

— Je fais tout pour ça.

— La faire trop bouffer, l'habiller bien cher... Donnez-lui donc aussi des leçons de violon: c'est ça qui
rend les mômes heureux!

— Sans blagues, de quoi vous mêlez-vous?

— Ce qui rend les gosses heureux, c'est de jouer
avec les autres et de voir des sourires tout autour.
Alors, votre hôtel, entre nous, c'est zéro!

— On va changer tout ça, dit le patron en minau-
dant: je pense très sérieusement à installer une salle
de bains dans chaque logement...

— Vous êtes un rigolo, reprit Pierre écœuré. Mais vous ne coucheriez pas une seule nuit dans aucune de vos piaules!

— Dites, je ne suis pas un ouvrier, moi!

Pierre devint tout rouge. Il pensa, un instant, que son devoir était de gifler ce type. Le Christ... Non, le Christ n'aurait pas giflé ce type. Pierre se força à sourire.

— Qu'est-ce que ça veut dire: « Je ne suis pas un ouvrier »?

— Vous êtes marrants! Vous boulonnez, bon! et vous gagnez votre paye, ni plus ni moins. Vous n'avez pas besoin de prévoir, vous autres! Vous ne savez pas ce que c'est que le lendemain!

— Non, dit Pierre en passant le dos de sa main sur son front, nous ne savons pas ce que c'est que le lendemain; mais vous, vous ne savez pas ce que c'est que de vivre au jour le jour.

— Vous ne gagnez pas beaucoup, bon! Mais vous n'avez pas de risques. Vous...

— Taisez-vous, commanda Pierre sans cesser de sourire. Maintenant, taisez-vous!

— Et pourquoi je me... Attendez!

Le téléphone sonnait, à côté, dans le bistro désert. Le patron y traîna ses savates. Pierre le vit décrocher le récepteur avec une sorte de respect. (Ses doigts velus sur l'appareil: l'alliance s'enfonçait dans la chair, comme les lunettes dans le nez de Luis...)

136

— Allo... Oui, c'est moi... Qui ça?... L'Union des
Locataires? Et alors?... Oui, c'est exact, mais ça me
regarde!... Je n'ai pas de raisons à vous donner!...
Vous pouvez voir mes livres! N'importe qui peut...
Ecoutez!... Non, bien sûr!... Je ne dis pas!... C'est
une histoire idiote... Ecoutez... Remarquez, je ne
demande qu'à être bien avec tout le monde!... Bien
sûr!... Tout le monde vous dira ici... (Il aperçut
Pierre et s'arrêta.) Enfin, c'est entendu... Dites-leur
bien que c'est entendu!

Il raccrocha, parfaitement furieux, et chercha
l'autre des yeux. Pierre marchait vers la porte. Le
bistro s'affaira soudain, jeta dans son évier des verres
et des petites cuillers, y plongea ses avant-bras.

— J'aime pas les histoires, cria-t-il à Pierre sans
le regarder. Rendez la lessiveuse à vos copains: elle
est dans le réduit de droite, derrière les cabinets.

Quand Pierre fut sorti, il prit un verre à demi et
le cassa en le lançant sur le dallage. Puis un autre.

Le réduit sentait un déménagement de pauvres: dix
ans de poussière et de pourriture. Pierre trouva la
petite Denise assise sur la lessiveuse et qui pleurait.

— Qu'est-ce que tu... qu'est-ce que vous avez à
pleurer?

— Je... le... savais! répondit-elle en reniflant.

— Savais quoi?

— Qu'elle était là!... Et je n'ai pas osé le dire...
Elle portait des boucles d'oreilles et un ruban dans

les cheveux; on aurait dit un gâteau de Noël oublié dans un taudis. Pierre sentit son cœur se serrer.

— Tiens, tu vas m'aider à l'emporter, Denise!

En traversant l'Impasse tous les trois (la lessiveuse, Denise et Pierre), ils semèrent la stupeur: les têtes s'immobilisaient derrière les vitres, puis on paraissait sur le seuil, toujours sans un mot, mais on regardait Denise avec d'autres yeux. « Enfin! » dit seulement Paulette, et c'était un mot plus précieux que *merci*.

Pierre prit la main de la petite fille et poussa la porte du Parc.

— Etienne, tu ne veux pas jouer avec Denise?

Le regard bleu demanda: « Tu y tiens, vraiment? » et le sourire répondit: « Oui, mon vieux. »

— Alors, amène-toi, Denise! J'apprivoise le chat de Luis, je lui apprends à compter...

En sortant de l'Impasse pour acheter du pain, Pierre rencontra Henri, le col du blouson relevé, les cheveux emmêlés par le vent, une boîte à lait à la main.

— Il paraît que tu as décidé le taulier à rendre la lessiveuse?

— Non. Je lui ai parlé, et puis il l'a rendue. Mais, entre temps, on lui a téléphoné de l'Union des Locataires.

— C'est moi qui l'appelais d'un autre bistro, dit

138

Henri en découvrant ses deux dents pointues. Tu vois, la trouille est plus forte que la persuasion!

— Pour faire rendre une lessiveuse, oui; pour changer un bonhomme, non.

— Tu penses avoir changé le taulier?

— Tu espères bien changer un jour la face du monde dans tes réunions de cellule! J'ai planté une graine, c'est tout.

— Elle devrait pousser, mon vieux, parce que comme fumier, ah! dis donc!... En tout cas, tu vois si je suis bath: je ne dirai pas un mot du téléphone! * Comme ça, on pourra croire...

— Tu n'as pas encore compris que je me fous de ce qu'on croit ou pas? cria Pierre. Il n'y a que la vérité qui m'intéresse!

— Viens, dit Henri, j'ai acheté davantage de lait et un camembert entier: on va manger ensemble. J'ai * été salaud avec toi tout à l'heure. Au fond, tu es un copain!

Ils partirent bras dessus, bras dessous. Pierre souriait en pensant à la lessiveuse: « Toutes les guerres se déclarent sur un détail idiot; pourquoi la paix entre deux gars ne commencerait-elle pas de la même façon? »

— Dis donc, demanda Henri, c'est le jeudi soir ta réunion des pauvres mecs? Tu en ferais une gueule si j'y venais!

— Viens assez tôt: tu serviras la messe!

— Ah! dis donc, fit seulement l'autre, mais il riait tellement qu'il dut s'arrêter pour tousser.

Jean arriva le premier et réclama les listes pour la Paix.

— Tu t'es enfin décidé?

Il signa laborieusement, prenant tout son temps, comme pour un acte grave auquel on a beaucoup pensé d'avance. Puis il poussa un soupir et alluma une cigarette; il la tenait entre le troisième doigt et l'annulaire et, quand il la portait à ses lèvres, sa main maigre cachait la moitié du visage: on ne voyait plus que les yeux au regard étroit, embusqués derrière ces créneaux.

— Je ne pouvais pas signer avant: j'avais un ennemi. Un type que je ne pouvais pas encaisser... J'ai mis trois jours à faire ma paix avec lui. Maintenant, je peux signer!

Il tourna les yeux vers Madeleine; elle souriait.

— On est heureux, dit Jean.

Pierre, dans la pièce voisine; Madeleine, dans celle-ci, qui mettait de l'eau à chauffer; lui-même en paix avec le monde entier; et sur le mur, en face d'eux, une croix de bois blanc: le grand copain silencieux...

— On est heureux, répéta Jean d'une voix si changée que Madeleine se retourna pour le dévisager et cessa de sourire.

— Madeleine, commença-t-il, je voulais vous dire...
Mais le grand Michel entra dans la pièce, et Jean fut
à la fois déçu et soulagé.

— Salut, Madeleine! Salut, toi! Où est Pierre?

— Ici, dit le Père en paraissant sur le seuil.
Qu'est-ce qu'il y a de cassé?

— Rien. Au contraire! Enfin si, tout de même...
Je viens de perdre trois cent mille, c'est chouette, non?

— Complètement sonné!

— Mon vieux, tout ce que tu m'as raconté, l'autre
jour, mince! quel bien ça m'a fait!

— Quand ça, l'autre jour? demanda Pierre avec
méfiance.

— Eh bien, le... euh... dimanche, la veille du
meeting!

C'était le soir où Michel ne lui avait pas laissé dire
une seule parole, lui avait fermé la bouche avec des
cigarettes. Pierre et Madeleine se regardèrent en riant.

— Pourquoi rigoles-tu? demanda Jean. Quelquefois, nous rentrons de l'usine, tous les deux, sans dire
un mot. Pourtant, quand on se quitte, je me sens
rempli de choses nouvelles!

— Quel rapport? fit Michel.

— Aucun. Mais quel rapport entre notre... conversation et les trois cent mille que tu as perdus? Trois
cent mille quoi, d'abord?

— Du fric, mon vieux, du fric comme je n'en verrai plus jamais!

141

Michel était, depuis deux mois, placier en couvertures pour une maison de Lille. Il en vendait quelques-unes, par-ci par-là. Récemment, un copain de son beau-frère, fonctionnaire au Ministère de la Guerre, lui avait obtenu une commande de dix millions pour les troupes d'Indochine: trois cent mille de commission, tu te rends compte?... J'ai d'abord dit oui, naturellement; et puis j'ai dit... enfin, je viens de refuser.

Plusieurs types étaient entrés depuis un moment. L'un d'eux dit, avec une sorte d'affection:

— Couillon! un autre vendra les couvertures à ta place!

— D'ailleurs, ajouta une fille, il faut que les soldats aient des couvertures!

— Ma femme m'a dit tout ça, reprit Michel en secouant sa tête au nez écrasé. Mais je sens bien que j'ai raison. Je suis contre la guerre, j'ai signé pour la paix, cette histoire d'Indochine me dégoûte: je ne vais tout de même pas gagner du fric avec! Enfin quoi, Pierre, sans blague?

On s'attendrissait, on allait admirer; Pierre flaira la complaisance et parla durement:

— Evidemment, tu ne pouvais pas faire autrement: tu n'aurais jamais osé regarder les copains en face, avec ton argent! Tu aurais changé de rue pour ne pas passer devant une croix!

— C'est important de regarder les autres en face,

dit un vieux à qui trois cent mille francs n'étaient pas passés entre les mains en un demi-siècle.

— Seulement, Michel, il faut retrouver un autre boulot, et en vitesse! Je n'ai pas les moyens de dépanner les millionnaires, moi!

Michel prenait la tête de l'écolier qui escomptait une place de premier et obtient tout juste sa moyenne.

— Viens me servir la messe, lui dit Pierre.

On passa dans la grande pièce. Jamais les gars n'avaient été aussi nombreux. Pierre, derrière la table d'autel, les dévisagea un à un avec un sourire où la timidité semblait mettre une nuance de défi. Il remarqua, tout au fond, un grand vieillard maigre, bien vêtu de noir, et dont il connaissait le visage quoiqu'il ne pût l'identifier.

— Il est tard, fit Pierre, on n'attendra pas les copains; mais on pensera à eux, dites? Michel, vois donc ceux qui veulent communier...

Le grand passa parmi les autres, en soufflant très fort. Il proposait le pain fragile. Des mains rouges, des mains noires prenaient avec précaution la petite hostie, allaient la déposer sur la patène à côté de la grande: une mère entourée de ses enfants.

Ils parlèrent la messe, ensemble, en français. Jean restait un peu à la traîne et finissait toujours après les autres: c'était la première fois qu'il prononçait ces paroles. Quand elles lui paraissaient trop singulières, ou quand il n'y croyait pas entièrement, il se taisait.

Durant un silence, on entendit Luis, dans la cuisine, qui taquinait Madeleine parce qu'elle ne mettait pas assez d'ail dans les plats. Plus tard, elle entra à son tour et, fermant les yeux, récita par cœur avec les autres. Jean lisait le texte sur ses lèvres. Il pouvait ainsi la fixer sans devoir détourner son regard, et il en fut d'abord heureux. Mais son cœur se serra et les mots s'arrêtèrent dans sa gorge. Il voulut croire que c'était le pathétique visage de Madeleine, tendu, fermé comme celui d'une mourante qui l'impressionnait; en vérité, il venait de comprendre que ce visage était tendu vers un autre, fermé pour lui, et c'était de cela qu'il souffrait.

Quand on en fut au *memento des vivants*, chacun dit tout haut ses intentions: « ...Pour un copain de l'usine: on vient de s'apercevoir qu'il est malade, mais trop tard... Pour les vieux qui meurent tout seuls... Pour un gars qui sort de taule et personne ne veut de lui... Pour la petite à Jojo, qui est perdue... »

— Non, dit Pierre avec douceur, pas perdue! Tu vois, prier, c'est être sûr qu'elle n'est pas perdue.

Et il ajouta: « Pour un copain qui va être dans le pétrin parce qu'il a été chouette... » Mais il ne regarda pas du côté de Michel.

Après la messe, Pierre chercha des yeux le vieillard; il avait disparu. Ce jeudi-là, « l'occasion », chez Damoy, était une livre de pois cassés et tous en avaient apporté. Tant pis! on en reprendrait trois fois.

Pierre demanda si personne ne connaissait des locaux vides: un couple, avec trois gosses, couchait depuis sept nuits dans des piaules différentes...

— J'ai nettoyé les carreaux du presbytère de Sagny-Haut, fit l'un des gars: deux étages, mon vieux, deux grands étages pour le curé et trois bonnes sœurs!

— On verra ça, dit Pierre en rougissant.

Il pensait à l'abbé Gérard.

— C'est tout vu! reprit amèrement un autre.

Et il expliqua que le curé était au mieux avec son patron — celui qui habitait la maison neuve, à côté, là, sur le Parc! Et que son patron venait de faire une belle saloperie: signé une convention collective hier * soir et renié sa signature aujourd'hui à midi « parce que les autres patrons n'étaient pas d'accord, tu te rends compte? » Ce qui le blessait le plus était que son patron fût au mieux avec le curé.

— Ton patron est bien avec le curé, lui dit Pierre à mi-voix, mais toi tu es bien avec le Christ!... Et puis, tu n'es pas le seul à avoir des emmerdements avec ton patron: le mien a voulu me flanquer dehors, hier matin!

— Pourquoi? demanda Luis.

Il avait retiré ses lunettes pour manger plus commodément: il ressemblait à un chien aveugle.

— Je suis monté lui dire qu'il ne respectait pas la loi. Il n'y a pas de comité d'entreprise à la *

S.A.C.M.A.; les types mangent sur les lieux de travail; les ateliers du bas ne sont pas aérés, sept apprentis sont tombés dans les pommes cette semaine!

— Qu'est-ce qu'il t'a répondu?

— Que j'étais le dernier entré et que c'était moi qui rouspétais! Que j'étais manœuvre aux stocks et que, ce qui se passait dans les ateliers, je devais m'en foutre! Qu'il était très déçu: qu'il avait espéré que moi, du moins, je comprendrais ses difficultés et prendrais son parti. « Pourquoi *moi, du moins?* » lui ai-je demandé.

— Tiens, pardi, parce que tu es curé! Donne-moi des pois cassés, Madeleine.

— C'est cela que je voulais lui faire dire! J'en avais honte pour lui... Il n'a pas osé. Alors il m'a prévenu que, si je n'étais pas content, on ne me retenait pas!

— Tu n'en as plus pour longtemps, mon vieux.

— Eh bien, tant mieux! dit soudain Michel en tapant sur la table et les écuelles sautèrent en l'air. Tu vois, Pierre, ça n'est plus possible que tu travailles à plein temps: on a trop besoin de toi!

Il y eut de l'écho, tout autour de la table: « C'est vrai... trop besoin de toi... plus possible... »

— Vous êtes bien marrants, dit Pierre en passant le dos de sa main sur son front, il faut... il faut que je croûte!

— On se démerdera pour ça!

— Mais surtout, il faut que je garde le contact avec les copains, que je reste en usine!

— Evidemment, c'est beaucoup plus utile de charger des camions pour le compte du type dont tu nous parles, que de dépanner les copains!

— Vous ne comprenez pas.

— Si, très bien, dit Henri qui était entré depuis un moment. Moi je comprends très bien: il faut que tu travailles à mi-temps. Je te trouverai une autre place; j'en parlerai à la Cellule; Jacquot, parles-en à l'Intersyndicat...

— Par exemple, dit Jean, si on trouvait des logements vides: eh bien! pour les *squatteriser* proprement, il faut d'abord parlementer avec les propriétaires; si ça rate, on doit intéresser le quartier, faire l'occupation en douce à la meilleure heure et monter la garde quelques jours. Il faut du temps pour organiser tout ça!

— Dites, ce n'est pas moi qui vais *squatteriser* les logements?

— Avec toi, fit un copain qui ne riait jamais et n'avait pas encore dit un mot, ce sera indiscutable, tu comprends? indiscutable.

— Qu'est-ce que vous en pensez, Madeleine?

— C'est normal, répondit-elle à mi-voix, le père Bernard aussi a fini par donner toutes ses journées.

« Et il y est resté! » pensa Pierre. Les autres se

sentaient joyeux de cette décision pas encore prise.
Luis trouva un dernier litre dans un coin.

— Madeleine le gardait peut-être pour demain,
hasarda Jean.

— Demain? Connais pas!... *Demain, on sera tous
morts!*

Il dévorait une tartine d'ail si gloutonnement qu'il
paraissait rire, comme les chiens, et en jetant, comme
eux, des regards furtifs de côté.

Pierre, silencieux, pensait à Dom Bernard, à la Mission, à...

— Madeleine, demanda-t-il soudain, les yeux brillants, ce vieil homme noir, pendant la messe, savez-
vous qui c'était?

— Bien sûr, répondit-elle calmement: le Cardinal
* Archevêque de Paris!... Alors personne ne veut plus
de pois cassés?

Ce fut le dimanche suivant, en fin d'après-midi,
que le curé de Sagny-Haut se rendit rue Zola. Le ciel
était jaune et couvait la neige. Pierre revenait d'une
partie de rugby; il jouait à l'aile droite de l'équipe
S.A.C.M.A. qui avait gagné contre *Saint-Denis II.*
Pierre était fourbu et ravi; il sortait de la bonne amitié des vestiaires: douches fumantes et claques dans
le dos. Quand il le rencontra, devant la grande porte
* de bois du 28, il se sentait très loin du curé doyen de

Sagny mais tout proche de Saint Pierre, de Saint André et des autres. L'Evangile aussi s'était d'abord joué à onze, une sacrée équipe!   *

M. le curé de Sagny-Haut était accompagné d'une vieille religieuse, directrice de ses œuvres de filles, blanche et ridée comme le dessus d'une crème à la vanille. Lui-même avait le visage parfaitement rose et tendu, une fleur de peau; rasé comme un comédien, et le cheveu neigeux. Ses yeux bleus, si honnêtes, un peu lents, paraissaient toujours en retard d'un regard sur sa parole.

Il se trouva donc, gants noirs, cache-nez noir, douillette exactement boutonnée, avec Pierre nu-tête, le col kaki relevé, les mains dans les poches, le balluchon sous le bras, devant l'énorme VIVE LA PAIX que les gars avaient inscrit à la craie sur la porte du 28.

— Monsieur le curé, dit Pierre en le précédant dans la froide cuisine, je m'excuse beaucoup: depuis ma première visite, la semaine de mon arrivée ici, je ne vous ai pas...

— Je sais que vous êtes très occupé.

— Complètement pris, monsieur le curé.

— Vous devez être étonné de me voir...

— Mais pourquoi?

— C'est un coin où l'on ne rencontre guère la soutane!

— Monsieur le curé, quel est celui de vos vicaires qui a la charge de ce quartier?

— Vous! fit vivement la bonne sœur en pointant un doigt blanc et un regard vif sur Pierre.

Il se mit à rire:

— Bien sûr, mais...

— Evidemment non, dit le curé avec un geste tranchant de sa belle main. Le plus souvent on n'affecte pas... géographiquement les vicaires! C'est donc ainsi que vous procéderiez, reprit-il plus doucement, si vous étiez le curé de cette paroisse?

— Monsieur le curé, vous ne vous êtes certainement pas dérangé aujourd'hui pour savoir comment je mènerais votre paroisse si j'en avais la charge!

Pierre pesait ses mots, il avait perdu l'habitude de tels interlocuteurs. Et puis, il éprouvait la sensation déplaisante que chaque parole qu'on lui disait était préparée et chacune de ses réponses consignée: la sensation d'être inculpé. Il ne pouvait détacher son regard de cette main si belle, aux gestes voulus, et pour laquelle le Curé éprouvait visiblement une complaisance théâtrale. La main se cabra sous l'insistance de ce regard et se mit à tambouriner sur la table grossière. A cette même place, trois jours plus tôt, Luis coupait fin de l'ail sur son gros pouce avant d'en parsemer son assiettée.

— Je suis justement venu vous parler de l'un de mes vicaires, monsieur l'abbé Levasseur.

— Je ne le connais pas.

— Vraiment? l'abbé Gérard Levas...

150

— Ah oui! Gérard. Il est venu ici mardi.

— Je le sais. Et que vous a-t-il dit?

— Si vous venez ce soir, monsieur le curé, dit Pierre très doucement, c'est que vous le savez déjà.

La main comprit avant le regard qui interrogeait encore.

— En effet... Vous connaissez mal le travail d'une paroisse: c'est une *usine* (il détacha le mot) exactement agencée. Si l'un de ses rouages...

Pierre savait qu'il allait dire: « Si l'un de ses rouages » et devinait la suite. Il faillit l'interrompre.

— ... si l'un de ses rouages cesse de fonctionner ou même seulement de fonctionner au rythme du reste (« C'est la machine entière... », pensa Pierre), c'est la machine entière qui se trouve déréglée.

— C'est l'évidence, monsieur le curé.

— L'abbé Levasseur est ce rouage incertain. Or, il est chargé du patronage de nos garçons et du catéchisme des tout petits. Vous imaginez aisément le * désordre...

— Oui, dit Pierre sans chaleur. Mais qu'y puis-je, monsieur le curé?

— Détourner monsieur Levasseur d'un apostolat incertain. Vous voyez ce que je veux dire?

— Vous voulez dire: le mien!

La main répondit: « C'est cela! » La parole démentit poliment. (Le regard, distancé, se posait çà et là.)

— Nullement! Mais je connais monsieur Levasseur. Il est fait, comme tous les... comme la plupart des prêtres pour le travail de paroisse. Voyez-le. Dites-lui...

— Monsieur le curé, votre vicaire est venu me voir de lui-même; et, de moi-même, je l'ai... non pas découragé d'un autre apostolat, mais encouragé à faire son travail comme on le lui demandait. S'il revient me voir, je lui tiendrai le même langage; mais ne me demandez pas de le dégoûter, moi-même, de ce à quoi j'ai donné ma vie, ça non!

— Vous le devriez, fit gravement le curé en regardant ses ongles. Si vous n'étiez pas installé à Sagny, monsieur Levasseur n'aurait pas cette tentation.

— Et si votre prédécesseur n'était pas venu à Sagny, glissa vivement la vieille sœur, Madeleine
* serait encore notre Enfant de Marie la plus zélée. Je ne la vois même plus le dimanche à la messe...

— Je l'y vois tous les jours, dit Pierre en souriant. A quoi Madeleine vous était-elle utile, ma sœur?

— Elle aidait les catéchistes, elle décorait l'église,
* elle dirigeait le rosaire, elle... — je ne sais pas, moi!

— Elle était un exemple vivant pour nos jeunes filles, dit le curé en écartant les mains.

— Combien sont-elles? demanda Pierre un peu rudement.

— Mais... vingt-deux, répondit la sœur.

— Sur deux mille qui dépendent de la paroisse?

— Deux mille?

— Oui, ma sœur: deux mille jeunes filles, autant de jeunes gens, trois mille petits, deux mille cinq cents vieillards, six mille hommes et femmes, voilà la paroisse.

— Non, coupa le curé, le quartier, pas la paroisse!

— Quelle différence?

— Comment, quelle différence? Mais nos fidèles sont environ douze cents: ce sont eux les paroissiens.

— Pourquoi eux seuls?

— Parce que, dit le curé, il faut d'abord sauver et conserver ce qui existe. Le reste... le reste viendra plus tard: on ne peut pas tout faire!

Il s'était levé et marchait, les mains dans le dos, noblement nerveuses; marchait à trop grands pas: vêtu d'un pantalon, il aurait changé de démarche.

— C'est précisément ce que j'ai dit à l'abbé Levasseur. Il m'a répondu qu'il ne supportait pas la pensée de posséder la Bonne Nouvelle et de ne la partager qu'entre si peu d'âmes; et j'ajoute, moi: d'âmes qui justement la connaissent déjà!

— C'est une chimère, fit le curé en levant les bras, non pas au ciel mais jusqu'à son visage rose, une honorable chimère!

— Monsieur le curé, quand les Onze sont partis évangéliser le monde entier, c'était une folie plus grande encore!

— C'est vrai, dit la sœur, et Pierre vit luire une braise sous la cendre de son regard.

— Ecoutez, reprit le curé en se rasseyant, j'ai la charge d'un troupeau, moi. Le garder, le conduire à Dieu, voilà ma tâche.

— Non, fit Pierre obstinément, vous avez la charge d'une paroisse. On dit: « Voici un quartier de seize mille *âmes*. » Je n'en vois pas une seule qui ne soit votre enfant!

— Je le voudrais bien, mais soyez raisonnable!

— Il n'est pas du tout « raisonnable » de laisser tout le troupeau pour partir à la recherche d'une brebis égarée! Pourtant, c'est le commandement.

— Tout à fait raisonnable, au contraire, quand on sait que le troupeau restera fidèle durant ce temps! Malheureusement, il est prouvé...

— Mais il ne doit pas vous quitter! C'est avec lui tout entier que vous partez à la conquête des âmes: ce n'est pas un troupeau, mais une armée! Sans quoi...

— Allons, chacun son rôle!

— Non, monsieur le curé, chacun ses méthodes; mais tous les chrétiens ont le même rôle!

— Tous *militants?* Je sais, c'est un mot à la mode!

— *Patronage* aussi fut un mot à la mode, dit Pierre avec douceur. Tenons-nous-en donc plutôt aux mots qui ne passent pas: *Apostolat* en est un.

La belle main s'impatienta.

— Cet apostolat, dans ce quartier-ci, vous vous en occupez... à votre manière. N'empiétez pas sur la paroisse, voilà tout!

154

— Je lui apporte, au contraire: je recrute de nouveaux chrétiens qui, tôt ou tard...

— Vous empiétez sur elle en détournant d'elle,
involontairement, un vicaire et une... militante! Quant
à vos néophytes, je crains beaucoup que jamais ils ne *
soient à leur aise dans le milieu paroissial.

— C'est aussi ma seule crainte, monsieur le curé,
et le seul vrai problème.

— La faute à qui?

— Au « milieu paroissial » dont vous parliez, dit
Pierre résolument en se levant à son tour: aux autres
chrétiens qui ne les accueillent pas avec un regard de
frère aîné, mais de cohéritier.

— C'est la faute des bons paroissiens et de leur
clergé, n'est-ce pas?

— Quand un enfant blesse un de ses camarades,
c'est le père qu'on en tient responsable. Est-ce
injuste?

— Voilà, dit la sœur comme pour elle seule: pas
coupable, mais responsable...

— Je ne pensais pas, fit amèrement le vieux prêtre
en joignant ses mains, que je trouverais ici mon juge!

Des deux poings Pierre s'appuya sur la table et, se
penchant vers lui:

— Pardonnez-moi. Mais n'étiez-vous pas venu ici
en accusateur? Et quant à juger, non! J'ai appris d'eux
à ne jamais juger.

— D'eux?

155

— Des ouvriers.

— Ce sont eux qui vous forment? (Pierre abaissa la tête en souriant.) C'est le monde à l'envers!

— Le Christianisme, c'est le monde à l'envers! Les premiers seront les derniers... Heureux ceux qui pleu-
* rent!... Et malheur aux riches!

— Le monde à l'envers, mais pas le désordre! Vous ne me ferez jamais croire que mon *devoir* (la main comme un cœur rose sur l'étoffe noire) consiste à laisser mes vicaires déserter la paroisse et ses œuvres péricliter. Dans un monde qui se paganise, je mets mon honneur à transmettre cette paroisse telle que je l'ai reçue il y a vingt-sept ans.

— Elle a beaucoup changé depuis, monsieur le curé.

— Comment cela?

— A ma connaissance, la population a doublé et le nombre des usines triplé. La mortalité infantile aussi, ajouta-t-il doucement; et la criminalité tout autant...

— Ah! fit le vieil homme rassuré: le quartier a changé, voyez-vous, et pas la paroisse. Quelle victoire!

— Celles des villes assiégées et qui résistent encore un peu... La victoire de cette maison neuve, là, au milieu de ces taudis. Il ne faut pas confondre sur-vivants avec vainqueurs, monsieur le curé!

— Je ne dis pas qu'il n'eût pas fallu créer une seconde paroisse...

— Pourquoi? demanda Pierre sans égards. Votre église est donc pleine, chaque dimanche? Et il n'y a donc place que pour vingt-deux filles aux Enfants de Marie, ma mère?

— Il fallait...

— Faire ce qu'a fait le Cardinal: créer la Mission de Paris et la mettre au service du Diocèse.

— C'est une expérience!

— Pour Rome, peut-être; pour le Cardinal et pour tous ceux qui y ont engagé leur vie, c'est beaucoup plus qu'une expérience.

— Le Cardinal, le Cardinal! Vous vous prévalez d'une caution bien forte. Qu'est-ce qui nous prouve l'intérêt que notre Archevêque...

Pierre l'arrêta du geste; il s'assit et, d'une voix qui s'altérait à mesure:

— Il était en secret ici même, parmi nous, jeudi soir.

Les belles mains se firent immobiles et blanches tels deux gisants, le visage lui-même devint d'un rose plus fragile.

— Son Eminence n'a jamais rendu visite à mon église, dit lentement le curé.

Il se leva lourdement. C'était un gros vieux homme et Pierre eut pitié de lui. « Ecoutez... » commença-t-il, mais la porte s'ouvrit. Le curé et la religieuse, qui s'étaient retournés, virent sur le seuil un inconnu dont la neige parsemait le vêtement gris et qui souriait.

— Il y a un moment que je frappe, dit le *père Pigalle*, mais sans réponse! Est-ce que...?

157

— Bonsoir, Père. Ici, vous savez, on ne frappe pas: on entre!

— Merci. Bonsoir, ma Mère, bonsoir, monsieur l'abbé.

— Monsieur le curé, rectifia Pierre. Voici le Père... euh! (Il ne se rappelait que son surnom.)

— Bardet.

— Ah! souffla le curé à l'oreille de la sœur, le « Père Pigalle », vous savez?

Le visiteur s'était retourné vers la nuit. Il en ramena, par le poignet, une fille mal fardée dont le corps paraissait deux fois plus âgé que le visage. Elle tenait à la main une valise de carton un peu défoncée.

— Et voici Suzanne que je vous amène parce que... Mais Madeleine n'est pas là?

— Elle ne tardera pas.

— Ah!... Je... Est-ce que Suzanne peut se reposer dans la pièce voisine? Mais... y a-t-il une pièce voisine?

— Oui. Venez, Suzanne.

Pour se donner une contenance, la fille arrangeait ses cheveux d'une main aux ongles lépreux et regardait le sol. Pierre la conduisit dans la chambre.

— Allongez-vous, Suzanne, si vous êtes fatiguée.

Il aurait voulu lui dire aussi qu'elle se trouvait chez les *copains*; mais il ne savait pas trop ce que ce mot signifiait à Barbès-Rochechouart. Le Père Pigalle ferma la porte sur elle.

158

— Il y a six mois que je travaille à la tirer d'affaire, dit-il, et aujourd'hui — aujourd'hui dimanche! — c'est fait. Je l'ai baptisée, ce matin, sur son insistance. Et je vous la conduis, Père Pierre, parce qu'il faut d'abord l'éloigner de son quartier, ensuite qu'elle se repose au milieu d'amis, et qu'ensuite vous lui trouviez du travail.

— Je lui trouverai du boulot, assura Pierre et même un logement. Mais pour le repos...

— J'avais pensé que votre maison communautaire, à Choisy...

— Oh! non, ce n'est pas ce qu'il lui faut! répondit Pierre vivement.

Au ton et au regard, le Père Pigalle comprit qu'il préférait ne pas donner d'explications devant les autres; mais le curé l'avait aussi senti:

— J'aurais cru moi-même, hasarda-t-il en ouvrant des yeux faussement étonnés, que le château que vous avez réquisitionné à Choisy et où vous envoyez justement ceux qui évitent les Autorités ou qui...

Pierre devint tout rouge:

— Ou qui crèvent de tuberculose! ou que leur patron, qui va à la messe le dimanche, a réduit au chômage parce qu'ils luttent pour gagner plus de douze mille francs par mois! Et bien d'autres, monsieur le curé, bien d'autres que vous ne connaissez pas! Et le gars qui mène la boîte est un ancien bagnard: oui, il a descendu un flic, il y a sept ans. Le milieu y est un peu mélangé, comme vous voyez! C'est pourquoi je préfère que Suzanne n'y aille pas, pas encore. Les convalescents, on ne les envoie pas respirer le bon air dans le métro, n'est-ce pas? Mais dans la Maison du Père aussi, le milieu sera très mélangé...

— Je comprends, dit doucement le Père Pigalle comme si tout cela s'adressait à lui, mais peut-être monsieur le curé ou vous, ma Mère, pourrez nous dépanner. Est-ce que Suzanne...?

— Je ne crois pas, dit la sœur: si vous craignez l'ambiance de Choisy pour cette personne, je crains, moi, de contaminer mes jeunes filles.

— Contaminer? explosa le Père Pigalle dont les veines temporales devinrent des fleuves gonflés charriant la colère. Qui contaminerait vos filles? Cette baptisée de ce matin? Cette enfant qui renonce à tout et risque sa vie — oui, ma Mère, sa vie! — pour venir au Christ? C'est Marie-Madeleine, et vous la chassez de votre communauté? Prenez garde, ma Mère: elle entrera avant vous dans le Royaume des Cieux, c'est le Christ qui l'a dit!

Le curé étendit sa main vers la religieuse.

— Dieu nous jugera, ma Sœur: Lui, du moins, sait que vous êtes sans tache.

— Les péchés? mais n'est-ce pas secondaire? reprit Pierre à qui la présence de l'autre redonnait du sang. Il y a des mois que je ne me suis pas confessé: je n'y songe plus. Et, certains jours, quand je vois cette misère, tout autour, et moi si impuissant et que cela n'empêche pas de dormir, ah! pour me punir, je devrais me priver de ma messe: j'en suis indigne...

Le curé leva les bras, puis les yeux, au ciel:

— Comment voulez-vous qu'un saint prêtre...

— « Je n'ai pas besoin de ceux qu'on appelle des *saints prêtres* », fit le Père Pigalle.

— Comment?

— C'est le Cardinal qui parle, pas moi: « Ce qu'on appelle un saint prêtre n'est le plus souvent qu'un fonctionnaire célibataire et tolérant. J'ai besoin de votre feu, pas de leur onction. Entre sauver une âme et lire son bréviaire, quand le temps manque pour faire l'un et l'autre, comment hésiter?... » Voilà ce que le Cardinal a dit, devant moi, et ses yeux étaient *
remplis de larmes. Quand il traverse des quartiers entièrement païens, le Cardinal étouffe d'angoisse: toutes ces âmes dont il est responsable... Quand vous-même, monsieur le curé, traversez les ateliers d'une usine de Sagny ou pénétrez dans un hôtel meublé...

— Je ne l'ai jamais fait.

— Les trois-quarts de vos paroissiens travaillent en usine et vivent en hôtel, murmura Pierre.

— Vous m'excuserez, dit le curé assez sèchement, mais je ne pense pas qu'on se fasse prêtre pour river des boulons toute la journée!

— Je ne pense pas non plus que ce soit pour jouer au football avec des garçons ou projeter *Fabiola* au * cinéma paroissial, fit le Père Pigalle. Le Christ avait des mains d'ouvrier, monsieur le curé, comme celles du Père Pierre, pas comme les vôtres ni les miennes.

— Je le répète: Dieu nous jugera, Père! Dieu est au-dessus du Cardinal. Vous venez, ma Sœur?

Pierre les arrêta d'un geste. Il se sentait parfaitement malheureux.

— Une minute encore, monsieur le curé! J'ai peur que vous ne reveniez plus ici, et je déteste les malentendus... Revenons à l'essentiel. L'abbé Levasseur est libre, Madeleine est libre, et je vous donne ma parole que je ne les influencerai pas. Mais j'ai quelque chose à vous demander en retour: chaque nuit je dois loger quatre, cinq ou six hommes, chômeurs, expulsés, sortis de prison; ou des femmes enceintes; des familles quelquefois. Je crois que vous avez de la place au presbytère. Si je savais pouvoir compter en permanence sur une pièce, quelle qu'elle soit...

— Je voudrais vous aider, mais j'occupe tout le rez-de-chaussée avec ma sœur et le premier vicaire.

— Et l'étage?

— Ce sont les archives de la paroisse, mon petit: je ne puis pas y toucher. Mais tenez, cette maison neuve, contre la vôtre, appartient à l'un de mes bons paroissiens. Le hangar que voici est complètement vide. Je lui en parlerai, voulez-vous?

— Je vous remercie, murmura Pierre sans chaleur. Bonsoir, monsieur le Curé. Bonsoir, ma Mère.

Le vent eut le temps de jeter une poignée de flocons blancs. Quand la porte se fut refermée, les deux prêtres se regardèrent en silence. Pierre passa le dos de sa main sur son front et s'assit.

— Et Suzanne? demanda le Père Pigalle d'une voix un peu enrouée.

En levant les yeux pour répondre: « Je ne sais pas... Je ne sais plus... », Pierre aperçut le Christ sur le mur et il dit:

— Ne vous en faites pas, Père: on se démerdera!

L'autre ouvrit la porte de la chambre. Suzanne, sa valise à la main, se tenait droite, les yeux grands ouverts, comme Lazare.

Les deux hommes baissèrent la tête. Autant que son regard, ils craignaient ses paroles; mais avant qu'elle eût prononcé un mot, l'autre porte s'ouvrit et la religieuse entra, sa robe et son voile rajeunis: constellés de neige.

— Je viens chercher Suzanne, dit-elle très vite. Elle va bien se reposer dans notre maison. Je vous la rendrai ensuite, Père Pierre; mais cette sorte de paix lui aura fait du bien, même si notre paix est injuste ou imméritée, ajouta-t-elle très bas. Venez, Suzanne...

Elle s'arrêta sur le seuil, si petite à côté de la fille aux jambes nues perchées sur de hauts talons:

— Vous comprenez, Père... Pigalle, dit-elle encore, je tiens à entrer avec elle dans le Royaume de Dieu!

V

LA NUIT DES OLIVIERS   *

Pierre revenait, dans la nuit, d'une réunion pour la Paix chez des copains du Bas-Sagny. Il avait neigé toute la soirée, et maintenant il pleuvait: la tristesse succédait à la pureté, c'était l'image du péché. Pierre marchait, environné de cette froide et bruissante présence. Ses chaussures prenaient l'eau et ses vêtements, après avoir longtemps résisté, se laissaient transpercer de partout. Il avait l'impression de marcher sur la mer.

En pénétrant sous la voûte du 28, Pierre aperçut un homme qui allait et venait dans la cour et traçait sur la neige la piste d'un animal enchaîné.

— Ho! Qui est-ce?

— Marcel! (Le père d'Etienne.)

— Pourquoi n'es-tu pas entré? La porte est ouverte!

Marcel ne répondit pas. « Il se sent donc coupable, pensa Pierre. Pourvu que... »

— Etienne? cria-t-il.

— Oui, fit l'autre très bas.

— Quoi? Vite! allez, entre!

La lumière sans pitié tomba sur le visage de Marcel: plus de la chair, mais de la viande, et dont Marcel n'était plus le maître. Visage figé, bouffi, qui soufflait, puait, suait l'alcool. Dans les yeux larmoyants, un regard, comme pris sous la glace, veillait encore ce visage mort. Mais Pierre regardait les mains de Marcel, dures et fermées, pareilles à des outils.

— Alors? Etienne?

— Il est parti!

— Ah! bon.

— Qu'est-ce que tu croyais donc?

Pierre ne répondit rien, mais regarda Marcel si fixement qu'il vit son visage devenir mauve.

— Tu es fou! murmura l'autre.

— Non, c'est toi. Il y a longtemps que je voulais te le dire et même te casser la gueule! Et, ce soir, c'est toi qui viens en pleurant. Tu es un salaud, Marcel, un beau salaud!

L'autre pleurnichait en reniflant trop fort; ainsi font les enfants qui veulent être entendus à travers une porte. Il aurait préféré pleurer, bien sûr! mais pleurer, ou rire vraiment, ou respirer à fond, Marcel ne le savait plus. Pierre prit pitié de lui mais sans l'aimer, comme on plaint un cadavre.

— Ecoute, Marcel, pourquoi bats-tu ton gosse?

— Tu ne peux pas comprendre: ta vie est trop simple. D'abord, tu habites trois pièces, trois pièces pour toi tout seul!

166

— Je ne suis jamais seul, Marcel. Et ça, tu vois, ce n'est déjà pas simple.

— Tu rentres du boulot; tu trouves ici des types à dépanner, à loger, à baratiner; tu manges chez l'un, chez l'autre; c'est un autre genre de travail, voilà tout!

— Fatigant, Marcel!

— Pas tant que de retrouver une piaule pourrie, avec un nouvel emmerdement tous les jours, et une femme qui gueule!

— Après toi? Elle a bien raison.

— Oui, bien raison; et moi, je gueule après elle. Comment veux-tu que ça finisse? Quand je rentre, je suis crevé...

— Elle aussi!

— Alors, je ne suis pas pressé de rentrer. Tu ne le serais pas non plus, à ma place!

— Je n'irais pas de bistro en bistro avaler les saloperies que tu bois. Tu pues, Marcel! tout ton corps pue l'alcool!

— J'en ai besoin. Tu es costaud, toi. Moi, depuis que j'ai été malade, mon boulot est au-dessus de mes forces... Je ne peux pas en sortir!

— Et tu crois que c'est en buvant...

— Je ne crois rien. Je sais que, pendant deux heures, je me sens heureux et fort et je ne vois plus que des copains partout. Deux heures, ajouta-t-il doucement, c'est bon à prendre...

— Et quand tu te réveilles, tu flanques une tour-
* née à ton garçon!

— Etienne! cria l'autre sur un ton que Pierre
n'oublierait pas, et il cacha son visage dans ses mains.
C'est lui qui me réveille, reprit-il d'une voix étouffée.
Alors, toute la saloperie du lendemain me revient en
tête d'un seul coup, à l'avance, en pleine nuit; et j'ai
envie de crever, Pierre!... Pourquoi est-ce qu'il rêve
tout haut? Pourquoi est-ce qu'il crie?

— Il rêve que tu le bats, Marcel, il me l'a dit. Tu
l'as démoli, et tu voudrais qu'il dorme comme un ange?

— Comment veux-tu qu'on en sorte, là encore?
demanda Marcel en fermant les yeux (et son visage
* bouffi était celui d'un mort de faits divers). Toujours
l'injustice: quand les choses commencent bien, ça roule
tout seul et de mieux en mieux; mais quand ça commence mal, c'est foutu. On ne sait même plus à qui la
faute. Si seulement on avait habité deux pièces...
Etienne...

Il recommença de pleurer, salement; son nez coulait.
Et, de nouveau, Pierre eut honte de le considérer
comme un objet.

— Assez!... Alors, Etienne?

— Il n'est pas rentré, ce soir. Il est parti, j'en suis
sûr! Il n'a même pas pris son chandail... Germaine
pleure, elle est toute blanche... Il faut qu'il revienne,
Pierre!

— Pour que tu finisses par l'estropier?

— Il est peut-être allé se jeter à l'eau...

— Non: toi, tu le ferais! pas lui. Il est plus costaud que ça! Et puis, il m'avait parlé...

— C'est pour ça que je viens te voir: tu étais son copain.

— Je suis son copain, mais il ne m'a rien dit.

— Retrouve-le, Pierre! Tu penses, il est en train de marcher dans la nuit... Il doit tousser... Et s'il n'est pas là demain, Ahmed ou le taulier me dénoncera, les flics s'amèneront...

— Et ce sera bien fait!

— Retrouve-le, Pierre!

— Si je le retrouve, je ne te le ramènerai pas, dit Pierre en le poussant dehors. Salut!

Il le regarda partir, bossant du dos sous la pluie, pitoyable. Sa solitude lui serra le cœur; il semblait que le ciel même l'avait abandonné, que cette froide averse l'exilait.

— Marcel! cria Pierre, dis-moi que tu regrettes! Dis-moi que tu ne recommenceras pas! que tu essaieras de ne pas recommencer!

— Tu le sais bien, hurla Marcel, et il tomba à genoux, au hasard, dans une flaque.

Pierre courut à lui. *Ego absolvo te...* Il prononçait ∗ tout bas les paroles de l'absolution et, parvenu devant cette masse de pluie et de larmes, il traça en l'air un grand signe de croix. Puis il releva Marcel par les épaules:

— Ecoute, tu vas rentrer chez toi et tu ne boiras pas. Tu te foutras dans un coin et tu tâcheras de prier.

— Comment ça?

— Tu penseras à Etienne, et puis à moi qui le cherche! De toutes tes forces, hein?

— C'est toi qui me demandes quelque chose? dit Marcel timidement.

— Oui. Et si tu ne le fais pas, toi, je n'ai aucune chance de retrouver le gosse!

Un nuage passait devant la lune. Pierre ne voyait plus Marcel; il sentait seulement son haleine brûlante. « La nuit noire, pensa-t-il, cette fois, c'est la nuit noire... » et il se sentit tout seul.

Il gagna l'Impasse à tâtons. Comme il passait devant la chambre de l'Arabe:

— Ton copain Etienne n'est pas rentré, ce soir...

— Ta gueule! lui dit Pierre. Quand est-ce que tu cesseras de te mêler des affaires des autres?

Puis il frappa à l'arrière-boutique du bistro. L'hôtelière tricotait en écoutant la radio; la voix du taulier, à côté, couvrait par instants celle de Tino Rossi.

— Bonsoir. Il faut que je parle à Denise.

— C'est qu'elle est couchée, monsieur l'Abbé!

La taulière marquait toujours un respect conventionnel envers Pierre, dont le voisinage ennoblissait son bistro.

— Il faut que je lui parle... Et à elle seule!

La grosse femme se rassit.

— Alors, montez dans sa chambre, monsieur l'Abbé:
troisième porte à droite.

Pierre ouvrit la troisième porte à droite et alluma
sans ménagement. Denise était assise dans son lit, très
droite, les yeux craintivement tournés vers le seuil.

— Oui, dit Pierre, c'est moi. Tu m'attendais, n'est-
ce pas?

Elle hésita, puis fit non de la tête; les bigoudis val-
saient d'une façon ridicule autour de ce petit masque
tragique.

— Tu sais pourquoi je viens? (Non.) Denise, tu ne
dois pas me mentir, à moi! Rappelle-toi la lessiveuse...

Denise devint toute rouge. Elle se mit à trembler;
c'était la première fois qu'elle le voyait sans son sourire.

— Eteignez la lumière: elle me fait mal aux yeux!

— Tu crois peut-être que tu vas dormir, ma fille,
pendant qu'Etienne est en train d'avoir froid et d'avoir
peur? Sans blagues!

— Je... je ne sais pas où il est. Eteignez!

« Chaque nuit, il y a un Judas quelque part, pensa *
Pierre amèrement: cette nuit, c'est moi. » Il savait
qu'Etienne avait confié son plan à Denise, à elle seule,
et qu'elle lui avait juré le secret. Il s'assit sur le lit.

— Eteignez!

— Quand je saurai où est Etienne.

Il avait honte: cette lumière dans les yeux, c'était le
truc des flics... D'abord, il apitoya Denise sur Etienne

171

perdu dans la pluie; puis il mit en doute leur amitié; puis il la mit en jeu: jamais plus il ne lui parlerait! il ferait semblant de ne pas la connaître! il... — Le serment était le plus fort. « Elle me préfère Etienne », pensa Pierre avec joie.

Pourtant, la lumière dans les yeux et l'envie de dormir l'emportèrent:

*   — Gare de Lyon, dit enfin Denise.

Elle avait *tenu* douze minutes.

Pierre aurait bien voulu prendre un taxi — pas assez d'argent! Et puis, dans Sagny, on voyait parfois des taxis arriver, jamais stationner; ils repartaient au plus vite vers les beaux quartiers. Il prit donc le métro, comptant les stations, se trompant dans ses calculs, résigné, puis fou d'impatience, bousculant les types qui traînaient dans les escaliers... Quand il sortit à l'air libre, respirant comme un évadé, l'horloge de la gare le fixait de son œil d'insecte à facettes: 11 heures 28. C'était une heure de train ça, non?

Il traversa la chaussée, courant vers la gare, évitant les taxis (ils encombraient la rue, à présent) mais pas les injures de leurs chauffeurs, se précipita vers la salle d'attente des IIIe. « S'il pouvait y être encore! Mon Dieu, s'il pouvait... — Salaud! se dit-il soudain en s'arrêtant, si tu avais une seule petite graine de foi, tu croirais qu'il est là, et il y serait! »

Il marcha, le cœur battant, jusqu'à cette porte qu'il

poussa. La salle était presque vide: seule, une forme allongée dormait sur la banquette la plus éloignée. Pierre siffla le *signal,* et le dormeur tourna vers lui son visage.

— Etienne!

Vingt pas les séparaient: le temps, pour Pierre, de remercier Dieu et de reprendre souffle; pour Etienne, celui de sourire, puis de craindre, puis de reprendre confiance.

— Pierre, comment m'as-tu trouvé?

— J'ai... j'ai deviné.

— A cause du journal?

Les cils battirent en pluie blonde.

— Tu vois, j'ai été bête de ne pas te le dire: tu l'aurais forcément deviné, que je partirais pour leur village d'enfants! (Pierre se rappela l'article: en Provence, une « république » d'enfants abandonnés...). Tu es gentil d'être venu me dire au revoir, Pierre! J'ai sept cents francs que Denise m'a donnés: ça me conduit jusqu'à (il regarda son billet) Pont-Saint-Esprit. Après, je ferai du *stop*... Le train part à dix heures cinquante-cinq.

— Tu dormais, tu l'as marqué, dit Pierre.

— Quoi?

— Regarde l'horloge... Ah! non, tu as déjà vu un homme pleurer, sans blagues? (Il pensa à Marcel.) Ecoute, vieux, je ne venais pas te dire au revoir mais t'empêcher de partir...

Le garçon releva lentement un regard encore noyé mais si froid que l'autre se sentit jugé, rangé parmi les bourreaux d'enfants, les indicateurs de police: le clan de Judas.

* — Toi? dit Etienne, toi qui étais mon ami!...

C'était la parole du Christ au Jardin des oliviers; Pierre ne put la supporter.

— Je suis ton ami, Etienne! ton seul ami avec Denise. C'est toi qui nous abandonnais!... On va se faire rembourser le billet et tu reviendras avec moi.

Il lui prit la main et ne la lâcha plus de tout le retour. Il ne cessa pas non plus de parler, écœuré de sa propre habileté à convaincre cette tête fragile et que hantait le sommeil. Ah! comme il aurait voulu

* payer le supplément: Pont-Saint-Esprit-Garrigues, mettre Etienne dans le train... et partir avec lui! Cette main qui s'accrochait à la sienne, un peu griffue, un peu chaude: cet oiseau qu'il tenait captif... Ce petit animal résigné qu'il ramenait à son étable ignoble... *Toi, toi qui étais mon ami!...* « Oh! faites que je ne me sois pas trompé, mon Dieu! C'est la nuit... »

Comme ils arrivaient à l'Impasse:

— Attends! murmura Etienne. Je ne... Oh! pardon...

Il se tourna vers le mur et vomit. Pierre n'y tint plus:

— Repartons, Etienne! Il existe un train du matin: je vais chercher de l'argent, je paierai le train. Repartons!

174

— Non, dit le petit, je dois rester: il y a maman...

C'était le seul argument que Pierre n'avait pas invoqué.

Madeleine et Jean étaient partis à la piscine; Luis, malade, dormait recroquevillé dans son lit, surveillé par son chat; Henri assistait à une réunion de cellule; Michel n'avait pas reparu depuis l'affaire des couvertures. Pierre se trouvait seul et voulait se coucher tôt; il pensait au sommeil comme à une eau tiède. Il lui paraissait incroyable que la porte ne s'ouvrît pas devant Michel impérieux et éploré, ou devant quelques inconnus à cacher, à loger. Il la regardait sans cesse et, lorsqu'elle s'ouvrit, il éprouva presque du soulagement.

Il connaissait de vue ce garçon en culottes de golf, chemise vive et foulard jaune. Où donc avait-il rencontré ce regard noir, ces cheveux brillantinés, ce visage un peu trop bien nourri?

— Je suis le fils de votre voisin; nous habitons la maison de briques à côté.

— Bonsoir.

— Bonsoir. Monsieur le curé a parlé à mon père à propos du hangar; et mon père m'envoie vous dire que ce n'est pas possible.

— Bien. Mais... il est vide?

— Oui. Enfin, pour l'instant. Vous savez ce que c'est qu'une maison: on n'a jamais assez de débarras!

— En effet. Alors, bonsoir.

— Mon père est désolé. Il pense que vos gens seraient mieux logés à l'hôtel; il m'a chargé, pour contribuer aux frais, de vous remettre...

— Non.

— Mais...

— Pas d'argent. D'ailleurs, il n'y a plus une chambre dans aucun hôtel de Sagny. Sans quoi, la question ne se poserait pas: « mes gens » ne sont pas des mendiants.

— L'argent peut toujours arranger les choses!

— Pas quand on touche le fond! Les choses dont je m'occupe ici, l'argent n'y peut plus rien. Bonsoir.

— Alors, qu'est-ce qui...?

— Un hangar vide, par exemple.

Il y eut un silence. Le gars baissa les yeux sans répondre. Pierre reprit:

— Ou encore deux heures de queue à un guichet, une demi-nuit passée à classer le dossier d'un pauvre type qui n'y comprend rien, quatre visites au même endroit pour obtenir ce qu'on vous y refusait d'abord; beaucoup de pas, beaucoup de temps perdu...

— Le temps, c'est de l'argent!

— Justement non, c'est tout sauf de l'argent. Et l'argent, ça n'est pas grand-chose...

— Ce n'est pas l'avis des ouvriers de mon père!

— Ne jouez pas sur les mots! dit Pierre très sèchement. Si vous parlez de la convention que votre père a

signée la veille et déchirée le lendemain, je connais
l'histoire, et je la trouve moche.

— Elle ne vous regarde pas: vous n'êtes pas un des
ouvriers de mon père!

— Je suis un ouvrier, ça suffit.

— Non! La solidarité doit jouer d'abord à l'intérieur d'une usine. Mon père est plus proche d'aucun de
ses ouvriers que vous ne l'êtes!

— Si cette solidarité-là existait, dit Pierre doucement, votre père se priverait de vacances ou de
bagnole, ou il sous-louerait une partie de sa maison
plutôt que de fermer un atelier. Mais, quand il met
des types à la rue, les gars viennent me voir pour que
je les dépanne: ils savent que je suis plus proche d'eux.
C'est comme ça!

— Parce que tout est faussé, dit le garçon en plissant son front. Est-ce que je peux m'asseoir?

— Tout est faussé. Mais est-ce que, par hasard, vous
croyez que c'est la faute du pauvre type de quarante
ans qui n'a jamais gagné plus de douze mille par mois,
et qui loge dans une seule pièce avec sa femme et ses
trois gosses? sérieusement?

— Mon père dit que ce sont les syndicats qui ont
tout faussé.

— Les loups doivent trouver qu'avec les troupeaux
de moutons, ce qui fausse tout, ce sont les chiens!

Le gars commença: « Qu'est-ce que... ? » mais, avant
d'achever, il comprit ce que l'autre avait voulu dire.

— Il n'empêche, reprit-il sans assurance, que ces grèves de solidarité, par exemple, sont honteuses; et que maintenant les Syndicats mettent leur nez partout.

— « Maintenant », oui. Mais que de fautes, que d'injustices commises par les vôtres entre autrefois et maintenant!

— « Les vôtres »? Je vois que vous êtes pour la lutte des classes! dit le jeune homme.

— Un type qui serait contre la neige en hiver et le soleil en été, ce serait chouette! Allons, ça ne sert à rien « d'être contre » les évidences.

— Eh bien, moi, je ne l'accepte pas comme ça! Naturellement, vous devez penser que je mange trop, que j'ai de l'argent de poche, que je finis tranquillement mes études en attendant de succéder à mon père — et c'est vrai!... (Il se leva.) Mais alors, quoi! c'est classé, une fois pour toutes? Bourgeois, patron, votre ennemi? Maladie héréditaire, hein? Eh bien, non!... Je connais des vieux prof, des types ruinés, ou des curés, tenez! qui, pour vivre, ont deux fois moins d'argent qu'un manœuvre. Ce ne sont peut-être pas des prolétaires, eux?

— Non, dit Pierre avec douceur, parce que ce n'est pas seulement une question d'argent. Votre vieux prof et les autres possèdent au moins trois richesses que nous n'aurons jamais: la considération, les relations et la culture. Essayez de vous imaginer l'état d'esprit d'un type qui n'a rien derrière lui, ni culture, ni traditions; et, devant lui, la perspective d'un tête à tête avec une machine, toujours, même quand il ne sera plus assez fort pour la conduire... Essayez!

— J'y ai déjà pensé.

— Et votre père?

— Je ne sais pas, nous n'en parlons jamais.

— Bien sûr, fit Pierre amèrement, ce serait mal élevé! Ou bien on vous traiterait de communiste, et vous auriez l'impression de trahir les vôtres, d'être un ingrat.

— Mais je le serais!

— Peut-être. Allons, vous voyez bien, c'est sans issue.

— Enfin, Père...

L'autre sursauta de s'entendre appeler ainsi; le garçon fit silence, puis reprit:

— Enfin, Père, vous savez bien, vous, qu'il y a de bons patrons!

— Je suis sûr qu'il en existe.

— Des patrons qui ne font qu'un avec leurs gens, comme certains officiers ne...

— Un officier ne fait qu'un avec sa troupe quand ils sont en plein baroud: la mort ne vise pas. Mais un patron mal payé, mal logé, et qui vivrait sans réserves, sans sécurité, sans plan d'avenir, ce n'est pas possible.

— D'ailleurs, ce serait la mort de l'usine!

— Peut-être.

— Mais est-ce que l'ouvrier ne pourrait pas, lui, calculer un peu, prévoir, se constituer des réserves?

— Non, dit Pierre gravement, je vous jure que non: quand on gagne juste de quoi se nourrir, quand on peut être renvoyé le lendemain, quand on fait le même geste vingt-cinq mille fois par jour, le soir, on ne tire pas des plans: on va au ciné voir Tarzan, ou bien on milite. C'est le premier luxe bourgeois: ne pas militer...

— Oui, fit l'autre avec un regard noir, militants! Et ces salauds de politiciens profitent de la misère des pauvres types!

— Eux *aussi* en profitent.

— Pourquoi « eux aussi »?

— Asseyez-vous, dit Pierre. Vous devez être un chic type, sans quoi il y a dix minutes que je vous aurais mis à la porte: je suis crevé de fatigue et je me lève à six heures. Alors, écoutez-moi: est-ce que vous ne croyez pas que c'est aussi une drôle d'exploitation, cette histoire de convention collective de votre père?

— C'est une question de loyauté, au contraire! Mon père pouvait supporter cette augmentation de salaire, mais d'autres patrons ne le pouvaient pas. Le syndicat patronal a décidé de ne pas la faire et mon père a obéi.

— C'est la lutte des classes que vous venez de définir. Votre père a donc partie liée avec les autres patrons et pas avec ses gens?

— Mais...

— Vous trouvez honteuses les grèves de solidarité; mais, vous voyez, c'est la même chose qui vient de se passer dans l'autre camp. Avec cette différence, ajouta-t-il plus bas, que les uns logent à quatre dans une chambre et que les autres possèdent des hangars vides...

— Je reparlerai à mon père de cette question.

— Non, dit Pierre en souriant, vous ne lui parlerez même pas de notre discussion. Il y a le chauffage central, chez vous...

— Et alors?

— En ouvrant la porte, vous serez baigné de chaleur, vous verrez les meubles de votre enfance, le chapeau de votre père suspendu au portemanteau, et vous serez attendri. Vous monterez dans votre chambre. Pouvoir marcher chez soi, de long en large, ça change tout! Vous vous laverez à l'eau chaude, et votre reflet dans la glace vous assurera que vous ne faites rien de mal dans la vie, et c'est vrai! Que votre père est un chic type, un grand travailleur, et c'est vrai! Alors, vous vous coucherez avec une bonne conscience, si sûr d'avoir raison et d'être dans votre droit...

— Vous oubliez qu'avant de dormir, on prie dans le noir!

— Oui, c'est notre point commun à tous: prier dans le noir.

— Pour le hangar, dit le garçon dont les yeux brillaient un peu trop, si je ne vous en reparle pas demain, c'est que...

— Merci, bonne nuit.

Le garçon ne lâchait plus la main du Père:

— C'est vous qui faites le curé, fit Pierre en plai-santant: vous me tenez la main!

— Bonsoir.

Il partit dans la nuit, assez lentement, la tête basse. Pierre le vit s'arrêter devant le hangar puis se retour-ner.

— Père, cria-t-il, vous vous rappelez dans l'Evan-gile: « Et le jeune homme s'en alla tout triste... »

* — « ... parce qu'il possédait de grands biens! »

— Il ne faut rien exagérer, nous ne sommes pas les
* Rothschild, vous savez!

— La bonne conscience, déjà! dit Pierre en riant. Faites attention: on est toujours le pauvre de quel-qu'un...

Le grand Michel est venu chercher Pierre à la sortie de l'usine, la tête dans les épaules, les yeux au fond de leurs fentes comme deux souris, les poings indécis.

— Viens au bistro, il faut que je te parle.

— Pas besoin de bistro! Rien qu'à ton air, je vois bien que tu as fait une idiotie...

— Ecoute, il m'a énervé!

— Qui ça?

* — Le contrecoup!

— Tu as cassé la gueule au contremaître? (Le

182

grand se dandine d'un pied sur l'autre.) Et tu es foutu à la porte? (Un *oui* muet d'écolier.) Oh! merde, mon vieux, merde! c'est la septième place que je te trouve. (Les doigts énormes font *huit*.) Tu es complètement brûlé à Sagny. La dernière fois que j'ai parlé de toi à des copains, il y en a deux qui m'ont dit: « La brute? Ah! non, un type pareil, ça fout une taule en l'air!... »

— Qui est-ce qui...?

— C'est ça! Tu vas leur casser la gueule, à eux aussi, pour tout arranger? Alors, démolis-moi: je pense exactement comme eux.

— Ecoute!

— Non, mon vieux, j'en ai marre!

Le grand se sent abandonné. Il pense qu'il a mal fait de refuser le coup des couvertures; sa femme avait raison. Une petite brune à boucles d'oreilles avec bigoudis le samedi soir: une femme épatante et qui piétinerait des familles entières, à Guignol, pour placer son gosse au premier rang... Mais quand ça se retourne contre vous, une femme pareille, fini de rire! Michel en est là, ce soir. Il n'ose plus rentrer à la maison; il sait qu'on lui reparlera des couvertures: « Pour une fois où tu ne t'étais pas trop mal débrouillé!... » Et Pierre qui l'abandonne, à présent... Si ça se trouve, Jésus aussi l'abandonnerait!

— Naturellement, fait Pierre, je vais encore chercher. Mais, franchement...

Le gros ours s'enfuit, emportant sa promesse comme un rayon de miel.

Au 28, Pierre trouve Madeleine désespérée devant un couple muet:

— C'est la cinquième fois que ceux-ci reviennent. On dirait que, sortis d'ici, ils ne sont plus capables de rien!

— Si, de tout foutre par terre! dit Pierre, l'œil sombre.

Madeleine le dévisage.

— Ah! ça ne va pas non plus? C'est... Jean?... Roger?... Luis?...

— Michel. Enfin, il y a des jours comme ça!

Des jours où, parmi les quinze types taciturnes qui attendent Pierre, alignés contre le mur tels des condamnés, un autre personnage s'est glissé qui n'attend ni travail, ni logement, ni parole: le Désespoir. Ce soir, il est là, entre Pierre et Madeleine, le Prince de ce monde! Et ils savent que tout ce qu'ils font, ce soir, sera défait demain. Leurs gestes sont sans chaleur; ils doutent s'ils agissent encore par amour ou seulement par devoir, ou pire: par habitude. Ils rencontrent une paix perfide: « Tant pis si tout cela ne sert à rien; ce qu'il faut, c'est le faire — même pas! *l'avoir fait.* » C'est la paix absurde du fonctionnaire. Ils sentent bien, cependant, que toute cette sécheresse s'accumule quelque part, comme l'orage. Où tombera la foudre? Où, sur Sagny qui dort déjà du sommeil du pauvre?

— Bonsoir, Madeleine. Sale soirée, hein?

— Demain, ça ira mieux! Bonsoir, Père.

— Je ne vous ai pas demandé: c'était chouette, l'autre soir, la piscine avec Jean?

— Je ne sais pas s'il est très heureux, répond lentement Madeleine. (Elle est déjà dehors: dans la nuit, qui vous verrait rougir?)

— Il y a longtemps que nous n'avons pas parlé ensemble. Mais il a bien fait de ne pas venir ce soir, ajoute Pierre à voix basse: je n'avais rien à donner... Bonsoir, Madeleine.

Bientôt, Pierre se glisse dans son lit, glisse dans le sommeil, fuit Sagny, lâchement.

Une heure plus tard, un incendie se déclare chez Jacquot et Paulette: une flammèche échappée de la cuisinière a mis le feu à des ligots de petits bois qui ont embrasé un paquet de linge sale. Le petit Alain se réveille et hurle; Jacquot lui crie de se taire, ouvre les yeux, croit rêver, puis saute hors du lit: « Paulette, debout! debout!... Sors les gosses! Sors aussi le vélo! » Jacquot vide un broc et la fameuse lessiveuse sur le foyer; le feu repart, plus enragé. Jacquot court remplir ses récipients à l'autre extrémité de l'Impasse. « C'est commode, merde! » Il hurle un nom en passant devant chaque porte: « Marcel!... Luis!... Henri!... Au feu!... » La pompe est habillée de paille: pourvu qu'elle ne soit pas gelée!... Elle l'est!... Non!... Si!...

185

Ah! non! la voici qui coule... à tout petit jet, la vache!

Presque nus sous de vieux manteaux, les pieds enfilés sans chaussettes dans des chaussures non lacées, Henri et les autres sont sur le tas, leur seau à la main, frissonnants et aveuglés. On organise la chaîne, mais avec cette salope de pompe, tu parles si c'est pratique! Le taulier, en robe de chambre, donne des ordres, mais n'approche pas. S'il pouvait flamber avec sa turne, ça vaudrait le coup!... Etienne, fasciné, reste planté devant le feu, indifférent et transfiguré par l'incendie, tel un arbre; il se fait engueuler de toutes parts. Les chats aux yeux phosphorescents se sont tous réfugiés dans le coin des cabinets et miaulent à la mort. Jacquot sauve les meubles; il est luisant, avec de grandes traînées noires. Denise regarde tout ça de sa fenêtre: quel cinéma! « Ne prends pas froid, lui dit sa mère. Albert! Albert! ne t'approche pas!... » Pierre arrive, hagard, hirsute: le ronronnement, la clarté, la clameur l'ont tiré d'un sale rêve pour le jeter dans un pire. A coups de pelles, de balais, de couvercles de lessiveuses, on rabat les flammes vers le plancher pourri, loin des charpentes du toit. Les rats débusqués fuient entre les jambes. Pang! pang! les vitres pètent. Un contrevent, à demi dévoré par le feu, dégringole. Le vélo rougeoie, machine de Lucifer. Chantal ne s'est même pas réveillée: « Vous vous rendez compte, si c'est heureux les gosses! » et Alain s'est déjà ren-

dormi sur le lit de Luis: « *Ma veu voi le feu... Ma* *
veu... »

A une heure dix, l'incendie est éteint; personne n'a
pensé à appeler les pompiers. Aucune autre chambre n'a souffert; mais celle de Jacquot est une grotte
noire et suffocante où flotte un âcre brouillard
d'aube. Si on l'abandonnait ainsi, il y pousserait de
l'herbe en avril prochain et des arbustes y feraient
signe par la fenêtre... Le taulier, que personne n'écoute
mais que chacun entend, voue Jacquot et Paulette au
diable:

— ... Ils peuvent bien se loger où ils voudront,
tiens!... L'Union des Locataires? Je lui conseille de
s'en mêler cette fois, mince alors!... Des incendiaires!... (Cette trouvaille ravive son discours.) Et
toutes les réparations, hein? ils me paieront toutes les
réparations!... Incendiaires!...

— *Callate!* lui crie enfin Luis.

Et Henri traduit:

— Fermez votre gueule! Ils sont drôlement plus
emmerdés que vous...

A ce moment, arrive Ahmed, son chapeau en arrière,
sa chemise orange, sa démarche en canard. Il revient
d'une coucherie quelconque; il s'arrête au seuil du *
désastre avec un sourire fat qui signifie: « Si j'avais été
là, rien ne serait arrivé... » ou plutôt: « Heureusement
que je n'étais pas là! » Suprême insulte, il allume une
cigarette devant la ruine fumante, puis il lui tourne le

dos, sort une clef de sa poche et, sans un mot, pénètre dans sa chambre intacte.

On s'organise pour la fin de la nuit: Alain restera chez Luis; Jacquot, Paulette et la petite coucheront chez Pierre où il y a de la place. Chez le taulier aussi, il y a de la place, mais pas pour des *incendiaires!* Les persiennes de fer sont déjà refermées: chaque fenêtre ressemble à un coffre-fort.

Luis ne dormira pas de la nuit. Il a tellement peur que ses rats ne viennent goûter au petit Alain, qu'il veille et injurie son chat d'une voix sourde quand la vieille bête prétend s'assoupir. Il pense aussi aux rats de Jacquot qui doivent rôder sauvages dans l'Impasse:
* « *Ça sent la chair fraîche...* »

Luis, enfermé avec ce petit inconnu, ne peut plus échapper à ses fantômes: deux grands fils en Espagne, qui l'ont renié puis dénoncé... C'est *trivial,* n'est-ce pas? Ils sont riches, à présent, Luis l'a appris, et l'un d'eux a un enfant de cet âge. Luis regarde dormir cette image du petit-fils qu'il ne connaîtra jamais et qu'on élève, sans doute, en lui faisant croire que son grand-père est mort. Il retire ses lunettes qui s'embuent, cache dans son dos ses mains de franc-tireur et se penche sur la tempe transparente. A quoi rêve le petit? A son propre grand-père, peut-être?... Oh! s'il se plaignait, s'il lui tendait les bras, oh! de quel cœur le vieux Luis se donnerait à lui!... Etre utile, être aimé, quelle

source!... Il lui parle tout bas en espagnol: *« Mi peque-*
ñito... mi pequeñito querido... mi umbrecito... » [1]

L'enfant se retourne: il va parler... Peut-être va-t-il
dire: « Grand-père »? Oh! Luis...

— *Tobus... tobus...*

Alain rêve d'autobus.

Chez Pierre, on a dressé un lit de camp où lui-même
va s'allonger, laissant sa couche à Jacquot et à Paulette. Et, comme la petite Chantal les gêne dans le lit
trop étroit, Pierre la prend avec lui. Il sait qu'il ne dormira pas; mais il lui semble que le sommeil de la petite
fille est fait de sa propre veille: son insomnie est
secrètement utile, comme une prière. Elle sera aussi,
sans un mot, sans un geste, une épreuve décisive, une
espèce d'agonie. Car la petite fille a trouvé sa place
chaude au creux de l'épaule: celle qu'aucun être aimé
n'occupera jamais, aucune femme, aucun enfant
malade... Pierre respire cette odeur de vie tiède, et,
quand il se penche, reçoit ce souffle tranquille. Le souffle pur d'un corps où la mort n'a pas encore choisi sa
place; un souffle court, au rythme du cœur fragile.
Pierre l'entend battre contre sa joue, sous les cheveux
légers qui sentent le savon et le lait. Il a peur et confiance: il est père. Il pense: « Je pourrais avoir créé ce
souffle... Non! pas créé, mais donné, permis... Ce que

_____

[1] Mon tout-petit... Mon tout-petit chéri... Mon petit homme...

je donne, moi, ne se lit pas sur un visage. Ceux qu'il m'arrive de combler me tournent le dos, et je dois souhaiter qu'ils repartent. Ils ne me livrent que leur nuit... Cette petite enfant Chantal qui, sans moi, ne serait pas venue au monde, je ne suis rien pour elle. Tous ceux pour qui je vis, je ne suis rien pour eux... » C'est le Désespoir qui rôde à nouveau, mais vêtu d'amour, cette fois. Le Prince des Ténèbres a choisi cette alliée de trois mois qui dort avec une plainte brève à chaque expiration...

Parce qu'elle tressaille et s'agite soudain, Pierre s'aperçoit qu'une larme est tombée sur la joue duveteuse; et, parce qu'il fait encore noir, il se laisse pleurer. Si longtemps! il y avait si longtemps... « Notre Père qui êtes aux cieux... » Les cloches de Sagny-le-Haut sonnent, toutes raides, dans l'air gelé. Cinq heures: c'est une heure pour mourir ou pour naître... Pierre, en souriant, dit définitivement adieu au bonheur humain et serre dans ses bras l'enfant des autres.

A six heures, on appelle derrière la porte:
— Dis donc, tu es réveillé?
— Attends! J'arrive.
Pierre borde Chantal dans son nid de toile dure et rejoint Henri, tout échevelé. C'est samedi, et ils ne travaillent pas: d'habitude, ils en profitent pour laisser le jour se lever avant eux; mais, ce matin, le ciel hésite encore.

— Dis donc, Pierre, il n'y a qu'une solution pour eux: le hangar en face, là.

— J'y ai aussi pensé.

— Il est vide?

— Oui.

— On va voir le propriétaire ce matin même et, s'il n'accepte pas...

— Il n'accepte pas, dit Pierre. (Le fils n'est pas revenu hier.) Mais il faut essayer encore.

— Pas le temps. On va le *squatteriser* aujourd'hui.

— Ecoute...

— Laisse tomber! Je connais au moins vingt logements vides dans le coin. Il faut commencer une bonne fois!

— Bien, dit Pierre après un instant.

En face d'eux, le hangar de briques roses se dégage des brumes froides, citadelle silencieuse. Ils dressent leur plan sous le regard blanc de l'aube. Tous les copains du quartier devront entraîner leurs voisins: c'est devant ces témoins que Jojo, qui est serrurier, ouvrira *proprement* la porte. On aura transporté les meubles de Jacquot. (Humides et froids de nuit, ils dorment debout au milieu de l'Impasse.) On installera Paulette et les gosses et on allumera le feu. Puis on calculera la somme à proposer au propriétaire, s'il veut bien discuter. Ils fixent l'heure: celle où les flics déjeunent. Tout doit être achevé avant qu'ils interviennent. On ne matraque pas tout un quartier parce qu'il approuve en silence! On n'expulse pas une famille pour restituer un hangar vide! Et surtout, *on n'agit pas sans ordres!* Qui oserait les donner? Et puis, le temps qu'ils arrivent...

La matinée se passa en visites, appels sous les fenêtres: « A midi, oui! midi... Jacquot, de la Parisienne des Ciments, tu sais bien?... Oui, mon vieux, flambé, cette nuit!... Un hangar vide depuis des mois!... Le Père Pierre est d'accord... » On promet de prévenir les copains, d'amener les femmes. « Dis donc, je connais un toubib qui sera sûrement d'accord... Dis donc, dans ma maison, il y a un ancien juge de paix... Dis donc, en allant chercher les gosses, je pourrais prévenir le directeur de l'école... »

A midi, le quartier est sur place, silencieux, très grave. Beaucoup ont apporté un petit cadeau pour Paulette et Jacquot: du bois, des fleurs, des boîtes de conserves. Jojo ouvre la serrure, proprement: le hangar apparaît, vide, mais sale et froid comme une crèche. Certains ont pensé à apporter des balais et des seaux: on s'affaire, on dispose les meubles sur le ciment
* encore humide. Les Rois Mages (Riri, la mère Arthur, pépère Bérard et d'autres) remettent leurs présents. Deux branches de mimosa, une casserole d'eau qui chauffe sur le feu et un petit bébé qui dort dans sa vieille voiture transforment ce garde-meuble en demeure humaine: le boulot est terminé.

On paraît avoir oublié que la maison de briques

appartient à quelqu'un! Au début, on a perçu un
sourd affairement, vu des têtes passer et repasser derrière les fenêtres, entendu plusieurs fois la sonnerie
du téléphone, puis plus rien. Paulette, avec un sourire encore fragile, ferme sa porte. A ce moment,
arrive le commissaire de police, escorté de quelques
agents. Henri et Pierre expliquent posément l'histoire: l'incendie, le hangar vide, Chantal (trois
mois)...

— Vous, c'est le prêtre-ouvrier? demande le commissaire avec une curiosité plutôt sympathique.

— Cela n'a aucun rapport, répond Pierre. Vous
voyez, le quartier entier est d'accord. Nous sommes
prêts à indemniser le propriétaire. Nous l'avions pres-
senti d'abord, il a refusé. Ces copains ne peuvent pas
coucher dehors, n'est-ce pas?

Silence.

— Laisse tomber! murmure Henri.

Le commissaire jette un regard vif sur chacun des
assistants: un vrai déclic d'appareil photographique!
On retient son souffle. Il fait signe aux agents et
repart. Luis crie victoire; Henri le fait taire: « Rien
n'est gagné! Il faut monter la garde jusqu'à demain
soir... » On organise aussitôt le roulement; Pierre et
ses amis se réservent les heures désolantes de la nuit.

Tandis que Madeleine et quelques autres vont
essayer de « régulariser » auprès de la Mairie et du
Relogement, le quartier veille avec révérence sur sa

sainte famille, sur sa conquête fragile et si lourde de conséquences.

Car tout Sagny la connaît déjà! Et d'autres banlieues se la racontent: « Ils ont bien fait!... Penses-tu, ils vont se faire expulser!... Il paraît qu'il y a un curé dans le coup... Tu sais qu'on peut les coller en taule?... S'il y a un procès, on ira déposer pour eux!... » On vient même d'assez loin voir le *piquet de garde:* quelques femmes qui tricotent, quelques copains qui jouent aux cartes. Il fait beau: un ciel tout neuf avec de grands nuages de mariée. Plus familier qu'indiscret, on regarde, à travers les carreaux, Paulette qui fait sa lessive, Jacquot qui graisse son vélo. Ils ont le sourire inquiet des gagnants de la loterie: heureux, mais pas tranquilles. Ils ont hâte que cette journée-ci et la nuit prochaine soient passées: après, leur semble-t-il, ils auront une sorte de *droit* d'habiter ici... Seul, le petit Alain est déjà chez lui: il a trouvé le coin qui fera la maison de sa poupée de chiffons, et une écurie pour ce morceau de bois découpé qu'il appelle *Gamin* et qui figure un cheval. Les enfants sont partout chez eux!

Le temps est lent à passer, aujourd'hui. Le ciel lui-même s'impatiente; les nuages tournent au gris-pigeon et dérivent de plus en plus vite, comme pour fuir la pluie... que voici! On s'abrite chez Pierre; il a été convenu que sa porte serait toujours ouverte et le téléphone prêt à alerter les copains, en cas de coup dur:

trois coups de fil, aussitôt *répercutés*, et tout le quartier encombre la rue, de nouveau, et empêche la police d'opérer!

Le soir tombe; les radios s'allument et les caissières des cinémas s'installent dans leur cage à sous. Samedi soir, c'est le règne de Tarzan, de Bourvil, de l'accordéon et du bistro; c'est jour de congé pour le ventre et le bas-ventre. Paulette, Jacquot et leurs gardes se sentent seuls: tout Sagny leur tourne le dos et court se brûler aux enseignes lumineuses. Autre sentinelle désertée, le clocher sonne obstinément ses heures dans le tumulte, dans le murmure, dans le silence.

A deux heures du matin, Pierre et les siens prennent la relève jusqu'à l'aube. Le vent s'est levé, parsemé de larmes. Les veilleurs se sont emmitouflés dans des hardes, assis sur des bancs à la porte du hangar, serrés l'un contre l'autre. Il y a là Jean qui ne dit rien, Marcel à peine ivre, Michel avec sa tête de boxeur vaincu, et Luis dont le chat ronronne sur ses genoux. Jacquot, qui s'interdit de dormir tandis que les autres veillent, les rejoint en apportant sa chaise. Ils parlent; puis, quand ils n'ont plus rien à dire, ils s'obligent encore à parler. Car chacun craint de s'endormir, mais personne n'ose le dire...

— Dis donc, Luis, tu roupilles?

— Tu es fou!

195

Pierre voit bien que ses compagnons, un à un,
sombrent dans le sommeil: « Bah! pense-t-il, je les
réveillerai tout à l'heure. Du moment que je veille,
moi... »

Et il tourne sa face vers la pluie, vers le vent
vivace — et il s'endort.

Réveil en sursaut, frisson, mauvais rêve: deux cars
de police aux phares braqués sur le hangar; dix, vingt
hommes en pèlerines qui ont déjà forcé la porte et
commencent à sortir les meubles...

— Vite, les gars! hurle Pierre. Ils sont là!

— Hein?... Quoi?...

— Ne bougez pas, vous autres! Ou plutôt je vous
conseille de rentrer chez vous, sans histoires!

C'est le commissaire de ce matin, mais mal rasé,
bouffi de sommeil, méconnaissable.

Ils se tiennent indécis, honteux, aussi prêts à bagarrer qu'à fuir. Pierre passe le dos de sa main sur son
front.

— Attendez!... Toi, tu prendras le petit Alain chez
toi...

— Moi, je peux coucher Paulette et Jacquot.

— Et Chantal?

— Bien sûr.

— Bon, alors, attends-les... Vous autres, à demain!
Et... ne vous en faites pas!

Pierre les regarde se fondre dans la nuit. « Vous

n'avez pas pu veiller seulement une heure avec
moi... »   *

A ce moment, on entend une porte qui claque, une
dégringolade sur des marches de pierre:

— J'en étais sûr!... Arrêtez!

— Qui êtes-vous encore?... Continuez, vous autres!

— Le fils du propriétaire de ce local: je vous
donne l'ordre de laisser ces gens tranquilles. C'est
d'accord, entièrement d'accord avec...

— Je ne crois pas, coupe le commissaire. Si votre
père me le confirmait, j'aviserais. Je serais, d'ailleurs,
obligé de le poursuivre pour plainte injustifiée.

— Mon père ne pensait pas...

— En voilà assez! C'est lui qui m'a téléphoné, il y
a une demi-heure, que le moment était venu.

Le garçon lui tourne le dos. Il regarde l'une des
fenêtres de la maison: pas de volets, pas de lumière
non plus; repoussante comme un œil mort. Puis il
marche vers Pierre d'un pas de somnambule:

— Je ne rentrerai pas. Oh! Père, c'est ignoble...

— Tu parles comme un petit garçon, dit Pierre
en le prenant aux épaules. Rentre chez toi et essaie de
comprendre ton père, mais sans laisser tomber les
gars du dehors... Et tâche de rester ce petit garçon que
tu es, ajoute-t-il doucement, toute ta vie!

— Je ne rentrerai pas ce soir!

— Alors, viens dormir chez moi, vieux.

L'opération est terminée: Paulette et les gosses grelottants, Jacquot dont les yeux brillent, sont partis avec les copains. Les meubles, parqués dans la cour tels des poulains transis, coucheront dehors une seconde nuit; la cuisinière est encore rouge.

Les agents remontent en car dans un grand froissement de pèlerines, les portières claquent, les moteurs tournent. Le commissaire va jusqu'à Pierre qui, depuis le début du naufrage, se tient immobile, les mains dans les poches.

— Estimez-vous heureux que je ne vous fasse pas de complications!... Vous n'êtes pas honteux, vous, un prêtre, d'être communiste?

— D'abord, je suis libre. Ensuite, je ne suis pas communiste. Et puis qu'est-ce que ce hangar vide peut bien avoir à faire avec le communisme?

— Comment, qu'est-ce que...? Oh!

Il suffoque, il est de bonne foi. Pierre ne trouve plus un mot; l'autre non plus.

— Un prêtre communiste! répète-t-il en regagnant sa voiture. Un prêtre... un prêtre communiste!

Un instant plus tard, la rue est redevenue silencieuse et noire: rien que le vent libre, et ce fourneau qui rougeoie.

Pierre ferme les yeux; il respire mal. Cette semaine qui s'achève en désastre n'a-t-elle pas été qu'une longue suite de nuits? Qu'une seule nuit interminable remplie d'angoisse, de trahison, de reniement, de mauvais sommeil? La Nuit des Oliviers...

VI

LES BÉATITUDES   *

Pierre se réveilla, amer et battu; cet endroit, cette journée lui paraissaient aussi désolants qu'un port à marée basse. Pour la première fois, *dimanche* ne signifiait rien pour lui; ce dimanche avait goût de lundi matin.

Sans réveiller son compagnon, Pierre descendit vers l'Impasse. Le vent jouait dans ses cheveux, dans les maigres branches de l'arbre du Parc, dans le linge gris qui séchait: le même vent qui, cette nuit, chargé de larmes... Le vent est vraiment un enfant.

Pierre s'arrêta un instant devant la ruine aveugle et noire où Paulette et Jacquot habitaient heureux. En passant devant la chambre de Luis, Pierre regarda par la fenêtre: remontant sans arrêt ses lunettes et léchant son doigt pour tourner les pages. Luis lisait une histoire au petit Alain qui l'écoutait, fasciné, une main caressant le chat, l'autre tenant une vaste tartine d'ail.

« ... alors le Chef des Partisans s'adressant à ceux de la Maison rouge: « Rendez-vous! leur cria-t-il, sinon je vous fais sauter! » Pour toute réponse... »

— Il est chouette, ton conte de fées! dit Pierre. La suite au prochain numéro! J'ai besoin d'Alain. Viens, mon bonhomme.

Ils partirent, la main dans la main — Pierre conduisait, mais le petit donnait l'allure — et pénétrèrent dans le bistro par l'arrière-boutique. Les chaises étaient curieusement assises les unes sur les autres, et les tables empilées par deux, pareilles à des acrobates au moment du « et hop! » et des bravos. Le taulier briquait son percolateur.

— Salut, dit Pierre.

Pas un mot de plus! Il ne demandait rien, ne fausserait pas le jeu.

Sans répondre, le gros homme fit cracher sa locomotive dans une tasse, ajouta un sucre, jeta une cuillère légère dans la soucoupe, tendit le café fumant à Pierre et s'en servit un autre, mais avec deux sucres.

— Merci, dit Pierre.

Et Alain répéta d'une manière comique: « *Méfi!* »

Le gros se pencha par-dessus son zinc, regarda l'enfant et... mais oui, c'était un sourire! Depuis plus de six mois qu'il vivait ici, Pierre n'avait jamais vu une chose pareille...

— Attends voir!

Le patron empoigna d'autres manettes, dévissa, vida, cogna, tassa de la poudre, revissa — *pchhhut!...*

200

pffff!... Chchch!... — et remplit une grande tasse de chocolat qui déborda quand il y eut jeté trois sucres. Il sortit de derrière son autel pour servir cérémonieusement le chocolat d'Alain sur un guéridon qu'il torcha d'abord.

— Attention, c'est chaud!... Tiens, trempe un croissant dedans...

— Monsieur Baltard, dit Pierre (c'était aussi la première fois qu'il l'appelait par son nom d'homme). vous savez ce qui s'est passé hier et... cette nuit?

— Oui, répondit le bistro en s'affairant, les yeux baissés, à frotter son zinc. Et je sais aussi ce que vous venez me demander.

— Je ne...

— Ecoutez! explosa l'autre (il avait l'air, lui-même, d'un énorme percolateur tout rouge), vous me prenez pour un gros salaud, c'est entendu! Et si je ne l'étais pas tant que ça? Vous en feriez une gueule, *
tous!... L'autre jour, vous m'avez parlé. Bon. Vous avez cru que je ne comprendrais rien, naturellement! Vous vous êtes dit: « Ce con-là... »

— Je ne me suis rien dit du tout.

— Eh! bien, tenez, merde! je les reprends, vos copains: oui, je les reloge. Ma femme dira ce qu'elle voudra. Si on veut que les choses changent, il faut bien que quelqu'un commence, bon dieu! sans quoi, c'est foutu... C'est pas votre avis?

— Si, dit Pierre.

— Seulement, pour les réparations, il faut qu'ils se débrouillent!... Tu veux encore du chocolat, toi? Alors amène ta tasse... (pffff!... chchch!...) L'assurance paiera, remarquez! Mais quand?

— Je ne sais pas.

— Voilà! On ne sait pas! Et moi, en attendant, je ne peux pas avancer cet argent: je ne suis pas banquier, moi, sans blagues!

— Ne vous en faites pas pour les réparations, vous serez épaté...

Le taulier se versa un grand beaujolais, l'avala et, d'une voix différente:

— Allez vite leur dire la nouvelle avant que je change d'avis...

— Vous n'en changerez pas, dit Pierre: certaines choses, quand on les a comprises, c'est pour la vie!... Viens, bonhomme. Dis merci au monsieur...

— Les gosses n'ont pas à dire merci! jamais! pour rien! Au contraire, c'est nous qui devons les remercier, ajouta M. Baltard d'une voix étouffée.

Dehors, Pierre se pencha vers Alain, baisa sa tempe tiède et lui dit à l'oreille:

— Tu as bien travaillé!

— *Tabayé*, répéta Alain.

Cette fois, Pierre ne put régler sa hâte sur le trottinement du gosse. Il le prit dans ses bras et gagna à grandes enjambées la chambre d'Henri qu'il trouva brossant ses cheveux — autant labourer la mer!

— Dis donc, si on lui foutait une bonne petite grève dans son usine, au salaud du hangar?

— Tu es comme le commissaire de police, toi: tu confonds tout!

— Il ne l'aurait pas volé!   *

— En tant que patron? Allons, ça n'a rien à voir!... Et puis ça ne logerait pas Paulette, Jacquot et les gosses. Fais la bise à Henri, Alain!

Henri l'embrassa quatre fois, comme font les pauvres, gravement.

— As-tu une idée pour les reloger?

— Non, pas une idée, une chambre.

— Ah! dis donc...

Le récit de l'entrevue avec le taulier laissa Henri stupéfait et comme intimidé.

— Tu vois, conclut Pierre pour rompre le silence, le « baratin » a du bon!

— Oui, dit Henri pensif, quand il y a quelque chose derrière...

Puis brusquement:

— Dis, Pierre, tu ne veux toujours pas venir à la réunion des grévistes de la C.M.T.?

— Non. Je ne suis pas d'accord avec leurs revendications. Ils vont faire fermer l'usine, ou renvoyer cinquante ouvriers: des vieux et des sous-prolos. C'est une grève idiote: ils travaillent à plein temps et ils sont peut-être les mieux payés de tout Sagny!

— S'ils font la grève, d'autres suivront.

— Et après? Attendons les conventions collectives. Si les patrons ne revisent pas les taux, alors la grève sera juste: alors, il faudra y aller; et ce ne sera pas une rigolade! ajouta Pierre en plissant le front.

— Tu voudrais une grève avec quête aux portes des églises sur ordre de l'évêque, toi!... Laisse tomber!

— Non, fit Pierre sèchement, ce que je voudrais, c'est pas de grève du tout parce que les patrons seraient raisonnables. Seulement toi, ça ne t'intéresse pas!

— Je ne crois pas au Père Noël, voilà la différence!

— Tu ne croyais pas au taulier non plus.

Henri ne trouva rien à répondre. Pierre passa son bras sur l'épaule bleue.

— Mon vieux, il s'agit de Paulette et de Jacquot, d'abord. Ils ne rentreront dans leur piaule que quand elle sera réparée. Alors, j'ai pensé...

Quand Pierre et Henri arrivèrent sur le terrain communautaire, les *castors* y travaillaient déjà. (C'étaient les gars qui construisaient, en équipe, leurs futurs logements.) Ils comprirent vite ce qu'on attendait d'eux: à Sagny, tout le monde connaissait l'histoire du hangar et son épilogue nocturne, et tout le monde la ressentait comme une injustice et une injure. Il s'agissait — menuisiers, électriciens, maçons et peintres — de travailler à réparer la ruine de l'Impasse.

« Aujourd'hui même? — Aujourd'hui même! — Toute la journée? — Toute la journée! — Merde! On s'était levé tôt (un dimanche, dites!) pour avancer la construction communautaire. Chacun, en se rasant, en marchant sous les réverbères encore allumés, en frottant ses mains engourdies, avait calculé l'avancement du boulot: « Ce soir, on en sera là... Ou même, peut-être... » Et maintenant ce curé et son copain le communiste venaient tout flanquer par terre avec leur chambre à réparer. Oui, deux gosses, bien sûr!... Et puis il fallait prouver au taulier... Bon, bon! Mais quoi, les maisons du terrain communautaire aussi, c'était utile!... Moins urgent? Ah! si vous allez par là, on ne ferait rien!... Allez, on vient! mais ce que vous pouvez être emmerdants avec vos histoires! N'avaient qu'à ne pas foutre le feu!... »

Droits et froids comme des bonshommes de neige, Pierre et Henri les laissaient parler, sachant très bien que les gars viendraient à l'Impasse, et qu'ils refuseraient de s'arrêter à midi pour manger, et qu'ils seraient ce soir drôlement contents d'eux.

Ils arrivèrent à huit dans l'Impasse mal éveillée où les portes bâillaient et les volets s'étiraient. Huit, avec brouettes, seaux, truelles, scies, marteaux, pinceaux et chansons... « Pendant que vous y êtes, en attendant que sèche le plâtre, donnez donc un coup de pinceau chez Marcel, réparez le plancher de Luis, mastiquez les carreaux d'Henri... Merci, les gars! »

205

Le surlendemain, ils étaient seize à dîner chez Paulette pour fêter la chambre neuve. Les voisins avaient apporté couvert, table et chaise. Invité après pas mal d'hésitations, le taulier avait refusé après bien plus d'hésitations: « Trop de boulot! » Mais il avait envoyé Denise et quatre litres de rouge, à la condition qu'on rende les bouteilles. Toute l'Impasse, Ahmed excepté, vint boire à la santé de Chantal, la seule qui dormît. Pourtant, Denise aussi s'endormait sur l'épaule d'Etienne, et Alain sur les genoux de Luis qui n'osait plus bouger. Henri n'arriva qu'assez tard: il venait de la réunion des grévistes C.M.T. Il se glissa jusqu'à Pierre, les lèvres serrées, les yeux vagues. Le visage de l'homme qui va vomir et celui de l'homme qui doit se délivrer d'un souci secret sont les mêmes.

— Je leur ai dit qu'ils devraient attendre les Conventions Collectives, que les copains n'étaient pas d'accord avec leur grève...

— Qu'est-ce qu'ils ont décidé?

— Ils votent, en ce moment.

— Et tu n'as pas attendu!

— Je laisse tomber: dans les deux cas, je râle. Alors!...

— Toi, lui dit Pierre en souriant, le front plissé, un de ces jours, tu vas te faire balancer par tes dirigeants!

— *Et toi?* répliqua Henri, et il montra ses dents pointues.

Pierre demeura sans paroles et sans sourire: « Se faire balancer par ses dirigeants... » Mais il se rappela le vieillard en noir qui, l'autre jeudi, avait assisté à sa messe, au milieu des copains.

— Ne t'en fais pas pour moi!

Comme la conversation tombait, que les hommes bâillaient et que les femmes regardaient l'heure, on réclama de Luis un récit de la guerre d'Espagne. C'était leur Iliade et leur Odyssée. Déjà, on se reservait à boire, on s'accoudait. « Chut!... Eh! vos gueules!... » Luis jeta un regard vif en direction d'Henri puis un autre, très tendre, sur le petit garçon qui dormait sur ses genoux.

— Non, dit-il d'une voix enrouée de tristesse, cela ne vaut pas la peine de réveiller un enfant.

Le lit de Pierre ressemble à un campement levé à la hâte. Il le fait assez soigneusement chaque matin; mais, après que vingt types se sont assis dessus dans la journée, lourds de souci ou de solitude, vingt corps fatigués, vingt âmes vides, ce n'est plus qu'un lit de faits-divers. Mais le sommeil exact, avare qui compte ses heures, y attend Pierre fidèlement. Il s'allonge, fait un dernier signe de croix, la seule prière de sa petite enfance, et s'endort.

Pas ce soir! Deux mots l'en empêchent, deux dents pointues: « *Et toi?...* » Pierre ouvre les yeux dans les ténèbres. (Celles d'un roi et celles d'un condamné sont les mêmes.) Il est bon de faire halte, même la nuit, sur une route solitaire. « *Et toi?* pense-t-il. *Numquid et tu?...* »

— Allons, ne fais pas le curé! dit-il tout haut.

Pierre ouvre les yeux et considère froidement le travail de six mois: oui, six mois depuis ce soir où il attendait Bernard à la sortie du métro et donnait une cigarette à cet inconnu qui était Luis...

Alors? — Alors, il est mal avec son patron, mal avec son curé, assez mal avec le Parti... Mais quoi! il n'est pas venu ici pour eux! Il est venu pour les Petits, les Pauvres; le reste n'est qu'un *sous-produit...* Bon! mais que leur a-t-il apporté? C'est le Père Bernard qui a fondé la maison de repos communautaire de Choisy; le Père André, l'épicerie communautaire de Bagnolet; le Père Robert, les terrains communautaires de Clichy... Mais lui, le Père Pierre? Rien. Car il se méfie de l'*Organisation*: « le pire piège... »

Mais il ne se méfie pas assez des mendiants, des épaves peintes aux couleurs du désespoir, de tous ceux qui, chaque jour, *exploitent* la rue Zola. Renvoyer quelqu'un est au-dessus de ses forces. Déjà, le renvoyer les mains vides, c'est dur; mais le cœur vide!... Et que leur apporte-t-il? Du boulot, un logement, un dépannage, bon! Mais le Christ, hein? le Christ?...

— Si, dit Pierre tout haut, Il est ici!

Cela a commencé à l'usine; Henri lui-même l'a remarqué. Cette confiance nouvelle des gars les uns dans les autres, cette entraide, ces réconciliations, cette unité qu'on ne trouvait, avant lui, que dans la lutte politique... Et cela a gagné les foyers, les hôtels et, par eux, les autres usines du quartier. Tout ça, c'est le travail des copains de la rue Zola. Ce que Pierre admirait tant à son arrivée: le désintéressement, la fraternité des gars... « Tu es emmerdé? tu n'as plus le rond? tu as perdu ton boulot? Installe-toi à la maison, on se tassera... Ta gosse est malade? Dis, j'ai ma mère à Blois et un copain routier, on va s'arranger... » * On ignorait encore l'Evangile, mais on le vivait déjà. « Il faut nous convertir à eux », disait toujours Bernard. Eh bien, tout cela gagne chaque jour!...

Ces longues journées sans vie... (Ah! si les riches savaient ce que sont des journées toutes semblables et sans aucun espoir de changement! La prison, l'hôpital, on en sort; l'usine, on en change seulement...) Ces journées si mortes que jamais on n'en parle entre soi, ne constituent plus toute leur existence. On se réunit, presque chaque soir, chez l'un ou chez l'autre. On parle d'abord politique, syndicat — vieille habitude! — mais, quand Pierre parle d'autre chose, on l'écoute aussi d'une autre oreille. Il existe un habitant de plus à Sagny, et c'est le Christ... Il y a des gars qui, le samedi soir, vont au bal pour y faire danser les filles les plus moches, celles qu'on n'invite jamais. Il y a des gars qui sont venus trouver Pierre: « On a envie de se construire une chapelle, pour nous autres. Tu es d'accord? » Il y a un gars qui a fait de la taule parce qu'il piquait les paletots de laine des chiens riches pour les gosses pauvres de son hôtel. Il y a... il y a le meilleur et le moins bon, jamais le pire!

« Oh! que je les aime, pense Pierre, que je les aime!... » Jamais il ne se résoudra à travailler à mitemps! Il s'agit d'être avec eux, sans cesse, au plus dur, « au plus près »... Qu'on ne lui parle pas d'*efficacité*: la fraternité passe d'abord. Ni de *plan*, surtout! Oh! la bonne conscience de ceux qui font des plans!... Dommage pour eux, que la vie remette tout en question chaque matin! « Que je les aime!... »

Il pense à chacun d'eux... A Madeleine qui s'épuise, et son visage est une peau si tendre, tendue sur une tête de mort... A Jean, le sombre, qui s'exalte dans le Christ et soudain se méfie de lui, de Pierre, de tout le monde... A Henri, le partagé... A Michel, qui n'ose plus se montrer parce qu'il ne trouve pas de travail. Encore un qu'il faudra aller chercher par la main!... A Luis, seul avec ses secrets... A l'abbé Gérard, qu'on n'a pas revu... A Suzanne, la protégée du Père Pigalle... Au Père, lui-même... Car un visage en appelle un autre et c'est cela, l'Eglise! et cela, l'Amour! Etienne appelle la petite Denise, et Denise le taulier... Hélas! c'est aussi la charnière avec le monde des Sourds, de tous ceux qui n'entendent pas le cri de Sagny, la grande plainte du Christ Ouvrier: l'Arabe de l'Impasse, les flics, le patron de la maison

neuve! (Pierre se refuse à penser: le Curé...) Oh!
pouvoir leur parler d'homme à homme! Casser cette
vitre qui les empêche d'entendre et s'appelle Argent,
Privilèges, Habitudes, ou même se baptise Devoir!
« *En cas d'incendie, briser la vitre...* » Faudra-t-il que
le monde s'enflamme pour qu'enfin...? Mais non! la
vitre alors s'appellera Honneur, Martyre, Représailles...

— Mon Dieu, faites qu'ils s'aiment! prie Pierre.

« Et comment s'aimeraient-ils quand toi-même ne
les aimes pas? » Car Pierre est devenu un ouvrier.
C'est dans une église, ou dans un appartement bien
chaud, ou au ciel qu'on peut aimer à la fois les agents
de police et les ouvriers, les propriétaires d'hôtels
meublés et leurs locataires, le Conseil National du
Patronat et les manœuvres non qualifiés! A l'usine, à
l'hôtel, en prison on ne le peut pas. C'est la misère de
ce monde ouvrier: *ne pas pouvoir aimer les autres
sans trahir les siens...* Quand on écrit un livre, qu'on
en lit un, tout semble possible! Pierre le croyait
aussi, ce soir de septembre où il découvrit Sagny, où il
rôda, seul dans l'Impasse à l'odeur nocturne de pourriture, quand il écrasa la bille de cristal d'Etienne,
quand il entendit...

Est-ce une hallucination? Comme ce premier soir,
et si souvent depuis, il vient d'entendre un cri.

« Non! C'est moi qui dors à moitié... Pourtant,
Marcel a bu, ce soir, au dîner de Paulette: il se peut
très bien que... Si j'entends un autre cri, je me lève.

Et, cette fois, je lui retire le gosse! Si j'entends un autre cri... »

Il n'y aura pas de second cri: Etienne s'est évanoui sous les coups.

Un soir, Pierre trouva, parmi ceux qui l'attendaient rue Zola, la vieille sœur Marie-Joseph accompagnée d'une Suzanne méconnaissable, couleur de maïs et de brugnon. Il y avait quelque chose de large et de solide dans son front, ses bras, son assise: la paysanne avait repris sa place en elle, chassant la fille.

— Maintenant, il faut qu'elle travaille, Père, dit la sœur. Ou plutôt qu'elle gagne sa vie; car, pour ce qui est de travailler, elle l'a fait chaque jour avec nous, n'est-ce pas, Suzanne? Mais elle a hâte de *gagner* de l'argent... de l'argent propre, ajouta-t-elle à mi-voix.

— Bon, dit Pierre, je vous remercie, ma Mère!

— C'est moi, fit-elle en posant sur son bras une main impérieuse et suppliante, moi qui vous remercie en Notre-Seigneur. Et je reste à votre service, Père, dans tous les cas semblables.

Pierre hésita à l'embrasser devant les autres (quatre fois, comme il se doit); par respect humain pour elle, il ne le fit pas.

— Du travail pour Suzanne, je m'en charge. Mais le logement, ce sera plus dur...

— Suzanne continuera de demeurer chez nous: elle le désire, et nous le désirons.

— Bien! Alors, allons ensemble voir Henri et Jacquot.

En chemin, il hésita un moment avant de demander:

— Que devient Gérard?

— L'Abbé Levasseur n'appartient plus à la paroisse.

— Je ne l'ai pas revu, vous savez!

— Je le sais. Monsieur le Curé lui a demandé sa parole de ne pas revenir chez vous durant un mois. Il l'a donnée; mais, après un mois de travail paroissial acharné, il a demandé à être relevé. C'était la semaine dernière.

— Où est-il, à présent? demanda Pierre d'une voix altérée.

— Je ne sais pas. C'est un sujet de tristesse pour monsieur le Curé; nous n'en parlons jamais... Vous le jugez mal, ajouta-t-elle fermement après un silence.

— Monsieur le Curé? Vous vous trompez, ma Mère. J'ai repris, phrase après phrase, notre entretien. Il avait entièrement raison; et moi aussi. C'est le drame de la Terre: chacun a raison. Je pense seulement que monsieur le Curé n'est plus à sa place à Sagny. Et encore! comment l'en retirer sans le blesser?

— Vous comprenez tout: pas étonnant que vous ayez les cheveux gris à votre âge! fit la Mère bonnement.

Pierre présenta Suzanne aux copains de l'Impasse.

— S'agit de lui trouver du boulot, dit-il à Jacquot et à Henri, c'est une chic fille...

Ahmed sortit de sa chambre, le chapeau en arrière, les souliers pointus, la bague au doigt, et commença de tourner autour de Suzanne. Pierre l'entraîna par le bras:

— Amène-toi une seconde!

Et quand ils furent à l'écart!

— Tu vois cette fille? Bon! Eh bien, si jamais tu touches à un seul de ses cheveux, on s'enfermera tous les deux dans ta piaule — à égalité, tu vois? — et alors je te casserai la gueule jusqu'à ce que tu dises « assez! »

— Ça n'est pas mon genre, dit l'Arabe d'une lèvre écœurée.

— Pas le mien non plus. Mais avec les salauds, on est amené à changer de genre, tu vois?

— Tu ferais mieux d'être bien avec moi, le curé!

— Je t'emmerde, dit Pierre calmement. Je prie pour toi, tu entends? *Je prie pour toi,* mais je t'emmerde.

— C'est ce qu'on verra, jeta l'autre en s'éloignant.

Pierre trouva Etienne en conversation avec Suzanne:

— ... à la campagne? des bêtes en liberté? vous êtes sûre?

Oui, elle en était sûre: dans son enfance, elle se rappelait même avoir vu...

— Ecoutez! proposa Pierre, au printemps nous irons à la campagne, un dimanche, tous les trois! à la vraie campagne... Etienne, tu as mauvaise mine: qu'est-ce qui ne va pas?

— Rien du tout, fit le gosse vivement.

Et comme l'autre — « Viens donc voir là! » — fronçait les sourcils en le regardant, il lui tourna le dos.

— Parlant de boulot, dit Pierre à Henri, il faudrait en trouver pour Michel.

— A la tienne! Il a encore cassé la gueule d'un *
type avant-hier!

— A propos de quoi?

— Je ne sais pas trop, répondit Henri en détournant les yeux. De... ta copine Madeleine, je crois. Laisse tomber!

A propos de Madeleine, oui. Le type l'avait appelée « la putain du curé », et Michel — *taf!* — d'un seul coup au menton avait étendu le gars sur le trottoir. Ouf! ça fait du bien, quand on est chômeur et qu'on ne peut plus se payer le club de boxe: de l'entraînement gratuit! C'était un moyen passable de fermer la gueule du bonhomme; mais Michel avait grand ouvert la sienne et colporté partout l'injure: pareil à celui qui, grattant un bouton, en essaime d'autres, sur son visage. Ceux qui l'écoutaient raconter son histoire:

215

« ... alors *taf!* ah! mon vieux, d'un seul coup, etc. »
prenaient l'air lâche et gêné du gars qui désapprouve
les deux parties. Seul, Jean s'enflamma:

— Tu as drôlement bien fait! Mince alors! Qu'il
revienne me le dire, ton type, je te jure que je lui fais
son affaire!

Michel jeta un regard d'entraîneur sur l'autre, long
comme un pendu, maigre comme la Tour Eiffel, avec
sa pomme d'Adam qui faisait l'ascenseur.

— Dans ce cas-là, fais-moi tout de même signe! lui
dit-il.

Jean gardait cette épine dans son corps et, comme
toujours, il en voulait à Pierre, à Madeleine et sûrement à ce grand copain, le Christ, qui le laissait tomber
quand, d'un seul geste, il aurait pu tout arranger.
* « Dites seulement une parole et Madeleine m'aimera... »

— Ecoute, vieux, lui dit Pierre un soir de lassitude, qu'est-ce que tu attends maintenant pour te faire
baptiser?

— Pas encore.

— Tu n'aimes pas le Christ? Tu n'as pas encore
choisi?

— Oh si!

— Alors, ça ne peut pas durer. Tu vois le boulot
que j'ai! Et, au lieu de m'aider, tu me prends du
temps: ce n'est pas chic, mon vieux.

Jean ne répondait rien, cachait le bas de son visage

avec la main qui tenait sa cigarette, et baissait les paupières derrière le rideau de fumée.

— Regarde-moi, Jean. Tu n'as donc pas confiance dans le Christ?

Jean ôta sa main et leva les yeux; Pierre reçut sa réponse et son regard en plein visage:

— Confiance en Lui, oui! en toi, non.

« Voilà donc à quoi aboutissent six mois d'efforts, pensa Pierre, six mois d'amour... » et il sentit qu'il souriait mal.

— Pourquoi pas en moi, Jean?

— Parce que tu es un pauvre type comme nous autres.

— Bien sûr! Et c'est même pour cela que tu devrais avoir confiance. Si le Christ n'était pas devenu un pauvre type comme nous autres... (Il s'arrêta. « Il y a bien le Père, dans sa gloire, pensa-t-il. Mais non! ce n'est pas l'amour du Père qui les attire... »)

— C'est vrai! dit Jean, s'il n'y avait que le Père...

— Dis donc, il est notre père! Tu as aimé ton père, non?

Le visage de Jean se durcit soudain: tout en os, avec des yeux froids.

— Moins que mes copains!... Le Christ, poursuivit-il tendrement, c'est mon meilleur copain; l'autre, c'est « Notre Père qui êtes aux cieux »: on est peinard, aux cieux, on ne peut pas comprendre!

— Tu débites complètement: Il est partout à la fois. Il est assis entre nous deux, tu vois...

— Le Christ, oui, pas le Père!... Et toi aussi, reprit-il après un silence, toi aussi, tu es peinard, Pierre.

— Moi?

— Tu peux te tirer quand tu le veux. Quand tu en auras marre de nous autres et de l'usine et de mes conneries, tu t'habilles avec une robe noire et tu repars dans une paroisse ou une école de curés. Tu es pareil au fils du patron, qui se croit ouvrier parce qu'il fait un stage. Quand on sait qu'on peut en sortir, ça change tout...

Il y eut un silence et, comme il se prolongeait, Jean regarda le Père: il le vit se lever, si rouge que ses cheveux en paraissaient presque blancs.

— Si je devais en sortir, comme tu le dis, ce serait maintenant, fit Pierre d'une voix inconnue. Maintenant, après ce que tu viens de dire!

Il se mit à marcher dans la pièce en donnant des coups de pied dans les meubles et en parlant comme pour lui seul:

— Bon sang, j'en ai entendu, déjà!... Odette qui, au moment de communier pour la première fois, m'a crié: « Arrêtez! je n'y crois pas! » et s'est sauvée... Georges qui ne voulait pas que je le baptise: « Après, je ne t'intéresserais plus, disait-il »... Et Riri, qui m'a réveillé à minuit parce qu'il venait de voir le Pape au cinéma et qu'il n'encaissait pas les costumes!... J'en ai entendu, je te le jure! Mais (il s'arrêta devant Jean) une aussi sale injustice que ce que tu viens de me dire, jamais, Jean, jamais!... Comment peux-tu...

— Je suis trop malheureux! cria le grand, trop malheureux!

Il essaya de se lever mais retomba, les coudes sur la table, le visage dans ses mains si maigres qu'elles ne le cachaient pas: on le voyait, entre les doigts, comme à travers des barreaux.

Pierre étreignit ce grand sac d'os, mal ficelé dans son chandail vert: fagot mal fagoté, il le prit entre ses bras.

— Imbécile, tu as peut-être un seul vrai copain et tu l'envoies promener! Pas confiance en lui? Tu préfères rester seul dans ton coin, comme un gosse qui ne veut pas qu'on le console!... Imbécile!

Jean releva la tête; jamais on ne lui avait parlé si tendrement. Il dit très bas:

— Je suis malheureux parce que j'aime Madeleine et qu'elle ne m'aime pas.

— Elle ne te *préfère* pas! Tu sais bien que Madeleine a choisi d'aimer tout le monde.

— Ça n'existe pas! Elle en aime un autre, à sa manière... Voilà tout!

— Et qui donc?

Jean le regarda fixement, ses yeux brillaient.

— Celui auquel elle ressemble de plus en plus.

219

Pierre crut que ce regard si aigu le dépassait. Il se retourna et vit, sur le mur, le crucifix de bois.

— Le Christ?

— Non, dit Jean, toi.

Pierre leva la main pour le frapper, mais s'arrêta, confus, le bras haut. Il dut reprendre son souffle; il passa le dos de sa main sur son front tout humide.

— Jean, commença-t-il d'une voix que lui-même reconnut mal et qu'il écoutait comme celle d'un autre (mais c'était bien un autre qui parlait, puisque lui-même ne savait pas encore ce qu'il allait dire...) Jean, tu vas te mettre à genoux devant la croix et dire un
* acte de contrition.

Jean hésita un instant. Deux larmes toutes neuves jaillirent soudain de ses yeux et il se jeta aux pieds de son copain:

— Mon vieux... mon vieux...

— Non, dit Pierre doucement, moi, ça n'a aucune importance, tu vois? Mais Madeleine... Mais Lui... Ton acte de contrition, Jean, devant Lui!

Le grand se laissa tomber à genoux devant le mur blanc, la joue contre cet oreiller si dur où ses larmes laissaient des traces, les bras en croix, immenses.

Pierre, pour l'aider, murmura les premières paroles: « Mon Dieu, j'ai un extrême regret... » Mais il entendit seulement une voix rauque qui remontait péniblement, telle une ancre rouillée, du fond d'un océan d'amertume:

— Je suis un con, mon Christ! Je suis un con...

Pierre conserva cette blessure. Il avait donc vécu tant de mois aux côtés de Jean sans comprendre ses regards! Ce sang si chaud, ce cœur battait à son insu! Il existait donc d'autres réserves, d'autres secrets que ceux de l'âme? Oh! Pierre, que de paroles perdues! que de vains conseils!... Il se retrouva timide, attentif, comme aux premiers jours: chacun lui paraissait porter un secret, et chaque visage aussi précieux et fragile que celui d'un convalescent. Il ne suffisait donc pas d'aimer les visages: il fallait aussi les deviner... A sa droite, les couples heureux; à sa gauche, les gosses prêtes à se prostituer à la sortie du métro, les fiancés païens qui échangeaient leurs photos nus, les bals et les terrains vagues du samedi soir. Une fois de plus, tout n'était pas si simple! L'amour humain n'a pas que deux profils.

Un soir, sans lever le nez des papiers qu'il classait, Pierre demanda à Madeleine sur un ton qu'il voulait désinvolte:

— Comment trouvez-vous Jean?

— Malheureux.

— Qu'est-ce qu'on peut faire pour lui?

— Rien, répondit-elle à mi-voix: il a découvert le Christ mais le garde pour lui. Il ne l'a pas encore trouvé chez les autres.

— Peut-être est-il déçu, voyez-vous? (Pierre sen-

tit qu'il rougissait. Tant pis! Il continua.) Peut-être
porte-t-il un grand espoir... un amour secret... Vous ne
répondez pas?

— Si je n'avais pas compris, Père, je vous répon-
drais!

— Et alors, Madeleine? demanda-t-il encore pour
rompre le silence.

— J'ai choisi, dit-elle d'une voix forte.

Il craignait tant de voir des larmes dans ses yeux
qu'il n'osa pas lever la tête. Il enchaîna très vite:

— Et Michel? Quoi de neuf pour Michel?

— Loulou lui avait trouvé du boulot. Mais il
ne s'est présenté que le lendemain: l'emploi était
pris!

Ils n'ajoutèrent rien. Chacun sentit que l'autre
venait de *classer* définitivement le cas Michel, et aucun
des deux n'avait le courage de protester.

Madeleine marche dans Sagny par un jour d'hiver
immobile. La rue est plate, les murs droits, les arbres
figés. Pas une flaque qui donnerait aux pavés un
regard, pas un souffle qui donnerait un geste aux
branches. Madeleine avance dans ce musée de février,
désert et transi. Ses amis la reconnaîtraient de dos
aux flammes de cheveux qui s'échappent de son foulard, à cette tête toujours levée, à cette démarche dont
chaque pas semble un envol: sa démarche d'*assomp-*

tion. Madeleine marche et s'efforce de ne penser à *
rien d'essentiel. Depuis l'autre soir, elle vit comme le
temps: au bord du dégel... Et, par crainte des larmes,
elle garde l'esprit froid et le cœur fermé.

Au tournant de la rue, elle aperçoit devant elle une
vieille qui marche, seule aussi. Cette vieille est le
contraire même de Madeleine: le visage reste penché
vers le sol, et chaque pas semble l'incliner davantage
à la rencontre de la terre. Sa hâte même — elle trot-
tine! — n'est qu'une fièvre de profiter des heures qui
lui sont mesurées: ses pas comptent le temps qui lui
reste. Et pourtant, elle aussi ne doit être occupée,
comme Madeleine s'oblige à l'être, que de questions
petites.

Pourquoi Madeleine s'arrête-t-elle et sent-elle son
cœur battre parce qu'à vingt pas devant elle, dans
une avenue déserte de février, cette petite vieille...?

« Je serai cette vieille femme! »

Cette soudaine pensée balaye toutes les autres.
Madeleine vient de se heurter au Temps... Cette rencontre, que certains savent différer jusqu'à leurs derniers jours, l'attendait donc au tournant d'une rue
froide! Contre le Temps, Madeleine n'a dressé, jusqu'à
cette heure, que les pitoyables barricades de ses journées trop bien remplies. Entre le signe de croix de
l'aube et celui de la nuit, pas de temps pour penser à
soi!... Mais, cette fois, impossible d'échapper! Le
Temps bat le rappel: *« Tu seras cette vieille femme...*

Alors, tu te retourneras et, d'un regard navré, tu contempleras ta vie perdue... Cette existence unique, tu l'auras traversée en aveugle! Des couples heureux, des enfants étrangers et, fuyant au plus loin, des mendiants ingrats auxquels tu auras, pour rien, donné ton temps, ta peine, ton sourire — voilà ceux que tu apercevras, autour de toi et te tournant le dos, quand tu seras cette vieille femme...

» Tu auras tout partagé, Madeleine! Mais partager, ce n'est pas donner; aimer tout le monde, ce n'est pas aimer. Loger, dépanner, encourager des gars, est-ce que cela valait la peine de désespérer Jean, de rester stérile? de tuer de fatigue ce corps, d'empêcher de battre ce cœur que Dieu t'a donné pareil aux autres? Et c'est en son nom que tu tournes le dos à tout ce qu'il a permis! Tu te crois donc d'une autre chair, d'une race choisie? L'orgueil, Madeleine! L'orgueil et la présomption, car ce travail est chaque jour à recommencer, donc inutile.

» Renonce! il est encore temps: tu n'es pas cette vieille femme... Allons, tu sais bien quelle part de complaisance tu mets dans ton attitude et ton sourire! dans cette parole de l'autre soir: « J'ai choisi!... » Tu te forces sans cesse. Est-ce que les enfants, qui sont agréables à Dieu, se forcent jamais?... Renonce, Madeleine! Et regarde-la bien: car, un jour, tu seras cette vieille femme. Ne perds pas entièrement ta vie d'ici là!... »

— J'ai choisi, répète Madeleine, les dents serrées; et elle reprend sa marche.

Mais les jambes lui manquent de nouveau; car, plus impérieuses que toute pensée, voici que les images l'assiègent. Tant de petits bonheurs! Un logement soigné, du linge entretenu, un pas dans l'escalier, un projet pour le dimanche suivant, un repas vraiment préparé!... Un tablier sur sa robe et qu'on ôte au dernier moment, un petit cadeau enveloppé de papier de couleur et qu'on reçoit, ou qu'on offre... Le cirque à la Porte de Sagny, la Foire du Trône un samedi soir, *
le cinéma, la piscine, une balade à vélo, au temps du muguet, au temps des lilas, un gâteau d'anniversaire... Tout ce qu'elle refuse aux autres, ou se refuse, afin d'assurer la permanence, rue Zola: projets, attente, parfums, rires, musique, tout cela soudain l'assaille. « Mais puisque c'est permis, Madeleine! puisque c'est permis... »

Elle lève la tête vers le ciel blanc. C'est le premier geste de l'homme qu'on jette en cellule: chercher la lucarne. Madeleine aussi lève la tête et reçoit sa réponse comme une flèche: une voix monte en elle, de bien plus loin que ses désirs sacrifiés et ces arguments si logiques! une voix plus sûre et plus forte à mesure que Madeleine rattrape à grands pas *la vieille femme qu'elle ne sera jamais*! Et cette voix dit:

— Bienheureux, vous qui êtes pauvres!... Bienheureux, vous qui pleurez!... Bienheureux, vous qui avez

faim et soif de la justice!... Bienheureux, ceux qui ont
le cœur pur, ceux qui pardonnent, ceux qui sont per-
sécutés pour la justice, ceux qui veulent la paix!... Ah!
bienheureux, ceux de Sagny, capitale de la misère et de
l'Espoir! Et bienheureux, ceux de la rue Zola qui est le
* cœur de Sagny!...

« Mon cœur bat jour et nuit, pense Madeleine: voilà
la seule mesure du temps! »

Elle va dépasser la vieille et ne se retournera même
pas pour voir son visage. Les symboles ont-ils un
visage?

Ses petites pensées l'avaient déjà reprise tout entière.
Cela n'avait donc été qu'un passage? Comme la nuit de
Pierre, comme le désespoir de Jean, un passage *décisif*...

Elle marchait donc, pacifiée, lorsqu'elle aperçut par
terre, devant elle, quelque chose d'insolite. Elle ne put
s'empêcher d'y porter le regard et le regretta aussitôt:
c'était un crachat plein de sang. Il y avait longtemps
que Madeleine n'éprouvait plus de nausées que mora-
les; avoir « mal au cœur » était, pour elle, avoir le cœur
serré. Mais, quelques pas plus loin, elle aperçut un
second crachat sanglant. Dès cet instant, elle sut qu'elle
en rencontrerait d'autres, et aussi qu'elle suivrait cette
piste immonde parce qu'une misère extrême se trouverait au bout. Le Petit Poucet, sur ce chemin-là, était
un condamné à mort. Mais la trace du Christ, de Caï-
phe à Hérode, d'Hérode à Pilate, et de Pilate au Gol-

gotha, ne devait pas non plus être bien délicate! Tant *
de larmes versées depuis ne l'ont pas encore effacée...

Tous les vingt pas, peut-être, le sang indiquait à
Madeleine sa nouvelle route. Elle avait déjà oublié son
chemin primitif; elle suivait à la trace un inconnu
qu'elle pouvait secourir. Cette piste la conduisit rue
Zola. Elle n'en fut pas surprise et, avant de pousser la
porte, elle savait qu'elle trouverait là Roger.

Il était assis dans le coin, contre la fenêtre: une
dépouille en forme de Roger, une tête de mort toute
ridée, un fœtus de cadavre avec le regard de Roger.
Pierre se tenait debout devant lui, les poings aux han-
ches, le front plissé; à son côté, aussi taciturne, le fils
du voisin au hangar.

— Salut, Roger! fit Madeleine le plus joyeusement
qu'elle put. D'où t'es-tu évadé, cette fois?

— Bretonneau, répondit Roger avec un clin d'œil et *
une sorte de grimace qu'il prenait pour un sourire;
mon douzième hôpital, ça ne te dit rien?

Il tira de sa poche son mouchoir, se tourna vers
la fenêtre et cracha. Madeleine seule savait ce qu'il
cachait là.

— Il ne reste plus un seul hosto, maintenant, dit
Pierre.

— Si, Beaujon! (Le garçon pointait sur une liste.) *
Ça tombe bien: j'ai un ami interne, là-bas.

— Beaujon, Roger? tu es sûr que tu n'es pas grillé,
à Beaujon?

227

Il fit signe que non et se détourna de nouveau. Pierre en profita:

— Il faudra bien qu'ils l'acceptent n'importe où, dit-il à voix basse, et ce soir même! Mais comment le transporter, voilà la question!

— Si je prenais la bagnole de pap... de mon père? proposa le garçon, en devenant tout rouge.

— Celle qu'il range à présent dans le hangar? Il nous doit bien ça! Ne demande pas la permission, surtout! Après, tu lui diras que c'était pour épater une fille: il te pardonnera volontiers.

— J'emmène ton ami Roger là-bas et j'y reste jusqu'à ce qu'ils l'aient hospitalisé! (Il était tout frémissant de bonne volonté.)

— Naturellement, dit Madeleine avec calme.

— Allez, sors ta voiture! Moi, je vais porter Roger...

— Qu'est-ce que tu crois? fit Roger. Je tiens debout!

— On sait que tu es un homme, mais fous-nous la paix!

Pierre le saisit à bras le corps, contre sa poitrine: si léger...

— Mince, tu es drôlement lourd, Roger!

— Et, cette fois, tâche de ne pas te sauver avant d'être guéri! lui dit Madeleine, la bouche sèche.

Roger écarta son mouchoir ignoble pour répondre en clignant un œil:

— Je ne promets rien!

Il eut une sorte de crise d'étouffement, tandis que Pierre le chargeait sur le siège de l'auto.

— Cale-le bien contre moi, Pierre. Et si je vais trop vite, vous me le direz, Roger?

— Pensez-vous! Jamais vous n'irez aussi vite que moi quand je conduisais, ah là là!

A l'ombre de la mort, il se vantait encore... « C'est un gosse, pria Pierre. Père, pardonnez-lui! »

— Adieu, Roger. Tiens, j'ai un mouchoir propre, prends-le donc!

Pierre regarda s'éloigner la voiture dans ce plat décor gris. Illusion de l'optique, il lui semblait qu'elle diminuait, diminuait, fondait sur place; c'était si angoissant qu'il cria deux fois: « Roger!... Roger!... » Il n'espérait rien. Ce type, qu'il tenait vivant contre son cœur, l'instant d'avant, il ne le reverrait plus, voilà tout. Mais il ne l'acceptait pas encore ainsi, puisqu'il cria, une fois de plus: « Roger!... »

En retournant chez lui, il ne pensait qu'à ce visage flétri aux yeux immenses apparu derrière la vitre, un jeudi, et qu'il avait en vain cherché dans la nuit. On pouvait encore le sauver, alors! Il aurait suffi d'être plus vif, plus persévérant. « Aimer et vouloir... Oh! * Roger! Roger!... » Il sentait encore, dans ses bras inutiles, le petit pantin cassé, le pauvre gars sans défense; et il fut *choqué,* en pénétrant dans la cuisine, de se trouver face à face avec Michel le géant.

— Ah! te voilà, toi!

Depuis des jours, Michel hésitait à venir; courbait le dos sous l'orage, chaque fois qu'il rentrait chez lui; n'osait plus réclamer lorsqu'à table sa femme servait le gosse mieux que le père: « Il travaille, lui, au moins! »; se retenait de casser des gueules à longueur de journée pour tromper sa force; se décidait enfin à venir rue Zola, son seul refuge...

— Ah! te voilà, toi!

— Oui, dit Michel, avec le dernier sourire insolent du gosse qui va éclater en sanglots, me voilà!

Pierre s'y trompa.

* — Ça te va bien de faire le mariole! On se décarcasse pour te dépanner et tu nous rigoles au nez? Sans blagues!...

— Ecoute...

— Une autre fois, mon vieux! Je t'écouterai une autre fois. Mais ce soir, non!

— Père..., commença Madeleine.

— Vous avez quelque chose à lui proposer, Madeleine? Moi pas.

— J'avais pensé... dit Michel avec un grand effort.

« Roger! pensait Pierre. Il est en train de crever... En ce moment, peut-être... j'aurais dû penser à la confession, je n'ai pensé qu'à l'hôpital... Le Curé de Sagny, lui, aurait pensé à la confession... »

— Pas ce soir, Michel! Reviens... je ne sais pas,

moi! reviens un de ces jours. Mais ce soir, vois-tu, fous-moi la paix.

Michel sortit si brusquement que Pierre ne s'en aperçut pas tout de suite. Madeleine lui toucha le bras.

— Madeleine, je pense à Roger.

— Moi, je pense à Michel, répondit-elle presque durement.

— Mais...

— Il faut laisser les morts ensevelir les morts! Moi, *
je pense à Michel. Vous avez tort, Père... Je crois, reprit-elle d'une voix plus douce mais aussi ferme, je crois que vous avez eu tort.

— Il reviendra!... Et puis, Madeleine, c'est un inca-pable: l'un de ces types qui nous font perdre notre temps et qui nous empêchent...

— Il ne reviendra pas. Et... avez-vous déjà oublié l'affaire des couvertures, Père?

Pierre se leva, ouvrit la porte et, d'un bond, se trouva dans la rue:

— Michel!... Ho! Michel!... Où es-tu, Michel?

Il courut jusqu'au boulevard Galliéni, appela encore, tourna par la rue Barbusse — personne! Il se dit que Michel allait rentrer chez lui et qu'il suffisait... Mais non! pas ce soir: trop gravement blessé pour supporter, ce soir, les haussements d'épaules de sa femme! Il traî-nerait dans les rues, mais lesquelles? Pierre parcourut encore, tout essoufflé, les rues Gambetta, de Stalin-

grad, Paul-Bert, Anatole-France, de l'Eglise, des Maraîchers... *Aimer et vouloir...* « Madeleine, elle, l'aurait
retrouvé », songeait-il humblement en rentrant rue
Zola. Sur le grand vantail, l'inscription VIVE LA
PAIX! avait été délavée par les averses. Oui, c'en était
fini de la Paix, ce soir, pour le Père Pierre!... Il trouva
Madeleine apprêtant la nappe d'autel et la chasuble.

— Non, lui dit-il d'une voix rauque, je me prive de
ma messe! Je n'en suis pas digne!...

— Il reviendra, dit doucement Madeleine.

Il revint, en effet, la semaine suivante, quand tous
les copains du jeudi se trouvaient à table. Pierre se
leva, avec un grand sourire.

— Viens t'asseoir près de moi, Michel!

— Non, je ne m'assois pas. J'ai à vous parler... à
vous tous.

Ils posèrent leur couteau et tournèrent vers lui leur
visage; Michel baissa la tête. Madeleine, immobile, le
fixait d'un regard qui ne cillait plus.

— J'ai beaucoup réfléchi, ces jours-ci. Tout seul...
reprit-il péniblement. Tout seul, on ne fait peut-être
que des conneries! Mais enfin, c'est comme ça...
Merde à la fin! Il faut que ma femme et mon gosse
croûtent, non?... Et puis je ne suis bon qu'à ça, après
tout! c'est bien ce que vous pensez tous?

— Bon à quoi, Michel? demanda Madeleine d'une
voix blanche.

— J'ai signé cet après-midi: je m'engage dans les C.R.S... C'est ça que je devais vous dire...

Il osa relever les yeux au bout d'un moment, il les vit tous pareils à des statues.

— Tu vois, Michel... commença Pierre.

— Non, Curé! coupa Luis, ne fais pas de phrases! Il n'y a rien à dire: ce serait trivial. Nous sommes des ouvriers; et Michel, qui était un copain, passe de l'autre côté. On comprend. On ne lui en veut pas. Mais il n'y a rien à dire de plus.

— Serrez-moi la main, demanda soudain Michel, tous!

Il fit le tour de la table, et chacun lui serra la main sans un mot; Pierre était très pâle; Madeleine seule eut le courage de l'embrasser.

Quand il fut sorti, elle essuya du revers de la main sa joue qu'il avait mouillée de ses larmes.

VII

LES CATACOMBES   *

Mars enfin gagna la partie. Dans les rues de Sagny,
qu'un vent tiède parcourait de nouveau comme un
sang, les arbres ouvraient leurs yeux de feuilles, les
maisons étonnées cessaient d'être des caves. Sagny, aux
cris des oiseaux, entrait en convalescence. Les passants,
dont l'hiver avait fait des pantins au souffle fumant,
retrouvaient leur lenteur, leur souplesse, prenaient le
temps de se retourner, de se faire de loin, à travers le
jeune soleil, des signes d'amitié. Le soleil, justement,
serviteur dévoué, se levait avant vous, se couchait
après vous. Plus de noirs départs à l'usine par les ruel-
les transies, par les rues aux volets fermés, aux pou-
belles pleines, aux réverbères dormant debout! On ne
croisait plus des regards inquiets dans des faces de cadavres, mais des visages humains: la grande fraternité de
mars commençait... Et, prodige, ces feuilles étaient les
mêmes qu'aux arbres du Parc Monceau, ces oiseaux *
sifflaient les mêmes chansons que dans les beaux quartiers! Pareil aux tout-petits enfants et aux bêtes de race

235

qui ne distinguent pas le riche du pauvre, le printemps innocent se plaisait à Sagny.

Un soir, Etienne monta, en courant, chercher son ami à la sortie de l'usine. Pierre l'observa de loin qui piétinait, sautait d'une jambe sur l'autre: jouait à la marelle des impatients.

— Oh! Etienne!

— Pierre, Pierre, l'épi, dans le Parc, tu sais? Il pousse!

L'épi et toutes sortes d'herbes fragiles et résolues poussaient entre les pavés de Sagny; et la plus têtue de toutes, l'Espérance.

* Car la liberté des salaires venait d'être rendue et les conventions collectives se discutaient en ce moment. Enfin, on allait en sortir! Le soir, on comparait les bulletins de paye; on calculait: « Dix pour cent? Tu crois? — Au moins, mon vieux! Les copains du Comité d'Entreprise nous ont donné les chiffres de bénéfices et de réserves... Dix pour cent d'augmentation pour les salaires, c'est un minimum!... »

Des extraits du Bilan, recopiés par les gars de la Comptabilité, devenaient, à force de circuler de main en main, des chiffons précieux. « Tu vois, là c'est ce qu'on met de côté pour remplacer les machines... — C'est normal. — Là, c'est pour faire face à l'augmentation qui peut se produire sur le charbon... — Mince! — Il faut bien, sans blagues! — Et ça? — C'est encore autre chose: il arrive souvent, au milieu de l'exercice...

— Quel exercice? — Au milieu de l'année, si tu préfères... »

Pour la première fois, on calculait par millions, dans toutes les chambres de Sagny, devant une fenêtre ouverte sur le printemps. La nuit (que le taulier annonçait en manipulant deux fois la manette du compteur) surprenait les gars, le crayon à la main et la tête lourde. « T'en fais pas, bonhomme, il y a de la marge pour les salaires! » La *marge*... Depuis la Communale, on n'avait pas employé ce mot: il devint magique. Une marge plus vaste et plus respectée qu'une plate-bande! Une belle marge où ces grands écoliers pouvaient écrire, en tirant la langue, leurs noms et qualités: Jacquot, *cimentier,* Jean, *étendeur de bois,* Henri, *ajusteur,* Pierre, *manœuvre spécialisé...* Dans la nuit, on en parlait encore:

— Loulou a dit que, pour nous autres, ça atteindrait vingt pour cent. Tu te rends compte?

— Ça ferait... voyons...

— Seize mille deux, en arrondissant.

— Oh, dis donc!

On rêvait; et quelquefois, quand on confrontait ses rêves, on se disputait. Tout le quartier jouait Perrette.   *

Le pot au lait se brisa un samedi après-midi quand on connut les propositions patronales: trois à quatre pour cent d'augmentation des salaires! Vous avez bien entendu? Trois à quatre pour cent...

Le printemps se flétrit d'un seul coup. Pourtant, les arbres, leurs oiseaux, les soirées tièdes... — Eh bien, quoi? en mars, l'herbe pousse aussi dans les cours de prison! Le ciel était toujours bleu au-dessus de Sagny, mais seuls les enfants levaient encore la tête. Quand une ville entière a perdu l'espérance, qu'on n'y chante plus, qu'on y parle trop, qu'on y vit les dents serrées, les poings serrés, cherchez-y le printemps! Il n'est plus qu'un décor dérisoire dans l'incendie du théâtre.

Les gars de la S.A.C.M.A. décidèrent de se mettre en grève, demandèrent l'avis de Pierre — « D'accord! » — et constituèrent leur comité. Mais, le soir-même, ils retournaient rue Zola: « Passe donc chez Henri! Ça ne tourne pas rond... »

Pas rond du tout! Henri temporisait, conseillait d'ajourner la grève:

— Pas encore! C'est trop tôt, les gars. Il faut attendre...

— Attendre quoi?

— Que les autres marchent aussi; que, dans toutes les usines...

— Que le Parti en ait donné l'ordre, c'est ça? demanda Luis d'une voix forte, et il s'avança jusqu'à Henri.

Deux ou trois types ricanèrent; les autres regardaient Henri qui ne riait pas.

— Et en l'admettant, fit-il lentement sans cesser de fixer Luis, qu'est-ce que tu as à dire?

— Que je suis libre: que c'est moi qui vis dans ma peau, qui reçois ma paye, et qui décide de me mettre en grève.

— Tu parles d'un ouvrier! plaisanta l'autre en montrant ses dents pointues. Ils travaillent à quatre chez un matelassier, ah! dis donc!

— Ça n'est pas la question, fit un gars. Il s'agit de nous autres, hein, Luis?

— Tiens, pardi! reprit le vieux. Je n'en ai pas besoin de la grève, moi. Elle ne me rapportera que des emmerdements!

— Alors, laisse tomber!

— Si j'avais laissé tomber tout ce qui ne m'apportait que des emmerdements, dit Luis en retirant ses lunettes pour les essuyer, je ne serais pas ici...

Beaucoup voyaient son regard pour la première fois, délavé comme un vieux bleu de travail.

— Tu n'es pas un ouvrier, Luis, reprit Henri sans dureté, et tu n'es pas un militant. Des gars comme toi...

— Des gars comme moi se faisaient casser la gueule pendant que tu jouais aux billes.

— On le sait. Et on t'aime bien, Luis. Mais, tu vois, les anarchistes aussi se font casser la gueule; et à quoi est-ce que ça sert, je te le demande?

— A faire réfléchir les autres.

— A la tienne! Ecoute, je comprends que tu n'aimes pas le Parti. Il t'a viré: il avait ses raisons, tu as

239

les tiennes, on s'en fout. Mais, entre nous, le Parti fait davantage pour la libération ouvrière que les anarchistes, non?

— Le Parti fait beaucoup mais demande beaucoup. Un peu trop, pour mon goût: comme le bon Dieu!

— Ton bon Dieu promet beaucoup; seulement, il fait payer d'avance!

— Le Parti aussi, jeta Pierre qui venait d'arriver. Dites donc, c'est la première fois que je vous entends discuter sur le bon Dieu. C'est chouette!

Le vieux remit prestement ses lunettes, sans ménagements pour ses oreilles:

— Le parti veut bien qu'on se mette en grève, mais dans un mois: quand la Conférence de Paris aura lieu. A ce moment-là, ça lui rendra service. Seulement voilà, c'est maintenant que ça nous rend service, à nous!

— Luis a raison, dit Pierre.

Henri s'emporta:

— Luis a raison! Luis a raison! Et si, dans un mois, justement, la grève est plus utile? Si elle rapporte...

— Non, dit Luis: ce n'est pas nous qui sommes au service de la grève, et notre grève n'est pas au service du Parti.

— Tu n'y comprends rien!

— Tu vois, Henri, fit Pierre en s'avançant jusqu'à lui, les ouvriers, les employés, les paysans n'y comprendront rien non plus, si elle a lieu dans un mois. Mais, maintenant, tout le monde nous comprendra. Et ça, c'est plus important, pour notre libération à nous autres que les calculs du Parti.

— Bon, voilà le Père Noël qui se ramène!

— Tu lui as dit la même chose au moment de l'Appel pour la Paix, fit Luis. N'empêche que dix fois plus de gars ont signé chez lui que chez toi.

— Tu n'y...

— ... comprends rien, je sais! *Ya sé que soy un conio!*   *

— C'est le Parti qui a lancé l'Appel pour la Paix!

— Et il a été drôlement débordé, le Parti, fit Pierre. Et heureusement! Si ses types seuls avaient signé, ça voulait dire qu'ils refusaient une guerre avec la Russie; on le savait déjà. Mais, parce que tous les gars ont marché, ça signifie qu'on veut la Paix. Pour notre grève, c'est la même chose, tu vois?

— Je sais, reprit Henri: tu veux qu'on quête pour nous à la porte des églises. Le patron, qui t'accorde trois pour cent d'augmentation, donnera ses vingt balles à la sortie de la messe et il sera en règle avec les curés. C'est au poil, ton système!

— Tu débites et tu le sais, dit Pierre calmement; et tu sais très bien que j'ai raison. Et tu sais aussi que la grève se fera *maintenant,* avec ou sans le Parti, parce qu'elle est juste... Alors, c'est oui ou non? Est-ce que nous t'inscrivons dans notre comité?

— Je vous répondrai demain.

— Bon petit garçon! bouffonna Luis. Tu vas demander la permission à papa et à maman, hein? Les enfants dociles iront au paradis!

Henri, exaspéré, ne trouva justement qu'une réponse de gosse:

— Moins enfant que toi, Luis!

— Peut-être, fit l'autre devenu grave, mais c'est moi l'aîné.

— Il n'y a pas de quoi se vanter d'être le plus vieux!

— Ce n'est pas parce que je suis le plus vieux que suis votre aîné, c'est parce que j'ai le plus souffert.

Il sortit du groupe en aveugle, les bras étendus devant lui pour se frayer un passage. Les gars s'écartaient avec un respect mêlé de crainte, comme si la vieillesse et la souffrance fussent contagieuses.

La grève fut décidée; Henri donna son nom le lendemain; le lundi, les trois quarts des entreprises de Sagny se trouvaient en grève. Pierre et Madeleine furent chargés du comité de solidarité. Sagny, à la fois abattue et agitée, souffrit de la fièvre obsidionale. On y riait encore, un peu trop fort; on n'y souriait plus. Autobus et métro y circulaient presque vides. Le commerce se réduisit à l'essentiel: ce qui se mange; les autres boutiques n'ouvraient plus que par habitude. Les bistros se plaignirent d'être constamment remplis, mais d'hommes qui ne buvaient pas. Les cinémas supprimèrent leurs matinées, puis ne jouèrent plus qu'en fin de semaine, quoique chaque jour fût dimanche. On se passa les journaux de main en main; on comptait lentement sa monnaie dans les magasins; et les boulangers attendirent avec anxiété les premiers clients qui demanderaient crédit.

Les prêtres-ouvriers qui se retrouvèrent à la Mission, le mardi suivant, étaient presque tous en grève. Ils comparèrent leurs bulletins de paye en silence.

— Il faut éclairer notre Archevêque, dit un Père plus âgé. Je sais qu'il a déjà reçu des délégations patronales. Lequel d'entre vous pourrait se charger...?

— Le Cardinal n'est-il pas venu à Sagny, il y a quelques semaines? demanda le Père Pigalle en se tournant vers Pierre.

— Il a seulement assisté à la messe.

— Vous irez donc, Père Pierre, reprit le plus âgé; en notre nom à tous.

— En leur nom à tous! dit Pierre.

Il trouva, pour l'accompagner chez l'Archevêque, cinq gars dont chacun travaillait dans une usine différente de Sagny: un anarchiste, deux communistes, un chrétien et un type qui « s'en foutait drôlement ». Jean avait refusé, sans explication. Il ne venait plus que rarement rue Zola, évitait Madeleine et semblait parfaitement malheureux. Pierre n'osait plus lui parler de baptême. Plusieurs fois, en relevant la tête ou en se retournant, il avait surpris le regard de Jean attaché à

lui: un regard suppliant, celui du malade vers le médecin trop taciturne. Mais si Pierre tentait de lui parler,
l'autre fuyait toute approche, pareil à la bête affamée
mais craintive. Jean refusa donc d'aller chez l'Archevêque:

— Ce n'est pas ma place...

— Ta place est partout!

— Nulle part, je le sais maintenant.

— Jean! fit Pierre en lui saisissant le bras, dimanche, ne veux-tu pas que je te baptise dimanche?

— Pas encore, dit Jean en tournant la tête comme
fait un malade épuisé, je n'ai pas tout compris...

— Et l'enfant qui vient de naître, tu crois qu'il a
tout compris?

— Justement, Pierre, je ne suis plus un enfant, plus
un enfant!

Les petits yeux verts étaient devenus trop brillants.
Pierre vit la pomme d'Adam monter et descendre plusieurs fois: la maigre machinerie de la douleur...
« Jean! » cria-t-il avec une anxiété très proche du
remords.

Mais l'autre se détourna brusquement.

Les cinq et Pierre durent chercher leur chemin en
sortant du métro. Ils étaient désorientés et mal à l'aise:
ce quartier ressemblait autant à Sagny qu'un gros
agent de police au mendiant qu'il arrête. En tournant
dans la rue de l'Archevêché, ce calme soudain les an-

goissa, comme s'ils se fussent engagés dans un piège. Ils n'osaient plus parler haut, et plusieurs enfoncèrent leurs mains dans leurs poches, signe de méfiance! Ils regardaient les murs des immeubles, plus épais que des remparts, et ceux des jardins, hérissés de pointes et débordant de frondaisons captives.

— Il devrait habiter à Sagny, ton archevêque! dit un des gars (le chrétien) sans amertume.

— Penses-tu! répondit Pierre. Quand on a une bonne piaule, il faut la garder!

A l'entrée, Pierre ne parla que de Sagny et se présenta en ouvrier, pas en prêtre. On les introduisit dans une pièce de velours rouge et de bois noir, au parquet très luisant. Autour d'eux, sur les murs, les six derniers archevêques de Paris les regardaient de haut en souriant et paraissaient dialoguer par-dessus leurs têtes. Un prêtre âgé, qui travaillait derrière un bureau monumental, se leva et serra la main de chacun d'eux, un peu trop longuement. Voir Son Eminence? A propos des grèves? Bien sûr, il comprenait fort bien. D'ailleurs, ils n'étaient pas les premiers... « Je le sais, dit Pierre hardiment, des patrons nous ont précédés! » C'était exact; mais d'autres ouvriers également. Et son Eminence était si fatiguée... Pas malade, non! mais vraiment très fatiguée... Le médecin avait interdit toute audience. N'était-il pas possible de lui exposer, à lui-même...? Certes, ce n'était pas la même chose, mais... Enfin, il allait voir si son Eminence...

Il sortit, il se fondit dans un couloir obscur.

Les gars, déçus, regardèrent Pierre. Ils le virent assez pâle, la bouche entrouverte et les yeux tournés vers l'autre extrémité de la pièce. Ils suivirent ce regard: une porte, là-bas, achevait de s'ouvrir et, dans l'encadrement à demi ténébreux, le Cardinal parut, statue de marbre blanc drapée d'une robe de sang. Ses yeux, du bleu du ciel, vivaient seuls dans la neige du visage; mais les gars y lurent un tel amour que tous s'avancèrent d'un pas et que deux d'entre eux s'agenouillèrent. Le Cardinal sortit de l'ombre et sa main dessina dans l'air un signe de croix. Les portraits des autres cardinaux parurent tourner les yeux vers lui; mais son regard effaçait les leurs: ce vieil homme, plus blanc, plus maigre qu'aucun d'eux était leur père. L'Archevêque s'avança et tendit la main à chacun des hommes; Pierre seul baisa l'anneau et le Cardinal lui dit doucement:

— J'attendais votre visite depuis dimanche, Père Pierre. Si vous n'étiez pas venu, je serais allé à Sagny...

— Vous y seriez... retourné, Monseigneur!

Le visage rosit légèrement: le fantôme d'un sourire...

— C'est juste.

C'était la première fois, bien sûr, que les gars entendaient cette voix, mais ils savaient déjà qu'ils ne l'oublieraient pas: si dure et si douce, parfaitement sûre, avec cet accent de la campagne, nostalgique et imprécis comme un souvenir d'enfance.

— Monseigneur, dit Pierre, nous nous excusons: on nous a dit que vous étiez fatigué...

— Et vous?

— Mais.

— Allons! fit-il presque impérieusement. Parlons vite de cette grève: comment allez-vous tenir, mes enfants?

— Nous avons formé un comité de solidarité, Monseigneur: ceux qui travaillent encore y verseront une partie de leur paye. Si cela se prolonge, nous ferons des collectes en nature chez les paysans qui l'accepte- *
ront, nous ouvrirons un fourneau communautaire, nous... je ne sais pas, Monseigneur, mais, voyez-vous, *il faut* que nous tenions parce que c'est juste!

— Seine-et-Marne... Mayenne... Indre-et-Loire... *
Notez cela pour vos collectes. J'écrirai aux évêques pour leur exposer la situation dès que j'en serai entiè- rement informé.

— Monseigneur, dit Pierre d'une voix altérée, ce qu'il nous faut, surtout, c'est qu'on nous comprenne, c'est qu'on trouve notre grève juste. On peut vivre en mangeant mal; on ne peut pas vivre seuls.

— Surtout quand on a raison! ajouta l'un des gars.

— Il ne suffit pas que les autres aient tort pour que vous ayez raison, dit le Cardinal très fermement. Vous n'entendez qu'un seul son de cloche; moi, je dois en écouter trois: le leur, le vôtre et le mien. Car vous êtes tous pareillement mes enfants. Un père ne doit pas avoir de préférence! Ou, du moins, la montrer, ajouta-t-il à mi-voix en détournant les yeux.

— Si, Monseigneur! reprit Pierre d'une voix forte: une préférence pour son enfant qui ne grandit pas, et que battent les plus forts, et que personne n'aime!

— Une préférence secrète, mais une justice évidente, et chacune au service de l'autre. Vous n'avez pas tort, Père, ajouta-t-il doucement, et pourtant j'ai raison, vous voyez?

— Il y a donc plusieurs vérités?

— Une seule vérité, mais plus d'une bonne foi. Et si nous ne respectons pas la bonne foi, nous autres, qui la respectera?

— Ah! vous êtes ici, Monseigneur? fit le vieux prêtre qui venait de rentrer.

Les visiteurs l'avaient déjà oublié. Tout à l'heure, ils avaient remarqué sa minceur, sa pâleur; mais auprès du Cardinal, il n'en restait rien: un homme comme un autre, vêtu d'une soutane.

— Monsieur Dutuy, vous allez me rendre un service...

Il se tourna vers les six:

— M'avez-vous apporté vos bulletins de paye?

— En voici plus de cent, Monseigneur, de toutes les catégories. Ce n'est pas un choix!

— Je vous crois. Monsieur Dutuy, vous allez en prendre copie. Puis vous les renverrez à Sagny...

— 28, rue Emile-Zola, précisa Pierre.

— A quel nom?

— Le Père Pierre.

— Comment cela? fit le vieux prêtre en le dévisageant.

— Oui, monsieur l'abbé, mais... Qu'est-ce que ça change?

— Rien! Je suis heureux de vous connaître, c'est tout. Je... je vous dirai un mot tout à l'heure.

— Et voici ce que vous allez faire, s'il vous plaît, monsieur Dutuy, poursuivit le Cardinal. Noter le nom de toutes ces usines; téléphoner aux curés de Sagny afin que, s'ils sont en bons termes avec les patrons de ces firmes...

— Très bons! dit un des gars à mi-voix.

— Qu'ils me procurent immédiatement leurs derniers bilans. Quand nous aurons tous ces chiffres, tous ces papiers, vous convoquerez le Père Grégoire et notre expert-comptable. Que cela soit très vite, n'est-ce pas? Je vous déçois, ajouta-t-il en se tournant vers les ouvriers, mais je suis ainsi: fonder mon opinion, ensuite... foncer! L'inverse serait malhonnête.

Il tendit la main à Pierre puis aux autres. L'un d'eux parut vouloir baiser l'anneau à son tour, puis se ravisa.

— Revenez quand vous le voudrez, ajouta le Cardinal, et aussi souvent que...

— Monseigneur, dit l'abbé en sourcillant, pensez à votre santé. Le médecin...

— C'est juste! Il se peut que je vous reçoive dans mon lit, mais je vous recevrai.

Il les accompagna jusqu'à la porte: il marchait devant eux, comme un chef; et Pierre au milieu d'eux, comme un berger.

— Ah! fit-il en s'arrêtant soudain, je suis moi-même un mauvais patron. Savez-vous combien un vicaire d'une église de Paris reçoit par mois pour vivre? Six mille francs, pas plus.

— Mince! fit un des copains.

— Mais le vicaire n'a pas de famille, lui! dit l'abbé. Il vit souvent en communauté; et puis il a désiré la pauvreté.

— Et surtout, pour lui, cela n'a aucune importance, ajouta Pierre. Au contraire!

— C'est pour moi que la chose est d'importance, reprit le Cardinal en passant sa main devant ses yeux fermés (et l'anneau brillait tel un regard). Voyez-vous, Père Pierre, il est bon que les enfants dorment la fenêtre ouverte, mais pas qu'ils aient froid dans leur chambre. Voilà le problème!

— Mais vous n'y pouvez rien, Monseigneur! dit fermement l'abbé: vous n'avez ni... réserves, ni... bénéfices, vous!

— L'argent? dit le Cardinal en ouvrant ses paupières sur un regard très triste, c'est bien le dernier argument qui pourrait me consoler... Bon courage, mes enfants! Je pense à vous... Je penserai à vous...

Il leur fit signe d'aller, mais ne les quitta pas des yeux tandis qu'ils gagnaient la porte. Chacun le sut, car chacun se retourna, une fois encore.

Comme ils atteignaient le perron, l'abbé retint Pierre et lui murmura:

— Je voulais vous dire ceci, Père: vous ne comptez pas que des amis ici.

— Qui ne compte que des amis? demanda Pierre, blessé mais souriant.

— Monseigneur, peut-être... Allons, bon courage!

Il lui serra la main, puis son regard devint pusillanime:

— Pour ces papiers... bon! Je... rue Zola, oui!

Il était déjà repris par ses papiers, par son devoir étroit; en sortant, Pierre respira pour deux.

Les copains et lui marchèrent en silence jusqu'au tournant de la rue où l'un des gars s'écria brusquement:

— Il est drôlement chouette, ton patron!

— Oui, dit un autre, mais pourquoi lui embrasses-tu la main, sans blagues?

— Pas la main, l'anneau, en signe d'obéissance et d'union.

— C'est tout de même marrant.

— Mince! reprit le premier, si j'avais un patron comme celui-là, ça ne me gênerait pas de lui obéir et même de baiser son anneau, je te le dis!

— Ce n'est pas un patron, dit Pierre, c'est un père.

De nouveau, le silence jusqu'au métro. Et soudain

l'un des six (celui qui *s'en foutait drôlement*) s'arrêta au milieu de l'escalier:

— Dis donc, ça me fait plaisir de repenser à lui! Tu comprends ça, toi?

Le dimanche suivant, sur l'injonction du Cardinal-Archevêque et pour la première fois dans l'histoire du Diocèse, on quêta pour les familles des grévistes aux portes de toutes les églises parisiennes. Les termes de ce Message du Cardinal furent repris, pesés, retournés dans les salles de rédaction, les sacristies, les conseils d'administration, les centrales politiques, les salons, les bistros. Retournés, mais pas tournés: ils étaient formels.

La moitié de la France les reçut comme une semonce, se sentit mal à l'aise et chercha aussitôt à se redonner une bonne conscience. Comme d'habitude, ses journaux la fournirent en arguments: les uns escamotèrent le Message; d'autres le firent suivre d'une *information* sur l'état de santé du Cardinal, laissant entendre qu'il n'avait plus sa tête à lui. Ils disaient vrai: depuis vingt ans elle était toute à Dieu.

Beaucoup d'évêques suivirent le Cardinal; à leur appel, des millions de fidèles essayèrent de penser sans humeur politique à la condition des ouvriers, et beaucoup virent en eux, pour la première fois, leur frère le Christ. Jusqu'alors, bien des Parisiens souffraient seulement dans leur costume neuf, leur voiture

américaine, leur double menton, de cette banlieue
maigre et mal vêtue qui les encerclait; plusieurs commencèrent d'en souffrir dans leur âme et conscience: ils
ne se sentaient plus des Justes devant la face de Dieu.
« Cette banlieue, tout autour de Paris, comme une couronne d'épines... » Dans l'hiver aride mais surchauffé *
de leur cœur, c'était l'été de la Saint-Martin: Saint-Martin de France qui partagea son vêtement avec le pauvre. *

Telle fut la réponse du Cardinal-Archevêque à
Pierre, aux cinq copains et à tous ses visiteurs en bleus,
en velours, en chandails. « Je pense à vous... Je penserai à vous... »

Le dimanche même où le curé de Sagny-le-Haut lut
en chaire le message du Cardinal, Pierre l'alla voir
pour lui demander d'ajouter son nom à ceux du
Comité de Solidarité. Ce geste simple et autorisé
aurait une portée considérable parmi son peuple:
que ses prêtres fussent en salopette ou en soutane, il
n'existait bien qu'une seule Eglise au service des Petits
et des Pauvres.

Le Curé lui répondit avec embarras et tristesse que
les patrons des usines de Sagny-le-Haut se trouvaient
être les principaux bienfaiteurs de la paroisse et qu'il
serait difficile, quelle que soit sa pensée (il ne la dit
pas), de les blâmer aussi ouvertement. Il marchait,
sans répit, dans ce bureau qui rappelait celui de
M. Dutuy à l'Archevêché. Pierre le suivait d'un œil
sec, lorsque le Curé tourna vers lui un visage, à son

insu si tourmenté, que Pierre prit soudain pitié de lui:

— Monsieur le Curé, hasarda-t-il, ne croyez-vous pas justement que, de vous seul, ces paroissiens accepteraient la leçon, et qu'il est temps de...

— Encore temps pour eux, peut-être! répondit l'autre d'une voix altérée; pour moi, non, je le crains.

— Monsieur le Curé, fit Pierre, la gorge serrée, si je vous ai offensé, l'autre jour, je vous en demande pardon! J'ai réfléchi depuis...

— Moi aussi.

Ils firent silence longtemps. Pierre regardait, non sans attendrissement, les beaux doigts tambouriner sur la table noire. Un parent de province auquel il aurait rendu visite, à cent pas de chez lui, oui, c'était un peu cela...

Dans le petit jardin du presbytère, des oiseaux criards se disputaient la meilleure place dans un arbuste tout neuf. Le soleil, par la fenêtre, éblouissait la moitié de la pièce; le curé se trouvait dans l'autre. Attentif aux oiseaux, inondé de lumière, Pierre l'oublia un instant; il tressaillit en l'entendant.

— Je leur demanderai des vêtements, des vivres, de l'argent, beaucoup d'argent, et je vous les remettrai.

— Monsieur le Curé, vous savez bien que l'argent...

— Je sais! coupa-t-il sèchement, mais il vous en

faut, n'est-ce pas? Alors, que vous importe sa pro-
venance?

Pierre s'approcha de lui, entra dans l'ombre:

— Cet argent-là, monsieur le Curé, il nous est
dû. Voilà tout le problème. Alors, c'est le seul,
voyez-vous, que nous ne puissions pas accepter
comme un don.

— Vous me demandez de choisir, dit le Curé
lentement. Une fois de plus, vous me demandez de
choisir...

Il y avait, dans sa voix, un tremblement que
Pierre prit pour de la colère et dont il voulut se
défendre:

— Mais je ne demande rien, monsieur le Curé!

— Je ne parlais pas de vous, mon petit.

Il y eut encore un long silence. (Les oiseaux libres,
dans le soleil, et ce vieil homme qui respirait trop
fort, tel un enfant malade...)

— Mes œuvres, reprit-il doucement comme si ses
pensées s'élevaient insensiblement à la parole, la
paroisse, les œuvres... C'est cela qu'il faut maintenir,
par tous les moyens... Maintenir...

— Monsieur le Curé, proposa Pierre brusquement,
ne parlons plus d'argent; mais vos jeunes gens, vos
jeunes filles, ne pourraient-ils pas nous donner un
coup de main?

— Parrainer des familles?

— Elles ne sont ni des enfants, ni des vieillards,

voyez-vous? Non, mais nous... nous donner un coup de main!

— Sous vos ordres? (Pierre fit signe que oui; le beau front se plissa.) J'accepte, dit-il enfin avec une sorte de reconnaissance.

Il souriait, à présent, et Pierre ne souriait plus. Il pensait à l'Abbé Gérard. « Je me prépare des drames avec les copains, ou des drames avec le Curé. Ah! j'avais bien besoin de... — Non! mais lui en avait besoin! »

La grève durait depuis vingt jours et elle commençait à pourrir. Les patrons demandaient une reprise du travail préalablement à toute discussion. Les ouvriers repoussaient cette humiliation et ce piège. Ils savaient qu'ils auraient la force de continuer la grève, pas celle de la reprendre; les rechutes, là aussi, sont plus à craindre que le mal. Et les patrons ne l'ignoraient pas.

Cette humiliante et injuste proposition avait été faite au bon moment: elle répondait à l'anxiété des femmes et à l'impatience du Gouvernement. A l'approche de la Conférence de Paris, celui-ci trouvait que — suivant les fortes paroles du premier minis-
* tre — cette grève « faisait mauvais effet ». Incapable d'arbitrer le conflit, et plus désireux de calme que d'ordre, le Gouvernement se montra presque recon-

naissant au Patronat de faire un pas, fût-ce en arrière.
Les forces de police, neutres jusqu'alors, se tournèrent
contre les grévistes et attendirent seulement qu'on
leur ouvrît la grille... Le Parti encouragea les grévistes dans une attitude qui compromettait la Conférence de Paris. Comme toujours, il gagnait sur les
deux tableaux.

Mais les ouvriers se moquaient de la froide habileté du Parti comme de la lâcheté du Gouvernement;
la lassitude de leurs femmes les blessait davantage.
Quand il faut lutter à la maison, on perd cœur...
La grève aveugle de certains employés de la Sécurité Sociale privait beaucoup de familles de leurs allo- *
cations et du remboursement de leurs dépenses médi-
cales. Les gosses mal nourris tombaient malades; les
vieux, qui ne vivent plus que d'habitudes, se traînaient. Les médecins faisaient tous crédit et distri-
buaient leurs échantillons; mais les pharmaciens, dont
beaucoup ne sont que des épiciers prétentieux, gardaient leurs remèdes. Alors, les femmes en avaient
assez, de voir les gosses pâlir, et de passer, le cabas
vide, devant des boutiques pleines. Inactifs, trahis,
impuissants, les ouvriers se retrouvaient *seuls*; ils en
avaient l'habitude.

Le Comité de Solidarité redoubla d'efforts. Madeleine, le visage transparent de fatigue, souriait comme
la Mort. Luis, qui s'était mis à son service, avait tellement maigri que ses lunettes ne tenaient plus. Si las

qu'il avait l'air malheureux, même quand il dormait!

Pierre finit par accepter, la gorge serrée, l'argent tant de fois refusé: celui que lui apportait Suzanne, de la part de la sœur Marie-Joseph; celui que son copain, le fils du patron au hangar, lui jurait en rougissant être son argent de poche; et des sommes que la petite Denise lui remettait sans un mot.

Un jour, Jacquot lui apporta seize mille francs.

— J'ai vendu mon vélo.

— Ton vélo neuf?

— Qu'est-ce que tu crois? que j'en ai une demi-douzaine?

— Mais, Jacquot...

— Ta gueule! C'est fait, maintenant.

Et il s'en retourna, un peu trop vite.

Cet argent, on le mettait de côté pour le logement. Si les tauliers, à la fin du mois, faisaient expulser leurs gens par police-secours, ce serait la fin! De M. Baltard, le patron de l'Impasse, Pierre voulut obtenir des délais; l'autre devint pourpre.

— Sûrement! sûrement que je vais leur faire crédit! Non seulement le café ne rapporte plus rien, mais l'argent disparaît du tiroir-caisse. Oui, monsieur, du tiroir-caisse!

Pierre se sentit pâlir.

— On en reparlera, monsieur Baltard. Excusez-moi...

Il sortit très vite à la recherche de Denise qu'il

trouva dans le Parc en compagnie d'Etienne, du chat de Luis et de l'épi.

— Denise, l'argent que tu m'as donné, tu l'avais pris dans le tiroir-caisse de ton père?... Réponds-moi!... Volé, Denise? tu l'as volé, cet argent?

Elle ne répondait rien; la tête baissée, les lèvres rentrées, elle se tenait debout sur un pied, feignant de ne s'intéresser qu'au maintien de son équilibre. Elle le perdit sous la gifle formidable qu'Etienne lui appliqua calmement:

— Tu réponds au père, non?

— Etienne, tu es fou! dit Pierre en recevant dans ses bras la petite fille en pleurs.

— Tout le monde... m'en veut!... J'en ai... j'en ai... assez!... Bien sûr!... le tir... le tiroir-caisse! D'où voulez-vous qu'il vienne... cet argent?...

— Ce n'est pas une affaire, fit Pierre en cherchant son mouchoir et ne le trouvant pas. D'ailleurs, c'était à moi de m'en douter! Mais enfin, tu n'aurais...
— Tiens, mouche-toi un coup! — tu n'aurais pas dû. *

— Papa en a plein, et vous autres pas du tout!

— Bien sûr, mais ça n'est pas une raison, tu vois?

Malgré le gros mouchage, de nouvelles larmes apparurent, tout d'un coup, dans les coins de ses yeux, luisantes et vives comme des renards.

— D'abord... tout le monde... m'en veut!... Je... je.. je le vois bien!.

— Pourquoi, Denise? Remouche-toi au milieu!

— C'est parce que je l'ai attrapée, dit Etienne pas fier, les mains dans les poches. Les filles ça raconte n'importe quoi! Elle est allée dire à Ahmed...

— L'Arabe de la...

— Oui, ce type qui rapporte tout à la police! Il s'était moqué de Luis devant Denise. Alors, pour l'épater, cette idiote lui a raconté ses histoires d'Espagne et de Toulouse. Elle lui a dit que Luis avait de faux papiers et que...

— Denise!

— Ecoutez, il me répétait tout le temps: « Mais je ne savais pas!... Mais c'est très intéressant!... Et quoi d'autre?... » Alors je me suis dit: « Maintenant, il va respecter Luis. »

— Idiote!

— Etienne!... Ne recommence plus jamais, Denise! A personne, hein! (Pierre passa le dos de sa main sur son front.) J'aime encore mieux que tu barbotes l'argent de ton père, vois-tu... Enfin, ne recommence pas ça non plus!... Et rends-moi mon mouchoir.

Le chat de Luis se frotta au pantalon de Pierre avec un aigre miaulement. Maigre, vieux, si grave surtout, ce chat lui parut l'image même du vieil homme: si seul... « En parler à Henri, décida Pierre, lui en parler tout de suite! »

Mais Henri est parti, le matin-même, avec trois copains, dans un camion prêté par un autre, collecter

des victuailles du côté de Melun. Avant-hier, des gars ∗
sont revenus de la Mayenne avec deux camions remplis de farine, de viande, de légumes et de grands
bidons de lait pour les gosses. On part avec un type du
Parti (c'est Henri, cette fois), un de la J.O.C., un ∗
gars qui conduit la voiture et un autre bien costaud:
voilà de qui se compose un « Commando casse-
croûte ». Arrivés dans un patelin, le communiste file ∗
droit chez le sympathisant du coin, et le Jociste
va frapper à la porte du presbytère. Puis, c'est la
tournée des fermes signalées par l'un et par l'autre.
Le patron est aux champs; la fermière, méfiante,
envoie un petit gars le chercher. En l'attendant, on
reste debout à parler du temps qu'il devrait faire. Le
patron arrive lentement, la figure fermée, l'œil filtrant. Et c'est toujours les mêmes questions: « Combien c'est-y donc que vous êtes payés, vous autres? »
(On sort les bulletins de paye.) « P'têt' ben qu'il peut
pas vous donner plus! » (On cite des chiffres.) La
fermière demande des détails sur la femme, sur les
gosses; les visages se détendent; on boit un coup de
vin.

— Repassez donc dans une petite heure, on vous
aura préparé quéq' volailles, un demi-sac de farine...

— Et un bidon de lait pour les petits, ajoute la
patronne.

Une heure plus tard, on fait le ramassage; chacun
a préparé le double de ce qu'il avait annoncé, et il a

alerté les voisins. On boit un dernier coup de vin. Les gars vous regardent partir et font des gestes maladroits d'amitié. Beaucoup proposent de prendre deux ou trois gosses en pension, le temps que durera la grève. A présent, ils parlent d'elle comme de la guerre: comme d'une épreuve inévitable où l'on n'obtient la victoire qu'en tenant bon. « Allez, au revoir! » Au dernier moment, la femme apporte toujours un petit paquet qu'elle tenait contre son cœur et qui en reste chaud: un lapin ou des œufs.

Le soir tombe. Dans le dernier hameau, une petite fille a donné à Henri un bouquet plus gros que sa tête: des fleurs, rouges et blondes comme elle. Il n'a pas trouvé un mot pour la remercier; il l'a regardée, immobile, devenir poupée à mesure que le camion s'éloigne. Il la voit trouble, à présent, comme si ses yeux s'embuaient; la fraîcheur, sans doute...

— Riri, monte dans la cabine avec nous! On se serrera...

— Non, je suis bien. Ne vous occupez pas de moi!

Il se cale, étendu, entre les sacs et les choux, la tête posée sur un tiède oreiller de volailles. A portée de ses mains, les paquets précieux et, au creux de son bras droit, le gros bouquet, frais et parfumé comme un petit enfant propre. Allongé sur le dos, Henri le seul, le dur, le militant, Henri aux dents pointues, regarde cavaler les arbres sur le ciel immobile où vient d'apparaître une étoile. Il la fixe de ses yeux secs; elle ne cille pas non plus. Dialogue.

Tout à coup, le camion ralentit, s'arrête, les copains doivent consulter la carte ou casser la croûte.

— Riri, est-ce que tu veux...?

— Non, rien. Je suis bien. Foutez-moi la paix!

Il tombe des branches, il s'élève des champs une odeur humide, vivante. A présent, ce sont les arbres qui sont immobiles et le ciel entier qui paraît dériver lentement, sauf l'étoile. Le cœur d'Henri se serre; et il pense à Pierre, sans raison. « C'est mon meilleur copain! » murmure-t-il. Pierre, et la petite fille au bouquet, et l'autre fille (N'y pense plus Henri!) avec laquelle il sortait le samedi et qu'il respectait... Oh! le printemps d'autrefois... Oh! les brassées de lilas, les mômes qui criaient, la foire, la loterie où elle avait gagné ce petit éléphant de porcelaine qu'elle lui a donné... Où est-elle, Henri! — Ah! n'y pense plus!... — Où est-elle? Son rire, et tout devenait si simple... Et ses larmes lentes, et ses yeux étonnés, le matin où tu lui as dit adieu... Un matin, car le soir, Henri, tu n'en aurais pas eu la force! Un matin d'avril, justement... Toute la nuit d'avant, tu étais resté éveillé. C'est cette nuit-là que tu as choisi le Parti, la lutte, les autres gars... (Ou peut-être les meetings, la dialectique, et l'orgueil d'être quelqu'un à Sagny.) Enfin, il fallait choisir: ce sont les durs, ce sont les solitaires qui mènent. Tu as choisi, fous-nous la paix, maintenant! — Mais cette odeur de la terre vivante, et ce ciel libre, et cette étoile, c'est son domaine à elle, tu le sens bien, et c'est celui de Pierre. Un monde où l'on donne un banquet à un inconnu, où l'on pleure quand on a envie de pleurer: leur monde à eux, plus le tien!... Et s'ils avaient raison? Si tu t'étais trompé?... Tout ce temps perdu, Henri! et cette fille, si précieuse, perdue... Certains jours, tes propres discours te donnent envie de vomir, tu n'y crois plus. Tu en as marre, marre, marre des affiches, des tracts, et de l'haleine des types en réunion de cellule!... — « Et puis après? Cela prouve seulement que je suis un drôle de militant et qu'ils feraient mieux de me virer avant que je devienne pareil à Luis! » Pourtant, ce soir, Henri pense au vieil homme avec une tendresse fraternelle. Pour la première fois, il songe que Luis a dû choisir, lui aussi: choisir entre son pays, l'odeur de la terre de son pays, et les hommes malheureux. Il les a préférés, et qui lui en garde de la reconnaissance? — « Reconnaissance », quel mot stupide! La réussite seule importe... A-t-il assez mis en garde les militants du Parti contre de pareilles défaillances? Et contre la sentimentalité, qui ne doit jamais être qu'un instrument? Et voici que lui-même est à la merci d'un soir d'avril, d'un bouquet de fleurs et d'une campagne déserte!... Déserte? — Non, justement, il y sent une présence. Le mot Paix, le mot

Joie lui viennent à l'esprit et lui paraissent tout neufs... — « Pierre... » Ah non! ça ne va pas recommencer! Il faut choisir.

C'est tout choisi! Henri se redresse brutalement en piétinant les choux qui crissent sous lui. Il saisit le bouquet de la petite fille et, sans hésitation visible, le jette par-dessus bord. On n'en voit plus que la tache rouge, comme le visage d'un homme blessé, allongé dans le fossé obscur. Henri saute à terre, allume une cigarette — c'est le geste des chefs — pour chasser cette odeur profonde de la terre, et marche jusqu'à la cabine. Les gars y cassent la croûte; l'un d'eux, la tête renversée, boit du vin rouge à longs traits.

— Alors, quoi! on va rester une heure ici?

— On casse la croûte, Riri!

— Et le déchargement? et le stockage? et la distribution du lait dès ce soir? Sans blagues... Poussez-vous! je reste avec vous. Et en route!

Il s'installe, très mal, afin de ne pas prendre trop de place; il respire leur bonne mauvaise odeur de copains; il a envie de pleurer. Le chauffeur remet en marche son moteur et dit, en regardant devant lui:

— Tu es trop dur, Henri, trop dur!

Le jour où les boulangers refusèrent de faire crédit, la grève fut condamnée à mort. Depuis le début, * les gars acceptaient qu'il n'y ait plus de vin sur la table et pas grand'chose à manger; mais plus de pain!...

A Sagny et tout autour de Paris, on décida de reprendre le travail le lundi suivant. Le Gouvernement parla de « victoire du bon sens populaire »; c'était seulement la victoire du boulanger. Cinq cents bonshommes enfarinés, remontés par leur femme à qui manquaient le glissement de la monnaie sur le guéridon de marbre blanc et le « ... et 2 qui font 20! Voyez pour Monsieur, petite! » — cinq cents boulangers de banlieue firent, à quelques jours près, échouer une grève juste. Ah! ils coûtaient cher, les écus de la boulangère! Car, devant ses usines froides, le patronat faiblissait, n'ayant pour alliés, cette fois, qu'un gouvernement qu'il méprisait et des journaux qu'il subventionnait. L'avortement de cette grève, au moment même où leurs experts-comptables achevaient de dresser de nouveaux barèmes de salaires, confirma les patrons dans leur *je-vous-l'avais-bien-disme*; et ceux d'entre eux qui, soulageant leur conscience sans compromettre l'affaire, avaient accordé à leurs gens des augmentations raisonnables, firent figure d'imbéciles ou de couards. Les hommes de bonne volonté qui n'étaient ni patrons, ni ouvriers, virent avec une tristesse impuissante, s'écrouler cette dernière passerelle entre le monde auquel tout les reliait, hormis l'amour, et celui des Petits et des Pauvres: celui du Christ.

Les ouvriers de Sagny et d'ailleurs décidèrent donc de reprendre le travail, le lundi matin, mais aussi de se rencontrer le samedi, dans Paris, sans distinction de parti ni de syndicat, afin de manifester leur unité. De toutes les banlieues ouvrières, ils devaient, par des voies différentes, gagner la place de la Bastille. * Le Gouvernement fit savoir que la police arrêterait les cortèges aux portes de la capitale. Paris, fruit précieux à l'écorce amère, ville libre ceinturée de ghettos ouvriers, Paris se défendait contre la contagion.

Vers deux heures, ceux de Sagny se rassemblèrent devant la mairie. Un gars de la C.G.T. voulut parler * mais, franchement, on en savait autant que lui; il n'insista pas. On se mit en marche, sans drapeaux, sans banderoles, avec seulement quelques grandes pancartes portant SAGNY en lettres rouges. Pierre et Henri marchaient côte à côte. Pierre avait interdit à Madeleine et au petit Etienne de venir, et supplié Luis de rester chez lui: « Tu n'as rien à gagner à te faire piquer par la police! » L'autre lui avait lancé un regard qui le dispensait de répondre et murmuré son mot préféré: « trivial ». Alors, Pierre avait pris Jean à part: « Ne lâche pas Luis, vieux! Il ne faut à aucun prix qu'il soit paumé par les flics... »

Le ciel, qui les regardait venir, le ciel qui ne les trouvait sans doute pas assez misérables, les attendait au débouché de l'avenue Gallieni. Une tornade en lever de rideau, et une giboulée de grêle, et une dégelée de pluie! Tournée générale: « T'en fais pas, Mimile, c'est moi qui paye!... » Les gars, rincés de la casquette aux talons, ne se défendirent, comme d'habitude, qu'en disant merde, en relevant leur col, et en fourrant leurs poings dans des poches déjà trempées. En un tournemain de l'averse, le cortège avait pris l'aspect d'une armée en retraite, d'un convoi de prisonniers et, comble de la désolation, il se reflétait dans la chaussée trempée. Les lettres de SAGNY sanguinolaient sur les pancartes. Chacun des gars était sûr, à présent, qu'on n'arriverait pas jusqu'à la Bastille, mais personne ne le disait tout haut, et c'était pire. Aussi furent-ils presque soulagés d'apercevoir au loin, barrant l'avenue de Paris, les cars de la police.

— Luis, fit soudain Pierre, retourne là-bas!

— Si tu m'accompagnes! répondit l'autre en rigolant.

La troupe accéléra le pas dès que les flics furent en vue, comme pour en finir plus vite. On vit les groupes noirs, au loin, se déployer: le piège s'ouvrir. Plusieurs officiers de paix s'avancèrent et parlementèrent avec les types de tête du cortège. Les képis firent non, les manches galonnées se levèrent au ciel, les capes noires volèrent; les gars, en face d'eux, restaient plantés, les bras le long du corps, sans un geste. Mais deux ou trois coups de sifflets parurent réveiller tout le monde: un bataillon d'agents arriva, courant lourdement, le bâton haut, et les gars de

Sagny se dispersèrent, en se criant des points de ralliement.

Maintenant, ils formaient quatre groupes distincts sur le rond-point de la Porte de Sagny. Les agents se divisèrent à leur tour et chargèrent, en rabattant le gibier vers le boulevard Duchesnoy. Les gars flairèrent un piège et préférèrent faire face: chasseurs surpris, les flics se laissèrent déborder, et ce furent eux qui se heurtèrent au rempart noir des C.R.S. qui, dissimulés jusqu'alors dans des rues voisines, venaient de barrer le boulevard. Il y eut ainsi de vastes coups de filet, des battues courantes, mais qui ne ramenèrent ni poisson ni gibier. Pierre, essoufflé, trouvait ce jeu ridicule. « C'est marrant! » lui cria Jacquot en passant. Jean ne quittait pas de l'œil le vieux Luis, toujours aussi grave et qui soufflait comme un vieillard d'hôpital. Quelques gars avaient réussi à traverser tous les barrages et marchaient déjà dans Paris. Soudain, les motards de la préfecture arrivèrent en trombe * par l'avenue de Rumigny. Cadre Noir de l'Ignoble, Chevaliers du Cambouis, habitués aux tournois inégaux, valseurs de la Mort, ils chargèrent en feintant, montant sur les trottoirs, renversant n'importe qui comme s'il s'agissait de n'importe quoi. Ils fonçaient au milieu d'un vacarme étourdissant de moteurs, de sifflets et de sirènes qui paraissait affoler leur machine aveugle. Cette fois, beaucoup de gars se firent coincer et matraquer. Quand un des agents tenait un

« manifestant », trois autres flics survenaient et l'aidaient à assommer le type. Des gens s'étaient mis aux fenêtres, à toutes les maisons de la place, et, quand les motos faisaient un peu silence, on les entendait distinctement crier: « Salauds!... Salauds!... » Pierre devint pâle à la pensée que ces spectateurs s'adressaient aux ouvriers; mais il entendit aussi: « Assez!... Flics assassins!... Salauds!... » et il se mit à sourire en détalant.

Des types restaient allongés, la face contre terre, ou se tournaient lentement sur le dos. Henri vit un agent qui levait le talon pour piétiner un blessé. Il lui sauta sur le dos et le renversa. Deux flics accoururent au secours de... — Henri leur fila entre les jambes! Luis s'était accoté contre un arbre, et reprenait son souffle. Soudain, il aperçut le petit Etienne — nom de Dieu! — qui courait par là, le visage blanc de rire. Tu parles d'un chouette jeu!... Il essaya de l'appeler. Le gosse fonçait droit vers des flics en civil. « Arrête!... Etienne, ici!... *Son tios de la policia!* » [1] Le petit s'arrêta et tourna la tête; l'un des policiers bondit sur lui. « Salaud!... » Luis bondit aussi; et Jean, qui l'avait quitté des yeux, ne démarra que quelques secondes trop tard. Il arriva après le coup mais avant la chute, et reçut dans ses bras un pantin disloqué et sanglant qui était Luis. Etienne s'était

[1] Ce sont des flics.

envolé à temps. Jean appela Pierre et deux autres;
ils saisirent le vieux par les quatre membres et cou-
rurent loin de la bagarre, dans la direction de Sagny.
On n'entendait que leurs souffles, toujours plus forts,
et leur pas, toujours plus vite. A la hauteur de la rue
Davout, ils virent un taxi arrêté dont le chauffeur
regardait de loin le spectacle.

— Rue Zola, 28, en vitesse!

— Dites, vous allez tacher ma bagnole! Je ne marche pas...

— Alors, tu reviendras la prendre à l'adresse que
je t'ai dite!

Pierre sauta au volant et mit en marche; les gars
avaient allongé Luis sur les coussins et s'étaient tas-
sés, on ne sait pas comment. Ils entendirent, de plus
en plus lointaine, la voix du chauffeur:
« Sans blagues? Eh! dites donc, vous êtes... » —
Adieu!

Le toubib fit un pansement pour la forme: « Il
est foutu, votre copain. » Pourtant, Luis ne délirait
pas encore, et même il reconnaissait les amis.

— Couillon, lui dit Pierre, la voix enrouée, fais-
moi plaisir: confesse-toi! Ça te fera du bien...

— Je suis donc si mal? demanda Luis sans changer de visage.

— Tu es assez moche, mais ce n'est pas pour ça.
Enfin quoi, Luis, tu es chrétien? tu crois en Dieu?

271

*   — Je ne crois qu'en saint Thomas, et encore quand je le verrai!

— Tiens, fit Pierre, c'est l'heure de ma messe. Je vais la dire pour toi.

— Tu profites de ce que je ne peux pas foutre le camp, hein?... Madeleine, donne-moi de l'ail, j'ai... oh!...

Une grimace horrible contracta son visage; puis le calme s'y recomposa peu à peu, comme, sur l'eau, quand le navire s'éloigne. Pour le vieil homme, l'invisible navire venait d'emporter sa raison: Luis commença de délirer, en espagnol. Il posait des questions dont aucun des assistants ne comprenait le sens, il appelait des inconnus, proférait des injures. Puis sa main caressa l'air et il se mit à chanter une chanson d'enfant.

— Je vais chercher José, proposa Jean: il comprend l'espagnol.

— Non, dit Pierre, Luis doit garder ses secrets.

Et il lui donna l'absolution.

— Fermez les volets, les gars! Je vais dire la messe.

Ils étaient douze, autour de lui, qui reniflaient tandis qu'il officiait en ornements violets, car c'était la semaine sainte.

« Tout le jour, mes ennemis m'ont foulé aux pieds parce qu'ils sont nombreux ceux qui me font la
* *guerre... »*

Madeleine, dans la pièce voisine, avait pris entre

ses mains celles du vieil homme qui agonisait dans
le noir. « *Que me devuelven este niño!... Es mio!...
Mi pertenece!... »* [1] La voix de Luis couvrait, par instants, celle de Pierre. « *Je suis encore avec vous pour
un peu de temps... Vous me chercherez et vous ne
me trouverez pas... »* — « *Cinquenta olivares!...* *
*Cinquenta olivares!... Ire mañana... Habra llovido...
Basta de sangre!... »* [2] — « *Jésus se tenait debout et
criait, disant: si quelqu'un a soif, qu'il vienne à moi
et qu'il boive... »*   *

Et soudain, on frappa trop fort au vantail.

Pierre tressaillit. « Ne bouge pas! » cria-t-il, sans
lever les yeux, à Jean qui, déjà, se dirigeait vers la
porte. Alors, on frappa aux volets, de plus en plus
violemment.

— Ce sont eux, dit Pierre aux douze. Fermez la
porte sur la chambre, et ouvrez celle sur le dehors.
Et dites la messe avec moi, tout haut: « *Seigneur,
sauvez-nous à cause de votre miséricorde!... Sauvez-le,
Seigneur, à cause de votre miséricorde!... »*

On était revenu au vantail et on le forçait à coups
de crosse. Ce fut vite fait.

— Police! Ouvrez, sinon...

Mais le gars casqué s'arrêta en s'apercevant que
la porte cédait seule.

[1] Donnez-moi ce petit garçon... Il est à moi... Il m'appartient...
[2] Cinquante oliviers... Cinquante oliviers... J'irai demain...
Il aura plu... assez de sang.

— Restez dehors, vous autres! Berjavaux, entrez avec moi!

Ils se tenaient sur le seuil, énormes, noirs, essouf-flés.

— Nous cherchons un nommé...

— ... *le Christ Jésus qui, la veille de sa passion, prit du pain dans ses mains saintes et vénérables, leva* * *les yeux au ciel...*

Les douze s'étaient agenouillés. Pierre éleva l'hos-tie. Les deux soldats noirs se regardèrent et l'un d'eux retira son casque. Mais le chef tourna vivement la tête vers la porte close car on entendait, comme venant de très loin, une voix qui se plaignait doucement: « *Los dos juntos, mi niñito... Los dos solamente, para siempre...* »[1] Alors les gars agenouillés se mirent, sans raison, à réciter *Je vous salue Marie*, beaucoup trop fort.

Quand Pierre se retourna enfin: « *Allez, votre mis-sion commence!* », les deux hommes casqués virent que ses yeux étaient remplis de larmes et cela parut les décider.

— Nous cherchons un nommé Pablo Caudero qui se fait appeler Luis et dont on nous a dit...

— Il est ici, dit Madeleine en ouvrant la porte.

Le rais de lumière éclairait un visage exsangue et qui semblait rire. Les mains reposaient à plat sur

[1] Tous les deux, mon petit garçon... Rien que nous deux, toujours...

274

la couverture. Pierre remarqua l'index à la phalange coupée et songea au vieux Clément, le mineur, l'ami de son père. C'était donc ce soir-ci que son enfance avait choisi pour le rejoindre, près du lit-de mort d'un copain...

— Mais, demanda le chef, il n'est pas...?

— Si, répondit Madeleine, il est mort. Vous pouvez le prendre maintenant.

— Dans ce cas, dit le soldat avec une sorte de soulagement, cela regarde un autre service. Salut!

VIII

LEVEZ-VOUS!
PARTONS D'ICI!

Les formalités furent longues: on ne put enterrer Luis que le Samedi Saint. Il était grand temps! Les * cercueils des pauvres dissimulent mal aux survivants quel sera leur destin. On ne respira enfin qu'au cimetière. Les assistants n'avaient pas vu, depuis des mois, autant d'herbe, de terre et d'arbres: un lieu où il ferait si bon vivre! La pierre grise resta longtemps entr'ouverte. Pierre ne parvenait pas à détacher ses yeux de cette fente obscure par où le miracle pouvait se produire. *Tout ce que vous demanderez en mon nom, croyez que cela vous a été accordé et cela vous sera donné...* « Jésus, pensa Pierre en fermant les yeux sur * les ténèbres de ses larmes, Jésus, comme ton ami Lazare, mon ami Luis... Je t'en supplie! » Mais seuls les hommes à la casquette noire parurent l'entendre car, cette fois, ils poussèrent la dalle tout à fait. C'était fini.

Lorsqu'ils franchirent de nouveau la grille, avec cette sensation singulière d'avoir oublié quelque chose derrière eux:

277

— Pierre, demanda Etienne à mi-voix, quand m'emmèneras-tu à la vraie campagne? Tu l'as promis!

— Bientôt, dit Pierre la gorge sèche, bientôt.

— Ecoute! murmura le petit en s'immobilisant soudain, la tête penchée comme font les jeunes chiens. (Un oiseau chantait au-dessus d'eux.) *Pauvre Luis: il n'entend pas l'oiseau!* dit enfin Etienne d'une voix tremblante.

Il venait de comprendre ce qu'est la mort.

Dans l'après-midi, comme il traversait le Parc, Pierre y trouva des copains du jeudi soir qui arpentaient le terrain en prenant des notes. A sa vue, ils dissimulèrent mètre et crayon dans leur poche, mais pas assez vite.

— Salut! Qu'est-ce que vous fabriquez?

— On aurait aimé ne t'en parler qu'après!

— Après quoi?

— Après avoir pris les mesures. Pour le terrain, on a vu la Mairie: ça pourrait marcher. La construction, on s'en chargerait avec les copains...

— Mais de quoi?

— D'une chapelle pour tous les gars.

Pierre eut le souffle coupé. C'était la Foi qu'il rencontrait sur ces visages résolus, la Foi qui bâtit de ses mains... Il ne songea qu'ensuite à la paroisse, à M. le Curé de Sagny. Il essaya de plaisanter:

— L'église n'est donc pas assez grande pour vous?

— On n'y est pas chez nous, Pierre.

— Dites, vous êtes chez Dieu! Il y faut de la place pour tout le monde...

— Alors, tu n'acceptes pas?

— Si, si! fit-il précipitamment. Mais tout de même, il faut y réfléchir... Allez, salut!

En marchant vers l'Impasse, il refusait justement d'y réfléchir. L'instant du choix, l'angoisse du choix étaient donc là? et les fiançailles, terminées, déjà?... « Allons, se dit-il, si je réfléchis comme Bernard — comme Dom Bernard — je suis perdu. Pas de plans!... Plus tard, on verra plus tard!... Pour l'instant, j'ai autre chose à faire... »

Il avait décidé, pour se donner du cœur, de passer une dernière fois dans la chambre de Luis. Porte et fenêtres en étaient ouvertes, comme si le vieil homme ne fût sorti que pour un instant. Le trou noir, dans le parquet, rappela à Pierre la fente du tombeau et son cœur se serra. En levant les yeux, il vit près du matelas creusé, la tête d'Etienne et celle de Denise. Ils étaient agenouillés de l'autre côté du lit et priaient, les paupières closes, le front plissé; ils n'avaient pas entendu Pierre.

— Vous priez pour Luis, les petits?

— Non! dit Etienne en sursautant; et Denise pointa un doigt vers la chambre voisine.

— Pour Ahmed?

— Oui, pour qu'il meure.

— Debout! commanda le Père. Vous êtes fous, non?

Etienne s'avança, poings serrés, dents serrées, les cils filtrant un regard d'orage.

— C'est Ahmed qui a dénoncé Luis à la police!

— Ce n'est pas de cela que Luis est mort: il est mort parce qu'il voulait t'empêcher de tomber aux mains des flics; il s'est fait matraquer à ta place, Etienne.

Les yeux bleus se remplirent de larmes.

— Alors? Qu'est-ce que je dois faire, moi? Mourir pour quelqu'un?

— Non! cria Denise, et elle se mit à pleurnicher.

— Tais-toi, idiote! lui jeta Etienne sans même se retourner.

— Tu dois simplement ne jamais oublier Luis... penser à lui...

— Tous les jours?

— Tous les jours.

— Toujours?

— Toujours.

— C'est facile, dit Etienne en secouant la tête, trop facile: ça ne suffit sûrement pas.

— Ça s'appelle la fidélité. Ça n'est pas du tout facile... Et ça suffit.

— Et puis il faudra recueillir son chat, dit Denise.

Elle le tendit au garçon avec une sorte de respect; et il le reçut gravement. L'objet de cette cérémonie était décharné, hagard; un bout de ficelle pendait à son cou.

— Viens manger, lui murmura Etienne après un moment. (Il avait attendu qu'il ronronnât.) Pas chez moi: papa est saoul; mais... on trouvera bien, viens!

Il sortit sans regarder Pierre, ni Denise qui le suivait; il penchait un visage d'hypnotiseur sur le chat qui, avec une lenteur de serpent, dressait vers lui son museau et le flairait d'un nez frémissant.

Resté seul, Pierre parcourut une dernière fois du regard la chambre vide, la chambre veuve. Puis il en ferma la porte derrière lui, respira à fond, entra chez Ahmed sans frapper, tourna la clef dans son dos et poussa la fenêtre.

L'Arabe était allongé sur son lit, les mains derrière la nuque, le col ouvert. Il s'assit vivement.

— Qu'est-ce qui te prend?

Il avait pâli, et son teint était celui d'un mort pas très neuf. Il respirait un peu trop vite. Pierre acheva de fermer la croisée, balaya d'un coup de pied *France-Dimanche* et un magazine de femmes * nues qui traînaient par terre, et leva enfin les yeux sur le mouchard.

— Je te l'avais promis, tu vois! Cette fois, ça y est... Debout!

— Qu'est-ce que tu me veux? demanda l'autre, sans bouger.

— Luis, mon copain Luis... Tu as fait parler la

petite Denise et puis tu es allé le vendre aux flics.

— Ça n'est pas ma faute si ton copain s'est fait assommer par la police tout de même!

— Je n'ai pas dit ça. Mais tu es un sale donneur et on ne veut plus te voir ici... Tu vas quitter cette piaule.

— Tu sais bien qu'on ne trouve pas de chambre à Sagny!

— Tu vas quitter Sagny.

— Quitter Sagny! Et toutes mes relations?

— Si c'est des flics que tu parles, ne t'en fais pas: tu en trouveras d'autres ailleurs. La police, c'est comme la mer: partout la même!

Ahmed baissa les paupières. Désarmé de son regard froid, le visage redevint humain. « Le garder ici et le transformer! pensa Pierre un instant. Mais non! après Luis, ce serait un autre! »

— Et si je refuse? dit Ahmed avec un sourire de renard.

— Je t'ai prévenu! et c'est pour ça que j'ai barré la porte: on se battra, toi et moi, à égalité... Quand tu en auras assez, tu feras ta valise.

— C'est ça qu'on vous apprend chez les curés? demanda l'autre pour faire l'homme.

Il retroussait ses lèvres en tremblant un peu, tel un chien inquiet. Pierre s'approcha de lui, la main haute.

— Non! cria Ahmed en se protégeant de ses bras repliés.

Voyant qu'aucun coup ne tombait, il risqua un regard, puis une parole:

— C'est infect! Tu me traites ainsi parce que je suis un Nord-Africain... Vous nous détestez tous!

— Si tu fréquentais un peu plus tes copains de Sagny, tu saurais tout ce qu'on fait pour eux, au 28. Justement, parce qu'il y a des types assez salauds pour vous exploiter ou vous mépriser, vous êtes forcément les copains numéro un pour nous... Mais toi, c'est différent; et tu sais très bien ce que les autres Nord-Africains disent de toi.

— Si je pars, interrompit Ahmed, qu'est-ce que... qu'est-ce que vous me donnerez?

— Un cadeau formidable: j'obtiendrai que les autres copains de Luis ne te cassent pas la gueule. Mais si tu restes à Sagny, je te conseille de ne plus sortir dans la rue.

— Je me plaindrai à la police!

— Tu n'as donc rien compris? Quand tu vas leur moucharder, ils t'accueillent comme un frère; mais si tu vas pleurnicher, ils te rigoleront au nez!

Ahmed regarda à gauche puis à droite comme pour chercher une issue.

— Je réfléchirai, dit-il enfin.

Ça faisait digne; c'était une phrase qu'il avait dû entendre au cinéma. Mais son partenaire lui donna une réplique inattendue:

— C'est tout réfléchi! et trop discuté! Ça me donne

envie de vomir de te tutoyer. Tu as une demi-heure
pour décoller des murs les photos de tes poules, faire
ta valise et payer le taulier. Je vais le prévenir, d'ailleurs. Salut! Je ne te dis pas « au revoir »...

Pierre sortit, il trouvait à l'air de l'Impasse un
goût délicieux. Et il pensait: « C'est donc la malédiction du monde qu'il se trouve partout, toujours, un
Arabe, un Juif, un Nègre ignoble — un seul! — mais
dont les hommes s'autorisent pour devenir racistes,
antisémites et persécuter le triste troupeau... »

Ici, c'était Ahmed; pour tout Sagny-le-Haut, il avait
trop longtemps servi d'alibi à la haine, trop longtemps masqué l'abandon, la solitude, la noble et
muette misère des Nord-Africains. Pierre venait de le
chasser: il venait de rendre l'honneur, l'amitié, la
chaleur à tous les Nord-Africains de Sagny. Sagny
respirait.

Quand Pierre entra dans le bistro, il n'y trouva
que la patronne qui servait derrière le zinc.

— Madame Baltard, je vous remercie d'être venue
à l'enterrement de Luis.

— C'est bien naturel. Et puis j'adore les enterrements... Vous devez comprendre ça, comme prêtre!

— Pas du tout.

L'idée d'une complicité quelconque avec cette
femme le dégoûtait. Il ne savait plus quoi lui dire.
Heureusement, le bistro apparut; il remontait de la
cave par une trappe qui débouchait sous le comptoir.

Soufflant, écarlate, aveuglé, un homme qui venait de se colleter avec un autre dans un souterrain...

— Salut! dit Pierre.

Le patron s'affaira, rinçant des verres, transvasant des liquides. Il ne vous regardait jamais en face; parfois, tandis que vous parliez, il dardait un regard vif où il avait rassemblé ce qui lui restait d'âme épars.

— Votre copain Luis, dit-il, quelle connerie! merde!

— Pourquoi?

— Assommé par la police... C'est bête de mourir comme ça!

— Et de mourir d'un cancer, c'est plus astucieux?

— Pourquoi dites-vous cela? demanda la femme inquiète.

— D'un cancer ou d'autre chose! Mourir dans son lit, ça ne sert à rien.

— Et matraqué, ça sert à quoi?

— A faire, un jour, réfléchir la police.

— Tu parles!

— A donner, un jour, mauvaise conscience aux gouvernements.

— Excusez du peu!

— A transformer cette chienlit de l'autre jour en une vraie manifestation.

— Eh bien! je vais vous dire, moi: votre copain est mort pour que les journalistes puissent pisser de la copie, voilà!

— Napoléon aussi. Tout ce qui se fait dans le monde aboutit à ça. Tenez, si je vous égorgeais, là, maintenant, ça ne ferait jamais que dix lignes dans le journal. Et même pas à la première page, comme pour Luis!

— Dites, retenez-vous!... Enfin, ça me fait une chambre de libre, voilà le plus clair, ajouta-t-il à mi-voix, comme s'il parlait pour lui seul.

— Deux chambres! Monsieur Ahmed nous quitte. C'est ça que je venais vous annoncer.

— Vous lui avez fait des misères?

— Un homme qui n'en a jamais fait à personne! Ce serait trop injuste, pensez donc! Non, Monsieur Ahmed veut changer d'air, c'est tout. Allez, salut!

Comme il franchissait le seuil, il entendit la grosse voix:

— Dites donc, votre copain Jean...

Pierre revint sur ses pas, très vite; son cœur battait. Car personne n'avait revu Jean cette semaine; et, ce matin, à l'enterrement...

— Eh bien! quoi, Jean?

— Tourne pas rond, reprit le bistro en secouant la tête. Tout à l'heure, il m'a bu au nez cinq fines, coup sur coup, vous vous rendez compte? Hé! attendez que je vous dise...

Non, Pierre n'attendait rien, n'entendait rien. Il remontait déjà l'Impasse, frappait chez les parents d'Etienne, tournait la poignée, frappait, frappait. Ce fut Germaine qui vint ouvrir, la bouche amère, un œil au noir.

— Marcel est là?

— Si on veut! Il est saoul.

— Encore!

— Ils l'ont flanqué à la porte de l'usine hier! Alors, il s'est remis à boire.

— Je voulais avoir des nouvelles de Jean...

— Chômeur, lui aussi. Ils sont dix de l'usine.

— A cause de la manifestation?

— Bien sûr. Mais, soi-disant, suppression d'emplois, aménagement d'ateliers, comme d'habitude!

— Le Syndicat?

— Il leur obtiendra peut-être une indemnité, pas une embauche!

— Je m'occuperai de Marcel, Germaine. Mais, s'il boit encore, je lui casse la gueule! Envoyez Etienne coucher au 28 ce soir...

Jean... Hôtel de l'Industrie, 43, rue Henri Barbusse.. Pierre se mit à courir. Son ombre étonnée enjambait les bancs, contournait les arbres. Malgré un point de côté (un poing qui lui meurtrissait le côté, à en crier), il ne s'arrêta pas avant d'être parvenu sous la fenêtre de Jean: second étage, la troisième à droite, au-dessus du *D d'INDUSTRIE*. Les volets étaient entr'ouverts; il guetta cette fente noire: aucun signe de vie.

— Jean!... Oh! Jean!... Jean-an!...

Monter là-haut? — A quoi bon? Et son corps lui pesait tant... Il cria, une fois encore, le nom de son copain, mais sans espoir, puis repartit lentement.

Cinq fines? Jean qui ne buvait jamais!... Il le revoyait, ce matin, à l'enterrement, hébété, la bouche ouverte: *si vieux* qu'il ressemblait presque à Luis...

« Dis, Pierre, c'est que ça devait arriver? — Quoi donc? — Luis. — Qu'est-ce que tu veux dire? — Je l'ai quitté des yeux, je ne sais pas, moi! peut-être trente secondes, et ça a suffi... — Fais pas l'imbécile! Tu n'y es pour rien! — Tout de même! tu m'avais dit de ne pas le lâcher... — Tais-toi donc! »

Pierre entendait, de nouveau, chaque réplique de son dialogue avec Jean. Depuis, plus de nouvelles. Et les cinq fines coup sur coup... — Mais à qui? à qui donc avait-il pu parler depuis?... Et qui pourrait...?

— Madeleine, imbécile! s'écria-t-il tout haut. Madeleine, bien sûr!

Il repartit en courant. Le point de côté n'était pas loin; il le retrouva presque aussitôt, mais sans déplaisir: cette douleur lui donnait le sentiment absurde de servir à quelque chose. Il avait mal: il était donc du côté de Jean! Jean n'était plus seul...

Il faisait déjà chaud; une tiédeur un peu écœurante montait des trottoirs. Pierre arriva en sueur rue Zola. « Pourvu, au moins, que Madeleine... » Oui, Madeleine était là, inoccupée devant une table couverte de papiers, de paquets.

— Qu'y a-t-il, Père?

— Jean est chômeur... Le saviez-vous?

— Oui. Mais vous êtes tout essoufflé!

— Vous ne me l'aviez pas dit, Madeleine! Depuis quand le savez-vous? et qui vous l'a dit?

— Lui-même, tout à l'heure, répondit-elle d'une voix différente.

Pierre ne put supporter ce silence, ni ce regard qui le traversait sans le voir.

— Allons! fit-il presque brutalement, que s'est-il passé, Madeleine?

— N'en parlons pas!

— Si! Son absence et votre silence, c'est un peu trop pour moi. Retrouvez-le! Ou alors, parlez-moi!

Elle se décida soudain:

— Eh bien, parlons, oui!... Jean croit que Luis est mort par sa faute. Jean croit que le chômage est sa punition. Jean croit aussi... Il ne croit que des choses fausses et qui lui font du mal!

— Quelles autres choses, Madeleine?

— Vous le savez très bien, Père! Nous en avons déjà parlé... Il croit qu'on peut se partager; et moi, je sais bien que non.

— Se partager?

— Entre un seul être et tous les autres. Mais non! reprit-elle comme si elle poursuivait ailleurs une discussion, il n'y a que le Christ qu'on puisse aimer en aimant tous les autres... Jean, lui, s'imagine qu'on peut donner sa vie à quelqu'un et cependant rester disponible; qu'on peut, à la fois, rechercher son bonheur et rester attentif à la souffrance...

— Certains le peuvent, sans doute.

* — Pas moi, Père. Et voyez l'Eglise Triomphante, ajouta-t-elle avec un faux sourire: des religieux, des vierges, des martyrs, mais combien d'époux?... Des

* veuves, ça oui, des veuves!

Pierre essaya de plaisanter:

— Justement, il est temps de changer tout ça!

— Tout est déjà changé pour moi. J'étais au calme, j'avais cru choisir une fois pour toutes...

— Rien n'est « une fois pour toutes », dit Pierre. Et heureusement! Car, ainsi, rien n'est jamais perdu.

— Ni sauvé. Ni définitif.

— Ni définitif! pas même votre choix, peut-être... C'est pourquoi Jean espère toujours.

— Il n'espère plus depuis tout à l'heure.

— Madeleine!

— Vous n'allez pas me le reprocher? s'écria-t-elle en se levant. Et que fallait-il donc faire? Mentir?

— Ne pas le désespérer!... Quand il arrive qu'on détienne le geste ou la parole...

Il se tut et passa sur son front le dos de sa main.

— Eh bien?

— Je ne sais pas, reprit-il d'une voix étouffée. Je crois qu'il faut lui donner la parole qu'il attend...

— Même si c'est mentir?

— Tout plutôt que le laisser partir seul et déses-péré!

— C'est seulement remettre à la prochaine fois...

— Il aura peut-être plus de force, la prochaine fois! et vous, plus de courage... C'est ça, la Grâce, ajouta-t-il tout bas.

— Le toubib vous dira qu'il faut une opération, quelquefois, plutôt qu'un traitement.

— Pas si le gars doit rester sur la table d'opéra-tion!

— Père, dit-elle avec une sorte de désespoir, moi aussi, je suis sur la table d'opération, ce soir.

— Je sais, Madeleine. Mais vous, vous savez bien que c'est toujours le plus malade qui m'intéresse d'abord...

— Ah! reprit-elle en cachant son visage dans ses mains (et il paraissait si mince), je voudrais bien, une fois, être à mon tour le plus malade, le plus petit, le plus pauvre...

Il avança sa main, toucha, pour la première fois, ces cheveux de feu, les trouva vaporeux et vivants. Il pensa à Jean qui les aimait.

— Un jour, Madeleine, un jour vous serez aussi au Jardin des Oliviers.

— Et les autres dormiront! Mais qui vous dit, Père, que ce n'est pas aujourd'hui?

— Peut-être... Peut-être pour vous; mais pour Jean, sûrement!

Madeleine écarta ses mains et montra un visage très pâle: la peau sur les os, tendue comme un campement si léger, et toute l'âme dans les yeux.

— Jean est chez lui! Il suffit d'aller le voir, de...

— J'en reviens. J'ai appelé sous sa fenêtre, sans réponse.

Un nuage d'orage passa dans les yeux de Madeleine; elle baissa ses paupières comme pour le cacher à Pierre, comme pour mieux voir, dans ses ténèbres, le film pathétique que son imagination lui présentait. Et brusquement, sans ajouter une parole, elle se dirigea vers la porte. Mais, comme elle l'atteignait, on y frappa de l'extérieur, très gauchement. Pierre et Madeleine se regardèrent; l'étincelle de l'espoir jaillit entre eux: « Si c'était lui... » — Non! c'était, sur le seuil, une famille avec trois gosses.

— On nous a dit qu'en venant ici...

Ils avaient le regard des bêtes battues, des Personnes
* Déplacées: des êtres vaincus d'avance, qui ne croient plus en leur droit de vivre et qui ont déjà pris le parti de leurs bourreaux. Le regard 39-45: une création de cette guerre-là et qui survivra longtemps à ses ruines... D'où venaient-ils? Que voulaient-ils? — Manger, dormir, et travailler demain. Ils étaient réduits à l'essentiel; ils étaient nus. L'un des enfants toussait; il fallait refaire le pansement d'un autre, faire bouillir du lait pour le petit. Madeleine jeta à Pierre un regard désespéré.

292

— C'est justement cela que vous avez choisi, lui dit-il à mi-voix, aujourd'hui même! Occupez-vous d'eux, Madeleine; moi, je m'occupe de Jean. Faites-moi confiance.

Il sortit très vite, afin de rassurer Madeleine: de lui prouver qu'aucune hésitation, aucune indécision... Mais, dans la cour, il s'arrêta, incertain. Où retrouver Jean? Qui interroger?

Ah! si tous les copains avaient le téléphone! si l'on pouvait jeter, sur Sagny, ce filet! Mais on ne prête qu'aux riches, et ils trouvent cela tout naturel. Tandis que la moindre affaire exige des pauvres tant de démarches, de rencontres, de jours perdus!... Et, ce soir, Pierre regarde, autour de lui, cette ville fermée sur ses tristes secrets. Il s'agit de trouver, dans ses rues tortueuses, ses cours, ses bistros, un homme taciturne qui se cache. « Où irai-je chercher refuge, si j'étais Jean?... » Seule question valable, et Pierre se la pose. Il a fait le vide dans son esprit et dans son cœur: il voudrait être... *il est Jean...*

— A l'église!

La réponse a jailli en lui, formelle. Il ne s'attarde pas à s'en étonner: à se demander si, depuis le temps, et à supposer qu'il s'y soit vraiment rendu, Jean se trouve encore dans l'église de Sagny — il y court. C'est l'heure où le soleil perd son temps, laisse traîner les ombres et, pareil à l'enfant qui refuse de se coucher, se cache dans les nuages. L'heure où il ferait bon flâner, rêver à demain dimanche; l'heure qui efface la dure semaine avec un chant d'oiseau, un banc tiède, une fille qui passe en riant... Pierre court vers l'église.

Il y trouve le froid de la pierre, l'odeur d'étang des bénitiers, et ce peuple de fidèles qui l'intimident parce qu'ils lui paraissent pleins de calculs et de projets. Il lui semble que, comme dans les chapelles des prisons, chacun d'eux est enfermé, face à Dieu, invisible aux autres, dans sa cage de bois. Les regards se tournent vers lui, bienveillants. Au diable, la bienveillance! C'est d'amour que nous vivons. Non! Jean, s'il est venu, n'est pas resté ici; et s'il y est arrivé désespéré, il en est reparti plus seul encore...

— Bonsoir, Père.

La vieille sœur Marie-Joseph le salue: Pierre lui saisit les mains: « Ma Mère... ma Mère... » Il ne peut rien dire d'autre.

— Que se passe-t-il?

— Je suis inquiet. Je cherche mon copain Jean...

— Je l'ai vu.

— Ici?

— Oui, tout à l'heure.

— Eh bien?

— J'en étais tout étonnée: je ne savais pas que vous l'aviez baptisé.

— Je ne l'ai pas baptisé.

— Il a paru heureux de me voir; il me tenait les mains, comme vous-même à présent. Je lui ai dit:

294

Venez prier! — Il m'a répondu: « Pas ici. » — Pourquoi? Le Christ est ici — « Pas plus qu'ailleurs! Je
rentre chez moi. » — Vous êtes ici chez vous! —
« Non! s'est-il écrié. Avant, oui, je venais souvent!
Mais maintenant je ne me sens plus à ma place au
milieu d'eux... » — Qu'y a-t-il donc de changé? lui
ai-je demandé. — « Je suis chômeur. Plus de travail,
vous comprenez? Plus de travail! » — Et il est parti
très vite. Je ne pouvais pas courir après lui, tout de
même!

— Non, répond Pierre. Mais moi, je le peux. Priez
pour lui!

Il s'éloigne de quelques pas, puis revient vers la
vieille religieuse qui n'a pas bougé:

— Et priez pour moi, ajoute-t-il à voix basse.

Avec la tiédeur du dehors, il retrouve l'espoir: c'est
la température même de la vie; Jean aussi respire, en
ce moment, cet air si humain. « Je l'attendrai devant
la porte de son hôtel, décide Pierre. Et jusqu'à
demain, s'il le faut! Car c'est là qu'il reviendra forcément... »

Il retrouve avec malaise ce carrefour trop calme, ces
arbres aux gestes de personnages de cire, ces maisons
aux yeux cernés. Tout paraît, ici, l'épier et retenir son
souffle. Que lui cache-t-on?

Il se tourne vers l'Hôtel de l'Industrie, vers la
fenêtre du second étage; il va héler Jean, ses lèvres,
déjà, forment son nom — mais brusquement, le voici

sans souffle! Son cœur bat avec violence. Dans ce carrefour, immobile et hypocrite autant qu'un piège, il n'y a que cela de vivant: ce cœur désordonné. C'est que Pierre vient de s'apercevoir que *les volets sont, à présent, tout à fait clos*... Il se rappelle la fente noire du tombeau et son espoir fou, ce matin. Ici aussi, la dalle est refermée...

Pierre bondit dans l'escalier obscur. Son corps le porte de confiance, car ses yeux ne sont pas encore accoutumés aux ténèbres quand il atteint le second palier. Troisième porte à gauche... De ses bras étendus, il tâte en aveugle: une... deux... trois... La porte s'ouvre sans résistance.

— Jean!

Son copain est étendu sur le lit, ses bras en croix. Les persiennes fermées ont jeté sur son visage une échelle de clarté. Pierre se précipite à la fenêtre, repousse d'un coup les volets et se retourne — Ah!... Jean plus blanc que les draps! Il s'est ouvert les veines du poignet gauche. Il a placé soigneusement une cuvette au pied de son lit, mais il ne savait pas qu'elle déborderait. Le sang, à présent, coule avec lassitude: la source est tarie; le cœur bat encore, par habitude, dans le vide. Ce grand corps crucifié, sans vie, Pierre l'étreint avec la brutalité désespérée des sauveteurs. « Jean!.. Jean!... » Il rappelle son copain du fond de ce désert, du fond des terres d'agonie: « Jean!... »

L'homme qui vacille au seuil de la mort lève ses

paupières de marbre, penche la tête à droite, comme le Christ — il ne pourra plus la redresser — et parle dans un souffle:

— J'étais là quand tu as crié... Pardon, vieux...

La mer se retire de ses yeux verts, et si vite que Pierre éclate en sanglots. Il étouffe d'impuissance; il étouffe de prière. Il crie, il hurle: « Jean!... Jésus!... Oh! Jean!... » Il ne sait plus lequel est le plus sourd, le plus lointain des deux. « Jésus! Jésus!... Oh! Jean!... » Ils le laissent tomber, tous les deux! Ils le laissent seul, avec le muguet, les lilas, les gars qui rigolent, les filles qui iront au bal, ce soir — tout seul! « Jean!... Jean!... »

Les lèvres mauves remuent; Pierre pose son oreille contre elles, si froides qu'il en frissonne. Il entend: « ... vite... vite... » Il veut lire dans les yeux verts et les trouve figés de terreur. « ... Vite... vite... »

Et soudain, il comprend! Il penche son visage en larmes sur le visage blanc, il baigne ce front glacé de l'eau la plus pure de la terre:

— Je te baptise au nom du Père, du Fils et du Saint-Esprit!

Le sang ne coule plus. Les lèvres ne remuent plus. Pierre abaisse les paupières blanches sur ce regard pacifié, sur des yeux devenus ternes comme ces morceaux de verre que la mer a longtemps roulés et qu'elle dépose, une nuit, sur une plage pâle. Pierre scelle cette absence.

A présent, il peut à peine se lever; son corps est de plomb, pareil à celui-là, crucifié à son côté. Cette cuvette débordante lui donne la nausée... De l'air!... Il marche, titubant, vers la fenêtre. En approchant de la table, il aperçoit enfin le papier blanc, aussi blanc que le visage de Jean, et qui était son adieu:

Mon Christ, j'en ai marre. Je n'en peux plus. Je vais
* *vers toi.*

*   Quand tout fut consommé — les voisins, le taulier, le téléphone, le toubib, le commissaire, l'ambulance — quand tout fut consommé et que des portes vitrées et des hommes en blanc l'eurent séparé du corps de son copain, Pierre se dirigea vers le métro. Il n'avait pas le courage d'aller parler à Madeleine ni aux autres. Pareil à l'avalanche, son chagrin n'était que *suspendu* en lui: à la merci d'une pierre, d'une seule parole. Les mains aux poches, et la tête basse comme les prisonniers, Pierre fuyait. Il se sentait libre: de la coupable liberté des survivants, libre et léger. Même en descendant les escaliers du métro, il gardait l'impression de flotter à la surface de la ville. Les corps morts flottent aussi.

Le tableau bleu qui donne la liste des stations lui parut merveilleux: tous ces endroits où l'on ne mourait pas! où l'on pouvait vivre tranquille au milieu d'inconnus! Terre de Bonheur!... Pierre attendit le train

avec une impatience presque insupportable, celle de
l'homme poursuivi. Le claquement des portières
coupa net ce fil d'angoisse qui le reliait à Sagny.
Libre! il était libre — comme un ballon dont le câble
est tranché: libre de se perdre. Calé au fond du siège
dur, il regardait défiler les stations. Trop près! il se
sentait encore trop près! Vite, les quartiers inconnus,
les visages étrangers, la Terre de Bonheur, vite!

Les wagons qui remontaient vers Sagny ramenaient
les copains de chez Renault ou de chez Citroën. Pierre *
connaissait bien ces visages hébétés et creusés de neuf
heures du soir; il savait que sa place était au milieu
d'eux et, comme il se sentait coupable, il détourna
son regard vers le souterrain. *Dubo... Dubon... Dubonnet...* Son wagon, presque désert au départ, se rem- *
plissait de filles rieuses, de garçons bien peignés, de
gens qui consultaient des journaux de spectacles.
C'étaient les compagnons légers du samedi soir, ceux
qu'il lui fallait cette nuit...

Pierre descendit à *Concorde* et remonta les *
Champs-Elysées. Sous les arbres déjà lourds, les amou-
reux de hasard marchaient de leur pas dansant; chaque
banc portait deux couples indifférents l'un à l'autre;
et tous les sièges, même vides, se trouvaient groupés
par deux. Des gosses heureux détalaient entre vos
jambes. Le flot lent et serré des voitures brillantes
remontait vers l'Arc de l'Etoile qui flottait un peu
au-dessus du fleuve des lumières, tel le mirage d'une

arche de pont gigantesque. Pierre, étonné, vit des autos aussi longues que des navires et aussi silencieuses. Des hommes et des femmes, beaux et faux comme les personnages des écrans, recevaient cette brise tiède sur des visages impassibles et bien nourris. Pierre aurait aimé qu'ils lui donnent un regard et lui sourient; mais ils paraissaient ne rien voir qu'eux-mêmes. Ainsi, il ne suffisait pas de venir en Terre de Bonheur: il fallait aussi *faire partie du club*. Pierre les voyait; eux ne le voyaient pas. Ce devait être une fatalité! La moitié du monde ne voyait plus l'autre: celle qui, du bord, la regardait passer.

Des Riches et des Pauvres? — Même pas! Une affaire de chance plutôt qu'une question de fortune: il existait une ligne de partage, une cote au-dessus de laquelle on pouvait vivre, au-dessous de laquelle on ne le pouvait pas. C'était aussi simple que l'eau: sur l'eau on peut respirer, sous l'eau, on ne le peut plus — aussi simple! Les gars qui vivaient à mi-hauteur, la crainte de tomber en dessous du niveau de la vie les hantait, vous comprenez? Ils étaient prêts à toutes les bassesses pour s'élever un peu, ou seulement se maintenir! Au contraire, les types d'en haut n'avaient même plus besoin de faire des saloperies! Ils ne s'étonnaient jamais d'avoir domestiques, voitures, vins, neige, soleil: la terre entière à leur service! Cela paraissait aussi naturel qu'aux oiseaux de voler! Pierre et ses copains étaient bien au-dessous du niveau de la mer.

Mais, certains jours, eux non plus n'y pensaient plus:
voilà le piège. Ce soir, Pierre regardait passer les
gars de l'autre catégorie. Pareils aux rois débonnaires,
rien ne les *séparait* des pauvres types; pourtant, tout
les en *défendait*... Pierre avait cru naïvement, comme
tant de copains, que l'on trouvait les Petits d'un côté
et les Salauds de l'autre: un champ de bataille bien
dégagé où l'on pouvait se jeter à corps perdu... Mais
il découvrait, ce soir, que le *système* était beaucoup
plus solide et fonctionnait à l'insu même de ceux qu'il
protégeait. Des salauds? — Mais non! Des gars qui
avaient mis leur confiance, une fois pour toutes, dans
le navire qui les portait. Ils pouvaient dormir tranquilles à bord: on ne force personne à visiter les
soutes! C'était ça, le monde... Si Pierre avait sauté sur *
le marchepied d'une de ces voitures, ouvert la portière,
crié: « Il y a des types qui doivent vivre un mois
entier avec ce que vous allez dépenser ce soir! Des
familles qui logent à six dans une chambre à peine
plus grande que votre bagnole! » — de quoi aurait-il
eu l'air? Il était l'ambassadeur d'un pays qui n'existait, ici, que dans les livres et les faits divers.

« Interdit de séjour »... Voilà! Pierre et six millions d'autres gars étaient moralement interdits de
séjour aux Champs-Elysées. D'ailleurs, il en remontait
le courant, le regard au sol, et parfois il traversait
l'avenue sans raison, et de biais: un chien perdu.

Il passait devant d'immenses restaurants qui exposaient, dans leur vitrine, des étages de gens en train de manger. A leur air, à la démarche des serveurs, on devinait de la musique derrière la vitre. Il passa devant des boutiques illuminées mais closes, comme la vie: la vie offre tout, mais derrière une grille. Dans un magasin aussi éclairé qu'une scène de théâtre, Pierre vit des voitures plus luisantes encore que celles qui remontaient sans fin l'avenue. Trop belles, celles-là! et pareilles aux chaussures dans les étalages: toujours plus brillantes que celles qu'on a le droit d'acheter.

Les gens du samedi soir attendaient en file devant les cinémas aux façades arrondies en formes de femmes. Ils épiaient leur plaisir ou leur émotion à venir sur le visage de ceux qui sortaient de la salle. Ils y entraient tout vides, capables seulement de regarder l'heure, de fumer une cigarette, de donner leur argent; ils en sortaient bourrés, annulés, remplacés par les plates figures de l'écran. Ils étaient devenus gangsters, sheriffs, entraîneuses...

Et Pierre aussi était devenu un passant, un spectateur, un homme du samedi soir. Il ne pensait plus à son copain Jean. Il éprouvait seulement, dans son corps, une sorte de lourdeur; il se sentait habité. Pareil à l'opéré du matin: dans l'éclaircie qui précède le réveil, il ne souffre pas encore, mais il sait déjà qu'un mal l'attend.

Subitement, Pierre choisit, sur sa gauche, une rue sans foule et sans lumières et s'y jeta, bousculant

même des passants afin d'y parvenir plus tôt. Comme
si c'était une question de secondes! Comme si l'air de
cette grande avenue lui fût devenu irrespirable! Ou
peut-être venait-il de comprendre qu'il n'était ici qu'en
terre de plaisir, et que ce refuge n'était pas assez profond. La Terre de Bonheur, l'antipode de Sagny, il la
trouverait plus loin: dans cette rue obscure et calme
aux maisons grises. Un bonheur inexpugnable...

Pierre marchait dans les douves de ces châteaux-
forts dont il se sentait exclu. Plus il regardait ces
immeubles, et plus lui venait l'absurde certitude qu'ils
n'étaient pas bâtis au milieu de la ville, mais que la
ville l'était autour d'eux. Par les fenêtres ouvertes, il
pouvait voir ou deviner le décor, les gestes du soir des
gens heureux. « Ils ne font rien de mal! » pensa-t-il
brusquement, et cette évidence l'arrêta, stupéfait, sur
le trottoir tiède. Quoi! ils dînaient, finissaient leurs
comptes, écoutaient la radio; les enfants disaient bonsoir. Cinq ou dix salles à manger ou chambres d'enfants, les unes sur les autres... Quel mal faisaient-ils,
les gens heureux? — Et pourtant...

C'était donc la malédiction de ce siècle: qu'il suffit
d'être logé à son aise et de manger à sa faim pour
devoir se sentir en faute? « Pas tous coupables, mais
tous responsables... » Et si seul, si dénué qu'il fût,
Pierre lui-même marchait, respirait ici, tandis que
Jean gisait quelque part sur un lit de fer ou sur une
dalle froide. *Un monde où l'on pourrait vivre sans se*

sentir coupable... Allons, c'était une définition suffisante du Royaume de Dieu.

Au moment même où lui venait cette pensée — la plus désolante, la seule consolante — Pierre s'aperçut qu'il se trouvait devant une église. Il ne l'avait pas aussitôt reconnue. D'abord, elle était construite de la même pierre que les maisons qui l'entouraient: on aurait dit l'une d'elles, la moins haute. L'homme de Sagny en fut scandalisé. Depuis son enfance, la maison de Dieu était plus solide, plus élevée, plus vaste qu'aucune autre dans le village. Et puis, ici, on l'avait entourée de grilles. Il était donc bien prisonnier dans ce quartier, celui qui avait dit: « Malheur aux Riches! » Un prisonnier traité avec beaucoup d'égards: une sorte d'otage... Et Pierre comprit que, lui aussi, ce soir, n'était qu'un prisonnier échappé. Il se grisait ici de l'air des Riches; il respirait cet anesthésiant sans pareil, l'air qui donne bonne conscience et vous souffle des arguments pour vivre tranquille: « Que l'égalité n'est pas de ce monde!... Que ça n'est tout de même pas votre faute, s'il existe du chômage et des taudis!... Que l'argent ne fait pas le bonheur!... » L'air des quartiers riches...

Ce type que, de vos fenêtres, vous voyez passer, seul dans votre rue, est un évadé du camp de Sagny. Vous ne connaissez pas? — Un camp vraiment moderne, maquillé en vraie ville, et où on est libre d'aller et de venir. Libre de ne pas trouver de chambre, ou d'y attraper la tuberculose; libre de ne pas trouver de travail, ou de n'y gagner de quoi vivre. On a le choix, vous voyez! On est tout à fait libre au camp de Sagny dont cet homme s'est évadé pour un soir. Il n'a pas l'air d'un prisonnier? — Il n'a pas non plus l'air d'un curé, n'est-ce pas? Ni d'un gars dont le copain vient de se tuer? Voyez comme on se trompe! même un samedi soir de printemps, alors que tout est si paisible, que vos comptes sont en règle et que le vent, par instants, sent le lilas...

Pierre marche vite, parmi ces grandes maisons bâties en pierre à tombeau. De plus en plus vite, parce qu'il lui semble qu'il s'enfonce, qu'il marche au fond de la mer, à présent. Ah! c'est bien la nuit de Pâques. Les mains dans ses poches, le cœur désert, les yeux secs, Pierre célèbre seul, en Terre de Bonheur, l'office des Ténèbres.   *

Des maisons... des rues... des maisons... Existe-t-il donc tant de gens heureux? A leur puissance ajoutent-ils donc le nombre? Alors, c'est Sagny — avec ses taudis, ses rats énormes, ses gosses squelettiques — c'est Sagny l'exception! Alors, à quoi bon lutter? tenter? vouloir changer le monde?

Le Découragement, plus désarmant encore que le Désespoir... C'est le dernier piège. Il est tendu au coin du Bois, au moment même où Pierre débouche sur ce vaste carrefour, plat comme la mer, et qu'éclaire en son milieu un phare gigantesque. Il y retrouve les longues voitures de tout à l'heure; et leur carrousel silencieux remplit cette grande scène, dont la toile de fond est une forêt domestique. Les autos luisantes en sortent et y retournent, toujours aussi lentement, poissons des grandes profondeurs. D'autres stationnent devant les grilles d'un hôtel qui resplendit au fond d'un parc. On y donne un bal: le vent tiède porte jusqu'à Pierre des odeurs de nourriture et des parfums de femmes; et Pierre se rappelle, à la fois, que Jean est mort, et que lui-même n'a pas mangé depuis douze heures. Le vent déchire et lui porte aussi des fragments d'une musique qui lui serre le cœur. Cette fois, c'est la capitale même du Bonheur qu'il vient de découvrir: derrière des grilles, toujours! Pourquoi pense-t-il, pourquoi ne peut-il plus penser qu'à la cuvette débordante de sang? Oh! cette masse de liquide inerte, inutile... Et pourtant, elle était la vie de Jean! Le sang se trouvait ici, et Jean se trouvait là: il n'y avait plus rien à faire... De quoi pleurer! de quoi vomir!...

Les chauffeurs des voitures bavardent par groupes, aussi gras et rouges que des flics; tous les hommes en uniforme se ressemblent. Et, pas plus qu'eux, ils ne comprendraient ce que Pierre pourrait leur dire, ce soir. Des frères qui ne reconnaissent plus l'un des leurs, quel mélo! Ils ont partie liée avec leurs maîtres, et c'est très bien ainsi: en Terre de Bonheur, tout est pour le mieux dans le pire des mondes.

Pierre leur tourne le dos et gagne la station de métro. C'est la dernière de la ville, la plus éloignée de Sagny; et c'est le dernier train qu'il attrape au vol, juste avant le claquement des portières et le cri aigu du sifflet dans la station déserte. Et c'est dans l'autre direction que roule le train, mais Pierre y retrouve son impatience. Plus vite! plus vite vers Sagny, vers les types maigres, les enfants gris, les cuvettes qui débordent du sang du Christ! Vers la lutte sans espoir, plus vite!

Pierre courbe le dos sous le poids des quartiers riches dont le métro traverse les caves. Cheval abandonné, Pierre ne relèvera la tête que lorsqu'il sentira qu'on approche de son domaine. Larmes, nausée, pensées, tout est comme pétrifié en lui. Son cœur est une grotte où quelque chose, en secret, coule goutte à goutte: le temps? le sang?

Il ne songe même pas que la nuit a viré de bord et que l'aube de Pâques, déjà, s'apprête au ras du ciel.

Il ne pense pas non plus qu'Etienne devait s'abriter, cette nuit, rue Zola, mais qu'il n'aura pas osé rester seul dans une maison aux portes battantes. Il ne pense pas que le petit Etienne... — Si! il vient d'y penser soudain, et son cœur s'affole comme celui d'un homme qu'on éveille en sursaut.

IX

MUGUET, COULEUR DES MORTS...   *

Pierre trouva la maison vide. Un certain entre-
bâillement des portes et la position de quelques meubles le persuadèrent que quelqu'un était venu, puis
reparti: tout ce qu'il craignait! En marchant, du métro
à Zola, Pierre se sentait si coupable qu'il n'osait même
pas prier d'y trouver Etienne. A présent, ayant touché
le fond de la honte et de la crainte, il avait le droit de
prier: « que Marcel ne se soit pas réveillé! qu'Etienne
se soit réfugié ailleurs! que... Oh! ce que vous voudrez, mon Dieu! mais assez de sang!... »

Il traversa le Parc où tout paraissait l'attendre et
l'épier sous la lune haute. Le même ciel qu'aux
Champs-Elysées, sans doute, mais là-bas on ne pensait
pas à lever la tête. Pierre y suivit des yeux la lente
transhumance des nuages. Quelle tentation de penser
que les événements et les êtres passaient ainsi, hors
de toute atteinte, sans que rien puisse entraver leur
marche! Après le Découragement, la Résignation —
oui, quelle tentation! Mais Pierre vit, sur le sol, les

traits qu'y avaient creusés les copains: le plan de la future chapelle. Ils avaient même tracé la place de l'autel. Pierre s'arrêta devant lui et sourit, pour la première fois depuis la mort de Jean. Cet instant effaça tout le reste, mais pour un instant seulement.

En retenant la porte de la palissade, de crainte que son claquement n'éveillât les gens de l'Impasse, il regardait déjà vers la chambre de Marcel et de Germaine. Il en vit les contrevents écartés et — mais c'est impossible! — la porte entr'ouverte. Il y courut; la chambre était vide, les lits défaits, une chaise renversée: un décor de faits divers, gris comme une photo de journal.

L'Impasse dormait; et Pierre sentit qu'on venait seulement de s'y rendormir, après avoir pris sa part d'événements qu'il ignorait. Le second sommeil, le seul profond... Pourtant, il fallait qu'il interroge quelqu'un! qu'il apprenne ce qui s'était passé! Il ne pouvait pas rester ainsi, tremblant sur ses jambes comme un poulain d'hier, comme un chien malade! Et la tête pleine de pensées qui tournaient si vite qu'il ne pouvait ni les suivre ni les ranger en ordre! Si cette ordure d'Ahmed avait eu le culot de garder sa chambre, Pierre n'aurait éprouvé aucun scrupule à le sortir du lit, lui! « Qu'est-ce qui s'est passé! Allons! qu'est-ce qui s'est passé? » Mais la chambre était vide, comme celle de Luis, sa voisine.

Sans espoir, Pierre fit doucement le *signal*: le sifflement qui faisait apparaître Etienne.

— Père!

D'où l'appelait-on? Qui veillait, avec lui, parmi ces volets fermés?

— Père...

Il marcha vers la voix. La lune éclairait platement l'arrière-façade du café qui fermait l'Impasse. Sur cette blême toile de fond, Pierre vit le buste et la tête de Denise penchée à sa fenêtre. Le jeu des ombres lui creusait deux trous noirs à la place des yeux: un visage de veuve.

— Denise!... Alors, Marcel? Germaine?

— Il a fait une crise. Papa a appelé Police-Secours.

— Et Etienne?

La réponse tomba de haut, comme un couperet:

— A l'hôpital.

— Grave?

Il vit très bien les traces luisantes s'allonger sous les yeux d'ombre: les deux bêtes du Désespoir se glisser hors de leur tanière. Il n'y avait que cela qui remuât dans la nuit claire, avec les nuages lointains; que cela qui parût vivre, aussi lent qu'eux.

— Grave? répéta-t-il d'une voix qu'il reconnut mal.

— Je ne sais pas.

— J'y vais!

Pierre repartit, suivi par sa grande ombre. Il ne songeait pas à compter ses démarches. Quand avait-

311

elle commencé, cette journée? L'enterrement de son copain Luis, le suicide de son copain Jean, sa fugue en terre de bonheur, et maintenant... Quelle heure pouvait-il être? — Jean disait toujours que le bonheur c'était de ne plus savoir l'heure. Jean... Le bonheur... Ce matin, à la sortie de l'église, une fille vendait le premier muguet « porte-bonheur ».

Dans le coin de la cour, rue Zola, Pierre prit le vélo qu'un copain y avait déposé en sûreté avant de partir pour un chantier, en province. Le 28 était le seul lieu de Sagny où rien ne fût jamais volé; le seul, pourtant, dont on trouvât les portes toujours ouvertes.

Pierre traversa la ville aveugle. Il ne rencontra que des agents qui dormaient debout, par trois, aux carrefours, ou pédalaient, par deux, avec une lenteur appliquée. Il ne croisa qu'une seule voiture qui roulait à une allure folle loin de Paris, de Sagny, loin de tout. Il n'eut pas le temps d'apercevoir ses occupants, mais il les envia. Qui sait pourtant si, à tombeau ouvert, eux aussi ne se ruaient pas vers quelque désastre?

Pierre atteignit le fleuve et commença de le longer à contre-courant. Il apercevait, en amont, la masse grise de l'hôpital, piquetée de lumières. Il se rappela sa première nuit à Sagny, et Bernard lui montrant de loin ces lueurs. « Une ville, c'est un hôpital, en plus grand... » Pierre se mit en tête que l'une de ces lumières était Etienne, et il ne cessa plus de la fixer. Si elle s'était éteinte...

L'interne de garde lisait un roman policier. Pour en imposer à ce médecin, Pierre se prévalut, pour la première fois, de sa qualité de prêtre. Le jeune homme (d'épaisses lunettes sur un regard froid) devait penser d'extrême-gauche: aimer les ouvriers et vomir les curés; mais, encore bourgeois, il traita Pierre en égal et le renseigna aussitôt.

— Je crains beaucoup une fracture du crâne. On ne le saura que demain matin, selon les réactions de la nuit. Beaucoup de fièvre, oui. Délire, naturellement. Mais ce qui m'inquiète surtout, ce sont les vomissements.

— Et s'il y a fracture du crâne?

— Ça, alors!..

Il termina par un geste qui abandonnait Etienne.

— A-t-il sa connaissance?

— Pas tout le temps. Ah! c'est moche, moche, moche... Vous fumez? (L'idée seule donnait à Pierre la nausée.) Son père l'a frappé avec tout ce qui lui tombait sous la main: même un... crucifix, m'a-t-on dit! ajouta-t-il en allumant sa cigarette, la tête penchée.

A la lueur de la flamme, Pierre vit le regard aigu fixé sur lui. Il répondit:

— Les hommes saouls se foutent des symboles. Et moi aussi, ce soir! Et vous aussi, n'est-ce pas?... Est-ce que le petit a une garde? ou est-ce que je peux...?

— Une vieille religieuse et une jeune femme. Montez, si vous le voulez. Prenez le couloir de gauche, l'escalier tout au fond, trois étages, Salle Lasègue. Je l'ai mis dans la petite chambre, à droite en entrant.

Pierre serra doucement cette main qui pouvait guérir Etienne. Il prit le couloir, puis l'escalier; il marchait sur des jambes de coton et respirait l'odeur nocturne de la douleur: éther, haleine, urine. « Non, pensait-il résolument, pas de fracture du crâne. Après Luis et Jean... Non! ce serait... ce serait *trivial*. Et la veille de Pâques?... Sans blagues? » Il se mit à rire — il le croyait du moins — mais s'arrêta aussitôt, car cela l'empêchait de respirer. La gorge serrée comme par une main... Il pensa qu'il lui fallait se méfier de son propre corps, cette nuit: l'impression d'être deux dans la même cellule, et chacun épiant l'autre...

Quand il pénétra dans la petite chambre, il vit d'abord, sur le lit, sous la veilleuse, une boule blanche et une boule noire. Celle-là était la tête d'Etienne, énorme, enveloppée de bandages à peine plus blancs qu'elle; celle-ci le chat de Luis, pelotonné sur les draps. Un seul souffle emplissait la pièce, rauque, inégal, et dont chaque expiration paraissait appeler au secours. D'où le petit corps tirait-il ce râle de bête égorgée, cette respiration d'homme agonisant? Suzanne et la vieille sœur s'étaient levées, chacune d'un côté du lit.

— Ma Mère, murmura Pierre, vous ne pensez pas, vous, que...

— Il est perdu, dit-elle.

Elle avait parlé trop brièvement afin de ne pas perdre son calme. Pierre s'agrippa des deux mains au rebord du lit.

— Pourquoi dites-vous ça!

— J'ai soixante-sept ans. Est-ce que vous croyez que c'est la première fois que je vois cela? ce délire, cette fièvre, ces vomissements? que j'entends cette respiration? — Il est perdu, reprit-elle d'une voix sourde.

Elle se rassit et pencha la tête brusquement. Suzanne marcha vers Pierre; il vit que son menton tremblait et qu'elle avait des yeux de vieille femme.

— Père, dit-elle soudain, pourquoi l'avez-vous abandonné?   *

C'étaient les paroles du Christ. Pierre ne trouva rien à répondre; il demanda seulement:

— Voulez-vous me laisser seul avec lui?

Les deux femmes se levèrent, se dirigèrent vers la porte. Comme elles allaient la franchir, l'enfant émit un râle effrayant et parut ne pas reprendre son souffle. Elles se retournèrent vivement, prêtes à...

— Non, dit Pierre très calme, laissez-nous seuls, tous les deux.

La porte refermée, il s'approcha d'Etienne et le regarda d'abord jusqu'à le reconnaître. Il n'acceptait pas ce masque de morgue; il voulait retrouver le vrai visage... Voilà... Voilà... Maintenant, on pouvait l'appeler, lui parler. Il siffla le Signal, tout doucement,

pour rappeler le gosse du fond de son absence, de ce
pays où l'on ne s'aventure que seul.

Il siffla le Signal. Il se sentait très vide; pas encore
assez, toutefois. Alors, il ferma les yeux à son tour:
« N'être rien, se dit-il. N'être rien et ne pouvoir rien
faire... » Il lutta un long moment avant de l'accepter
en pensée, puis en conviction, puis avec joie. « Rien...
Bien! »

Alors, il appela *les autres* dans la petite chambre
aux murs gris: le Christ, d'abord; et puis Sa Mère
(pas celle qui tient le petit enfant sur ses genoux,
celle qui tient le grand corps exsangue); et puis tous
les copains, plus légers et plus transparents que l'air,
mais si sûrs: la petite Thérèse, debout, glacée, contre
un mur glacé de couvent; la petite Bernadette, éblouie
à jamais, pure comme le gave; la petite Jeanne, inso-
lente et hardie; le vieux Vianney, squelette transparent; le vieux Vincent, aux yeux noyés... Il appelle
les copains du Ciel comme témoins; ce sont ses lita-
nies. Ils entrent; ils remplissent la chambre; ils se
tournent vers le Christ, eux aussi, et ils attendent.

« Il faudra tout de même bien que vous vous serviez de moi, prie Pierre: de mes pieds sales, de mes
mains sales, de ma bouche sale, il faudra bien que
vous vous en serviez! Voilà: *je vous donne ma vie
contre celle d'Etienne.* Pas que vous me fassiez mourir: cela me ferait trop de plaisir, en ce moment, vous
le savez bien! Mais tout ce que j'ai essayé de faire à

316

Sagny, retirez-le-moi, et qu'Etienne vive!... Il faut
que ce soit fait, bien sûr! mais un autre le fera à ma
place, aussi bien que moi... Ma vie contre celle
d'Etienne, la voici! »

Il étendit les mains; il ne savait pas très bien ce
qu'il faisait. Dans ces mains qui ne lui appartenaient
plus, il prit la tête difforme et douloureuse. L'enfant
agonisant poussa un cri qui parut réveiller Pierre. Il
recula d'un pas; il était brûlant et entendait distinctement son cœur battre: une grosse horloge dans une
maison vide. Il lui sembla que quelque chose avait
changé dans la chambre, et il lui fallut un moment
pour s'apercevoir qu'Etienne ne râlait plus mais respirait paisiblement, comme un enfant endormi. Pierre
n'en fut pas surpris; il se mit à sourire et fit le Signal.
Etienne ouvrit les yeux; un regard s'y forma peu à
peu puis s'attacha à Pierre. Il allait parler...

— Chut! dit Pierre.

Le regard se promena autour de la chambre, s'in-
quiéta, ne se rassura un peu qu'en rencontrant le chat
de Luis au pied du lit.

— Voilà, expliqua Pierre à mi-voix: tu es dans un
hôpital; on t'a mis un pansement autour de la tête
parce que tu as reçu des coups; c'est ton père.

— Je sais, murmura Etienne. C'est bien... J'ai
payé...

— Payé quoi?

— Luis.

317

Pierre allait parler; Etienne l'arrêta en levant sa main blanche. Il ferma ses yeux un moment et dit:

— J'ai faim... Tu vas m'emmener, Pierre?

— Non, vieux: tu vas dormir encore un peu. Attends...

Pierre sortit dans le couloir. « Venez », dit-il aux deux femmes, et il s'effaça pour les laisser entrer dans la chambre.

— Bonjour, Suzanne, dit Etienne. Tu fais une drôle de tête!

La sœur se tourna vers Pierre. Sa bouche tremblait un peu.

— Que s'est-il passé? demanda-t-elle.

— Rien, répondit-il en essayant de sourire: c'est Pâques, ce matin!

— J'ai faim, répéta Etienne.

— Donnez-lui à manger, ordonna Pierre.

Quand il sortit de l'hôpital, l'aube se levait au ras de la nuit: la dalle basculait. C'était l'heure où le Christ repousse la pierre sans effort, sort vivant, guéri, du tombeau; et les hommes de fer et de cuir tombent à la renverse, aveuglés. Pierre ne faisait qu'un avec son vélo, avec la route déserte, le fleuve, le ciel. Il se sentait, non pas heureux, mais *à sa place*. Et soudain, il eut chaud au cœur et, sans doute, rougit-il de plaisir: il venait de penser à la messe qu'il dirait tout à l'heure.

Il descendit de vélo et marcha en poussant la

machine à son côté: il voulait faire durer ces instants; et aussi sentir la terre sous ses pas, et marcher à la vitesse même du fleuve. Cette eau, toujours nouvelle et pourtant toujours semblable, oh! comme il aurait voulu qu'elle fût l'image de sa vie, sans cesse offerte et renouvelée! Cette eau qui reflétait le ciel...

Sagny approchait de lui au pas lent des bourreaux. Le fleuve se détourna de la ville grise; Pierre y pénétra. Sagny endormie avait l'immobilité redoutable des musées de cires. Jean y gisait mort quelque part; Madeleine y dormait, l'ignorant encore; Marcel, roué de coups à son tour, y cuvait au secret un vin couleur de sang.

Comme Pierre arrivait rue Zola, une brusque et brève bourrasque débarbouilla toute la rue, puis passa rudement à la suivante. Pierre déposa le vélo contre le hangar et poussa la porte du Parc. Il vit aussitôt que l'averse y avait effacé au sol les plans de la chapelle, et il tressaillit, bien qu'il en eût été certain d'avance. « J'ai donné ma vie pour celle d'Etienne, se répéta-t-il: tout mon travail à Sagny afin qu'Etienne vive... Eh bien! le Ciel se paye déjà. C'est juste!... » Au pied de l'arbuste, non loin de ce qui serait, de ce qui aurait été le porche, l'épi fragile, intact tremblait dans le vent. C'était juste.

Pierre franchit la porte de la palissade et retrouva l'Impasse telle qu'il l'avait laissée avant que se levât l'aube de Pâques. Denise dormait à sa fenêtre, comme

une marionnette oubliée sur le bord d'un guignol.
Sans doute était-elle agenouillée de l'autre côté, et sans
doute priait-elle quand la fontaine pétrifiante du sommeil l'avait noyée. Pierre siffla doucement le Signal,
une fois puis une autre. Il vit le malheur s'inscrire, en
un instant, sur le petit visage paisible; il dit très vite:

— Ne t'en fais pas, Denise! Il est tiré d'affaire!

— Tiré d'affaire? répéta-t-elle d'une voix enrouée
de sommeil, mais elle n'avait jamais encore entendu
cette expression.

— Guéri! Etienne est guéri!

— Les médecins?

— Non, dit Pierre fermement, le Christ. Tu peux
prier encore, Denise, mais pour dire merci.

Puis, il alla frapper chez Henri qu'il réveilla.

— Ah! te voilà? Qu'est-ce que tu foutais, hier soir?
Il paraît qu'Etienne est allé au 28 et que...

— Je sais, dit Pierre en rougissant. Et je reviens de
l'hôpital.

— Alors?

— Sauvé.

— Ah, dis donc!... Tu as bien fait de me réveiller.
Quand ils s'y mettent, les toubibs sont des gars...

— Les toubibs n'ont rien fait. Je t'expliquerai. Mais
Jean s'est... Jean est mort.

— Merde! cria Henri en sautant sur ses pieds. (Ses
jambes devaient trembler un peu, car il se rassit aussitôt sur le lit qui gémit.) Jean? Mais comment...?

Pierre sortit de sa poche le message de Jean, que le commissaire lui avait laissé après l'avoir lu, avoir froncé les sourcils, puis haussé les épaules. Henri le lut et le rendit à Pierre:

— C'était un anarchiste! Ça devait finir comme ça...

— Tu as mal lu, dit Pierre. Et puis, méfie-toi de la façon dont tu classes les types: c'est trop simple. A tantôt!

Il sortit et traversa l'Impasse, son papier à la main, annoncer les nouvelles à Jacquot et à Paulette. Drôle de facteur! qui venait apporter, dès l'aube, le meilleur et le pire...

Il le dit encore aux autres copains de l'Impasse; puis il rentra chez lui et se fit chauffer du café, car son cœur flanchait à la pensée qu'il fallait annoncer à Madeleine la mort de Jean qui l'aimait, qu'elle aimait sans doute.

Les cloches de Sagny-le-Haut commencèrent à sonner, pressées, exultantes, pareilles à des enfants qui sortent de l'école en courant. Pierre ouvrit l'armoire, écarta le bleu de travail et la capote kaki, sortit les ornements et les revêtit. Il lui semblait que Jean se tenait dans cette pièce et le regardait faire, un sourire dans ses yeux verts. Plusieurs fois, Pierre se retourna comme si quelqu'un venait d'entrer. Il avait placé sur l'autel, près du calice, l'adieu de son copain. Il lui paraissait inconcevable de devoir annoncer la mort de Jean, alors que l'autre était évidemment ressuscité...

321

— Joyeuses Pâques, Père!

— Je vous attendais, Madeleine.

— Vous paraissez très fatigué. Est-ce que...?

Il craignait toutes ses questions; lâchement, il se réfugia dans la messe.

— Au nom du Père et du Fils et du Saint-Esprit... *Je suis ressuscité et je demeure avec toi... Seigneur, tu m'a mis à l'épreuve et tu sais mon amour... Tu savais tout de moi, l'heure de ma mort et celle de ma résur-*
* *rection...*

Ces paroles, il lui semblait que Jean les lui soufflait: Jean lui servait sa messe de Pâques. Après avoir lu l'Evangile, Pierre regarda Madeleine et lui dit:

— Jean est mort. Ne dites rien!... Oui, Jean s'est tué, hier soir. J'ai couru tout l'après-midi à sa recherche et je suis arrivé trop tard... Non! pas trop tard, puisque je l'ai baptisé. Il a laissé ce mot, vous voyez? (Il le lui tendit; sa main frémissait.) Ne dites rien, Madeleine!... Jean est mort et il est ressuscité. Jean...

Il ne put continuer: sa voix s'étranglait. Madeleine était à genoux, et tout son corps tremblait comme celui d'une vieille. Elle ne cherchait pas à essuyer les larmes qui tombaient sur sa robe, sur l'adieu de Jean, sur le sol. C'était la première fois que Pierre voyait pleurer ce visage toujours souriant; il avait l'impression d'assister à un naufrage et de rester, impuissant, sur le rivage.

— Madeleine, dit-il, personne n'aurait pu le sauver: j'ai tout fait, j'ai...

— Moi, je l'aurais trouvé à temps, répondit-elle d'une voix lointaine et haute. Je suis responsable de la mort de Jean... De la mort de Jean, répéta-t-elle comme s'il fallait qu'elle prononçât encore ces paroles pour y croire.

— Non, dit Pierre très fermement. Jean aussi se croyait responsable de la mort de Luis. Et moi-même... Mais non! il y a de l'orgueil à cela. Si, Madeleine! Vous me l'aviez dit à propos de Jean: « Il ne croit que des choses fausses et qui lui font du mal... »

— Et vous me l'aviez dit, vous aussi! cria-t-elle: « Tout plutôt que le laisser partir seul et désespéré... »

— Il n'était pas seul: il allait vers le Christ; il l'a rejoint.

— Ce sont des paroles!

— Des paroles qu'il a écrites lui-même... Gardez ce papier, Madeleine. Il vous appartient.

— Il appartient à la police, comme toute chose! Ils me le réclameront!

Elle recommença de pleurer. Pierre aurait voulu la prendre dans ses bras. Il regarda le crucifix et pria: « Elle est au jardin des Oliviers, à son tour... Ne dors pas, Toi! ne dors pas! »

— Quelles sont ces paroles que vous avez dites au début de la messe, Père? demanda soudain Madeleine en relevant la tête.

323

Il n'hésita pas:

— *Seigneur, tu m'as mis à l'épreuve et tu sais mon amour...*

Il la vit fermer ses paupières, pareilles à deux vannes qui auraient voulu retenir les larmes. Il attendit encore un long moment, puis:

* — Dites le *Credo* avec moi, Madeleine, lui commanda-t-il.

Après la messe, Pierre raconta sa nuit, son retour, l'hôpital; il donna des nouvelles d'Etienne; il en demanda avec insistance de la famille que Madeleine avait dépannée hier. Où Madeleine les avait-elle logés? Pensait-elle trouver du travail pour l'homme? Avait-elle téléphoné à...?

— Mais bien sûr, répondit-elle en s'efforçant de sourire. Vous craignez donc que je laisse tomber la communauté?

— Oui, dit Pierre, je crains beaucoup pour elle.

Sa voix était si altérée que Madeleine le regarda en cessant de sourire. Les cloches reprirent brusquement leur sonnerie de fête et se bousculèrent joyeusement dans le ciel neuf. Pierre songea à tous ces gens qui se hâtaient vers l'église, le cœur tranquille.

— Nous sommes seuls, dit-il d'une voix rauque, tout seuls!

Peu après midi, Pierre gagne le presbytère de Sagny-le-Haut et demande à parler à M. le Curé. On le fait attendre. L'odeur d'un bon repas, le bruit des fourchettes et des voix passent sous la porte. Pierre pense soudain qu'il n'a rien mangé depuis hier à cette heure. Hier, à cette heure, Jean vivait, Etienne aimait son père, Madeleine souriait.

La porte s'ouvre et paraît M. le Curé, un peu trop rouge. Il montre ce bonheur irréprochable et simple de l'homme qui fait un bon repas, un jour de fête, avec des amis.

— Je m'excuse de vous déranger, monsieur le Curé. Voici, un de mes copains, Jean, est mort.

— Ce Jean dont m'avait parlé la Sœur Marie-Joseph?

— Sans doute. Il s'est... il s'est tué.

— Ah!

— Tué pour rejoindre le Christ. Je sais ce que vous allez dire, monsieur le Curé! Mais il était chômeur, seul, désespéré; il croyait ne plus avoir qu'un seul ami, le Christ: il a voulu le rejoindre.

— Si vous ne l'aviez pas converti, dit le vieil homme après un silence, il vivrait donc encore?

— C'est aussi ce que le Commissaire de Police m'a fait remarquer.

— Je veux dire, reprend l'autre un peu honteux, sa mort serait un fait divers, pas un scandale.

— Monsieur le Curé, je suis venu vous demander pour lui des funérailles religieuses.

— Pour un suicidé? Vous savez bien que c'est impossible!

— Les copains de Jean et tous ceux que je suis en train de rallier au Christ ne comprendraient pas.

Le Curé a un haut-le-corps:

— Mes paroissiens non plus ne comprendraient pas, si j'acceptais! D'ailleurs, reprend-il avec embarras, le
* Droit Canon est formel. Je suis obligé de...

— Bien! dit Pierre un peu sèchement, alors vous voici *obligé* de l'inhumer religieusement, car, sur son désir, je l'ai baptisé avant qu'il meure.

Le Curé paraît soulagé; un sourire monte jusqu'à ses yeux bleus.

— Dans ce cas...

On rit bonnement dans la pièce voisine. Les deux hommes détournent la tête, un peu gênés. « Pourvu qu'il ne me retienne pas à déjeuner », pense Pierre.

— Est-ce que, commence le vieux prêtre avec embarras, la société, le... tenez! les repas, par exemple, ne vous manquent pas? Les jours de fête notamment?

— Je ne comprends pas, monsieur le Curé: rien ne m'empêcherait, si j'en avais le cœur, de déjeuner aujourd'hui avec des amis.

— Je veux dire: des confrères, des... (Il s'embrouille) des gens de notre culture, de votre milieu...

— Le milieu où je vis... commence Pierre, mais il s'arrête: pas le courage d'expliquer, de tenter d'expliquer!

— Et la communauté? demande l'autre pour rompre le silence, la communauté ne vous manque pas?

— Je vis en communauté.

— Bien sûr, mais...

« Il va me demander enfin si la liturgie ne me manque pas, et puis l'entretien s'arrêtera... » Même pas! Le silence se prolonge.

— Mon petit, dit soudain le Curé, la Sœur Marie-Joseph m'a parlé d'un fait étonnant: la guérison, cette nuit, d'un enfant que les médecins...

— Etienne ne pouvait pas mourir la même nuit que Jean, monsieur le Curé! Il y a des choses impossibles.

— Des choses impossibles? Mais justement! Les médecins avaient pratiquement abandonné l'enfant...

— Ils n'avaient aucune raison de l'aimer!

— Et vous n'aviez aucun pouvoir de le guérir!... Ah! je suis très troublé, ajoute le vieil homme presque humblement.

On dirait qu'il attend, de Pierre, une parole *rassurante*; ou peut-être la craint-il. Mais il n'en recevra aucune; Pierre répète seulement à mi-voix:

— La même nuit que Jean? C'était impossible. Impossible...

Puis il prend congé du curé; mais celui-ci garde sa main dans la sienne, hésite un instant, dit enfin:

— Le Cardinal est très mal. Le saviez-vous?

— Non, répond Pierre qui entend battre son cœur dans son ventre vide.

— Angine de poitrine... Il est perdu.

Il est bon que le vieil homme rose soutienne, de sa belle main, Pierre si léger à son bras. Silence, silence où l'on entend tourner les petites cuillers, à côté. Un sentiment de panique s'empare de Pierre: partir d'ici, respirer, marcher vers Paris, vers le vieil homme blanc qui étouffe, en ce moment, peut-être...

C'est seulement dehors que Pierre s'avise qu'il n'a pas dit un mot d'au revoir au curé de Sagny. Il s'avise aussi (et cette pensée balaye l'autre, et le voici devenu très pâle, immobile sur le trottoir désert), qu'il ne peut rien pour son père le Cardinal-Archevêque. Il le voit, dans sa prison de pierres blanches, d'arbres, d'oiseaux... Non! cette fois, il ne parviendrait même plus jusqu'à lui. Et puis n'est-il pas *juste* que ce père lui manque? comme, tout à l'heure, la bourrasque a effacé au sol les plans de la Chapelle? Pierre pense seulement que le Ciel ne laisse pas traîner les dettes: le Ciel se paye vite!

Quand il entre dans la chambre d'Henri, Pierre le trouve plongé dans la lecture de *l'Humanité-Diman-*
* *che.* La table est mise pour deux.

— Tu attends quelqu'un, Henri?

— Oui, toi.

— Mais je...

— J'étais sûr que tu rappliquerais. Mince! tu as été long.

328

Le blouson bleu s'affaire devant un petit fourneau noir qui fume par toutes ses fissures. « Oui, pense Pierre, j'ai été long à comprendre qu'Henri est maintenant mon meilleur copain... »

— Dis donc, fait l'autre avec un sourire qui montre ses dents pointues, j'ai failli casser mon éléphant de porcelaine tout à l'heure! J'y tiens parce que...

— Ça ne me regarde pas, dit Pierre avec douceur; puis: — Ça sent drôlement bon, ta tambouille!

Ils se taisent, mais ce silence ne les gêne pas; c'est une bonne définition de l'amitié.

— J'ai pris un pain de deux livres. J'ai bien fait, dis donc!

Oui, Pierre engloutit comme un chien perdu. Les survivants mangent pour deux.

A la fin du repas, il se décide à raconter sa nuit à Henri: les Champs-Elysées, les quartiers riches, son découragement...

— Les autres n'ont pas tort, mon vieux!

— Ça ne veut pas dire qu'ils aient raison, sans blagues?

— Non, mais... Et puis ils sont si nombreux!

— Et nous? Viens donc faire un tour aux réunions du Parti, et tu penseras...

— Ecoute, Henri, fous-moi la paix une bonne fois avec le Parti.

— Je te croyais plus costaud que ça, tu vois?

Moi, cette nuit, à ta place, je serais revenu plus gonflé encore!

— A ma place, dit Pierre, tu n'aurais surtout pas quitté Sagny. Et Marcel n'aurait pas assommé son gosse!

— Etienne est complètement tiré d'affaire, reprend l'autre en dévisageant son copain. Suzanne est venue nous raconter une histoire de guérison un peu trop marrante pour moi! (Il attend une explication qui ne vient pas.) Maintenant, il faut sortir Marcel de là. C'est un pauvre type, Marcel! S'il habitait dans deux pièces, ça ne serait pas arrivé.

— J'irai le voir tantôt.

* — C'est à Fresnes. Tiens, tu lui diras de choisir comme avocat...

— Ecris-le sur un bout de papier. Tu ne viendras pas avec moi, là-bas?

— Non, ça ne sert à rien. Mais j'irai voir l'avocat. Il faut qu'on lui fasse un beau procès!

— Ah! dit Pierre, un beau procès?

Il passe le dos de sa main sur son front. Il pense à Marcel et au Cardinal; il ressent une grande envie de dormir, de vomir aussi.

Pierre, qui n'avait jamais pénétré dans une prison, trouva celle-ci exactement telle qu'il l'attendait. Avec les hommes, pas besoin d'imagination! Ils habillent la Nécessité, le Malheur ou le Plaisir des deux ou trois robes qu'ils connaissent, toujours les mêmes! Caserne, hôpital ou prison; coulisses, bordel ou fête foraine — ce sont toujours les mêmes décors. Vraiment, pas besoin d'imagination!

Pierre retrouva là les pierres sourdes, les murs blanchis puis salis de nouveau, les ampoules nues, les papiers crasseux sur des tables tailladées, l'odeur de mauvaise nourriture et les hommes en uniforme. Derrière ces murs et ces grilles, on comptait aussi les jours avec impatience; mais on n'y avait plus vingt ans, différence capitale avec le service militaire. C'est triste, un soldat aux cheveux gris...

Marcel avait été roué de coups, et Pierre reconnut à peine son visage gonflé de sang et de vin. Il gardait le souffle court, les yeux brillants et fixes d'une bête aux abois.

— Comment va le gosse? cria-t-il dès la porte du parloir.

— Plus bas! fit le gardien.

— Le gosse? reprit-il à mi-voix.

Son souffle, à travers le grillage, puait l'alcool et l'hôpital. Pierre monnaya la Grâce:

— Tu l'as presque tué, Marcel... Non! il en sortira, ajouta-t-il très vite, mais tu ne le mérites pas.

— Les vaches! gémit Marcel. Depuis ce mat ils me répètent que le gosse est sûrement mort, vaches!

331

Il avait porté ses mains devant son visage et ces mains tremblaient. Pierre les regarda: privées de travail depuis une semaine, devenues folles cette nuit, et condamnées de nouveau à l'inactivité. Et Pierre pensa aux mains des copains malades: roses, inutiles, avec des ongles de femmes — des mains de mort.

Marcel renifla, torcha son visage inondé.

— Ecoute, le gosse se laissait faire... Pourquoi, dis?... Comme s'il avait mérité la raclée!... C'est ça qui m'a énervé, tu comprends?

Oui, Pierre comprenait: « Payer... payer... pour Luis... » Voilà pourquoi Etienne ne se défendait pas.

Marcel recommença de pleurer, à visage découvert: des larmes pures qui sortaient de ce visage tuméfié, telle une source d'un rocher informe. Il pleurait comme on saigne: sans peine, mais en s'y épuisant.

— Allez! dit Pierre aussi gêné qu'ému, arrête-toi de chialer: je n'ai pas fait une heure de route pour voir ça!... Madeleine a dû aller voir Germaine... Ce soir, je retournerai voir Etienne... Et samedi prochain... (Il ne savait plus quoi dire!)

— Samedi prochain, on sera peut-être tous ensemble, fit Marcel en fermant les yeux. Est-ce que tu crois que le taulier nous gardera notre piaule jusque-là?

— Peut-être, mais... ce sera long, tu sais! beaucoup plus long!

— Pourquoi?

— Ton procès, Marcel...

— Un procès! Comme dans les journaux? Tu n'es pas sonné?

Il s'était levé; ses mains tremblaient de nouveau.

— Asseyez-vous! dit le gardien qui s'était levé en même temps que lui.

— Ecoute, Marcel: ce qu'on voit dans les journaux, justement, il faut bien que ça arrive à des types!

— Pas à moi! répondit l'autre sourdement.

Il se tut longtemps; son visage devint presque aussi gris que le mur, puis très rouge. Le gardien tira sa montre, la porta à l'oreille, la remonta, et bâilla. Marcel reprit, sur le même ton:

— Voilà: je les emmerde! Je les emmerde tous, puisque le gosse va bien...

— Je m'occuperai de lui, dit Pierre. Mais toi, occupe-toi tout de même de ton affaire. Voici le nom de l'avocat que tu réclameras...

— Lui ou un autre!

— C'est Henri qui conseille celui-là.

— Un type du Parti?

— Un type qui s'occupera de toi.

— C'est le temps, annonça le gardien.

— Embrasse-le! Tu l'embrasseras, hein? dit Marcel très vite et très bas, comme si ce fût un secret: comme si personne d'autre ne dût comprendre qu'il embrassât cet enfant qu'il avait assommé la veille. Il ne m'en veut pas, tu crois? demanda-t-il encore.

Soudain, son regard se durcit; Pierre ne put le supporter.

— Pourquoi me regardes-tu comme ça?

— Pourquoi es-tu venu? Pour me parler de ce procès?

— Parce qu'il vaut mieux que tu y penses. Et puis...

— Allons, amenez-vous! fit le gardien, et vers Pierre: C'est fini, Monsieur!

De ce côté-ci du grillage, on était « monsieur ».

— Et puis, reprit Pierre en souriant, je t'ai apporté aussi une drôle de bonne nouvelle: Etienne!

— C'est vrai, tu es chouette! cria Marcel.

Il avait presque atteint la porte du parloir; il se mit à rire en plissant ses paupières et en se frottant les mains.

— Alors quoi, sans blagues? fit le gardien scandalisé.

Le choc de l'immense porte se refermant derrière lui fit sursauter Pierre. Il éprouvait une sorte de honte à se retrouver libre, à laisser Marcel et mille copains inconnus derrière ces murs que la Saison ne franchissait pas. Cette gêne mêlée d'allégresse qui vous attend à la sortie des hôpitaux et des cimetières... Pouvoir donner un coup de pied dans un caillou! prendre la première rue à droite, sans raison, sortir des pièces de sa poche et pénétrer dans une boulangerie: c'était cela, la liberté! cela dont rêvaient les gars derrière leurs pierres aveugles. Qui sait si la liberté, comme l'argent, n'existait pas en quantité limitée dans le monde? En jouir, n'était-ce pas la voler à quelqu'un? L'homme le plus mal logé est plus heureux qu'un prisonnier; et le plus mal payé, plus heureux qu'un malade. On n'était donc sans reproche que dans le pire? — Oui, en attendant le Royaume, seul le pire était sûr.

Des cyclistes, qui s'en retournaient des forêts proches de Paris, passèrent devant Pierre; au guidon de leur vélo et autour de leur cou, ils avaient accroché des bottes de muguet. Ils étaient heureux et légers, ils saluaient n'importe qui de leurs longs bras. Voyant Pierre immobile sur le seuil de la Maison d'Arrêt, l'un d'eux lui jeta un bouquet:

— Tiens, mon pote, ça te portera bonheur!

Pierre n'eut que le temps de le remercier d'un sourire. « C'est l'amitié qui porte bonheur, pensa-t-il, pas le muguet! »

Imprécis mais impérieux comme un souvenir, le parfum montait jusqu'à lui, et son cœur se serra. Oh! pour Roger, pour Luis, pour Jean, le muguet n'était-il pas aussi chargé d'images, de saisons, de regards? Parfum du temps perdu, du temps qui passe et revient et ne vous retrouve jamais le même, oh! le muguet...

Il restait là, titubant de sommeil, fragile, assailli de visages: celui de Luis, déjà lointain; celui de Jean, qui s'éloignait; celui du Cardinal, aussi pâle qu'eux. « *Muguet, couleur des morts...* »

Le retour lui parut interminable. Pareil aux ouvriers de l'aube, il s'endormit dans le wagon; mais son esprit, l'esclave, comptait les stations! Il se réveilla quand le métro arriva à l'*Eglise de Sagny*, descendit sur le quai comme un automate, rentra rue Zola et dormit quinze heures.

X

QUE PAS UN SEUL DE CES PETITS NE SE PERDE!   *

Le Cardinal mourut un jeudi.   *

Les dernières semaines, il délaissait des audiences officielles et des tâches depuis dix ans quotidiennes, pour se faire conduire par la petite automobile noire, aussi triste et démodée qu'un bedeau, à travers la banlieue de Paris.

— Monseigneur, où allez-vous encore aujourd'hui? demandait M. Dutuy son secrétaire.

— Me désespérer, répondait le Cardinal.

Le visage contre la vitre, le cœur serré, les mains jointes, le Cardinal-Archevêque passait lentement parmi son peuple païen; le regard bleu faisait provision de ces visages gris. « Tous enfants de Dieu! Et je suis responsable d'eux tous... Pardonnez-moi, Père! pardonnez-moi... »

Il rentrait à l'Archevêché, débordant d'humilité et d'intentions, et remaniait à grandes pages un *plan de conquête* dont il savait à présent qu'il ne l'appliquerait pas lui-même.

Mais qui, justement, lui succéderait? Et celui-ci aurait-il la même hantise des âmes perdues? — Ces questions tourmentaient le Cardinal plus que le mal dont il mourait. Comme l'Abbé lui parlait, un soir, de « devoir accompli »:

— Non, monsieur Dutuy, dans un siècle comme celui-ci, le sentiment du devoir accompli n'est qu'un piège!

Les médecins avaient longtemps espéré que la mort soufflerait le vieil homme comme une bougie. Au contraire, flamme vacillante, il durait; il les envoyait promener: « Vous n'espérez pas me tirer de là, n'est-ce pas? Alors, laissez-moi finir seul: ces heures sont importantes pour moi... »

Le Cardinal mourut un jeudi. Les cours de récréation qui, les autres jours, faisaient à l'archevêché une ceinture de cris, de courses, de sifflets, restaient désertes et silencieuses. « Si les enfants m'abandonnent... » pensa le vieil homme, sans sourire; et il se rappela le petit garçon qu'il était. Les portraits simples, sur le mur, (son père en noir, sa mère en coiffe) et l'agonisant sur son lit de fer regardèrent s'approcher, du fond de la chambre, du fond des temps, cet enfant grave et buissonnier qui n'avait pas changé de regard. « Se sentir protégé, c'est le bonheur de l'enfance... C'est aussi celui du Ciel, pensait lâchement le vieil homme. Mais non! le Ciel, c'est l'un et l'autre: pouvoir enfin protéger parce qu'on se sait protégé... »

Il prolongeait, non sans timidité, ce tête-à-tête avec le petit garçon qu'il avait été. Il ne baissait pas son regard devant celui-là, si semblable au sien. Ainsi, au seuil de la mort, c'était cet enfant songeur et impérieux qui l'attendait. Il crut que cela affirmait l'inutilité de sa vie entière, mais c'était tout le contraire! Le dernier don de l'arbre qui meurt est, au même lieu, une graine toute semblable à celle dont il est issu.

L'après-midi vira de bord. Le soleil parut se détourner: toujours la même chaleur, presque la même lumière; pourtant ce jour était condamné.

Vers cinq heures, le Cardinal, immobile, franchit secrètement une écluse de plus vers la mort, car il se sentit soudain parfaitement seul. « Les autres, du moins, songea-t-il amèrement, leur famille les entoure! » Sa famille... Il n'avait revu ses parents et les témoins de son enfance que pour les assister dans leur agonie. Les lieux de ses joies enfantines et de ses vacances, il ne les avait retrouvés qu'entre deux trains du matin, entre une maison aux volets clos et une église tendue de noir. A présent, tous ces morts rigides et respectueux l'attendaient en silence au Train de l'Aube, entouraient de leur silence cette laborieuse naissance.

Allons! il n'était plus temps, ou pas encore temps de penser à eux! Il se devait encore à cette noire famille qu'il leur avait préférée: ses prêtres. Le Cardinal les fit venir, un à un, et les regarda d'un œil neuf. Pas un de leurs traits, de leurs gestes, pas une de leurs intonations ne lui échappait à présent; tout se gravait en lui, douloureusement, au moment de les perdre.

« Voilà, pensa-t-il encore, aujourd'hui seulement je sais les aimer, aimer jusqu'à leurs manies, jusqu'à cela d'eux-mêmes qu'ils ignorent: ce pli hypocrite de la bouche, ce geste irritant de la main, ce battement involontaire des paupières... Aimer! » Lui, leur père, n'avait pas su les aimer avant ce jeudi! eux que personne n'aimait, eux qui vivaient seuls, mourraient seuls! Et les autres, tous les autres, qu'il eût fallu aimer à temps!... Ah! s'élever parmi les hommes, c'était donc cela seulement: avoir de plus en plus d'êtres à aimer? — Il était bien temps de s'en apercevoir!

Un immense remords l'assaillait. Un océan de remords dont les vagues venaient de loin, d'années que le Cardinal croyait pacifiées depuis longtemps. Elles lui parvenaient enfin, elles se succédaient plus vite que son pouls affaibli, elles minaient la falaise blanche...

Bien sûr, le Cardinal n'avait jamais pensé que lui serait impartie la paisible agonie des âmes satisfaites, des chrétiens qui se croient en règle parce qu'ils ont mis leurs comptes en ordre et fait venir le prêtre. Mais l'affreuse agonie des saints, leur martyre, leur terreur, leur sueur glacée, le Cardinal ne l'avait jamais tout à fait comprise. A présent, jeudi six heures, il en était là: le sentiment d'avoir perdu sa vie, trahi sa charge, d'arriver les mains vides; c'était son Jardin des Oliviers.

Lorsque, deux ans plus tôt, il avait dû se mettre au régime, le Cardinal avait mesuré, d'un coup, les heures jusqu'ici perdues en repas. Les repas, sa seule complaisance... Mais, ce soir, un vertige le saisissait à compter *tout son temps perdu*. Il aurait voulu le crier à ses prêtres qu'on assemblait, maintenant, dans l'étroite chambre: « Jetez votre montre! Le secret n'est pas d'être exact, mais de ne pas rester à table!... Dormir? Non! tomber de sommeil... Ne pas laisser passer une seule minute! Et ne pas laisser passer un seul être sans l'aimer!... Oh! le temps... Oh! l'amour... » Il aurait voulu leur crier ces deux secrets, mais déjà il pouvait à peine parler...

Une si profonde angoisse se lisait dans le regard bleu que, sur un signe du médecin, les prêtres s'agenouillèrent et récitèrent à voix haute les prières pour les agonisants. Non, non! ce n'était pas l'approche des ténèbres qui terrifiait le Cardinal, mais la pensée de toutes ces âmes qu'il laissait orphelines. Les aimer tant, et n'avoir pas tout fait pour elles! et ne plus rien pouvoir! et ne pas savoir en quelle garde on les laisse!... Son cœur, à peine perceptible, se mit soudain à battre avec une telle violence que le médecin se pencha vers lui sans comprendre. Ce vieil homme, qui jamais ne s'était abaissé à lui livrer un symptôme ou à parler de souffrance, le surprendrait donc jusqu'au bout?

341

Comment le médecin aurait-il compris que c'était de chagrin que mourait le Cardinal à l'instant même? Qu'il entrait dans la mort à reculons et les yeux pleins de larmes?

Les prêtres, surpris, avaient suspendu leurs prières; on entendait, très loin, les bruits de la rue, de la vie: de tous ces enfants qui jouaient aux Métiers tandis que leur père agonisait. Et soudain la voix du Cardinal, impérieuse et suppliante:

— *Que pas un seul de ces petits ne se perde!*

Allons! il était déjà avec le Christ: il parlait Son langage...

Le Cardinal mourut un jeudi. Pierre célébrait la messe devant les copains. Dans la cuisine, Madeleine apprêtait la longue table avec des couverts de fortune; et quelques gars (qui aimaient déjà le Christ mais pas encore la messe) croyaient lui donner un coup de main. C'était la fin du mois: beaucoup n'avaient apporté aucune provision. « Deux pains et quelques petits pois-
* sons » à partager entre tous, comme dans l'Evangile...

Quand elle eut terminé, Madeleine poussa la porte et rentra dans la messe des autres. On en était au *memento des vivants* et chacun, les yeux baissés, disait tout haut ses intentions:

— ... Pour un copain, c'est la cinquième semaine qu'il est chômeur et son gosse est malade... Pour un Nord-Africain de ma boîte: c'est un pauvre type, tout le monde se fout de lui... Pour les gars qui se font tuer en Indochine, des deux côtés...

Pierre les laissa parler seuls, comme toujours; mais, après ce long silence où l'on se regardait à cœur ouvert, il dit à son tour, d'une drôle de voix:

— Pour le Cardinal Archevêque de Paris qui est en train de mourir...

Tous levèrent un regard étonné: l'Archevêque? Une sorte de patron lointain, un vieillard à vie... Seul, le gars qui avait accompagné Pierre à l'archevêché, la veille de la grève, sentit son cœur se serrer et dit à son voisin: « Il était chouette... »

— Sans lui, reprit le Père, je ne serais pas ici, vous voyez?

— Alors, on n'y serait pas non plus? dit un des gars avec un peu d'angoisse.

— Si, répondit Pierre fermement: un autre serait venu à ma place.

— Ce ne serait pas la même chose.

— Si!

Il avait parlé presque durement; les sourcils se froncèrent; il s'obligea à sourire.

— Une fois, le Cardinal est venu, parmi vous, assister à la messe, un jeudi...

— Un vieux en noir, très maigre?

— Oui.

— Il a pleuré quand tu nous as donné la communion.

Ils se turent. Chacun imaginait *son* Cardinal; seul, Pierre voyait la chambre modeste, les portraits au mur, l'étroit lit de fer et le regard bleu.

— Allons! fit-il à regret, et il poursuivit la messe mais sans quitter l'Archevêque.

Pendant l'élévation, la sonnerie du téléphone les fit tressaillir. Madeleine alla répondre à mi-voix:

— Ah!... Il y a longtemps?... « Que pas un seul de ces petits ne se perde! »... Je le lui dirai...

Quand Pierre en arriva au *memento des morts*, Madeleine s'agenouilla et dit:

— Pour le Cardinal Archevêque de Paris qui vient de mourir...

Les gars regardèrent Pierre. Il souriait toujours; deux longues larmes, dont il ne paraissait pas s'apercevoir, encadraient ce sourire tremblant.

Quand Pierre retourna le voir à la prison, Marcel ne lui parla presque pas d'Etienne. Il ne disait plus « le gosse » mais « mon fils », et du même ton que « mon procès »: l'avocat était passé par là. « Tous les journaux du Parti donneront! Il y aura peut-être même de la bagarre... »

— Ta gueule! lui dit Pierre. Si tous les types mal logés et en chômage assommaient leurs gosses, les hôpitaux seraient trop petits. Tu n'es tout de même pas un héros, Marcel, sans blagues?

— Et toi, tu n'y comprends rien. L'avocat est

décidé à citer mon fils comme témoin de la défense.
Alors tu vois!

— N'y compte pas!

— Tu ne vas pas gâcher mon procès, non?

— Tu as complètement perdu les pédales, Marcel.
Tu ne m'as même pas demandé des nouvelles d'Etienne
ni de Germaine...

L'autre baissa le nez, montra sa grosse tête mal
coiffée: un enfant aux cheveux gris. Pierre détesta
soudain l'avocat! tous les avocats, quelle que soit leur
profession!

— Quel temps fait-il dehors? demanda Marcel
d'une voix un peu sourde.

Pierre n'osa pas lui dire les trottoirs tièdes, les
soirs interminables, le merle dans le Parc.

— Un temps de saison, répondit-il sans le regarder.

— Reviens samedi, vieux. Et tâche d'amener... un
copain!

Ils se regardèrent en silence; tous les deux pensaient à Etienne.

En mai, l'Impasse fait ce qui lui plaît: elle ouvre
grand ses fenêtres et lâche ses gosses. Si les peuples
déclarent leurs guerres en été, les gosses entament les
leurs dès le printemps: de mai à septembre, l'Impasse
connaît l'état de siège. Luis n'est plus là pour leur
crier d'aller dans le Parc, ni Ahmed pour leur allonger des gifles; mais il reste d'autres ennemis — les

pavés, les chats, les parents — pour intéresser le jeu.
Le Parc? On y serait trop tranquille! Ce n'est un
champ de bataille convenable qu'au lendemain de la
lessive: quand tout le linge de l'Impasse y sèche sur
des ficelles tendues. Ce jour-là, on galope à travers le
camp ennemi, on fait irruption dans les tentes en écartant chemises et caleçons, les drapeaux-torchons claquent au vent: c'est la grande bagarre! Mais les autres
jours, l'Impasse grossie de ses affluents (les rues Barbusse, Arago et Zola) déborde de gosses. Les coups
de gueule, qui les appellent pour le repas, sonnent
l'armistice de la petite guerre: on voit les bombar-
diers piquer vers la soupe, les prisonniers s'évader,
et les morts ressusciter en bâillant. « Alors quoi,
Dédé, tu viens manger? C'est pour ce soir ou pour
demain?... » C'est pour tout de suite! Et la bombe
atomique — baaaoum... pchchch! — est abandonnée
dans le coin de la palissade jusqu'à demain.

C'est à cette heure que Pierre, de retour de la prison, traverse l'Impasse. Il voit des copains attablés;
d'autres qui ont déjà fini et fument la meilleure cigarette de la journée, assis par terre, le dos contre le
mur encore tiède; et d'autres, qui n'ont pas encore
commencé, mais fument aussi, pour tromper leur
faim. Jacquot, devant sa porte, répare gravement un
jouet absurde — 'soir, vieux! — et Alain le regarde,
plus gravement encore.

— Vous mangez avec nous, Père?

— Merci, Paulette, tout à l'heure. Etienne n'est pas...

— Dans le Parc, avec Chantal.

Depuis qu'il reste orphelin, Etienne couche rue Zola et prend ses repas chez Paulette et Jacquot. Pierre pousse la porte de la palissade et voit le garçon, la petite Chantal et le chat de Luis assis au pied de l'arbre dans un rond de soleil. Au Signal, les deux visages se relèvent du même geste, et Pierre reste saisi de leur ressemblance. Quoi d'étonnant? Il les a, tous les deux, ramenés à la vie: ils sont ses enfants.

Le chat de Luis s'étire et bâille en montrant deux dents pointues: lui, c'est à Henri qu'il ressemble!

Etienne, le front plissé par l'attention, lit des papiers; puis il ferme les yeux et remue les lèvres: il récite.

— Qu'est-ce que tu lis?

— Des papiers que l'avocat m'a demandé d'apprendre...

— Donne-moi ça!

— Comment va papa? demande le garçon, après un instant.

— Bien. Il... il m'a demandé de tes nouvelles.

Etienne le regarde et fait seulement « Ah? ». Pierre ne sait pas mentir.

— Paulette vous attend pour la soupe. Allez hop! tu viens dans mes bras, Chantal?

Mais c'est à Etienne qu'elle tend les mains. Il la

347

charge dans ses bras; elle-même tient serré le chat de
Luis. Qui porte un corps trop lourd pour lui est
toujours pathétique: Pierre remarque la maigreur
d'Etienne et, dans sa nuque, les deux câbles fragiles
tendus par l'effort.

— Etienne! Etienne!... — Non, rien... Va, je vous
rejoins!

Il se rend, à pas furieux, chez Henri, le trouve
attablé devant des pommes de terre qu'il délaisse et
une revue rouge qu'il dévore.

— Mange un morceau avec moi, Pierre, et puis on
ira à la réunion sur l'Indochine.

— Rien que des réunions! Rien que des paroles!
J'en ai marre, marre, marre!

— Qu'est-ce qui ne va pas?

Pierre jette les papiers sur la table:

— Tu rendras ça à Maître Machin et tu lui diras
de bien foutre la paix à Etienne!

— Si Etienne est appelé comme témoin, il vaut
mieux que...

— Il ne le sera pas. Les gosses sont déjà beaucoup trop mêlés à nos histoires! Etienne... Chantal...
assez!

— Chantal?

— T'occupe pas!

— Ce que tu appelles « nos histoires », dit Henri
en se levant, c'est notre lutte. Seulement, voilà: elle
est indivisible. A partir du moment où les gosses sont

aussi mal logés et bouffent aussi mal que nous, et
où ils n'ont pas d'autre avenir que manœuvres à
treize mille cinq cents balles, leur place est à côté
de nous, Pierre!

— Leur place n'est pas au tribunal pour y voir
leur père entre deux flics! Le premier mai dernier,
tous ces mômes, avec leurs pancartes, en tête du
défilé de la Bastille à la Nation, ça me donnait mal
au cœur!   *

— Tu as le cœur un peu trop fragile!

— Pour ce qui touche Etienne, oui.

Henri lève le nez et montre déjà ses dents cruel-
les; mais, parce que Pierre ne sourit plus, l'autre garde
pour lui ce qu'il allait répondre.

— Ecoute, reprend-il, soyons un peu réalistes:
est-ce que, oui ou non, nous voulons sortir Marcel
de là?

— En sortir Marcel, oui. Y flanquer son gosse,
non! D'ailleurs, ajoute Pierre brusquement, Etienne
doit partir se retaper à la campagne, le toubib l'a
dit. Salut!

Il sort un peu trop vite et rejoint les autres chez
Jacquot. Deux cuillerées de soupe en silence, et brusquement:

— Je ne suis pas repassé rue Zola!

— Vous irez tout à l'heure, Père.

— Non, quelqu'un m'y attend peut-être. Dites, je
saute là-bas et je reviens...

Oui, Suzanne l'y attend, assise sur le seuil de la maison vide; attend depuis longtemps, cela se devine à son attitude.

— Il faut rappeler Montmartre 23-12, Père, tout de suite!

— Le Père Pigalle? Est-ce qu'il a dit pourquoi je devais...

— Il faut le rappeler, répète Suzanne en rougissant; et elle se pelotonne dans le coin de la porte.

Montmartre 23-12: Pierre apprend que le mauvais garçon, auquel le Père a enlevé Suzanne, vient de sortir de prison. Il recherche la fille: il vaudrait mieux, pour quelque temps...

— Mais vous, Père, prenez garde aussi!

— Est-ce que Rome m'inscrirait au catalogue des Martyrs? demande en riant la vieille voix à l'autre extrémité de Paris. Bon courage! bonsoir.

Pierre raccroche. (Sous l'appareil, il a épinglé la dernière note du téléphone: 4710 francs. La communauté se développe, ça oui!)

Son regard rencontre, presque au sol, celui d'une bête apeurée. Le sourire seul peut retenir un animal prêt à fuir; le sourire, la main tendue, le tutoiement:

— Dis donc, Suzanne, il y a longtemps que j'ai promis de t'envoyer à la campagne avec Etienne: cette fois, c'est décidé!... As-tu dîné?

Ils retournent tous deux à l'Impasse, en silence. Chantal dort déjà; le nez d'Alain sombre dans son assiette. Etienne rêve, mais saute en l'air, bien éveillé, à la perspective de partir...

— A la campagne, chouette! Avec Suzanne?

— Avec Suzanne.

— Chouette! Quand ça?

— Très vite. Demain peut-être.

— Chouette! Où ça?

— Je ne sais pas encore. (Silence déçu.) Dis donc, Jacquot, ça manque de vin, ce soir!

— Economies, mon vieux!

— Tu rachètes un vélo?

— Non. C'est Paulette qui fait des économies.

Paulette retourne vivement à son fourneau: elle a si peu envie de répondre qu'on n'a pas envie de la questionner. D'ailleurs, voici Henri:

— Bon appétit, tout le monde! Tiens, salut, Suzanne!... Dis donc, Pierre, viens dehors une minute...

Ils s'asseyent au bord du trottoir, les fesses au tiède. Henri parle droit devant lui:

— Naturellement, tu ne sais pas où envoyer Etienne à la campagne?

— Etienne et Suzanne: il faut qu'elle... prenne l'air quelque temps, elle aussi.

— Mais où ça?

— Aucune idée.

— J'ai mes parents, près d'Orléans, reprend Henri * avec effort.

— Tu ne m'en as jamais parlé.

351

— Quel intérêt? Je vais leur écrire un mot: ils recevront le gosse comme si c'était le mien.

— Tu es chic, Henri.

— Laisse tomber!

Ils se lèvent et marchent sans un mot. Les voici devant le logement de Marcel et Germaine, sombre et fermé comme un caveau.

— Ecoute, Henri, je... tu diras à ton avocat que je lui enlève un témoin mais que je le remplace par un autre.

— Lequel?

— Moi. J'irai déposer au procès de Marcel.

— Dis donc, fait Henri après un silence, il faudrait peut-être que tu voies Maître...

— Non merci! Je n'ai pas besoin de papiers, moi.

Le surlendemain, à six heures du matin, Pierre
* accompagne Etienne et Suzanne à la porte d'Orléans. La Sœur Marie-Joseph les a conduits jusqu'au métro. Comme ils en descendaient les marches, elle les a rappelés pour embrasser Suzanne sur les joues, Etienne sur le front; puis elle est repartie, avec son parapluie.

Etienne porte le chat de Luis dans un panier percé d'où la bête s'est déjà enfuie deux fois: place de Montrouge et avenue d'Alésia; il a fallu faire la corrida sur les trottoirs déserts! Suzanne est vêtue d'une sorte de tailleur à basques qui date du temps où elle faisait le trottoir et qui préoccupe Pierre.

— Il ne fallait pas vous déranger, Père!

— C'est vrai, dit Etienne, j'aurais pu faire du *stop* tout seul.

— Je t'entends d'ici! « Est-ce que vous ne pourriez pas nous conduire à Orléans, s'il vous plaît? » Mais, mon vieux, c'est toi qui rends service au gars! Tu lui donnes une occasion de faire plaisir, et les types adorent ça! Et puis, au lieu d'être seul, il...

— Tiens! celui-ci me plaît.

D'un geste large et d'un sourire plus large, Pierre arrête un routier qui conduit un camion *Messageries de Touraine* de la même couleur que son visage vermillon.

— Dis donc, vieux, tu passes par Orléans?

— Bien sûr!

— Eh bien! tu as de la veine: voilà de la com- *
pagnie pour toi!... Montez, vous autres!... Allez, merci hein?... Tu m'écriras, Etienne!

— Embrasse Denise! crie Etienne en rougissant.

7453-SM 2. Pierre regarde le numéro du camion devenir de plus en plus petit, pareil à ces lettres étranges que l'oculiste vous fait lire. Quand il est indéchiffrable, Pierre se détourne vers la ville et repart à regret.

Devant lui, des boutiques fermées, des bistros ouverts, et le métro qui dégorge ses bonshommes à casquette, musette et sandales. Les bonshommes à chapeau, cravate et serviettes dorment encore derrière leurs persiennes de fer. Derrière lui (et dont il s'éloigne à grands pas), des arbres, des rivières, des jardins: le vent le lui dit... C'est de sa jeunesse pêcheuse et braconnière que ces parfums-là viennent à sa rencontre, dans le petit matin, se risquent à toucher la ville comme, au jeu de barres, le plus audacieux touche les *prisonniers* pour les libérer. Elles ont rejoint Pierre, les odeurs buissonnières, mais vont-elles le délivrer? C'est pourtant l'heure grise et rose où les captifs s'évadent... Le dos tourné à la liberté, Pierre rêve d'une petite maison sans étage, au milieu d'un jardin sans murs, dans un village sans usines. C'est sa tentation familière, ce village heureux!... On y connaîtrait tous les visages... Le soir, on entendrait *l'angélus*...

« Allons! est-ce que cela empêcherait Sagny, tous les Sagny de la terre d'exister? » Trop tard! Ce monde tranquille est condamné, ce village d'enfants et de retraités est fermé à Pierre puisque Sagny existe! D'ailleurs, à Sagny aussi on connaît tous les visages! et l'air y est plus pur qu'à la campagne, puisque l'argent n'y compte pas. Tout à l'heure, Pierre sera dans l'atelier, au milieu des copains: ce soleil heureux, qui vient de se lever et s'étire encore, des verrières crasseuses l'en sépareront; ce vent libre, qui lui parle à l'oreille et lui porte encore les odeurs simples de la campagne, le tumulte et la poussière de métal l'auront remplacé.

Pourtant Pierre se hâte vers Sagny: parce qu'à

l'usine on n'a plus l'envie ou plus la force de réfléchir; parce qu'on y est moins seul. Parce qu'il est
facile d'y faire son travail de prêtre: sourire, écouter,
être là... Car il suffit d'être là, avec le Christ dans
son cœur: les gars le sentent bien! N'importe qui,
entrant dans une église, peut dire si le Saint Sacre-
ment s'y trouve ou non... Une présence dans l'usine,
mais qui ne laisse personne tranquille! un arbre qui
grandit tout seul! « J'ai parlé de toi à un copain de
la Générale des Métaux... » Ou: « Ma belle-sœur,
qui travaille à la Biscuiterie, voudrait que tu viennes
manger chez eux, un soir... » Oui, chaque jour, des
victoires à l'usine: des types qui se réconcilient,
logent un copain chez eux, partagent: qui imitent le
Christ sans le connaître encore.

Tandis que la rue Zola, Pierre n'y rentre plus sans
appréhension. Tous ces inconnus qui l'y attendent,
assis et silencieux comme chez le médecin ou le
notaire: comme dans tous les lieux où un autre va
décider de votre sort! tous ces inconnus — jamais
les mêmes, mais toujours les mêmes yeux — il les
regarde souvent avec plus de pitié que d'amour.

Et le visage de Madeleine, qui, lorsqu'elle ferme
ses yeux de lassitude, devient un masque mortuaire...
Et ces heures perdues en démarches, en recherches,
avec, certains soirs, un moindre souci d'aboutir que
de seulement perdre ces heures au service des autres:
de se justifier...

Toujours osciller entre ces deux tentations: toucher le fond, ou s'organiser. Le travail d'organisation? — Mais Madeleine peut le faire sans lui! mieux que lui! Et puis, prétendre ramener les gars au Christ en les dépannant, les logeant, leur trouvant du boulot, c'est le métier des Œuvres! C'est ainsi que l'Eglise a dérivé depuis un siècle, s'est constitué une clientèle affamée, et sert de majordome aux riches, auxquels elle monnaie le ciel — un placement de père de famille! Mettre la chapelle sur le chemin du réfectoire... Oh! bien sûr, on ne les oblige à rien! Mais « s'ils ne venaient pas à la messe après ce qu'on a fait pour eux »...

Tout cela répugne à Pierre; et voici qu'il y succombe aussi! Que va-t-il devenir, s'il poursuit dans cette voie? Un poste avancé de la paroisse? l'agent secret du curé de Sagny?... Partie perdue! Il existe déjà des *truqueurs* — la Sœur Marie-Joseph le lui a dit — qui quémandent auprès des œuvres paroissiales après avoir été dépannés rue Zola, ou l'inverse! C'est fini: Pierre est *installé*. Le Christ, lui, ne s'arrêtait jamais!

La rue Zola, d'autres peuvent la maintenir; lui, devrait s'en aller, les mains aux poches, le Christ au cœur: entrer par chaque porte ouverte, frapper à chaque porte fermée, « Salut, tout le monde! » A l'heure où le jour baisse, chaque demeure est Emmaüs. Ne même pas parler! être là et sourire... Bien sûr, il vient

356

aussi, rue Zola, des gars qui ne demandent rien, rien
que le Christ. Mais que d'heures passées à les convaincre! Et comme ils font payer cher leur conversion, parce qu'ils savent bien qu'ils *intéressent* Pierre!
La brebis perdue et retrouvée, qu'elle se fait lourde
dans les bras! Leur complaisance irrite Pierre; et la
sienne aussi: car, à la fin de leurs entretiens, chacun
n'est-il pas plus satisfait de lui-même que de l'autre?

Pierre marche vers Sagny, incertain mais lucide,
lucide et sans défense: depuis la mort du Cardinal, il
ne se sent plus protégé. L'Archevêché est resté vacant
plusieurs semaines. Quand Pierre y songeait, il voyait *
Notre-Dame immobile, pareille à une grosse bête surprise et inquiète; et la maison blanche où le Cardinal
l'avait reçu, il la voyait consternée, traversée de pas
feutrés, peuplée de chuchotements. A présent qu'un
nouvel archevêque a été nommé, Pierre conserve la
même impression, et il s'en veut.

Il vient de mettre en sécurité ses deux convalescents, Etienne et Suzanne; et il en est heureux, car
il sent bien que les nuées s'amassent au-dessus de
Sagny. Luis et Jean, si fragiles à leur manière, eh
bien, Pierre est presque satisfait de les savoir définitivement en sécurité... Et il songe à Madeleine avec
cette sorte de remords qu'éprouve, envers son équipage, le capitaine qui n'est plus très sûr de son bâtiment.

Méfiant et noble, comme le cerf qui pressent dans l'air une menace à l'heure où les équipages ignobles s'apprêtent! Innocent et courageux, comme le cerf! Et sacrifié d'avance parce qu'il est seul, lui aussi, Pierre, oh! Pierre, dont le cœur bat...

Et il sourit — sa seule arme! — et il se hâte vers les copains, vers les plus petits, les plus pauvres: vers le Christ, passager clandestin de Sagny... « Il n'est pas de plus grand amour que de donner sa vie pour les siens. » Pierre se hâte, comme la bête menacée, vers le piège tendu là. Rien ne peut plus rien arrêter...

L'audience s'annonça par une assourdissante sonnerie, celle qui, dans les théâtres, prévient de la fin de l'entracte. Pierre et les autres poussèrent la porte capitonnée. La scène, au fond, était encore vide; la salle sentait l'homme. On avait pleuré, supplié, menti, jugé là. Il était impossible que ces murs n'en fussent pas imprégnés. Pierre se sentit le ventre inquiet; les autres essayaient de goguenarder.

— Votre casquette, leur dit un garde, ôtez votre casquette!

Henri serra la main de plusieurs types importants du Parti. Il y avait aussi, dans les premiers rangs, beaucoup de journalistes et de photographes qui rigolaient entre eux. Henri en était fier:

— Dis donc, tout ça, c'est pour Marcel!

On annonça: « Le Tribunal! ». Ils entrèrent tous *
les trois: un vieux qui ne regardait jamais personne,
une femme qui paraissait déjà éreintée et consultait
sa montre, un jeune aux yeux très noirs. Pierre les
regarda et leur fit confiance. Ce fut, pour lui, l'instant d'espoir, le douzième coup de Noël, le soleil de
Pâques: les Juges venaient d'entrer... Enfin, des hommes! En face des cars de la police, des pierres de
la prison, des papiers de l'avocat — des hommes se
dressaient enfin, avec des yeux qu'on pouvait regarder, une voix qu'on pouvait entendre, un cœur qui
battait comme le nôtre. Pierre vit encore un magis-
trat en noir, assis sur le côté, derrière une vitre épaisse,
et qui promenait sur le public un regard impérieux.

— Le procureur de la République, souffla Henri. *
Tu parles d'une vache!

Personne ne disait rien. On portait hâtivement des
dossiers de l'un à l'autre. Tout était noir et blanc, et
muet, comme au cinéma d'autrefois. Mais, sur un
signe du président, les gardes entrèrent, entourant le
premier inculpé. Ils étaient trois pour lui seul: rou-
geauds, la chair à fleur de peau, lui, maigre et gris.
Trois contre un! Allons, cela se situait donc entre
la course de taureaux et la chasse à courre. Le gibier,
ici, avait une pauvre gueule. Mais les gardes, vêtus
du même costume fripé, sans képi, sans cravate, gris
de honte et de solitude, les gardes auraient eu une
sale gueule.

— Vous vous appelez...? Vous êtes né...? le 13 avril, à Montreuil, vous avez volé...?

Pierre remarqua que le président interrogeait l'homme sans le regarder. Il reprit peur; son ventre lui fit mal de nouveau. « Que se passe-t-il? » Il aurait voulu pouvoir parler au président, lui dire: « Mais regardez-le! c'est un pauvre type, un brave type... »

— Vous reconnaissez les faits?

— Oui, répondit l'homme dans un souffle, et il baissa la tête.

Les faits, son avocate les exposa en bredouillant. Elle avait mauvaise vue, elle n'avait pas de talent, et le tribunal paraissait si pressé... Et puis, elle n'était pas payée pour ça! La preuve, c'est qu'elle disait « mon client »: si son client l'avait payée, elle aurait dit « nous ».

— Mon client a volé une bicyclette, c'est vrai. Mais le Tribunal tiendra compte des circonstances. Mon client sortait de l'hôpital. Il se trouvait, vous le savez, dans des conditions familiales douloureuses... Chômeur... Il a volé cette bicyclette afin de trouver plus facilement du travail... C'est la première fois...

— Trois mois!

Le président avait échangé un coup d'œil avec le procureur, un froncement de sourcils avec ses assesseurs et, d'une voix sans passion, sans animosité, d'une voix parfaitement indifférente et sûre d'elle:

— Trois mois!

Pierre sursauta et interrogea Henri à voix basse:

— Qu'est-ce qu'il veut dire?

— Trois mois de prison.

— Ça n'est pas possible! Le gars était chômeur, on le leur a dit! Il faut...

— Laisse tomber!

— Mais alors... Marcel? Marcel est foutu?

— Foutu! dit Henri en enfonçant ses mains dans ses poches.

— Non, reprit Pierre après un instant. Que ton avocat la boucle: nous saurons leur expliquer, nous!

Déjà le greffier appelait impatiemment une autre affaire. L'avocate plia bagage, fit un geste d'impuissance à l'adresse de « mon client » et courut vers une autre audience.

On appela dans la salle « les témoins de la défense dans l'affaire Rougier ». Rougier? — Mais... mais c'était Marcel? Cette fois la machine était en marche, il n'y avait plus qu'à serrer les dents.

Un garde les conduisit dans une pièce mal éclairée. Au-dessus des banquettes, les dos avaient laissé une marque sale sur le mur gris. Ils s'assirent là; aucun d'eux n'avait envie de parler. Les bruits de l'audience, les répliques de l'interrogatoire ne leur parvenaient qu'entre deux battements de porte. Pourtant, la voix aiguë du procureur leur arrivait par lambeaux, pareille à celle d'un acteur qu'on entend des coulisses. Ils s'approchèrent de la porte marquée *Salle d'audience* et prêtèrent l'oreille.

— Dites, ça n'est pas régulier! fit le garde en se levant.

— Et vous croyez que c'est régulier que le procureur parle autant pendant l'interrogatoire? demanda Henri.

— Après tout..., reprit l'autre avec un geste qui signifiait « Je m'en fous! »

Ils retinrent leur souffle pour entendre l'homme en noir, le seul dont les phrases leur parvinssent. Ils devinaient ses gestes, ses jeux de manches; ils imaginaient la tête de Marcel et de Germaine, au milieu des trois gardes, sous les yeux du public. Les photographes devaient guetter l'instant, tels des insectes mangeurs d'insectes, pour prendre leurs instantanés, toujours faux.

« ... Indignité paternelle caractérisée... ne venez pas nous parler de logement insuffisant... la « condition ouvrière » n'est pas un alibi... pauvre petite victime, sans doute encore à l'hôpital... »

— Mais, dit Pierre, il sait très bien qu'Etienne...

— Naturellement!

« ... si le tribunal se transportait devant le lit où souffre, nuit et jour, ce petit enfant à jamais fragile... »

Pierre sortit de sa poche une carte reçue d'Etienne, le matin même: ... *On rigole bien. Ne le dis pas à*

Denise. J'ai jamais tant mangé: ici on met du beurre
sur la table. Embrasse maman et papa...

— Tu vois, dit Henri, si le gosse avait déposé,
ça lui aurait coupé le sifflet à l'autre guignol!... Tiens, *
c'est le tour de Germaine...

« ... Qui oserait encore vous appeler une mère...
l'enfance innocente qui vous tendait les mains... qui
crie justice contre ses bourreaux... »

— Ce con de Marcel doit être en train de pleurer,
dit Henri. Il doit trouver que l'autre parle bien!

— Il parle bien! fit le garde qui écoutait aussi.

— Oui, mais il n'y croit pas, dit Pierre.

La voix se tut. Ils imaginèrent l'accusateur se rasseyant dans un fouillis d'étoffe noire, rajustant ses
manches, promenant sur le public son regard provo-
cant. Presque aussitôt, on vint chercher « le premier
témoin », Henri. Pierre se mit à marcher dans la
pièce: il ne pouvait tenir en place; son cœur battant,
son ventre tenaillé, ses mains moites, tout aurait fait
penser qu'il était l'accusé. Il s'arrêta devant le garde:

— Toi aussi, tu crois que mon copain Marcel est
un salaud?

— C'est à eux de décider.

— Mais tu en sais autant qu'eux!

— Plus! dit le garde en baissant la voix: mon
père me battait quand il était saoul, et il se saoulait
chaque fois que ma mère cavalait...

— Eh bien! c'était un salaud?

— Non mais sans blagues? fit le garde furieux.

— C'est pourtant ce que l'autre vient de dire de mon copain Marcel, et tu trouves qu'il parle bien!

A ce moment, la voix du procureur leur parvint, violente:

— Non, Maître, non! ce n'est pas un procès politique!

— Voilà l'avocat qui s'en mêle, dit le garde.

— Il va tout gâcher!

La porte s'ouvrit et le greffier parut:

— Le second témoin de la défense!

Pierre le suivit dans le corridor; l'odeur, la chaleur, la rumeur s'approchaient de lui à chaque pas. En pénétrant dans la salle, il ne vit d'abord que les yeux de Marcel et de Germaine, leur regard étroit et fixe attaché sur lui. C'est que lui-même, avant d'entrer, regardait dans leur direction. Pierre leur fit un sourire, un clin d'œil, et ses lèvres formèrent: « T'en fais pas! »

— ... la main droite, dites: « Je le jure! »

— Je le jure, dit Pierre.

Il regardait les juges avec gêne et curiosité: comme s'il se fût trouvé, nez à nez, avec des comédiens vus, la veille encore, sur une scène.

— Veuillez nous dire *avec précision*, fit le président en paraissant ne soulever sa manche qu'au prix d'un immense effort, ce que vous savez de l'inculpé.

Au ton de la voix, à l'air las et méfiant des juges,

Pierre comprit que le témoignage d'Henri avait dû être maladroit. Lui-même n'avait rien préparé. « Ne vous mettez pas en peine de ce que vous répondrez car l'Esprit, alors, vous le dictera... » Il eut pourtant un instant de panique.

— Eh bien? dit le président surpris de ne pas l'entendre débiter son couplet à son tour.

— Je connais bien Marcel et Germaine, commença Pierre lentement, et leur petit Etienne aussi. Marcel travaille... enfin, travaillait...

— Puis-je, interrompit le procureur sans regarder Pierre, faire remarquer au second témoin de la défense que le premier témoin nous a déjà fourni toutes sortes de détails sur la situation et le logement de l'inculpé?

L'avocat se dressa comme une marionnette:

— Les témoins de la défense ont-ils ou non le droit à la parole?

La manche du procureur s'envola lourdement, tel un oiseau de nuit.

— Continuez, dit le président à Pierre avec lassitude.

— Des détails, reprit Pierre comme s'il se parlait à lui-même, on ne vous apporte que des détails... Mais comment pourriez-vous savoir, monsieur le Président? Moi-même, avant d'arriver à Sagny, je ne savais pas. La nuit de mon arrivée, un petit enfant est mort à l'hôpital: les rats lui avaient dévoré la tête...

Les journalistes prirent des notes, les photographes se levèrent et commencèrent à guetter Pierre.

— Je vois, dit le procureur en souriant, que messieurs les journalistes apprécient les détails... pittoresques! Mais je doute que le tribunal...

— Pittoresque? reprit Pierre en se tournant vers lui. La mort est souvent pittoresque, surtout celle des autres... Monsieur le Président, cela se passait dans le logement qui fait face à celui de... de l'inculpé. Le petit enfant est mort, mais les rats sont toujours là. Mon meilleur copain — il s'appelait Jean — s'est tué, le mois dernier, en s'ouvrant les veines. C'est très salissant, mais il n'avait pas le choix des moyens: pour se suicider au gaz, il faut avoir du gaz; et pour acheter une arme ou des cachets, il faut de l'argent. Jean n'avait pas d'argent: il était chômeur, comme Marcel — comme l'inculpé. Monsieur le Président, vous ne saurez jamais ce que c'est que d'être chômeur. Pour un homme, ne pas avoir de travail; pour une femme ne pas avoir l'enfant... (Il vit les yeux de la femme-assesseur se fixer sur lui), je crois qu'on peut en crever. Pas de travail: l'usine avait renvoyé Jean et Marcel et huit autres, à la suite d'une manifestation, à la suite de la grève: voyez, tout s'enchaîne! Et la grève avait eu lieu...

— Le Tribunal ne s'occupe pas de politique! coupa le procureur.

— Moi non plus, monsieur le Procureur! et Jean non plus! et mon ami Luis non plus, qui a été tué par la police pendant la manifestation. Il avait été chassé du Parti communiste et il ne se mêlait plus de politique. Mais nous avons fait grève et nous avons manifesté parce qu'on ne peut pas vivre avec treize mille francs par mois. Cela n'est pas un argument, je le sais! C'est un fait. Les Cardinaux et Archevêques de France...

— Nous savons! dit le procureur en se levant. Mais ce que le Tribunal ne sait pas et que, pour l'honneur de l'Eglise, j'aurais aimé cacher au Tribunal et à la Presse, c'est que le témoin, qui vient de faire le procès des gardiens de l'ordre et l'apologie des manifestations, de la grève et du suicide est un prêtre! Le témoin est prêtre-ouvrier à Sagny...

Il prit le ciel à témoin — comme si, dans aucun procès depuis celui du Christ, le Ciel pouvait être du côté du procureur! — puis il se rassit et regarda la salle. Mais personne ne lui rendit son regard: tous dévisageaient Pierre. Ils le virent serrer la barre de ses deux mains comme un homme prêt à tomber, puis relever lentement la tête. Il se fit un tel silence qu'on y entendit, dans le box des accusés, Marcel murmurer: « Fallait pas, Pierre!... »

— Oui, reprit Pierre très lentement, je suis prêtre-ouvrier; mais je ne vois pas en quoi cela rend suspect mon témoignage. Jusqu'ici je vous ai parlé

comme un ouvrier que je suis; à présent, je voudrais
vous parler comme un prêtre que je suis. Un jour,
un homme a comparu devant les juges, et ils l'ont
laissé condamner à mort, et il était le Christ. Depuis
cette heure-là, je pense que pas un seul juge dans le
monde ne se lève pour prononcer une sentence sans
être saisi d'un grand tremblement...

— Le témoin donne des leçons au Tribunal?
interrompit le procureur.

— Laissez parler le témoin, voulez-vous? dit le
jeune assesseur d'un ton dur.

Pierre le regarda et lut, dans ces yeux si noirs,
une sorte de tutoiement.

— Qui donnerait des leçons à quiconque? poursuivit-il. « Ne jugez pas, et vous ne serez pas jugés! »
Il faut bien du courage pour affronter ce choix et
pour oser condamner. Je vous fais confiance... Je vous
fais confiance, répéta-t-il d'une voix forte. Je vous
demande seulement d'imaginer, de toutes vos forces, ce qu'est la vie, ce que peut être le désespoir
d'un homme qu'on a privé injustement de son travail,
qui n'en retrouve nulle part, qui n'a plus du tout
d'argent, et qui vit dans une seule pièce malsaine
avec sa femme et un enfant dont les cauchemars le
réveillent en sursaut dix fois dans une nuit. Voici
cet homme. (Il désigna Marcel.) Mais il y en a des
milliers, des centaines de milliers d'autres, à votre
porte, qui croient aussi que jamais ils ne pourront

en sortir, et qui boivent, ou qui se tuent — ou qui
volent un vélo, ajouta-t-il à voix basse.

Il vit le jeune juge tressaillir. Il ne parlait plus
que pour lui, que pour être entendu de celui-là. Il
savait que Marcel était condamné: que le président
emporterait la sentence. Mais il savait aussi qu'un
jour le vieux juge serait remplacé par le jeune, comme
le curé de Sagny le serait par l'Abbé Gérard. Non, il
ne parlait pas dans le désert!

Il sortit de sa poche la carte d'Etienne et dit:

— Je n'ai... je n'ai rien d'autre à déclarer. Le petit
m'a écrit ce matin: il se porte bien. Il vous embrasse,
tous les deux, ajouta-t-il à mi-voix en se tournant
vers le box.

Il se demanda pourquoi ils pleuraient, tous les
deux. Il s'inclina devant le président qui le fixait,
la bouche ouverte, et se dirigea vers le fond de la
salle sans s'apercevoir qu'une meute de journalistes
et de photographes le suivait. Il se retourna et leur fit
face. « Votre nom exact, monsieur l'abbé?... Ne bougez pas, s'il vous plaît?... Dans quelle entreprise tra-
vaillez-vous?... De qui dépendez-vous exactement?... »
Pierre souriait sans répondre.

— Si vous voulez parler, allez dehors! dit un
garde.

Le procureur de la République débita un réquisi-
toire préparé d'avance et dont l'éloquence parut tout *
à fait théâtrale.

Puis l'avocat de Marcel prit la parole avec embarras. Ses phrases semblèrent parfaitement creuses, personne ne l'écoutait; lui-même passait des pages, s'embrouilla deux fois, courut à la péroraison, la rata, et conclut platement en s'en remettant à l'indulgence du Tribunal. Les juges sortirent afin de délibérer. Les types importants du Parti entourèrent l'avocat qui fit de grands gestes d'impuissance. Henri se tenait à l'écart et les écoutait.

Les journalistes avaient entraîné Pierre dehors et se partageaient, comme des chiens d'équipage, ses réponses prudentes.

— Mon copain est foutu, n'est-ce pas? leur demanda-t-il à son tour.

Ils firent silence: leur métier était d'interroger, pas de répondre. Pourtant le plus vieux, qui était bossu, s'approcha de Pierre, posa sa main sur son bras et dit:

— Votre ami sera acquitté à cause de votre déposition et malgré la plaidoirie de son avocat.

— Mais le Président...

— Son assesseur est pour vous, et... vous avez vu ses décorations? Le Président a pas mal à se faire
* pardonner pour les années 40-45: il sera obligé de suivre son assesseur. Ne vous en faites donc pas pour votre ami; mais l'avocat se fera donner sur les doigts par le Parti: c'est un procès raté!

— Ça, dit Pierre, je m'en fous drôlement!

Les autres notèrent.

La délibération fut longue. Enfin, les trois juges prirent place de nouveau et le Président énonça le jugement d'une voix maussade: un mois de prison avec sursis pour le sieur Rougier; la femme Rougier était * acquittée. Le procureur fit mine de ne pas entendre. Marcel tourna vers l'avocat un visage interrogateur. « Libre! » lui cria l'autre de son banc; il paraissait perplexe et rangeait ses papiers assez nerveusement. Quand Marcel, rayonnant, vint le remercier:

— Moi? fit-il, mais pourquoi?... Ah oui!

Le Chef des Informations prit la feuille de nouvelles que le téléscripteur venait d'imprimer, la parcourut, releva ses lunettes sur son front pour mieux lire l'une d'entre elles, et se rendit dans le bureau du rédacteur en chef.

— Il faut passer le procès de Sagny à la une, trois * colonnes, avec photo!

— Le truc du prêtre-ouvrier? A la quatre, vieux, ça suffira. Pourquoi veux-tu...

— Lis ça! On va titrer sur les deux histoires...

— ... soixante ans... assassiné, aujourd'hui, boulevard de Clichy... coup de couteau dans le dos... — Quel rapport?

— C'était aussi un prêtre de la Mission de Paris, mais qui sauvait les putains, lui! On l'appelait le Père Pigalle.

XI

IL Y A PLUSIEURS DEMEURES
DANS LA MAISON DE MON PÈRE

Quand Pierre apprit, par un appel téléphonique de la Mission, que l'Archevêque voulait le voir d'urgence, il éprouva une sorte de soulagement désespéré: celui de l'homme auquel on fixe enfin la date très proche d'une opération grave.

Il posa l'écouteur, se retourna, et vit Madeleine debout contre la porte, le regard baissé.

— Oui, lui dit-il, l'Archevêque. J'irai demain samedi.

— Peut-être, répondit-elle avec effort, avez-vous... avons-nous été imprudents?

— J'ai dû être imprudent, oui. Mais (il retrouva son sourire) l'imprudence, c'est comme d'attraper froid: on ne s'en aperçoit qu'après coup, toujours trop tard!... A la comptabilité de la boîte, reprit-il, j'ai vu une machine à calculer formidable: le type appuie sur des touches, sans réfléchir, pendant cinq minutes; à la fin, il presse un bouton, ça fait *ding* et il lit le total dont il n'avait aucune idée. Quelquefois, c'est négatif... Moi aussi, à tout moment, j'ai appuyé sans réfléchir sur la touche qui me paraissait la bonne..

— L'imprudence, l'imprudence! mais le Christ n'a pas cessé d'en donner l'exemple!

— Justement, voilà la leçon: il faut bien comprendre que nous ne sommes pas le Christ.

— Mais si l'Archevêque vous donne l'ordre de...

— J'obéirai, Madeleine, de toutes façons! Ce doit être bien reposant d'obéir, ajouta-t-il après un instant.

Pierre s'empêcha de penser à cette entrevue; il n'y a que les innocents qui ne préparent pas leur interrogatoire.

En se rendant à l'Archevêché, son corps le trahissait moins qu'une semaine plus tôt, lorsqu'il allait vers le tribunal. Depuis le temps qu'il assumait les autres, il lui semblait « reposant » de n'avoir à répondre, cette fois, que de lui. Il redoutait seulement, sur son chemin, toute ressemblance avec sa première visite là-bas. Le même parcours de métro... Le même débouché aveuglant sur cette place écrasée de soleil... le même mur ébloui — *Défense d'afficher* — qu'il fallait longer jusqu'à l'ombre... Cette similitude inévitable lui parut très cruelle, « triviale », comme disait Luis. Pourtant, les arbres des jardins avaient déjà vieilli depuis l'autre visite; ce juin torride les accablait. L'été est une Belle au Bois dormant, mais qui se fane durant son sommeil.

374

Lorsqu'après avoir remonté la rue ensommeillée où il suivait son ombre, Pierre aperçut la maison blanche, il la considéra avec tendresse et méfiance, pareil à celui qui rôde autour de l'ancienne demeure de famille qu'un étranger habite à présent. Comme lui, il y guettait avec une curiosité craintive le moindre détail nouveau. Deux pots de fleurs rouges contre la façade blanche le blessèrent.

On le fit entrer dans le secrétariat où M. Dutuy les avait reçus. Rien n'y avait changé, semblait-il, et pourtant... Comme il parcourait du regard les murs de la pièce, il reçut un choc: le dernier des portraits était celui du Cardinal, parfaitement ressemblant, avec son sourire que démentait un regard angoissé. Pierre ne pouvait détacher le sien de ces yeux bleus, comme ces malades qui ne peuvent détourner leur visage de la fenêtre.

Il craignait, à tout moment, de voir la silhouette du nouvel Archevêque se montrer là-même où lui était apparu, pour la première fois, le cardinal. « Non! son secrétaire viendra d'abord... » pensa-t-il, et il essaya d'imaginer cet inconnu. Entre un chef et le secrétaire qu'il s'est choisi, il existe souvent une subtile ressemblance, comme entre maître et chien.

L'abbé-secrétaire entra. Il était jeune et se tenait très droit; son regard noir rappelait à Pierre quelqu'un d'autre...

— Le Père Pierre?

— Oui. (Le regard du jeune juge...)

— Monseigneur vous attend.

De l'Archevêque, assis derrière sa table de travail, Pierre ne vit d'abord que la carrure noire qui lui barrait le jour de la fenêtre puis — comme il se levait pour venir à sa rencontre — le large visage, le front très vaste, les lunettes épaisses derrière lesquelles on pouvait à peine capter le regard. « Bonjour, Père! » Il lui fit signe de s'asseoir (la main était forte, le geste impérieux) et s'assit lui-même, en face de Pierre, sur un siège de visiteur. Le secrétaire s'était retiré. L'Archevêque resta longtemps silencieux. Il regardait Pierre avec une singulière expression de sympathie et de lassitude. Brusquement, il retira ses lunettes; Pierre vit enfin ses yeux et put sourire. Des yeux couleur d'automne, avec un feu vivant qui brillait au fond.

— J'aimais beaucoup le Cardinal, dit soudain l'Archevêque, beaucoup!... Vous aussi, je le sais. Mais pour d'autres raisons que les miennes, sans doute, ou d'une autre manière... Pourquoi l'on aime? et comment aimer? reprit-il à mi-voix, voilà le grand malentendu...

— Oui, Monseigneur.

— Même quand il s'agit de Dieu, Père! même quand il s'agit des âmes...

Pierre se décida:

— Monseigneur, allons vite où nous devons aller! Ma façon de... d'aimer les âmes ne vous convient-elle pas?

— Non, mon petit.

Il se leva et marcha vers la fenêtre. Pierre vit sa nuque épaisse, ce dos puissant; il se rappela Jean, Etienne, Luis, Madeleine: tous ses amis étaient fragiles... Parvenu à la fenêtre, l'Archevêque se retourna; il eut un geste brutal de la main.

— J'écarte, dit-il (sa voix gardait les traces d'un accent rocailleux dont on sentait qu'il l'avait maîtrisé), j'écarte certains réquisitoires dressés contre vous et qui se retournent contre leurs auteurs. Je me méfie déjà des avocats, mais les avocats-généraux, je les méprise! Sachez bien, Père, qu'il n'y a que vous et moi dans cette pièce... (« Et Dieu », pensa Pierre.) Que vous et moi, face à face! Si ce que je vais avancer est inexact, dites-le-moi.

— Merci, Monseigneur.

— Je ne connais pas Sagny; mais j'ai connu d'autres Sagny: je puis imaginer votre vie.

— Non, Monseigneur.

— Mais...

— Une vie de prêtre, à Sagny, vous pouvez l'imaginer; une vie d'ouvrier, je ne le crois pas.

— Mais vous êtes prêtre, *d'abord!*

Pierre ne répondit pas. L'Archevêque s'était rapproché; Pierre tendit ses mains vers lui:

— Regardez, Monseigneur, je suis devenu tout en mains...

— Nous y voici, fit l'autre d'une voix sourde.

377

Puis après un silence: Est-il exact que vous vous absteniez de votre messe certains jours?

— Il m'est arrivé de m'en priver pour indignité.

— Depuis quand ne vous êtes-vous pas confessé?

— Je ne sais pas, Monseigneur. Longtemps.

— Est-ce de propos délibéré?

— Absolument pas.

 * — Vous vous sentiez donc en état de grâce?

— Dans une grande paix... Et pourtant dans une angoisse presque permanente, mais pas à mon sujet.

— Je suis obligé de vous demander des comptes, Père! reprit l'Archevêque. Voici, d'une part, bien des... scandales: votre présence à des réunions politiques où vous prenez la parole; une descente de police dans votre communauté, au soir d'une manifestation; le * suicide d'un de vos catéchumènes; votre témoignage favorable à l'accusé, au procès d'un bourreau d'enfants, et l'utilisation que la presse en a fait... L'assassinat du malheureux Père Bardet clôt cette liste mais il ouvre, hélas! le débat *public*... Voilà ce que je suis obligé d'inscrire au passif, Père. Maintenant dites-moi l'actif...

— Monsieur le Curé de Sagny m'a déjà fait remarquer que, si je n'avais pas converti Jean, son suicide n'aurait été qu'un fait divers! C'est certain mais, Monseigneur... où est ma faute en ceci? Et le soir où la police est venu chercher Luis mourant, dans la maison même où je disais la messe, où est ma faute? Et si

378

vous aviez vécu à Sagny, Monseigneur, vous auriez déposé au procès de Marcel.

— Vous saviez très bien, Père, qu'on voulait en faire un procès politique.

— C'est cela qu'il fallait empêcher.

— Vous y êtes parvenu, mais à quel prix!

— Je n'engageais que moi, Monseigneur.

— Allons! aux yeux de la presse et du public, un prêtre engage l'Eglise entière.

— J'espère que non, Monseigneur! dit Pierre très fermement. Vous rougiriez d'apprendre ce que beaucoup de prêtres pensent et disent de la Société où nous vivons, des privilèges des riches, et de la lutte de la classe ouvrière pour sa libération.

— Nous y voici, répéta l'Archevêque. Savez-vous que l'on vous dit communiste, Père?   *

— Vous, Monseigneur, le croyez-vous?

— Non. Mais je vous trouve imprudent.

Pierre pensa à Madeleine, au Christ, et baissa la tête. Après un moment, il reprit à mi-voix:

— Entrer dans la lutte, du côté des Petits, des Humiliés... Aller jusqu'au bout, sans penser à soi... C'est ce qu'Il a fait, ce qu'Il ferait aujourd'hui... C'est parce qu'Il troublait l'ordre établi, qu'on L'a crucifié: pour des raisons... politiques! (Il se tut.) Ah! comment vous expliquer? Comment me justifier?

— Non pas vous justifier, Père: j'ai confiance en vous.

— Alors croyez-moi, Monseigneur: quand on a faim et soif de justice, on ne peut pas adopter, à Sagny, une autre attitude que la nôtre. Si je ne m'étais pas durci, si je n'avais pas combattu à leurs côtés pour leur juste libération, où serait mon influence?

L'Archevêque posa sa lourde main sur son épaule:

— Où est votre influence?

Pierre le regarda en face et comprit qu'il était perdu. « Ma vie contre celle d'Etienne... Tout ce que j'ai entrepris, je vous l'abandonne en échange de la vie d'Etienne... » Cette fois, c'était le règlement définitif: il fallait payer. Il tenta pourtant de lutter.

— Je ne comprends pas bien, Monseigneur.

— Combien de baptêmes, mon petit? de communions? de mariages? d'assistances à la messe, combien?

— Très peu, en effet. Mais une fraternité, un désintéressement, un amour grandissant. C'est l'Evangile vécu, Monseigneur! Le reste viendra plus tard. Si vous viviez parmi nous, seulement quelques jours: dans les usines, les cantines, les hôtels meublés, les meetings même... ah! Monseigneur, le quartier bouge, je vous le jure!... Si je ne les en retenais pas, les gars seraient en train de construire une chapelle, dans un terrain vague, près de mon logement!

— Et quand la chapelle serait construite, ils nommeraient prêtre, un jour, l'un des leurs par acclamations, n'est-ce pas?

— Comme dans l'Eglise primitive, murmura Pierre.

— Nous ne sommes plus l'Eglise primitive, dit fermement l'Archevêque en se levant: nous sommes l'Eglise Catholique Romaine.

— Et apostolique...

— Catholique et apostolique romaine. Notre force réside dans l'unité et dans l'obéissance.

— Notre force réside dans le Christ; et notre seule raison d'être: répandre son amour et son exemple!

— C'est son exemple que j'invoque: « Il se fit obéissant jusqu'à la mort... », rappelez-vous! Le grand *
piège, Père, c'est le désordre. N'êtes-vous pas en chemin d'y succomber?

— Pour nous, dit Pierre, le grand piège est l'excès d'ordre, l'organisation.

— Que voulez-vous dire?

— Ceci, Monseigneur, dont je suis sûr, à présent, en ce qui concerne Sagny et moi-même: pas de constructions, pas de maisons de repos, pas d'épiceries communautaires! Ces activités faussent aux yeux de tous, et d'abord aux nôtres, le sens de notre... mission — non, c'est un mot que je n'aime pas! — de notre *présence*. C'est se tromper d'efficacité, c'est risquer de se satisfaire avant d'avoir commencé le vrai travail; c'est perdre, à agir, un temps qu'il faut consacrer à... être!

— Et à prier.

— C'est la même chose!... Nous ne devons pas
devenir, volontairement, une annexe des services
sociaux de la mairie ou des œuvres paroissiales. De
cela, je suis sûr, à présent...

— Et la chapelle que vos amis veulent construire
ne serait-elle pas une annexe de l'église du quartier?
Mais l'église est loin d'être remplie!

— Ils n'iront pas dans cette église, Monseigneur!
ils n'iront pas...

— N'est-ce pas vous que cette parole accuse?
demanda l'archevêque d'une voix dure (mais la
flamme d'arrière-saison brillait dans ses yeux).

— Moi et monsieur le Curé de Sagny, je crois, dit
Pierre.

— Et moi aussi, ajouta l'archevêque. Tous solidaires! tous solidaires, Dieu merci...

Il marcha dans la pièce, d'un pas lourd ou las; puis,
se rasseyant:

— Il ne faut pas que cette chapelle soit construite
avant que l'église du quartier déborde, Père.

Pour la seconde fois, Pierre rassembla son courage
et demanda d'une voix un peu altérée:

— Mais suis-je toujours responsable de ce quartier,
Monseigneur?

— Non, mon petit.

Entre la question et la réponse, il y avait eu le
temps d'un battement de cœur, d'un battement de
cœur que Pierre n'oublierait jamais. L'archevêque

382

voulut atténuer ce coup: « ... confiance en vous... plus
tard, sans doute... geste nécessaire... votre intérêt
même... » — Inutile! Pierre n'entendait rien. Comme
un homme qui déboule un ravin, il tentait, de plus en
plus désespérément, de se raccrocher à quelqu'un,
quelque chose, quoi que ce fût, que le *non* de l'archevêque ne lui retirât pas! Rien ne lui restait... Sa vie
entière, il l'avait placée dans cela qui lui était ôté.
Mais, au fond de l'abîme, il trouva le Christ qui lui
tendait les bras, et il ne pensa plus à lui-même.

L'archevêque, tandis qu'il parlait dans le vide, vit
seulement Pierre passer lentement le dos de sa main
sur son front, puis lever sur lui un regard exigeant:

— Et eux, Monseigneur?

— Comment cela?

— C'est moi que vous blâmez, que vous arrêtez; ce
n'est pas la tâche entreprise, n'est-ce pas?

— Certainement pas. J'ai demandé à la Mission de
Paris un autre prêtre qui travaille en usine depuis
quelques mois. Vous le connaissez, d'ailleurs: l'abbé
Levasseur...

— Gérard? dit Pierre à mi-voix; et il répéta,
comme pour y mieux croire: le Père Gérard... Oh!
merci, Monseigneur! Mais monsieur le Curé de
Sagny...?

— Nous n'avons fait ce choix qu'avec son assenti-
ment, et même sur sa recommandation. Monsieur le
Curé de Sagny vous estime beaucoup! ajouta très vite

l'archevêque comme s'il avait deviné que cette consul-
tation, qu'il venait de lui révéler, blessait Pierre. Mais
il pense que monsieur Levasseur saura réconcilier la
paroisse et la communauté.

— Désirez-vous, ou permettez-vous que je le rencontre, Monseigneur?

— Je crois que non, mon petit, dit l'archevêque
avec une grande douceur, car cette parole était la plus
dure qu'il eût prononcée. Mais demandez aux vôtres
de l'accueillir comme un autre vous-même.

— Je vous avais apporté le plan de la chapelle, tel
que les gars l'ont établi, fit Pierre après un silence; et
il sortit, de la poche de son blouson, une liasse de
papiers transparents. Voudrez-vous le remettre au
Père Gérard, avec mon amitié?

— Il m'a dit de vous: « Je dois tout à son amitié! »
Je lui remettrai donc ce plan comme un souvenir de
vous...

— Certainement pas, Monseigneur: comme un but
à atteindre.

— L'abbé Lev... le Père Gérard trouve notre décision à votre sujet imméritée et néfaste, et il me l'a dit.

— Pas « néfaste », puisque c'est lui qui me remplace! Et « immérité » n'est pas un mot chrétien...

Il voulut se lever, l'archevêque le retint:

— Vous ne me demandez pas ce que vous allez
devenir?

— C'est vrai.

— Tel que je vous espérais, vous êtes tel que je vous espérais, Père! dit l'archevêque d'une voix très forte. Le cardinal ne s'était pas trompé... — Il marcha en silence. — Ah! Je ne sais que penser, reprit-il à mi-voix. Qu'est-ce que la Prudence?...

— Monseigneur, demanda Pierre gêné, que vais-je devenir?

— J'avais prévu, avec vos supérieurs, qu'avant de nous revenir, une retraite dans un couvent de votre choix... — Mais nous vous faisons confiance, Père! Vous agirez comme il vous semblera bon. Je vous éloigne seulement de Sagny, et pour des raisons tout à fait matérielles. Et...

Son regard finissait la phrase: « ... et j'ai peut-être tort ».

Pierre parla très vite:

— Il y a un couvent près de Lille. (Il nomma celui où Dom Bernard s'était retiré.) Me permettez-vous...?

— Je vous fais confiance, répéta l'archevêque. Le Père Gérard sera après-demain lundi à Sagny.

— Et moi je serai là-bas demain soir, dit Pierre en se levant.

Il manqua retomber assis: ses jambes, un instant, avaient refusé de le porter. C'était, avec l'hôpital et le tribunal, la troisième fois que son corps le trahissait. Mais l'archevêque n'en vit rien; il s'était campé devant la fenêtre, les mains dans le dos. Pierre regarda encore cette nuque, ces deux poings: chacun des Douze devait être un homme de cette sorte.

— Non! non! fit l'archevêque sans se retourner, c'était risquer votre perte! Non, je ne devais pas vous laisser à Sagny!... Je ne laisserai pas se perdre un seul des miens: c'est la dernière volonté du Cardinal...

— Le Cardinal...?

L'archevêque se retourna, revint vers Pierre:

— Peut-être n'avez-vous pas su sa dernière parole, devant tous ses prêtres: « Que pas un seul de ces petits ne se perde! »

— Il ne pensait pas à ses prêtres, Monseigneur! Il pensait à toutes ces âmes auxquelles nous devons donner le Christ: il pensait à tous les Sagny de son diocèse.

— Le croyez-vous vraiment?

— Tout le reste, je le crois; mais cela, je le sais.

L'archevêque demeurait interdit. Après un long moment, Pierre s'approcha de lui et baisa l'anneau pour prendre congé.

La main épaisse et impérieuse le retint:

— Restez, mon petit. J'avais décidé... je voudrais que vous m'entendiez en confession.

Sur le chemin de la rue Zola, Pierre entra dans l'église de Sagny où il n'était jamais venu que pour les funérailles de Luis et celles de Jean. Il s'assit sur une chaise, tout au fond, enfouit son visage dans ses mains, cala ses coudes sur ses genoux et demeura ainsi plus d'une heure sans penser, sans former de paroles: ni projets ni souvenirs. Être là... Une fois de plus, c'était la seule prière dont il fût capable. Avec son immense front de plâtre, ses yeux si creux, ses doigts joints à en craquer, son vieux copain le Curé d'Ars le regardait de haut. Plus haut encore, Pierre entendit sonner *l'angélus* comme un appel.

Il sortit de l'église fraîche et retrouva la tiédeur du soir avec l'étonnement d'un convalescent. Il se sentait, d'ailleurs, aussi léger que lui; c'est qu'il avait laissé là toute amertume, toute révolte. Pareil à la femme pauvre, il avait abandonné son enfant dans le coin le plus obscur de l'église...

En marchant vers la rue Zola, il pensait à chaque copain, revoyait chaque visage, l'un après l'autre; et il savait déjà que, cette nuit, il recommencerait. Et il se demandait comment il pourrait les rencontrer tous pour leur dire adieu. Mais, en poussant le grand vantail de bois, il les vit presque tous, dans la cour, qui parlaient ou fumaient par groupes. Le silence soudain, tous ces visages tournés vers lui, les regards qui l'interrogeaient, et Madeleine qui s'avançait à sa rencontre... Il lui suffit de battre des paupières pour que, malgré le sourire qu'il montrait, Madeleine comprît. Elle trouva que quelque chose avait changé en lui.

— Tiens! tu as maigri, Pierrot? fit un des copains à mi-voix.

— Alors? demanda-t-on un peu partout.

— Alors c'est moche, dit Pierre: on m'envoie ailleurs.

— Ils sont marrants! On a besoin de toi ailleurs, bon. Mais nous aussi, on a besoin de toi!

— Tu comprends, reprit Pierre avec un grand sérieux, je suis un type sensationnel: c'est moi et pas un autre qu'il leur faut!

Les gars se mirent à rire, et Pierre avec eux.

— Mais nous alors, sans blagues?

— Sans blagues, je suis obligé de partir demain.

— Demain? fit Madeleine. Mais...

— Et, lundi, arrive à ma place le plus chouette des copains: Gérard. Madeleine le connaît, d'ailleurs!

— L'abbé...

— Le Père Gérard. Seulement, il va falloir lui trouver du boulot en usine. J'en parlerai à Henri.

— Tout de même, dit un des gars, c'est drôlement rapide. J'aurais aimé — je ne sais pas, moi! — manger une dernière fois avec toi avant qu'on se quitte...

— Vous allez tous rentrer dans ma piaule et je vais dire la messe avec vous une dernière fois: c'est plus important!

— Et demain dimanche? demanda une femme.

— Eh bien, vous irez à l'église de Sagny! (Ils se regardèrent.) Vous irez à l'église, répéta Pierre. C'est moi ou c'est Dieu qui vous intéresse, dites?

A Madeleine, qui ne lui demandait rien et rangeait les ornements en silence, Pierre raconta sans complaisance son entretien avec l'archevêque.

— Voilà. J'avais toujours été un cadet, me voici un aîné! L'aîné, c'est celui qui espère que le cadet réussira mieux que lui...

— Sortons! dit seulement Madeleine.

Les murs et les trottoirs rendaient doucement, dans le soir, la chaleur qu'ils avaient retenue. Les passants se laissaient porter sur un fleuve tiède, tout Sagny marchait en chaussons. Du bout des doigts, d'un geste de malade, les arbres disaient adieu à cette journée. Seuls, les oiseaux et les enfants, jamais fatigués, se poursuivaient en piaillant, avec mille détours.

Ce soir ressemblait tant, en plus las, à celui où Pierre avait couru à la recherche de Jean qu'il était impossible que Madeleine n'y pensât pas. Pierre voulut briser ce silence.

— Vous ne dites rien, Madeleine?

— Je suis fatiguée, murmura-t-elle en s'arrêtant, tellement fatiguée...

Puis, brusquement:

— Il faut que vous me permettiez de renoncer, Père!

— Ce n'est pas moi qui commande, et pas moi qui permets...

— Qui alors?

— Vous-même.

— Mais je n'existe plus, dit-elle si bas qu'il l'entendit à peine. Je suis devenue les autres!

— Voyez-vous, je crois que vous ne renoncerez jamais, Madeleine!

— Et à quoi servons-nous? reprit-elle brusquement. Jeudi, c'était la Première Communion: je connais sept ménages, dans ce quartier, chez qui on a saoulé la gosse, en signe de joie!

— Et les garçons, on en profite pour les flanquer, ce jour-là, dans les bras d'une fille, pour la première fois, je le sais bien...

— Nous ne servons à rien, Père. C'est une partie perdue, jamais le Christ n'entrera dans Sagny!

— Si vous travailliez en usine, Madeleine, vous verriez qu'au contraire...

— Mais je ne demande que cela, justement: retourner en usine!

— Les autres vous réclameraient! Ils ne vous laisseraient travailler qu'à mi-temps!

— Ah! Je voudrais quitter Sagny, comme vous!

— On ne quitte pas Sagny! Ce n'est pas un patelin, c'est un choix. Même pas: une façon de voir le Monde...

— Eh bien, je suis fatiguée de voir le Monde de cette façon! Fatiguée... comme Jean, ajouta-t-elle très bas. Je voudrais dormir et me réveiller une vieille femme...

— Vous rêveriez de Sagny! dit Pierre en souriant.

Mais, avant de dormir, il faut manger. Eh bien! vous et moi, nous pouvons pénétrer dans cinquante piaules du quartier et demander à dîner: les gars nous donneront leur chaise et leur part! Ça compte aussi, dites?

— Ça compte aussi, oui... Bonsoir, Père.

Henri n'était pas chez lui.

— Il a prétendu que, dans l'Impasse, on crevait de chaleur, expliqua Jacquot, et il est parti dormir dehors.

— Dans les terrains vagues, porte de Sagny?

— Oui, comme en plein mois d'août! Tu te rends compte?

— Je me rends surtout compte qu'il avait envie d'être seul. Dis donc, Jacquot, tu diras adieu pour moi aux copains de l'Intersyndicat. Je pars demain...

Paulette apparut sur le seuil, les yeux brillants.

— Vous quittez Sagny?

— Oui, je... on m'envoie ailleurs.

Le petit Alain regarda sa mère, son père, et se mit à pleurer.

— Mais demain — Tais-toi, Alain! — demain vous serez encore là, n'est-ce pas? Bon! J'aurai quelque chose à vous remettre.

— Tu vois! explosa Jacquot, Pierre fout le camp, Luis a été matraqué, Jean s'est bouzillé, la piaule a flambé, j'ai bazardé mon vélo: alors quoi! elle ne nous aura apporté que des emmerdements, cette sacrée bon dieu d'année?

Pierre lui flanqua un grand coup dans l'épaule:
— Et Chantal? Elle t'a tout de même apporté Chantal, cette année! Tu appelles ça un emmerdement?

Un grand cirque avait planté ses mâts sur la place de la Porte de Sagny, et on l'apercevait du fond de toutes les avenues. Pierre marchait seul parmi des groupes de plus en plus nombreux et qui se hâtaient en approchant du cirque, comme s'ils craignaient de ne plus trouver de place sous l'immense chapiteau. Les gosses couraient devant, s'arrêtaient à l'invisible frontière de l'odeur du crottin et du son des cuivres, puis se retournaient avec de grands gestes: « Dépêchez-vous!... Mais dépêchez-vous donc!... » La grosse bête de toile verte avalait tranquillement d'énormes rations de spectateurs par sa gueule de lumières. « S'enfla si bien qu'elle creva... » Ils étaient déjà des milliers, sur les bancs, qui souriaient d'avance en regardant la piste blonde, ce petit cercle de désert! Et des centaines, sur l'avenue, qui s'avançaient avec le même sourire.

Ce chemin, Pierre l'avait déjà parcouru au milieu des copains, le dernier jour de la grève; mais c'étaient les taches noires des C.R.S. et des cars de police qu'on apercevait à la place du cirque. Il pleuvait, alors; on avait le cœur amer et, depuis quinze jours, on mangeait mal. Allons! c'était pourtant la même excitation

que ce soir. Et Luis en était mort. Le cirque... la
grève... — Qu'est-ce qui valait la peine de vivre? la
peine de mourir?

Le cirque était ceinturé de badauds, de cordages, de
roulottes; puis venait le terrain vague, avec ses tas de
pavés, ses tranchées pour la guerre des gosses, ses tail-
lis transparents. L'herbe en était déjà fanée comme
une jeune prostituée; et de nombreux types s'y
tenaient assis ou allongés, tous immobiles, tous silencieux.

A la solitude, aux sandales de cuir et au blouson,
Pierre reconnut de loin son copain et s'approcha de
lui. Quand Henri l'aperçut:

— Merde! on ne peut jamais être tranquille! — et
il se tourna de l'autre côté.

— Tu l'as dit! on ne peut jamais être tranquille,
affirma Pierre si gravement que l'autre se retourna.

— Qu'est-ce qui ne va pas?

— Je te le raconterai tout à l'heure. Mais toi, tu
fais une drôle de gueule!

— Il y a de quoi! Ils m'ont viré du Secrétariat de
la Section.

— Tu n'es plus secrétaire de...

— Non.

— Depuis quand?

— Cet après-midi. Mais il y a des mois que ça se
préparait!

— Qui, pour te remplacer?

— Lebas, un jeune de la Parisienne des Ciments.

— Lebas? Quel prénom?

— Peux pas te dire: on ne l'appelle pas par son prénom.

— Mais je le connais! Lebas! Personne ne l'aime.

— Et puis après? C'est justement le contraire qu'ils me reprochent!

— D'être aimé?

— Tout un ensemble... Ils n'ont plus assez confiance en moi. C'est ce procès qui a tout déclenché!

— Enfin, oui ou non, est-ce que Marcel...?

— Ne fais pas l'idiot! Marcel, ils s'en foutaient. Il aurait mieux valu qu'il écope dix ans de taule: bien exploité, c'était plus utile au Parti que cet attendrissement général.

— Plus utile au Parti, je m'en fous. Mais était-ce plus utile aux types mal logés?

— Peut-être.

— Alors c'est ma faute, ton histoire? demanda Pierre après un instant.

— Ta faute! ta faute!... (D'un grand geste, il éluda la suite.) Tiens! regarde les autres guignols, là-bas!

Des acrobates en maillot rose sortaient à petits pas du chapiteau, avec les gestes gracieux et stupides de leur salut au public. Ils regagnèrent leur caravane en sautillant.

— Allons! C'est bien ma faute, reprit Pierre.

— Laisse tomber! Evidemment, on était trop bien

394

ensemble: ça ne plaisait pas à tout le monde. Mais je vais te dire quelque chose... (Il s'assit et regarda Pierre. La nuit tombait. Un gars ronflait déjà, pas loin d'eux.) Même si je n'avais pas été ton ami, je devais marcher avec toi: dans l'intérêt des copains.

— D'ailleurs, dit Pierre sans ironie, ce sont les instructions du Parti d'être bien avec les chrétiens!

— C'étaient les instructions du Parti. Et puis, ça a changé.

— Pourquoi? Nous n'avons pas changé, nous autres!

— Tu n'y comprends jamais rien! Mais moi, j'aurais dû obéir immédiatement. Oui, j'ai eu tort, j'ai certainement eu tort...

— Tu te sens coupable?

— Non, dit Henri après un instant.

— Alors fous-nous la paix avec ta confession publique!

— Ce sont des types comme moi qui compromettent la marche en avant de...

— Ta gueule! lui dit Pierre avec douceur: tu récites. Ce sont des types comme toi qui gardent le contact, et c'est drôlement plus important!

Henri montra ses dents pointues:

— C'est ça! d'après toi, les seuls types bien ce sont les agents doubles?

— Non, répondit Pierre: ceux qu'on traite d'agents doubles.

Un grand hennissement se fit entendre, du côté du cirque. Des garçons de piste maintenaient, devant l'entrée close, six chevaux pies empanachés et bridés trop court. Soudain, la toile parut se fendre, s'envoler devant eux. Les bêtes éblouies refusèrent un instant, puis s'élancèrent dans le gouffre de lumière aussi irrésistiblement que des insectes vers une flamme. « Des partisans! pensa Pierre. Ils sont l'image des partisans! » mais il ne le dit pas à l'autre. Des lambeaux de musique et d'applaudissements, et aussi de grands silences encadrés de roulements de tambour parvenaient jusqu'aux deux amis, avec l'odeur des bêtes.

— Tu vois, reprit Pierre, le Parti vient d'être moche avec toi...

— Non!

— Si! et tu me l'apprends à dix mètres de l'endroit où Luis s'est fait descendre.

— J'y pensais. Tandis qu'ils me parlaient, cet après-midi, je pensais à Luis; je me disais: « Pourvu que je ne devienne pas, moi aussi, un vieux type qui n'aura servi à rien... »

— Tu es bien costaud si tu peux reconnaître les types utiles et les autres! Luis a donné sa vie entière pour les copains, et tout Sagny le sait; tandis que Lebas, jusqu'à nouvel ordre, on l'emmerde, tu comprends? on l'emmerde, Lebas!

Il respirait trop fort; il se sentait à la fois en

colère et très triste: c'était le vieux Luis qui l'habitait...

— Mais toi, demanda doucement Henri, tu as donc aussi des embêtements?

— Les mêmes! Je vais quitter Sagny sur ordre: j'étais un peu trop bien avec toi, je me suis montré « imprudent ».

— C'est un mot qu'ils m'ont répété vingt fois!... Alors, qu'est-ce que tu vas faire? Tout foutre en l'air? ou redevenir curé?

Pierre éclata de rire.

— Mais ni l'un, ni l'autre: continuer. Autrement, peut-être; ailleurs, sûrement; mais continuer!

— Tu es chouette, dit Henri après un long silence, et puis tu as raison. Moi aussi je vais continuer. Et je suis sûr qu'on se retrouvera... Dis donc, reprit-il en détournant son regard, même s'ils sont vaches avec toi, là où tu seras, ne laisse pas tomber les copains du Parti!

— Tu m'as déjà vu laisser tomber quelqu'un?

— Non... non. C'est même la grande différence, ajouta-t-il à mi-voix. (Il s'allongea.) Quand tous les types seront sortis du cirque, on pourra dormir tranquille!

— Oh non! dit Pierre, moi je dormirai beaucoup mieux en pensant qu'il y a quatre mille gars de Sagny qui sont heureux en ce moment, même pour des conneries! Allez, bonsoir, vieux.

Il s'étendit sur le dos près de son copain et ferma les yeux.

Allongés, côte à côte, sous le ciel si vaste, pareils à deux blessés abandonnés sur le champ de bataille: des soldats qu'on croyait ennemis et qui se savaient frères...

De cette seule nuit sans dormeur, la rue Zola avait pris un air de maison déserte. Pierre chercha sa valise en aluminium, et la trouva sous une pile de vêtements à donner et de papiers à classer. On frappa à la porte; Paulette entra, portant serré contre sa poitrine, comme un enfant, une pièce d'étoffe blanche.

— J'ai brodé ça pour vous. J'ai terminé seulement cette nuit: il était temps!

« Ces économies dont parlait Jacquot... » Pierre déplia l'étoffe: c'était une aube. Il demeura immobile, avec un sourire tremblant, incapable d'une parole.

— Je suis la première à qui vous avez parlé, Père! dans cette pièce!

— Je ne l'ai pas oublié, Paulette.

— La première fois que vous direz la messe avec cette aube, vous prierez pour Chantal, n'est-ce pas?

— Vous savez, si Chantal pouvait dire une seule parole à Dieu, ce serait plus valable qu'une nuit entière que je passerais en prière!

— C'est injuste!

— Heureusement que Dieu a ses faiblesses, fit
Pierre en riant: c'est mon seul espoir! La brebis perdue...

*

— Suzanne est rentrée d'Orléans avec Etienne, dit
brusquement Paulette. Elle voulait assister aux obsè-
ques du Père Pigalle. Elle doit passer ici ce matin.
Autre chose: Etienne a l'intention de vous accompagner à la gare. Il m'a dit: « Je connais le chemin! »

— Je passerai le prendre. Adieu, Paulette.

Ils s'embrassèrent sur les joues, quatre fois. En
prenant entre ses mains ces épaules fortes et tendres,
Pierre eut le sentiment que c'était la vie qu'il tenait
ainsi, et son cœur se serra.

Quand Suzanne et la sœur Marie-Joseph arrivèrent,
Pierre ne leur parla que d'elles-mêmes, pareil à ces
malades qui, las d'être interrogés, s'empressent de
demander à leurs visiteurs des nouvelles de leur propre santé.

— Vous avez bonne mine, Suzanne! Il faudra
retourner à Orléans cet été.

— Etienne a dû promettre d'y retourner; mais moi
je serai... ailleurs.

— Suzanne veut se faire religieuse, dit la sœur. Je
vous assure que je ne l'ai pas influencée!

— Votre paix, la tranquillité de votre maison l'ont
influencée...

— Je ne crois pas: elle veut se faire missionnaire à
l'autre bout du monde.

399

— Suzanne!... Ah! fit-il avec une sorte de déses-poir, l'archevêque ne saura donc jamais cela?

— Il y a beaucoup de choses que Monseigneur ne sait pas, dit vivement la Sœur. D'un mot, d'un seul nom vous pouviez changer sa décision, lui *prouver* que... — mais vous étiez le seul à ne pas pouvoir le dire!

— Quel nom? demanda Pierre avec un étonnement sincère.

Suzanne s'approcha de lui, et si près qu'il vit deux larmes jaillir dans le coin de ses yeux.

— Etienne.

— Je ne comprends pas, fit Pierre en rougissant.

— C'était le signe que j'attendais. Comment l'ou-blierais-je, moi?

— Allez! dit rudement la vieille religieuse, faisons nos adieux au Père. Tout ça ne nous effraie pas: les Chrétiens sont des voyageurs, hein? Monsieur le Curé m'a chargée de vous dire... je ne sais plus quoi! Lui non plus, je crois; mais il y avait de l'estime, et peut-être de l'amitié... Et moi, je vous embrasse, Père Pierre!

* — Attention, fit-il en riant, je sens le fagot!

Elle posa sa main ridée sur son bras; ses petits yeux brillèrent.

— Le fagot? Le fagot ou la couronne d'épines?

Quand elles l'eurent quitté, Pierre se prépara len-tement à célébrer sa messe. C'était, ce matin, sa seule faiblesse: agir lentement, vivre minute par minute ses dernières heures à Sagny. Pour la première fois, il disait sa messe sans aucun assistant: il les avait lui-même envoyés à l'église. Pourtant, lorsqu'il se redressa après avoir confessé ses péchés, il vit Henri debout dans le fond de la pièce.

— Attends-moi dehors, vieux, ce ne sera pas long!

— Non, dit Henri. J'ai l'impression que c'est moche et pas normal que tu dises ton truc sans personne...

Il demeura jusqu'à la fin, intrigué, silencieux.

— C'est con, lui dit-il ensuite: j'ai cherché un petit cadeau à te faire — un souvenir, quoi! — et je me suis aperçu que je ne possédais rien. Rien que ça: je te le donne.

Il sortit de sa poche l éléphant de porcelaine. Et, parce qu'il sentait bien que c'était un présent ridicule, il ajouta:

— J'y tenais.

Pierre le rangea dans la valise d'aluminium entre l'aube, une paire d'espadrilles, tout ce qui lui était nécessaire pour dire la messe, et un slip de rugby.

Sa valise à la main, Pierre fit le tour des copains malades — « A bientôt, vieux! A bientôt! » — puis des copains morts. C'est au cimetière qu'il rencontra Madeleine et lui fit ses adieux.

— Est-ce que Gérard peut compter...?

— Bien sûr, dit-elle sans le laisser achever.

Tant de sourires, tant de regards à graver dans sa mémoire, cela l'oppressait. Il avait hâte et, tout ensemble, il redoutait que cette *journée-testament* s'achevât... Il passa embrasser ceux de l'Impasse, qui étaient les siens parmi les siens. Denise pleurait.

— Toujours la même chose avec les filles! dit Etienne dont les paupières étaient aussi rouges et gonflées.

— Ecoute, Denise, lui dit Pierre en la prenant à part, plus tu vas grandir, à présent, et plus tes parents feront ce que tu voudras. Plus tard, ce sera toi la tau... l'hôtelière, vois-tu? Eh bien! si, dans ton coin, tout le monde est heureux, dis-toi qu'au 118, au 129, rue Arago, Boulevard Pasteur, Rue Barbusse, partout, on sera obligé de suivre le mouvement, tu comprends?

— Quand j'ai eu la rougeole, dit Denise, toute la classe l'a eue. C'est la même chose?

— Exactement! Embrasse-moi... Tu as le nez qui coule! Dis donc, il faudra trouver quelqu'un d'autre qui te prête son mouchoir, maintenant!

Etienne voulut à toutes forces porter la valise. Au bout de cent pas, Pierre la lui reprit en parlant d'autre chose.

— Et l'épi? Tu te rappelles, l'épi?

— Le voici! fit Etienne en sortant de sa poche un

épi de seigle mi-vert mi-blond. Tu avais raison: ça repousse toujours, à l'endroit même.

— C'est pour ça qu'il ne faut jamais s'en faire, tu vois?

— Je te le donne, Pierre.

— Non, assez de cadeaux comme ça! Tu vas le glisser, là, entre ton bras et la manche de ta chemise, et tu verras: il remontera tout seul.

— Tout seul?

— Oui, enfin... tout seul grâce à toi, mais sans que tu le veuilles: comme tout ce qui se fait « tout seul »...

Quand on sortit du métro, Etienne prétendit qu'on s'était trompé de gare: que, la dernière fois...

— Il n'y a pas qu'une seule gare à Paris, bonhomme!

Les cils blonds battirent désolés.

— Je croyais que tu partais pour le village d'enfants. J'en étais si sûr que je ne t'en parlais même pas!... Ecoute, Pierre: ils ont peut-être déjà reconstruit l'église! ils ont besoin d'un aumônier! Pourquoi n'y vas-tu pas?

— Tu me donnes une idée, répondit Pierre lentement. Le village d'enfants... Oui, pourquoi pas? puisqu'on me fait confiance...

— Comme ça, je pourrais, un jour...

— Oh non, vieux! toi tu restes à Sagny... Promets-le-moi!

— Mais...

— Jure-le-moi, Etienne!

— Ecoute...

— Tu as ta mère! tu as ton boulot à faire! (Il pensa: « Tu as Denise », et n'en dit rien.)

— Et il y a aussi... commença Etienne, mais il détourna la tête fièrement.

— Mais oui, il y a tout ça! Et moi je te jure qu'on se retrouvera. Je t'écrirai. N'oublie jamais le Signal!

— Tu penses!

Ils marchèrent en silence; Etienne allongeait le pas.

— Ce qui serait chouette, fit-il brusquement sans lever la tête, ce serait de devenir médecin!

— Je te parie cent millions que tu le seras! dit Pierre très sérieusement. (C'était leur enjeu habituel.)

Dans le wagon, entre deux valises qui devaient être remplies de lainages et de sandwiches, Pierre casa la sienne qui contenait une aube et des hosties. Quand le train s'ébranla, le visage d'Etienne se transforma: celui d'un homme! Et ses yeux montrèrent une telle angoisse que Pierre cria par deux fois: « Je reviendrai!... Je reviendrai!... » Mais le gosse se mit à courir le long du quai à la vitesse du train, comme s'il lui était insupportable de laisser s'agrandir l'écart entre Pierre et lui.

— Etienne! arrête-toi, Etienne!...

Inutile! De Paris qu'il quittait, Pierre ne regardait et ne gardait que ce visage d'enfant qui était le visage même de l'angoisse et de l'amour.

Le petit ne s'arrêta qu'avec le quai et demeura immobile, les mains jointes. Pierre voyait remuer ses épaules, d'essoufflement ou de chagrin, et il lui semblait entendre son cœur battre. Un tournant fit grincer les roues du wagon; la petite silhouette disparut. Pierre put pleurer tranquillement.

Il avait refermé derrière eux la porte de la cellule. Dom Bernard se leva, en souriant, et alla l'ouvrir.

— C'est la Règle... Mais celle du silence ne m'a   * jamais paru plus dure qu'aujourd'hui! Raconte-moi maintenant, Pierre, raconte...

Se rappeler toutes choses depuis que Bernard avait quitté Sagny, Pierre s'y était déjà exercé la nuit d'avant. Il le fit donc sans peine.

— Et maintenant?

— J'ai une idée en tête, mais... non! Jamais de plan! Vivre au jour le jour, tu le sais bien... Ce sont les Evêques qui font des plans, pas nous!

— C'est surtout Dieu qui a son plan, dit Bernard. (Son visage avait encore maigri; et il tenait closes ses paupières plus longtemps encore qu'autrefois.) D'abord Bernard, ensuite Pierre, Gérard à présent: rien de cela n'est laissé au hasard. Moi, la prière me manquait; toi, « l'administration » te dévorait; Gérard... — on ne sait pas encore! Mais voici déjà deux pièges auxquels il échappera: nous n'aurons pas été inutiles. Plus utiles par nos échecs que par nos réussites! *« Il y a plusieurs demeures dans la maison de mon Père... »* ajouta-t-il lentement, voilà notre consolation et notre réponse.

— Tu es heureux ici, Bernard?

— Complètement. L'essentiel est de trouver sa ligne de Joie. La suivre jusqu'au bout, c'est facile! mais la trouver...

— Je ne crois pas que la mienne passe par ici, dit Pierre en souriant.

— Attends! vis d'abord quelques jours avec nous: lorsque tu sentiras notre paix t'envelopper, peut-être que... — Allez! dit-il en se levant, la Règle veut qu'on dorme à cette heure. Tu vois, toutes nos cellules donnent sur le cloître, sur la croix de pierre au centre du cloître; ta chambre, malheureusement, a sa vue sur l'extérieur. Tu apercevras de grandes lueurs: ce sont les hauts-fourneaux qui brûlent jour et nuit. Bonsoir, Pierre. Dieu te garde!

* Après l'office de l'aube, Dom Bernard fit un détour jusqu'à la chambre de Pierre. Mais, avant le tournant du couloir, il savait qu'il trouverait la porte entrouverte et la chambre vide.

A la même heure, seul dans Sagny peut-être, Etienne ouvrit les yeux. L'épi de seigle avait remonté aveuglément le long de son bras, et cela l'éveillait. C'était comme le geste timide d'un ami qui vous touche l'épaule: Etienne!... Etienne, réveille-toi! — « Il

LES SAINTS VONT EN ENFER

a besoin de moi! pensa le gosse. Pierre a besoin de
moi, et je suis loin... »

Oui, Pierre, en ce moment, devant la gare endormie, hésitait encore: porter le Christ à ces enfants
perdus? Ou bien...

Mais le hurlement d'un train le fit tressaillir: le
même, exactement, que ce cri entendu la nuit de son
arrivée à Sagny, l'appel au secours d'Etienne auquel
il n'avait pas répondu... Allons! son parti était pris:
celui de la nuit, de l'hiver, des enfants battus! Les
enfants libres dans le soleil avaient moins besoin de
lui; d'autres leur apprendraient Dieu. Sa *ligne de Joie*
passait par le plus grand malheur des autres: il venait
d'en recevoir l'assurance définitive. Il tourna le dos à
la gare et partit à pied. Il connaissait le chemin: il
arriverait au petit jour.

Dom Bernard, à genoux devant la porte entrouverte,
priait, les paupières closes.

Etienne, assis sur son lit, avait retrouvé d'un coup
son harnais de chagrin.

Pierre reconnut très bien la route, la grille et le bâtiment; on avait seulement surélevé celui-ci et renforcé la grille.

Il n'avançait pas sans malaise dans ce décor de son enfance: sur la pointe des pieds, comme dans un château désert, comme à travers un village silencieux dont on ne sait pas si l'ennemi l'occupe.

Le lampadaire contre lequel l'enfant Pierre s'était endormi, la nuit de l'accident, il hésitait à poser sa main sur lui, tout étonné de le trouver si petit, si vieillot. Mais il s'aperçut que d'autres gosses avaient charbonné les mêmes bonshommes sur ses flancs.

Pierre leva les yeux et vit l'entrée du puits de mine: l'arche ténébreuse qui, durant son enfance entière, et depuis, restait pour lui l'image même de l'enfer. Il se dirigea vers le bâtiment, monta les marches, poussa la porte. Un type à moustaches grises se tenait derrière un bureau.

— C'est pour quoi?

409

— Est-ce qu'il y a de l'embauche?

— Pour le fond?

— Oui.

— Alors bien sûr, toujours!

— Vous savez, dit Pierre, je n'ai jamais fait le métier...

— C'est plus pénible que difficile. Les autres vous apprendront vite. Comment c'est, votre nom?

Pierre le lui dit.

— Tiens, fit le vieux, un nom du Nord! Vous êtes donc de ce pays-ci?

Pierre regarda, par la vitre, ce ciel vide, ce paysage désolant. Allons, c'était bien le Royaume du Pire! Partout ailleurs en France, le soleil devait briller une petite heure, l'herbe aveugle pousser entre deux pierres, l'oiseau triste chanter, partout ailleurs! Ici, de la bouche de l'enfer, il vit sortir des hommes noirs au regard blanc: en deuil d'eux-mêmes; il entendit leur pas crisser sur la terre charbonneuse. Le cri d'une sirène déchira l'air gris.

— Oui, dit Pierre en souriant, c'est mon pays...

*   ADIEU DONC,
ENFANTS DE MON CŒUR!
Mai 1951

TABLE DES MATIÈRES

	Quand le vieux Clément entra...	9
I	Allez, votre mission commence!	19
II	D'abord une herbe, et puis l'épi...	61
III	Là où deux d'entre vous...	99
IV	« Un prêtre est un homme mangé »	129
V	La Nuit des Oliviers	165
VI	Les Béatitudes	199
VII	Les catacombes	235
VIII	Levez-vous! Partons d'ici!	277
IX	Muguet, couleur des morts...	309
X	Que pas un seul de ces petits ne se perde!	337
XI	Il y a plusieurs demeures dans la maison de mon père	373
	Pierre reconnut très bien la route...	409

TOPICS FOR DETAILED STUDY

Chapters I to III

1. Analyse the first reactions of Pierre to the *milieu* in Sagny and of the workers to his presence among them.
2. Examine Pierre's handling of Paulette's intention to have an abortion.
3. What are the particular advantages of holding religious services in private dwellings?
4. What are Madeleine's motives for the work she is doing?
5. What are Jean's impressions of the parish church?
6. Analyse in detail Pierre's speech to the peace-meeting.
7. How does he differ from Henri in his attitude to peace?
8. What is the significance of Pierre's meeting with abbé Gérard?

Chapters IV to VI

9. What is the attitude of the *taulier*, Baltard, to his tenants?
10. Examine the development of Jean's religious feelings.
11. What do we learn, on the occasion of his visit to the rue Zola, about the curé's views on his own mission in life, and on that of Pierre?
12. Discuss Pierre's handling of the drunkard Marcel.
13. What can we conclude from Pierre's first confrontation with the son of his rich neighbour?
14. Contrast the various attitudes of the inhabitants of the rue Zola to the plight of Jacquot and Paulette after the fire.

413

15. Show how Pierre has become totally involved in the life of the workers.
16. Examine Madeleine's thoughts in Chapter VI.

Chapters VII and VIII
17. Why do the workers decide to strike?
18. What is the value of their visit to the cardinal?
19. Contrast the cardinal's attitude to the strike with that of the curé of Sagny.
20. Why does the strike fail?
21. What do we learn of the character of Henri?
22. Examine the methods used by the police to stop the demonstration.
23. Is Pierre right in his handling of Ahmed after the death of Luis?
24. What leads Jean to commit suicide?
25. Analyse in detail Pierre's thoughts while he is walking through the rich quarter of Paris.

Chapters IX to XI
26. Is the recovery of Étienne credible?
27. Why does Pierre sympathise with Marcel?
28. Examine in detail the last thoughts of the cardinal.
29. What do we learn about French judicial methods?
30. Does Pierre's evidence make the trial any less 'political'?
   y does the archbishop decide to send Pierre away from
   ny? Is he right to do so?
   l the community survive without Pierre?
   y does Pierre decide to go down the mine?

MORE GENERAL TOPICS FOR
ESSAYS AND DISCUSSIONS

1. Should a priest be a full-time worker in a factory?
2. Should the clergy take part in politics?
3. How can the Church present God to an uneducated man?
4. What do you know about the social teachings of Christ? How can they be applied to modern life?
5. Can you be a Christian and not go to church?
6. Should religious worship always take place in a church building?
7. Do you believe in miracles?
8. What do you know about the aims of the Communist Party?
9. When is a strike justified?
10. How should a fair wage be calculated?
11. What action should the police take against a peaceful but illegal demonstration?
12. Is it right that the homeless should take over empty properties without the permission of the owners?
13. What can the man in the street do to help the socially inadequate, unable to cope with the complexities of life?
14. What can he do to promote peace?
15. What is the minimum acceptable standard for human living accommodation?
16. What can a factory or business firm contribute towards the social life of its workers?

17. To what extent should employees take part in the running of firms, and share in the profits?

SELECTED BIBLIOGRAPHY

A list of the more readily available works of reference useful as background reading.

The Church in France and the worker-priests

Dansette, Adrien: *Histoire religieuse de la France contemporaine*, Paris 1948 (*Religious History of Modern France*, London 1960) 2 vols.

Edwards, David, edit.: *Priests and Workers — An Anglo-French Discussion*, London 1961.

Godin, Henri, and Daniel, Yvan: *La France, pays de mission?* Paris 1943 (Maisie Ward, *France Pagan?*, London 1949).

Loew, Jacques: *En mission prolétarienne*, Paris 1946 (*Mission to the poorest*, London 1950).

Michonneau G., and Chéry, H.: *Paroisse, communauté missionnaire*, Paris 1946 (*Revolution in a City Parish*, London 1949).

Perrin, Henri: *Journal d'un prêtre-ouvrier en Allemagne*, Paris 1945 (*Priest-Workman in Germany*, London 1947).

Perrin, Henri: *Itinéraire de Henri Perrin, prêtre-ouvrier 1914–54*, Paris 1958 (*Priest and Worker — The Autobiography of Henri Perrin*, New York 1964).

Petrie, John, transl.: *Les Prêtres-Ouvriers*, Paris 1954 (*The Worker-Priests — A Collective Documentation*, London 1956).

Siefer, Gregor: *Die Mission der Arbeiterpriester*, Essen 1960 (*The Church and Industrial Society*, London 1960).

Suhard, Cardinal Emmanuel: *Essor ou déclin de l'Église*, Paris 1947; *Le sens de Dieu*, Paris 1948; *Le prêtre dans la cité*, Paris

1949 (*The Pastoral Letters of Cardinal Suhard*, London 1955).

Suhard, Cardinal Emmanuel: *Vers une église en état de mission*, Paris 1965 (*The Responsible Church*, London 1967).

Windass, Stanley, edit.: *Chronicle of the Worker-Priests*, London 1966.

Papal pronouncements

The following are available in translation, in pamphlet form, from the Catholic Truth Society, London:

Leo XIII: *Rerum Novarum*, 1891.
Pius XI: *Quadragesimo Anno*, 1931.
Pius XI: *Divini Redemptoris*, 1937.
John XXIII: *Mater et Magistra*, 1961.
John XXIII: *Pacem in Terris*, 1963.
Paul VI: *Populorum Progressio*, 1967.
Paul VI: *Octogesima Adveniens*, 1971.

Cesbron

Michel Barlow: *Gilbert Cesbron, témoin de la tendresse de Dieu*, Robert Laffont, Paris 1965.

GLOSSARY

This list contains mainly slang and other less commonly used French words, with their particular meanings in this novel. Expressions needing longer explanation are dealt with in the Notes to the Text.

l'allocation unemployment benefit

bagarrer to brawl, fight
le bagnard convict, gaol-bird
la bagnole car
balancer to throw someone out
la balle French franc
le bal(l)uchon bundle
du baratin a lot of 'blah'
baratiner to shoot a line
barboter to pinch, steal
le baroud fight
bazarder to sell off, turn into cash
le bigoudi hair-curler
le bilan balance-sheet
la bise: faire la b. to give a kiss
la boîte joint, establishment

la boucler (verb) to shut one's mouth
bouffer to bolt, eat greedily
bossué uneven
boulonner to work, toil
le boulot job, work
se bousiller to do oneself in
le brevet school certificate
brillantinés greased (hair)

le cabas shopping basket
calter to decamp, double off
le cambouis dirty grease
la camelote cheap goods, rubbish
la canadienne lumber-jacket
caser to find a place for
cavaler to run, run off
la Cellule Communist cell (group)

419

le chandail sweater

le chapiteau the big-top (circus)

chialer to weep, blub

chic nice, fine, decent, first-class, etc.

la chienlit mess, shambles

le chômage unemployment

le chômeur unemployed man

le chouchou pet, favourite

chouette fine, good, nice, friendly, etc.

classer to shelve, to arrange

le clebs dog

coller to stick, shove

coltiner to hump, carry on one's back

la communale elementary school

la comptabilité accounts department

le con idiot, clot

la concierge caretaker

les conneries stupidity

le copain chum, mate

le coron mining village

la corrida bull-fight

costaud well-built, grown-up

le couillon fool

croûter to eat

le culot: avoir le c. to have the cheek to

se décarcasser to wear one-self out

se démerder to get out of trouble

un dépannage a helping hand

dépanner to get someone out of trouble

descendre to kill

le donneur (de police) informer

la douillette (priest's) overcoat

drôlement not half, funnily, strangely

écoper to cop (it)

l'embauche job

emmerdé in trouble

les emmerdements trouble, something wrong

emmerder to annoy, cause trouble for, to hate

s'emmerder to be fed up

encaisser to stand, tolerate, approve

l'engueulade slanging

engueuler to slang, curse at; *se faire e.* to have one's head bitten off

l'entraîneuse night-club
hostess
étriper to gut

fagoter to dress
tastelessly
faucher to pinch, steal
filer to hurry
la fine brandy
flanquer to chuck
le flic cop, policeman
fourrer to stick, shove in
foutre 1 *faire*, 2 *mettre*
foutre la paix to give a
bit of peace
foutre le camp to clear
out, shove off
foutre par terre to make a
mess of
foutre en l'air to chuck
it all in
se foutre de not to care
about
foutu done for, kicked
out, useless
le fric dough, money
frondeur irreverent

la gadoue mud, dirt
le gars lad
gaver to stuff with food
ça gaze ? how's things?

goguenarder to banter
le greffier clerk of the court
grillé found out
(*se*) *grouiller* to hurry up
la gueule face
ta gueule! shut up!
gueuler to blare, to nag

l'hosto hospital
l'huis door

l'indemnité compensation
l'Intersyndicat Trade Union
Headquarters

le laïus lecture, speech
la lessiveuse wash-boiler

le maquereau pimp
la marelle hopscotch
marre: en avoir m. to be
fed up with
matraquer to cosh,
bludgeon
le mec pimp, bloke
le mégot fag-end
le mélo melodrama
merde! blast!
mince! charming!
miteux shabby, seedy
moche rotten, no good
molletonné quilted; (of
ears) cauliflower

421

le *môme* brat, kid
le *mouchard* police informer
  moucharder to inform

de *nuit* on night-work

les *Œuvres* the charity
  organisations

le *paillasson* door-mat
le *patelin* village
  paumé nabbed
  peinard peaceful,
  comfortable
  pépère grandpa
  perdre les pédales to lose
  one's grip
la *permanence* permanent
  office
le *pétrin: être dans le p.* to be
  in trouble
  piailler to squeal
la *piaule* digs, room
  pieuter to go to bed
  piquer to steal, to nab
le *pote* friend, chum
la *poule* tart, prostitute

  râler: je râle I'm a
  gonner
le *Relogement* Rehousing
  Bureau
la *remise* shed, garage

le *rigolo* joker
le *rond: ne pas avoir le r.* to
  be broke
  rond: tourner to run
  smoothly
  roupiller to snooze
  rouspéter to make trouble
le *routier* lorry-driver

le *salaud* swine, rotter
la *salope* slut
la *saloperie* dirty trick, filth
  le *sang: bon sang !* hang it!
  saouler to make drunk
à la *sauvette* on the run
  sonné crazy
la *souillon* slut
le *sous-prolo* lowest of the
  workers
en *stop* hitch-hiking

la *tambouille* cookery,
  cooking
la *taule* house, room,
  prison
le *taulier* landlord
la *taulière* landlady
  tête-bêche head to tail
  titrer to headline
le *toubib* doctor
la *trogne* (bloated) face

422

la trouille (to put) the wind up

le truc thing, thingummy, trick, gear

le truqueur swindler

la turne digs, dump

la vacherie dirty trick

virer to sack, throw out

le voyou hooligan, idler

zigouiller to knife, to kill

NOTES TO THE TEXT

The marginal figures refer to pages in the text.

7 ... *on assassine les médiateurs* Count Folke Bernadotte, United Nations mediator in Israel, was murdered on 17 September 1948.

13 *Lazare* Christ raised Lazarus from the dead, summoning him from his tomb: John XI esp. 43–44.

19 *Allez, votre mission commence* One translation of the Latin *Ite missa est*, the last words of the Mass.

20 *Vous voyez!* 'well, now you can see for yourself.'

les délégués du personnel Workers' representatives, legally compulsory in organisations with a staff of more than ten, as spokesmen on matters affecting salaries and welfare.

22 *l'inspecteur du travail* Government inspector of conditions of work, etc., under the Code du Travail.

23 *la rue Zola* This fictional street name evokes the novelist Emile Zola (1840–1902), whose work includes studies of social groups which have also interested Cesbron. *Germinal* is set in a mining village; *L'Assommoir* pictures working-class Paris. The choice of name is probably inspired by the fact that Abbé Depierre lived in the rue Victor Hugo at Montreuil, Hugo being another novelist. Some of the streets of 'Sagny' have real-life counterparts in one or more communes of the *banlieue*. Several are named after nineteenth century statesmen, politicians and writers. These are not dealt with in these notes.

au Séminaire de la Mission   The seminary or training college for priests of the Mission de France was founded at Lisieux in 1942. It moved to Limoges (1952), Pontigny (1954). Priests of the Mission de Paris were sent here for a year of special training.

le Père Pierre   The title *père* indicates a member of a religious order, rather than a secular priest of the diocese.

Tarzan   A white man brought up by apes and living in trees in the jungle, featured in forty adventure films based on novels by Edgar Rice Burroughs (1875–1950).

l'Angélus   Prayer said at morning, noon and sunset, beginning *Angelus Domini nuntiavit Mariae*, the Angel of the Lord said unto Mary.

24 *Ramuntcho*   A song made very popular at this period by the singer André Dassary.

28 *está perdido* (Spanish)   He is done for.

l'Union des Locataires   The Tenants' Protection Association.

le Parti   i.e. the Communist Party.

la guerre d'Espagne   The Spanish civil war, 1936.

29 *aux castors*   The 'Beavers': groups of workers banded together in co-operatives at this period to build their own accommodation.

30 *où je te conduis*   This is not in fact identifiable as a quotation from the Gospels.

33 *un hôtel meublé*   The typical dwelling of the working class of the Paris *banlieue*. Siefer says (p. 51) that in 81 suburbs of the Département du Seine (including the 20 arrondissements of Paris itself) over 400 000 people lived in lodgings of this kind in 1954.

police-secours   Police squads dealing with emergencies.

37 *Qu'est-ce qu'il y a de cassé ?*   What's the trouble ?

38 *la Sainte Face*   A reproduction of Christ's face as it is

supposed to have been imprinted on a towel with which Mary Magdalen wiped His face on His way to Calvary; or as it appears on the Holy Shroud, a relic venerated in Turin. *Qui veut sauver sa vie la perdra* Whosoever will save his life shall lose it: Luke IX 24.

42 *Bernadette* St Bernadette Soubirous (1844–79), an illiterate peasant girl to whom the Virgin Mary appeared at Lourdes (Hautes-Pyrénées) in 1858. She became a nun and died at Nevers; she was declared a saint in 1933. Lourdes is now a place of pilgrimage. Cesbron deals with the theme of such apparitions in *Vous verrez le ciel ouvert*, and with Bernadette herself in *Il suffit d'aimer*, for the film of which he wrote the scenario and dialogue.

Thérèse St Thérèse of Lisieux (1873–97), born at Alençon (Orne). She became a Carmelite nun at Lisieux and was declared a saint in 1925. In his play *Briser la statue* Cesbron deals with the life of this, 'la plus grande sainte des temps modernes'.

43 *A chaque jour suffit sa peine* Sufficient unto the day is the evil thereof: Matthew VI 34.

47 *Lagny* (Seine-et-Marne) On the Marne between Paris and Meaux.

48 *Verdun* (Meuse) A small industrial town, scene of a long battle in the 1939–45 war. In Cesbron's *Avoir été*, Kléber Demartin, a veteran of the battle, takes the young orphan Patrick to visit the site.

Choisy Choisy-le-Roi (Val-de-Marne) is an industrial suburb SSE of Paris. It has the remains of a château used by Louis XV.

54 *Le royaume de Dieu* A reference to the words of Christ, 'My kingdom is not of this world': John XVIII 36.

Ce n'est que moi 'It is I, be not afraid': words of Christ to his disciples, when walking on the waters of Lake Tiberias: Matthew XIV 27.

55 *l'aube* (f.)   The alb, a long white linen vestment worn by the priest at Mass.

la chasuble   The chasuble, the sleeveless Mass vestment worn over the alb and coloured according to the liturgical season.

PAX   Latin for peace; sometimes embroidered on the back of the chasuble.

l'étole (f.)   The stole, the liturgical scarf, coloured to match the chasuble.

56 *memento des vivants*   A part of the Mass where commemoration is made of any living people for whom one wishes to pray.

. . . Fils et Saint-Esprit   Words of the final blessing at Mass.

58 *vous conduise à la vie éternelle*   Part of a commonly used formula of blessing.

61 *et puis l'épi*   For the earth of itself bringeth forth fruit, first the blade, then the ear, afterwards the full corn in the ear: Mark IV 28.

63 *Salud, umbre* (=hombre)   Spanish greeting; cf. Salut, mon ami.

65 *son feutre amadou*   'his salmon-coloured felt hat'; *amadou* is tinder, of a colour between orange and brick-red.

66 *Beauce*   Region south of Paris centred on Chartres, important for the production of wheat.

forêt d'Amboise   A region of forest and lake between the rivers Loire and Cher, south of Amboise, celebrated for its château.

lande d'Arcachon   The *Landes* are an area of sand-dunes, lakes and pine plantations on the Atlantic coast south of Bordeaux. Arcachon (Gironde) is a seaside resort in the region, celebrated for its oysters.

67 *Figaro*   A leading Paris daily newspaper founded in 1867, with a conservative and liberal appeal, presenting moderate views.

3400 francs   The exchange rate was about 480 Fr. to £1 before and 860 Fr. to £1 after the revaluation of 26 January 1948. By a decree of 1 January 1948 a new scale of wages and prices, as part of a programme against inflation, stipulated a minimum monthly wage of 9100 Fr. for a 40-hour week (2275 Fr. per week).

un bénédictin   A Benedictine monk, of the order founded by St Benedict in the sixth century A.D.

68 *la Mission*   The headquarters of the Mission de Paris was at 47 rue Ganneron, just to the west of the cemetery of Montmartre.

70 *faire chier, non?*   'Stop that blessed nuisance, can't you?'

71 *Que Jésus garde ton âme*   A free translation of the words used by the priest when distributing Communion.

le calice, le missel   The chalice is the cup used to hold the wine at Mass, and the missal is the book containing the prayers and scriptural readings.

73 *Là où deux d'entre vous . . .*   For where there are two or three gathered together in my name, there am I in the midst of them: Matthew XVIII 20.

74 *la fin du Repas*   The end of the Last Supper, i.e. the beginning of Christ's suffering and death.

Levez-vous, partons d'ici   Rise up, let us go. Behold, he is at hand that will betray me: Matthew XXVI 46 (just before the betrayal of Jesus).

75 *Saint-Ouen, Montreuil, Bagnolet*   Industrial suburbs of Paris (Seine-St Denis). Saint-Ouen is to the north, and the others to the east.

76 *Vincent de Paul*   Saint. French parish priest and missionary (1581–1660) noted for his work of charity among the poor and sick. Founder of several charitable institutions.

80 *lac de Tibériade*   Lake Tiberias or the Sea of Galilee, in Israel, the scene of several events in the life of Christ. Here Saints Peter and Andrew were fishermen, and Peter walked on the water at Christ's instigation.

83 *faim et soif de justice*   Blessed are those who hunger and thirst after justice, for they shall be satisfied: Matthew V 6.

84 *Lille* (Nord)   An important industrial centre, with engineering, textiles and coal-mining.

87 *des espèces d'isoloirs*   i.e. confessionals. The sacrament of Confession or Penance takes place in Catholic churches in a confessional-'box', divided by a screen or wall separating priest from penitent. They speak through a grille.

88 *Jésus est condamné à mort*   This and the following phrases in italics are among the titles of the fourteen Stations of the Cross, pictures or statues arranged around a church showing the stages of Christ's last journey from condemnation to burial.

Simon de Cyrène   He helped Christ to carry the Cross.

89 *les vêpres*   Vespers, the evening prayer of the Church.

une lumière rouge   The sanctuary lamp burns before the altar at which the Sacrament is reserved.

cette petite armoire   The tabernacle or cupboard containing the reserved Sacrament.

93 *. . . vous ne serez pas jugés*   Judge not and you will not be judged: Matthew VII 1–3.

96 *J'ai tout do . . .*   i.e. *J'ai tout donné aux pauvres.*

99 *jusqu'à fond de cale*   cough 'from the bottom of their boots'.

104 *anschluss* (German)   Annexation. Hitler annexed Austria to Germany in March 1938. Pierre wants 'no takeovers'.

105 ... *te mouiller*   If you don't want to get involved.

106 ... *ce coup-là*   'they gave up listening for a few minutes; Henri had sprung that one on them too often.'

109 *les C.R.S.*   Police of the Compagnies Républicaines de Sécurité, mobile reserve companies each of about 200 men, responsible for maintaining order, controlling demonstrations and riots, and dealing with emergencies. They also police the main roads. They are controlled by the Ministère de l'Intérieur through the Direction de la sûreté nationale.

110 *L'Aurore*   A newspaper catering mainly for shopkeepers and white-collar workers, whose cause it pleads.
un truc de meeting   A comfortable meeting.

113 *Confidences*   A weekly magazine for women; of the type suggested by its title.

114 ... *trétaux à conneries*   'and swallows that kind of rubbish.'
Saint-Granier   A very popular singer and song-writer of the period.
il y a gourance   'you are making a mistake.'
Qu'est-ce que ça a à voir ?   'What are you getting at?'

115 *des trusts*   Trusts: companies banding together in organised associations to defeat competition.

116 *Quels casse-pieds!*   'You do go on.'
faire le sacristain   To take the side of the church.
Ils m'ont fichu dehors   'They have chucked me out.'

117 *conio, comme le reste*   'conio is the word: it serves most purposes.' (*Conio*: 'bastard', idiot, etc.)

120 *Tino Rossi*   Constantin (Tino) Rossi, singer, born in Ajaccio in 1907. He made his first recording in 1928 and starred in over twenty-five films.

121 *vicaire*   Curate or assistant priest in a parish, therefore not 'vicar'.

122 *enterrements de première classe*   One of the institutions which

most stressed social differences in French churches was the system of degrees of solemnity and magnificence of funerals, dependent on the ability of the bereaved to pay. Suppressed by Cardinal Veuillot, archbishop of Paris 1966-68.

125 *Boulogne* i.e. B.-Billancourt (Hauts-de-Seine), industrial and residential suburb south-west of Paris. There are several large laundries in the area.

Simca, à Nanterre Simca (Société Industrielle de Mécanique et de Carrosserie Automobile), a leading car manufacturer founded in 1943. The main factory is now at Poissy. Nanterre is a north-west suburb.

Ivry (Val-de-Marne) Industrial suburb to the south-east.

Clichy Industrial suburb to the north-west.

les stigmates du Christ The marks of the wounds suffered by Christ when nailed to the Cross and pierced in the side with a spear. Certain saints and others have mysteriously developed similar marks, known as *stigmata*.

126 *les filles* The prostitutes. This character in the novel is based on real life.

Barbès The area of the boulevard Barbès which runs north from the boulevard de Rochechouart. The latter extends westwards into the boulevard de Clichy.

le Père Pigalle The nickname comes from the place Pigalle at the southern edge of Montmartre, where the above last two boulevards meet.

. . . comme des serpents Behold I send you out as sheep in the midst of wolves; so be wise as serpents and innocent as doves: Matthew X 16.

127 *Jeudi Saint* Maundy Thursday, the feast commemorating the Last Supper, when Christ and the Apostles sat together around a table.

Dom Bernard Dom is the title used by Benedictine monks. It is an abbreviation of *dominus*, master.

129 *un prêtre est un homme mangé* A phrase used by Père Chevrier, who founded at Lyons in 1856 a community known as the Prado, named after a slum quarter of the city. Bishop Alfred Ancel, its superior-general from 1942 to the present day, himself ran until 1959 a small shoe-manufacturing industry. He has since worked part-time in a basket-factory.

131 *la Corée ... l'Indochine* Communist forces were engaged against American and United Nations troops in Korea in 1950–53, and against the French in Indochina from 1945 to 1954.

Picasso Pablo Picasso (b. 1881), painter: designed a Dove of Peace as the emblem of the international congress of the Partisans of Peace, held in Paris in April 1949.

132 *et puis c'est marre* 'that's the way it goes on.'

... sont contre nous Recalling the words of Christ in Matthew XII 30: He that is not with me is against me.

134 *rouge Beaujolais* The colour of red Beaujolais wine, from the area between Mâcon and Lyons, in the Burgundy region.

135 *ce dessus de cheminée* 'this household ornament.'

Qu'est-ce que ça peut me fiche à moi? 'What the hell do I care?'

139 *tu vois si je suis bath* 'you can rely on me.'

un camembert A soft rich cheese taking its name from a village in Normandy.

143 *la petite hostie* The small host, or wafer of bread used in the Mass for the people's Communion, as opposed to the larger one consumed by the priest.

la patène The paten is the gold or gilt plate on which the host lies at Mass.

en français In the 1940s Latin was still the universal language of the Church, and the vernacular could only be used by special permission from Rome. Today, every priest says Mass in the language of the country.

145 *une convention collective* A collective bargain: an agreement between the employer and the workers' representatives, in matters related to salaries.

comité d'entreprise These committees came into being in 1945, elected by the workers of any firm employing over fifty, as a consultative body in the general running of the factory or works, and to organise the firm's social services.

146 *tombés dans les pommes* Passed out; fainted.

Tu n'en as plus pour longtemps 'You won't last long.'

147 *squatteriser* To occupy with squatters; a new verb based on the English noun for one who takes over unused living accommodation without the permission of the owner.

148 *le cardinal archevêque de Paris* Cardinal Suhard made frequent visits, incognito, to mission communities and to share a meal in workers' homes. He also welcomed them at his own house.

curé doyen As well as being parish priest he is dean of a deanery or group of parishes.

149 *une sacrée équipe* i.e. the twelve Apostles, less Judas who hanged himself after betraying Christ.

151 *du catéchisme* Catechism, the teaching of religious knowledge.

152 *Enfant de Marie* A member of the Children of Mary, an organisation for unmarried Catholic girls and women.

le rosaire The Rosary, a devotion to the Virgin Mary, the prayers being counted on rosary-beads. Madeleine led the recital of these prayers.

155 *néophytes* Neophytes, new converts to the church.

156 *... malheur aux riches* The latter three phrases are from Matthew XIX 30, V 5, and Luke VI 24: Many that are first shall be last, and the last shall be first . . . Blessed are they that mourn, for they shall be comforted . . . Woe to you that are rich; for you have your consolation.

158 *Monsieur le curé*   *M. l'abbé* is the title of any priest not a member of a religious order; *M. le curé* is that of a priest in charge of a parish.

160 *la Maison du Père*   i.e. Heaven. In my father's house there are many mansions: John XIV 2.

    Marie Madeleine   Mary Magdalen, the repentant sinner in the Gospels.

    . . . Christ qui l'a dit   Christ said that there would be 'more joy in Heaven over one sinner who repents than over ninety-nine righteous persons who need no repentance': Luke XV 7.

161 *ce que le cardinal a dit*   Not words used by Cardinal Suhard. The episode is entirely fictional.

    Fabiola   A film (1948) directed by Alessandro Blasetti, from the novel by Cardinal Wiseman (1854).

165 *La nuit des Oliviers*   The Agony in the Garden, the night spent by Christ on the Mount of Olives: see e.g. Matthew XXVI 30–46.

168 *tu flanques une tournée*   'you take it out on . . .'; the expression would normally mean to stand a round of drinks.

    un mort de faits divers   'the face of a dead man in the newspapers.' The *faits divers* are the various items of news, largely about crimes or accidents, in which several newspapers specialise.

169 *Ego absolvo te*   Latin: I absolve you; I forgive you; words used by the priest, as God's agent, in Confession.

171 *un Judas*   A betrayer. See Matthew XXVI 14–16, 21–25, 47–50.

172 *Gare de Lyon*   The station for the Alps, the south-east and

the Mediterranean coast.

173 *enfants abandonnés* Several experiments had been made in this field, but Cesbron is not referring to a real-life example. Perhaps the best known is Boys' Town, Nebraska, USA, founded in 1917 by Father Edward Flanagan for homeless boys who themselves govern and administer it.

Pont-Saint-Esprit (Gard) Town on the Rhône, celebrated for its glassware.

174 *toi qui étais mon ami* After the betrayal, Christ said to Judas: 'Friend, why are you here?': Matthew XXVI 50.

Garrigues Not a town, but a series of arid plateaux in southern France, at the foot of the Cévennes, north of Montpellier.

180 *le syndicat patronal* One of the employers' federations, probably represented on the Conseil National du Patronat Français, founded in 1946.

182 *. . . de grands biens* Jesus saith to him: If thou wilt be perfect, go sell what thou hast and give to the poor and thou shalt have treasure in Heaven. And come follow me. And when the young man had heard this word, he went away sad; for he had great possessions: Matthew XIX 21–22.

Rothschild A family of extremely rich Jewish bankers, originally from Frankfurt, of which the French branch is descended from Baron James de Rothschild, who settled in Paris in the early nineteenth century.

le contrecoup . . . le contremaître A crude play on words: *le contrecoup* = backlash, rebound; *le contremaître* = foreman.

183 *Tu es complètement brûlé* 'They have tumbled to you.'

Guignol 'Punch and Judy Show'; Guignol and his friend Gnafron, characters originating in Lyons and very popular in marionette shows, represent the French spirit of dis-

435

respect for authority.

187 *Ma veu voi le feu*   i.e. 'Moi (je) veux voir le feu.'

. . . *une coucherie quelconque*   'had been out fornicating somewhere.'

188 *Ça sent la chair fraîche*   A well-known line from Perrault's fairy-tale *Le Petit Poucet*   (Tom Thumb).

192 *Les Rois Mages*   The Magi, the three Kings or Wise Men who brought their gifts to the infant Christ in the stable at Bethlehem.

194 *en cas de coup dur*   'if the worst comes to the worst.'

195 *Bourvil*   stage-name of André Raimbourg, actor (1917–70) and star of over thirty films.

197 . . . *une heure avec moi*   Could you not watch one hour with me?: Matthew XXVI 40. The Apostles had fallen asleep during Christ's Agony in the Garden of Olives.

199 *Les Béatitudes*   The Eight Beatitudes, i.e. Christ's words in Matthew V 3–11. See note to p. 226, below.

201 *Vous en feriez une gueule*   'you would all look pretty silly.'

203 *Il ne l'aurait pas volé*   'He would have deserved it.'

207 *leur Iliade et leur Odyssée*   Homer's *Iliad* is an epic poem describing the siege of Troy, while his *Odyssey* describes the return of Odysseus (Ulysses) from the siege.

208 *Numquid et tu ?*   The beginning of the question in the Latin of the Gospel of St John (XVIII 17 and 25) where the servants of the high priest ask Peter 'Are you not also one of His disciples?' and Peter denies it.

209 *Blois*   (Loir-et-Cher) Market town on the Loire, with a celebrated château.

215 *A la tienne !*   'Damned if I will!'

216 *Dites seulement une parole*   Recalling the words of the centurion with a dying servant, who said to Christ 'Say only the word and my servant shall be healed': Matthew VIII 8.

220 *un acte de contrition* An act of contrition, a prayer expressing sorrow for one's sins.

223 *sa démarche d'assomption* Her 'Assumption walk'; the Assumption is the name given by the Church to the ascent of the Virgin Mary into Heaven. Madeleine's gait suggests flying up and away.

225 *la Foire du Trône* A big fair held yearly at Easter, traditionally in the place de la Nation but now on the western edge of the Bois de Vincennes. Also known as the Gingerbread Fair, it is said to have originated before the year 1000.

226 *. . . qui est le cœur de Sagny* This paragraph in part reproduces and in part is inspired by the Beatitudes, spoken by Christ during the Sermon on the Mount: Matthew V 3–11.

227 *la trace du Christ . . . au Golgotha* The main stages of Christ's movements between his arrest and his death.

Bretonneau A hospital at the north end of the cemetery of Montmartre.

Beaujon A large hospital in Clichy.

229 *Aimer et vouloir* 'Il ne suffit pas d'aimer seulement; et à quoi sert de vouloir si cette volonté n'est pas suscitée et nourrie par l'amour' (Cesbron: correspondence with the Editor).

230 *. . . faire le mariole* 'There is nothing to laugh about'.

231 *. . . ensevelir les morts* Let the dead bury their dead: Matthew VIII 22.

235 *Les Catacombes* Catacombs, underground cemeteries in and around Rome where the early Christians met in secret.

Parc Monceau A park in the 8th *arrondissement* of Paris, laid out in 1778. Cesbron played here as a child, and he located here an amusing episode in *Les Innocents de Paris*.

236 *. . . venait d'être rendue* Wage-rates were no longer tied.

237 *jouait Perrette* The milkmaid in the fable *La laitière et le pot*

437

au lait by La Fontaine (1621–95) builds up ambitious plans for the use of the money she will get for the milk, until she trips and upsets it all.

240 *la Conférence de Paris* Apparently a reference to the congress of the Communist-inspired Partisans of Peace, held in the Salle Pleyel in Paris in April 1949 with delegates from over 50 countries, protesting against the North Atlantic Treaty, signed in Washington on April 4th, and against atomic warfare.

241 *. . . soy un conio* (Spanish) 'I know I am a fool'.

242 *comité de solidarité* Strikers' joint committee.
la fièvre obsidionale 'suffering the fever of a town besieged'.

244 *la rue de l'Archevêché* The house of the archbishop of Paris near Notre-Dame was demolished in 1831, and he now lives at 32 rue Barbet-de-Jouy, just east of the Invalides.

247 *des collectes en nature* i.e. collections of food rather than money.
. . . Indre-et-Loire Départements in predominantly farming areas, in the dioceses of Meaux and Laval, and the archdiocese of Tours respectively.

252 *on quêta pour les familles* Cesbron says that this and other details of the strike (see below) were taken from events in France at the period in question.

253 *une couronne d'épines* A crown of thorns such as that worn by Christ at the Crucifixion.
saint Martin de France Died A.D. 397. He is reputed to have given half his cloak to a beggar, whereupon God appeared to him wearing the half-cloak. He became a hermit, and later a bishop of Tours. A St Martin's summer, or Indian summer, is summery weather in autumn.

256 *paroles du premier ministre* See note to p. 252, *on quêta pour les familles*.

438

257 *Sécurité Sociale*　French Social Security organises family allowances, maternity grants, health services, old-age pensions and the like.

259 *mouche-toi un coup!*　'Blow your nose!'

261 *Melun*　(Seine-et-Marne) On the Seine twenty-five miles south-east of Paris.

un de la J.O.C.　A member of the Jeunesse Ouvrière Chrétienne founded by Canon (later Cardinal) Cardijn in 1926. Known in England as the Young Christian Workers.

Commando casse-croûte　'canteen commando.'

265 *. . . de faire crédit*　See note to p. 252, *on quêta pour les familles.*

267 *place de la Bastille*　A large open space in south-east Paris, at the confluence of several streets, where the prison of the same name once stood. In the centre, the Colonne de Juillet commemorates the 1830 and 1848 revolutions. The area is often the scene of mass-meetings.

la C.G.T.　The Confédération Générale du Travail, a trade-union confederation founded in 1895, with Communist leanings and a membership mainly of industrial and railway workers, claimed in 1972 to total 2 300 000. In 1948 a minority group broke away to found the C.G.T. (F.O.) Force Ouvrière.

268 *officiers de paix*　Ranking officers from the Paris Préfecture de Police.

les képis　The distinctive round caps of the French police.

269 *les motards de la préfecture*　Motor-cycle police from the Paris Préfecture.

272 *saint Thomas*　St Thomas the Apostle did not at first believe that Christ had appeared to the others after the Crucifixion, until he had himself seen Christ's wounds with his own eyes. John XX 24–29.

. . . qui me font la guerre　My enemies have trodden on me

439

all the day long: for they are many that make war against me: Psalm 56 v. 3.

273 *... ne me trouverez pas*   Yet a little while I am with you; and then I go to him that sent me. You shall seek me and shall not find me: John VII 33–34.

... et qu'il boive   If any man thirst, let him come to me and drink: John VII 37.

274 *... leva les yeux au ciel*   The introductory words to the Consecration of the Mass, recalling Christ's actions at the Last Supper.

277 *Samedi saint*   Holy Saturday, the eve of Easter.

... vous sera donné   All things whatsoever you ask when you pray, believe that you shall receive; and they shall come to you: Mark XI 24.

281 *France-Dimanche*   The popular illustrated Sunday edition of *France-Soir*.

290 *l'Église Triomphante*   The Church Triumphant, i.e. the saints in Heaven.

... des veuves   Among the numerous saints recognised by the Church, the majority are priests, nuns and martyrs; a few of the women are classed as widows. There is no official category of 'married people'.

292 *Personnes Déplacées*   Displaced persons: those who for political or racial reasons were driven from their native countries during the 1939–45 war and were unable to return there.

294 *des bénitiers*   Holy-water stoups or vessels, for the faithful to bless themselves.

298 *Je vais vers toi*   These words were used by a young man described by the Abbés Godin and Daniel in *France, pays de mission*? (the work which originally attracted Cesbron to the worker-priests in 1945). He had been a young member

440

of the J.O.C. well known to the abbés, who entrusted his savings to a girl whom he loved. But she deceived him, and spent the money with another man. He committed suicide, and wrote these words in his notebook.

Quand tout fut consommé   Recalling the last words of Christ: 'It is consummated': John XIX 30.

299 *Renault . . . Citroën*   Major car manufacturing firms. Renault, now nationalised, has its factories in Billancourt, and Citroën in the south-west corner of Paris itself, beside the Seine.

Dubo . . . Dubon . . . Dubonnet   The advertising slogan for the apéritif Dubonnet.

Concorde   The métro station in the place de la Concorde at the bottom of the Champs-Élysées, the broad avenue lined with luxury shops and restaurants at the top of which is the Arc de Triomphe de l'Étoile commemorating Napoleon's battles.

301 *les soutes*   'go visiting below-decks.'

305 *l'office des Ténèbres*   A part of the prayer of the Church for the evenings of Wednesday to Friday in Holy Week was known as *Tenebrae*, an allusion to the hours of darkness spent by Christ in the tomb. Cesbron uses this figuratively, contrasting, on Holy Saturday night, the 'darkness' of Sagny with the 'light' of the Terre de Bonheur Pierre is visiting.

306 *un phare gigantesque*   Cesbron says he is here describing the carrefour de la Muette, on the eastern edge of the Bois de Boulogne, where there are many luxurious apartments. The *phare* is simply a large lamp-standard.

307 *dans le pire des mondes*   A deliberate adaptation of the philosophy of Voltaire in *Candide* (1759): 'Tout est au mieux . . . dans ce meilleur des mondes possibles.'

la plus éloignée de Sagny   If, as seems likely, Cesbron is

441

thinking of the terminus station at Porte-Dauphine, it can be said to be among the furthest from Montreuil, on the other side of Paris. The Muette station, not itself a terminus, is on a direct line to Mairie-de-Montreuil.

309 *Muguet, couleur des morts* The only chapter-title not a quotation or a specific allusion. Cesbron calls it 'une "hantise" personnelle'. He sees the dull white colour of lilies-of-the-valley as the colour of death, whereas these flowers mark the coming of spring and new life.

315 *pourquoi l'avez-vous abandonné?* Recalling the words of Christ on the Cross: 'My God, my God, why have you abandoned me?'

316 *J.anne* St Joan of Arc (c. 1412–31), a peasant girl who claimed to have heard the voices of three saints ordering her to help the Dauphin, later Charles VII. She led an army to capture Chinon for him, and took him to Reims to be crowned. Captured and handed over to the English, she was condemned as a heretic and a witch, and burned at the stake in Rouen.

Vianney St Jean-Baptiste Marie Vianney (1786–1859), parish priest of Ars (Ain) for forty-two years and therefore frequently referred to simply as the Curé d'Ars. Noted for his zeal as a pastor and for a life of prayer and penance. Proclaimed patron saint of parish clergy.

318 *Tu fais une drôle de tête* 'you do look funny.'

322 *. . . de ma résurrection* Part of the Mass for Easter Sunday morning, taken from Psalm 138 vv 18, 1–2: I have risen and am still with thee . . . Lord, thou hast put me to the test; thou hast seen my death and resurrection.

324 *Credo* (Latin) I believe: the first word of the Creed in the Mass, a prayer summarising Christian belief.

326 *le Droit Canon* The Canon Law of the church forbids

Catholic rites at the burial of suicides, unless they have shown signs of repentance. In Jean's case, his expressed desire for baptism is taken as such a sign.

328 *L'Humanité-Dimanche* The Sunday edition of the Communist daily, *L'Humanité*.

330 *Fresnes* (Hauts-de-Seine) Just south of Paris, has a prison celebrated as the place of detention, under the German occupation, of many French resistance workers.

337 ... *ne se perde* It is not the will of your Father who is in Heaven that one of these little ones should perish: Matthew XVIII 14. These were the last words of Cardinal Suhard.
... *un jeudi* Cardinal Suhard died on Monday 30 May 1949. All the details of the end of the life of the cardinal in the novel are fictitious, except for his last words above.

342 ... *comme dans l'Évangile* An allusion to the miracles by which Christ fed 5000 people with five loaves and two fishes (Matthew XIV 15–21) and 4000 with seven loaves and a few fishes (Matthew XV 32–38).

349 ... *mal au cœur* 1 May, Fête du Travail, is a public holiday marked by demonstrations such as that here described, a procession from the place de la Bastille to the place de la Nation. Children in fancy dress frequently take part.

351 *Orléans* (Loiret) A cathedral town on the Loire.

352 *la porte d'Orléans* The exit, originally a gate in the fortified wall, on to the N20 road which runs south through Orléans.

353 *tu as de la veine* 'you're in luck.'

356 *chaque demeure est Emmaüs* Pierre identifies with Christ, who after the Crucifixion appeared on the road to Emmaus to two disciples who invited him to dine with them: 'Did not our hearts burn within us while he talked ...'. See Luke XXIV 13–35. Pierre would bring Christ into every home.

357 ... *vacant plusieurs semaines* The see of Paris was vacant from 30 May 1949 until Archbishop (later Cardinal) Feltin was transferred from Bordeaux in August. Cesbron does not, however, intend us to see in this new archbishop a portrait of Cardinal Feltin.

358 ... *pour les siens*   Greater love has no man than this, that a man lay down his life for his friends: John XV 13.

359 *Le Tribunal*   The court is apparently a 'Tribunal de première instance', of which there was one in each 'arrondissement' until the system was reformed in 1958. The president and two assessors sat without a jury to deal with 'délits' as opposed to the lesser 'contraventions' and the more serious 'crimes', dealt with by the 'juge de paix' in the 'tribunal de simple police' and the three judges and jury of seven at the 'cour d'assises', respectively.

le procureur de la République   The public prosecutor, responsible for putting the case against the accused.

363 ... *coupé le sifflet à l'autre guignol*   'would have shut the other clown up.'

369 ... *préparé d'avance*   'spouted an indictment prepared beforehand.' The implication is that he had decided what to say even before any of the evidence had been presented.

370 ... *les années 40–45*   The president had evidently cooperated with the Germans and the Pétain régime during the occupation.

371 *avec sursis*   A suspended sentence of one month.
à la une   'to the front page.'

374 *Belle au Bois dormant*   Sleeping Beauty, from the tale by Perrault.

378 *en état de grâce*   'in a state of grace', i.e. in Catholic terms, to have committed no grievous sin and to be in a positive state of being pleasing to God.
un de vos catéchumènes   Catechumens are persons not bap-

444

tised but under preparation for baptism.

379 *on vous dit communiste* On 1 July 1949 the Vatican decreed that all Catholics taking part in any way in Communist activity would be excommunicated.

381 *... jusqu'à la mort* And being found in human form he humbled himself and became obedient unto death, even death on a cross: Epistle of St Paul to the Philippians II 8.

387 *le curé d'Ars* See note on Vianney, p. 316.

392 *S'enfla si bien qu'elle creva* From a fable of La Fontaine: La grenouille qui se veut faire aussi grosse que le bœuf.

399 *La brebis perdue* What man of you, having an hundred sheep, if he has lost one of them, does not leave the ninety-nine in the wilderness and go after the one which is lost?: Luke XV 3.

400 *je sens le fagot* 'I smell like a heretic.'

405 *la Règle* The rules of monastic orders are strict on such matters as receiving guests in one's cell. Here the rule is apparently that the door must remain open during visits.

406 *l'office de l'aube* That part of the office, the daily prayer of priests, which is said or sung at dawn. Usually this would be the part of the office known as Lauds.

410 *Adieu donc, enfants de mon cœur* Cesbron's customary way of concluding his books. In his *Journal sans date I* he writes: 'Lorsque j'écrivis pour la première fois cette formule c'était à la dernière page des *Innocents de Paris*. Elle signifiait seulement qu'à regret, je donnais congé à ces garçons sauvages, en compagnie desquels j'avais vécu tant de mois. J'ignorais encore qu'enfantins ou non, tous les personnages d'un livre doivent être patiemment, pesamment portés par son auteur, et qu'il serait vain autant qu'injuste, d'ailleurs, d'espérer que le lecteur s'attachât à eux, si vous ne les avez d'abord aimés vous-même jusqu'aux larmes.'

445